沙汀

谈起文学，沙汀的劲头就上来了。

1987年11月，在成都市正通顺街巴金故居，沙汀与巴金、艾芜、马识途、李致、陈之光及部队官兵合影。

1988 年 6 月，沙汀参加郭沫若故居开放仪式，与阳翰笙（左）、周而复（右）合影。

第七卷

文论

沙汀文集

四川文艺出版社

图书在版编目（CIP）数据

沙汀文集 / 沙汀著. —2版. —成都：四川文艺出版
社，2018.3

ISBN 978-7-5411-4906-1

Ⅰ.①沙… Ⅱ.①沙… Ⅲ.①中国文学—当代文
学—作品综合集 Ⅳ.①I217.2

中国版本图书馆CIP数据核字（2017）第326836号

沙汀文集　第七卷

WENLUN

文　论

沙　汀　著

编辑统筹　卢亚兵　金炀淏
责任编辑　彭　炜　周　轶等
封面设计　叶　茂
内文设计　史小燕
责任校对　蓝　海
责任印制　唐　茵等

出版发行　四川文艺出版社（成都市槐树街2号）
网　　址　www.scwys.com
电　　话　028-86259287（发行部）　　028-86259303（编辑部）
传　　真　028-86259306

邮购地址　成都市槐树街2号四川文艺出版社邮购部　610031
排　　版　四川胜翔数码印务设计有限公司
印　　刷　成都东江印务有限公司
成品尺寸　149mm×210mm　1/32
印　　张　168.75　　　　　　　字　　数　4030千
版　　次　2018年3月第二版　　印　　次　2018年3月第一次印刷
书　　号　ISBN 978-7-5411-4906-1
定　　价　2400.00元（共10卷11册）

目 录

第一辑

第二辑

第一辑

关于小说题材的通信

去　信①

L.S.先生：

　　要这样冒昧地麻烦先生的心情，是抑制得很久的了，但像我们心目中的先生，大概不会淡漠一个热忱青年的请教的吧。这样几度地思量之后，终于唐突地向你表示我们在文艺上——尤其是短篇小说上的迟疑和犹豫了。

　　我们曾手写了好几篇短篇小说，所采取的题材：一个是专就其熟悉的小资产阶级的青年，把那些在现时代所显现和潜伏的一般的弱点，用讽刺的艺术手腕表示出来；一个是专就其熟悉的下层人物——在现时代大潮流冲击圈外的下层人物，把那些在生活重压下强烈求生的欲望和朦胧反抗的冲动，刻画在创作里面，——不知这样内容的作品，究竟对现时代，有没有配说得上有贡献的意义？我们初则迟疑，继则提起笔又犹豫起来了。这须请先生给我们一个指示，因为我们不愿意在文艺上的努力，对于目前的时代，成为白费气力，毫无意义的。

　　我们决定在这一个时代里，把我们的精力放在有意义的文艺上，

---

① 此信是沙汀、艾芜共同商量后，由艾芜执笔写的。最初发表时，从鲁迅的角度，标为"来信"。

借此表示我们应有的助力和贡献，并不是先生所说的那一辈略有小名，便去而之他的文人。因此，目前如果先生愿给我们以指示，这指示便会影响到我们终身的。虽然也曾看见过好些普罗作家的创作，但总不愿把一些虚构的人物使其翻一个身就革命起来，却喜欢捉几个熟悉的模特儿，真真实实地刻画出来——这脾气是否妥当，却又没有十分的把握了。所以三番五次的思维，只有冒昧地来唐突先生了。即祝

近好！

Ts—c. Y. 及 Y—f. T. 上　十一月廿九日。

回　信

Y 及 T 先生：

接到来信后，未及回答，就染了流行性感冒，头重眼肿，连一个字也不能写，近几天总算好起来了，这才来写回信。同在上海，而竟拖延到一个月，这是非常抱歉的。

两位所问的，是写短篇小说的时候，取来应用的材料的问题。而作者所站的立场，如信上所写，则是小资产阶级的立场。如果是战斗的无产者，只要所写的是可以成为艺术品的东西，那就无论他所描写的是什么事情，所使用的是什么材料，对于现代以及将来一定是有贡献的意义的。为什么呢？因为作者本身便是一个战斗者。

但两位都并非那一阶级，所以当动笔之先，就发生了来信所说似的疑问。我想，这对于目前的时代，还是有意义的，然而假使永是这样的脾气，却是不妥当的。

别阶级的文艺作品，大抵和正在战斗的无产者不相干。小资产阶级如果其实并非与无产阶级一气，则其憎恶或讽刺同阶级，从无产者看来，恰如较有聪明才力的公子憎恨家里的没出息子弟一样，是一家子里面的

事，无须管得，更说不到损益。例如法国的戈兼，痛恨资产阶级，而他本身还是一个道道地地资产阶级的作家。倘写下层人物（我以为他们是不会"在现时代大潮流冲击圈外"的）罢，所谓客观其实是楼上的冷眼，所谓同情也不过空虚的布施，于无产者并无补助。而且后来也很难言。例如也是法国人的波特莱尔，当巴黎公社初起时，他还很感激赞助，待到势力一大，觉得于自己的生活将要有害，就变成反动了。但就目前的中国而论，我以为所举的两种题材，却还有存在的意义。如第一种，非同阶级是不能深知的，加以袭击，撕其面具，当比不熟悉此中情形者更加有力。如第二种，则生活状态，当随时代而变更，后来的作者，也许不及看见，随时记载下来，至少也可以作这一时代的记录。所以对于现在以及将来，还是都有意义的。不过即使"熟悉"，却未必便是"正确"，取其有意义之点，指示出来，使那意义格外分明、扩大，那是正确的批评家的任务。

因此我想，两位是可以各就自己现在能写的题材，动手来写的。不过选材要严，开掘要深，不可将一点琐屑的没有意思的事故，便填成一篇，以创作丰富自乐。这样写去，到一个时候，我料想必将觉得写完，——虽然这样的题材的人物，即使几十年后，还有作为残渣而存留，但那时来加以描写刻画的，将是别一种作者，别一样看法了。然而两位都是向着前进的青年，又抱着对于时代有所助力和贡献的意志，那时也一定能逐渐克服自己的生活和意识，看见新路的。

总之，我的意思是：现在能写什么，就写什么，不必趋时，自然更不必硬造一个突变式的革命英雄，自称"革命文学"；但也不可苟安于这一点，没有改革，以致沉没了自己——也就是消灭了对于时代的助力和贡献。此复，即颂

近佳。

L.S.启。十二月二十五日。

（原载 1932 年 1 月 5 日《十字街头》第 3 期）

谈自己的创作

对于惯用当前的事件作题材，已经有人在表示不满了，并且还放出话来，大意是说，倘是这样下去，则所写作的东西，不但不能永久，还有早进坟墓的危险。

不管这是一种威胁或劝告，但是不满意却非常明显。

至于我自己，自然没有想到过坟墓，却也未曾考虑过我的作品能否传之永久。我的创作动机颇为简单。遇到一个事件，它打动我了，于是开始发掘这一事件的社会意义，把它作为我写作的材料，能否表示出我一点微弱的志趣，倘是可以，这就动手写作了。

我的《战后》《有才叔》《野火》……便是在这种情形下产生的。

或者，一种较为重大的社会事变窒息着我，使我感到大量的激动和不能自已，自要表示一点抗议或同情，我便在仅有的材料堆中，沙里淘金般地，寻觅适当的艺术形象，作为我写作的胎盘，同时，也就是作为发泄我的感情和意志的工具。

这样作成的东西，则有《老人》《土饼》和《夫卒》。

我的写作经过，就是这样的平常，而且俗气。不过每一篇东西，实在说，也想把它写得像样一点，即尽力使它接近艺术。所不同的，这动机不是来自"坟墓"或"永久"，而是企图自己的作品能有较大的社会效果。

但我也并不固执这样的汲取题材是唯一的，而且才有意义，我一样尊重别样题材的作品，只要那作者的思想不和我的相反。并且我自己也曾经打算过，想把七八年来所体验到和观察到的智识份子的苦闷和狼狈，颓唐和堕落，作成一些同样也有意义的东西。或者拖转去，写那些我有着更熟知的生活历史的社会层。然而才能的短拙和生活的困窘先就检了我的胆，因为我觉得那些材料是需要一种较长的篇幅来叙述和描写的。

　　自然，这里还有着一些特别的理由。比较主要的，就是我的性情容易激动，而且毕竟还是一个缺乏锻炼的青年人，要在目前的局面下心平气和，是颇为吃力的。

　　然而这些话仅仅是想说明一点，我不是妄图为自己进行辩解，也没有将自己挤进一道"夹墙"的必要。因为即就这些已经写成的东西说，它们的缺点也很显然。我只描写了一件事，或一种社会现象的片断。而且最要紧的，是我还没有怎样努力发掘过那些在现象下面深藏着的可贵的矿苗，即那些组成"事件"和"现象"的主人公们的感情和思想，他们的苦恼、愿望和追求。

　　我想这倒是值得我自己反省的。

（原载 1934 年 12 月 17 日《清华周刊》第 42 卷第 8 期）

《航线》前记

这里编集的十篇小说，都是曾经收在我第一本小说集里发表过的。也许是因为自己底性情富于保守的缘故，比起我近年的作品来，我对这几篇东西倒特别感觉亲切一些。

我开始写作于一九三一年。在这以前的一两年间，我完全过的是灰色的堕落生活。我终天把自己关在闸北一间破后楼里，便是热天也不肯轻易出门一步，简直像耗子一样。这甚至养成我现在喜欢赤了脚搁在台子上呆想的习惯。

但自然，和我的同辈青年人一样，我也有感愤，也不知高低地关心着我们这民族底悲苦的命数，可是却不知道应当怎样去干。那时候新的拼争正重新激发着我们，但同时也叫我们手足无措了。

后来我试想从事创作。我觉得这在我的脾味适合一点。但还未动笔，怀疑来了。我不相信我会有这项才能。因为对于文学虽然从来就十分贪婪，但一向我是连信也懒得写的。当还在学校里的时期，每逢考试，我总临时向同学匀借笔墨。我和艾芜的偶然相遇救了我，我们互相壮着胆动手了。

那时候是夏天，到了初冬，我们便各人寄了一两篇习作去向一位前辈请教。我们求他指示，是继续写下去呢，不然好另外打算门径。在当时这真像一种拿生命冒险的举动。但很快地，回信来了，说是可以写作，并赐给我们许多很可宝贵的意见。这事是将使我们永远怀着感激之念来记忆的。

　　这本集子我在一年前就想校改重印。但几次的交涉，通都失败了。因此，末了，我在这里特别感谢巴金先生肯给我一个出版机会的好意。

一九三六年十月二十四日，校改讫记。

（原载《航线》，文化生活出版社 1937 年 2 月初版）

这三年来我的创作活动

这三年来我的创作活动，若是把它的成绩拿来算回总账，那是十分可怜的。并且简直就用不着算，而总账云云，更是一种大胆可笑的夸张。因为迄至现在我才一共写成三四篇每篇不上一万字的短篇小说。

虽然在朋友间我一向是以难产著名的，但一个企图以写作为终身事业的人，竟难产到如此地步，真也是一件不好受的事。

聊以自慰的，是我还另外写了两本东西，两本似报告非报告的小书。一本叫《我所见之H将军》，在《星岛日报》发表的时候题目变成了《H将军在前线》。别一册也快陆续发表完了，总题目是：《敌后琐记》，是记录我在华北敌后一部分见闻的。

在抗战以前，除开短篇小说，我很少写过别类性质的文章。这并不是我小视小说以外的形式的作品，只是自己深觉能力有限，先学习好文艺中的一种形式，然后再学习旁的吧；我常常这样提醒自己。我原是一个带点拘谨的人。

但抗战引起我一种冒险的打算，我以为我应该暂时放下我的专业，不再斤斤计较一定的文学形式，而及时地来反映种种震撼人心的战争。我认为这是一个文艺工作者的责任。而在情绪方面更是一桩不能自已的事。所以"八一三"后，在离开上海那一段时间中，我总四处奔走着，渴望着到前线去。

然而，如同其他许多抱着相同希望的朋友一样，我失败了。我们似乎只有被热情燃烧着，住在租界里倾听遥远的枪声的权利。我于是回到了四川，我梦想我的故乡也会有如火如荼的场面的，那么凭着我对它熟识，我会能够同它接近，而且了解它。

我碰到了同样的失败，但却不像在上海一样，现实的四周都布置着铁丝网，使人无法和它接近。恰恰相反，在这里，生活之门是向我大开着，我可以较为自由地跨进去了。但我却没有寻觅到什么我梦想的新的东西。一切照旧。一切都暗淡无光。

自然，从整个国家民族说，人民所渴望的神圣的战争，总算是揭幕了，所以虽然由于社会发展的不平衡，各地有着差异，就在落后的四川，也不能说没有新的事物产生的。比如一些有关抗战的条文和命令，一些官家的或民众的组织。而许多人是顶着新头衔扰嚷了。

但可怜得很，这些新的东西是底面不符的。表面上是为了抗战，而在实质上，它们的作用却不过是一种新的手段，或者是一批批新的供人们你争我夺的饭碗。所以人们自然也就依然按照各人原有的身份，是在狞笑着，呻吟着，制造着悲喜剧。

于是我问我自己，这些东西应不应该写出来呢？

我的回答是肯定的。因为我们的抗战，在其本质上无疑是一个民族自身的改造运动，它的最终目的是在创立一个适合人民居住的国家，若是本身不求进步，那不仅将失掉战争的最根本的意义，便单就把敌人从我们的国土上赶出去一事来说，也是不可能的，出乎情理以外的幻想。

既然如此，那么将一切我所看见的新的和旧的痼疾，一切阻碍抗战，阻碍改革的不良现象指明出来，以期唤醒大家的注意，来一个清洁运动，在整个抗战文艺运动中，乃是一桩必要的事了。隐瞒和粉饰固然也是一种办法，可以让热情家顺顺当当高兴一通，但在结果上，却会引来更坏的收场。

在这样的见解下，于是我写了《防空——在堪察加的一角》。并且计划在《堪察加小景》这个总标题下写作其他几个短篇：《气包大爷的救亡运动》《到西北去》《联保主任的消遣》《从军记》等等。

《防空》的题材，它的人物和故事，可以说大部分是根据事实来的。为了这件事，我还得罪过两三个熟人，招来一些大不愉快的烦言。因为他们读到它，知道自己是在光天化日之下露面了。但我并不是想拿这件小事来说服读者，企图他们相信我的作品的真实。在概括的意义上，对于人物故事，一定的夸张和虚构我是作过来的。

这篇东西的最引人触目的地方，也许就是那种不能抑制的显然的愤怒吧。这是我从前的作品里所没有过的情形。但当我在晋西北写作《联保主任的消遣》的时候，我已能控制着自己的感情，使我自己复归于冷静了。这第一，因为我已远离开我的题材所由直接产生的环境；其次那便是前线的情形着实和缓了我。

我说我计划在"堪察加"这个标题下写下去，但在事实上，写成《防空》以后，我却逐渐动摇起来，怀疑起来了，我问我自己：这样做下去，在抗战期中，真是一桩必要的工作么？我怀疑我是在泄气，而泄气却是不应该的。所以我在将近一年的时间当中，仅仅写了这样一篇东西。虽然教书生活给我的妨碍也不少，但这却并不是主要原因。

另外值得一提的，是我对于战争最前线的憧憬。加之，虽然我有时候是拘谨的，顽固的和保守的成分也并不少，而且，我的年龄，似乎也不是那种容易激动的年龄了，但在本质上，我却是易感的和浮动的。并且对于一种新的念头总又非常执拗，一定要纠缠下去，弄出一个结果才甘心。这是往往很苦恼我的。

随后，由于种种偶然的机缘，我这多少带点浪漫成分的心愿，总算是实现了。我先后经历了晋西北和河北中部一带游击地区。但我开头的预计，是并不打算写报告一类作品的，并且不希望把我的行程延长得过于遥远。我不打算接触更多的生活，但我却愿意在一个狭小的范围内看得更深一点，更久一点。与其广阔而浮面，倒不如狭小而深入。这是我的一点成见。

我预想把我的行动限制在晋西北。我的工作的程序是先了解当地的一般的情况，战前的和战后的，然后在一个地方游击区里停留下来。为了容易认识它的一切细微的情节，它的所有组织成分的个别特征，它的单位不该庞大，一个连，顶大一个营就行了。不用说，在时间上我却该尽量长一点，至少生活半年。

　　我深信我的计划是满适当的。在一切如愿以偿之后，我一定能够写出一点像样的小说。我是被一种孩子气的高兴激动着了。我就带着这点激动到了目的地，并且开始了我的初步工作。在半个月当中，我访问不少我所必得请教的人物：地方工作者，政治工作人员，游击队长等等，我所记录下来的电报式的文章一共有好几万字。我已经可以进行第二步工作了。

　　但恰在这时候，那个在工作进行上给过我种种方便的 H 先生，他忽然那么热情地邀约我同他一道到河北去，这会完全改变我的计划，而且使我在当时辛苦搜集来的材料成为无用。这是一桩损失。但读者是看见过磁石的吧？我是仿佛铁末一样，被他的豪迈和热情吸引住了。纵是一个怎样持重的人，假使他真要劝诱你到天涯海角去，我当你也是不会有半点迟疑的。我不能拒绝他，于是我改变了我的全部计划。

　　但我还没有完全放弃搜集小说材料的奇想，只不过把它放到第二位，而我主要的准备却在写一本伟大的农民领袖的书。这个人就正是 H 将军。就他的事绩和经历说，这是值得做的。但我的动机却大半发自他那光彩夺目的性格。我可以坦白地承认，我是完完全全被迷住了。

　　虽然工作成绩很坏，离我的预期不及十之二三，但在材料的搜集和记录上，我确曾费过一番力气的。在那并不算短的五六个月中，只要我们能有机会见面接谈，我总当场摘录若干认为必要的要点，一个细微的动作，一句情绪饱满的断句，一段经历的大意；然后在分手后根据概要如实地写下我的印象。有时虽在连续的行军之后，我也不让我的工作延缓，或者中断。

在观察和搜集别种材料的时候，我也采取着同样的方法。我的《敌后琐记》便是如此产生的。自然，这种态度也许会引起非笑吧？而实际却也是我曾经遭受过的。因为一提起观察和搜集材料，总有人（多半是灵感家和经验主义者）以为不大光彩，似乎是件丢脸的事。而他们的全部创作理论则只有这点：去体验生活呀，同生活打成一片呀！如此等等……

这些意见自然谁也无法反对，但我们却不能像教条一样把它简单化；虽然这样可以少费一点脑力。因为就经验讲，一个作家的灵感是太有限了，而我们的脑筋也绝非一个其大无外的仓库。根据脑力所能保留的印象，那自然可以写出一些东西，而这是很不准确，而且极有限的。并且这样可以称写作叫事业么？

总之，这种类于自然发生的才子派头，我是不赞成的，甚至我以为有目的地进入一种陌生的生活，倒反而是创作界在抗战中的一大进步。至于说到观察，这又有什么可非议的呢？除非我们真把这两个字恶意地解释成为一种冷然的无动于衷的客观。观察的错处在哪里？难道我们应该昏天黑地地活下去么？

但这些都是闲话，现在我要说明的，若是没有那些将近二十万字的记录，我的成绩将会更加可怜，和更加不足道。

在写作经过上，这两本小书，《我所见之 H 将军》和《敌后琐记》，前者比后者花去我更多时间和精力。因为，虽然在记录材料时候已经经过一次慎重的选择了，我还不能不为着许多缘故重新加以择别，删去数量不少的篇幅。而形式方面，更是一件大费斟酌的事；我应该极力避免自己以及别人置身其间，但却又得使它不致呆板单调。所以现在还不放心读者对它的感觉如何。

《敌后琐记》我原定写十八个至二十个题目，但才写了十二篇，我却没有勇气再写了。这除了旁的工作计划牵引着我而外，还有一点，我觉得值得在这里提提。我觉得，关于报告一类的文章，应该趁着印象新鲜的时候动笔，拖得太久，便很容易失掉写作的兴会；而这又是工作时所必需的，虽然并不是主要的。

在材料的处理方面，我的企图很简单。我觉得我应该把注意力搁在一般情况的概括上，而若干小的事件或小的故事，则不过是担负一种例证的责任。我觉得这比单独的报道事件合适一些，因为读者也许容易得到一个综合的印象和明确的判断。而在文字方面，则尽量求其单纯明白，不过分看重雕琢。这样写出来难免不艺术，但我原意就在报道若干事实而已。

我说过我同时并未放弃写作小说的计划，我搜集的材料也不少，有二十多万字，但我却至今没有一个计划，打算根据这些材料写作一个短篇创作。这原因，第一，行军作战的时候是太多了，流动性过于大；其次，我所醉心的题材是农民，但我接触着的却是部队；第三，我一直保持着客人身份，和上层接触的机会多于士兵。

然而就关于创作的理解，重要的原因却还在这里：虽然我看见了一些敌后的新的情况，接触了一些已经有着新的观念和新的感情的人民，并且得到了一般的概念，然而他们原来怎样？其间经历过如何的过程？这一切我都不很清楚，因而，我总觉得我对他们是相当陌生的，不能更深地去了解他们。这和我六七年来创造观念的变化也有关系，因为单用一些情节，一个故事来表现一种观念，一种题旨的方法，我感到是不够了。

此外，战斗三年来，我在作品中对于乡土气氛的看重，也是阻碍我勇敢地拿敌后的材料来创作的原因之一。我以为这是我们创作界近十年来的一点显著的成就和倾向。虽然有人过激地认为它在把我们的文艺往风志的地位上拖，然而，在我，我却感觉到它的束缚了。正如少数人的过分一样，我的根据也许来自一种错觉，来自那种因为不能利用我所搜集的材料所引起的不安的心情。但这个问题我认为是值得提出来商讨的。

如过去好几年间的情形一样，战后我所写的三四个短篇，背景仍旧是四川，是我的家乡。而《联保主任的消遣》，还是在晋西北前线写的。我之所以重提出这一点来，因为我以为它可以看作我在上面所说的情况之一旁证。在一般认为充满了朴素而实际上也正如此的前线，却来描写后方，这还不值得我反省吗？

我已经写成的几个短篇，在性质上通是暴露的和讽刺的，并且我很安心我这样做，不复有从前那种不安和动摇了，以为这是泄气。因为抗战的信心已经普遍于全民，而自身的改造更是一致所渴求的，所以我们正用不着吓怕，用不着自己向自己的嘴上贴上封条；虽然这可以减少若干嫉视和种种不必要的烦言，但为了民族国家的福利，我们是用不着打算个人利害的。

当然，我也考虑到，我这样写下去，是否会陷入旧的现实主义的狭路，只有批判，而不加一点什么新的东西？关于这一点我的意见是这样的：创作上的方法，是因描写的对象而异的，因人而异的。它是否正当，我们应当从具体的作品，和具体的民族需要入手，而不该固执一种一定的尺度。我常常想，我们的社会发展是太不平衡了。它的趋向虽然一致，但工作却是多方面的。

并且我以为，现实主义的所谓跨过现实一步，并且给予新的成分，这不仅限于肯定的一面，在否定的一面，也可作如是观的。不然，这个现实主义将是一般的现实主义，而非立脚于中国目前现实情况上的一种适当的创作方针，这是值得我们考虑，但，就此带住吧，主编者要我写的是"自我批判"，我倒像在辩护了。

然而，一个作者倘使没有一种对于现实和创作的一定的理解，而且对这些理解发生自信，他是无法写下去的，所以我的放肆，也算是十分自然的事吧。

十二月十号

（原载 1941 年 1 月 1 日《抗战文艺》第 7 卷第 1 期）

《随军散记》前记

一九三八年十一月中旬，因为鲁迅艺术学院有一批同学要上前线学习，我便也借着这机会，随同贺龙将军到了晋西北的岚县。一月以后，又跟着他移防冀中平原，直到一九三九年四月底才分手。

从由延安首途的日子计算起，同他一道生活的时间约有六个月左右。而这本书里面所写的，也就是将在那一段时间当中，我可以保留下来的关于他的若干方面的材料，加以整理、剪裁，并又重新复写一次而成的东西。

但是虽然如此，在当初我是并没有明确的计划的，不过有时以为，他的某些言谈、行动，足以帮助我们认识他的为人，就随手记录下来。事前更未告诉过他，所以有些他的意见，可以算是完全的私人谈话，没有料到会发表的。有了上面的原因，加之由于不断的行军作战，记录的时间每每不是在敌我的大炮声中，便是在夜行军之后，或者是长谈后的深夜，因此写的人虽欲力求真实，万一的错误恐怕是难免的。而这种错误不用说也该由我负责。

末了，我要在这里感谢同贺龙将军共同生活了十年，工作了十年的 K 先生。因为在平日的闲谈中，他都不自觉地提供了好多很可宝贵的意见，使我在理解他的伙伴时能够有所凭借，因而有了写出这本书来的勇气。

一九四〇年三月在重庆

（原载《随军散记》，知识出版社 1940 年 11 月初版）

关于《淘金记》的通信①

×兄：

信收到了。因为我已离开故乡，几经转递才得到手，所以迟未作复。当你接到这封信时，恐怕你已经早到重庆了。但聚首之约，恐不可能。

你说，也许我的心情和你不同。你是错了！自然，我没有你所经历的变动巨大，但一年多来，我的生活也并不安静呢！我曾经碰到过穷困，谣言，诬陷……而且现在也还在缠着我不放松。不过既已离开故乡，这后两项或者是减轻了。至低限度，对我不会再有怎样了不起的实效了。

理由很简单，在这生疏的异地，除了居停主人，不会有谁知道我就是沙汀，更不会知道我曾经到过华北，而且私人的嫌怨是没有了。

想起来真有点令人忍俊不禁。本在得个安静，反倒钻进麻烦里来了。当去春离开重庆时，我原是这样想的：我是一个写文章的，但我的呼号能生效吗？这显然不可能，我人微言轻。那么闷声不响吧！然而，肚子里就像在打川北锣鼓一样，实在嘈杂得很。所以，最后决定暂时腌之故乡，不问世事，这不是说气话，我回家以后的生活，确实

---

① 这封信是写给以群同志的，最初在《文坛》上发表时，编者所加的题目为《沙汀的近况及其新作〈淘金记〉的内容》。

是做到了这一点的。

我不上街，不坐茶馆，简直连报也少看了。我把我自己埋葬在做奶母、火头军，以及种种家庭杂役当中。因为积习难移，因为许多朋友的期望，一面我也准备动手写我的长篇。然而，就在这中间，谣言来了。而且一位先生公然跑来要我如何如何，不过不是直接说的，否则我已经向他起诉了。因为我就是我，一个正牌子中国人：我以往没有过自觉失悔的行为，现在没有，将来也一定没有，如果还有法律保障，他就犯了诬陷和诋毁的罪。

……

然而就这样扎板吧，不然，也许就要说得更失格了。但我还要说点。就是每每有一两个亲友，当他们高高兴兴，跑来告诉我那些关于优待文化人的种种消息，以图减轻我的亲属们的担心的时候，我才情不自禁地苦笑起来，而且随即被迷惑所包围。我想这是怎么一回事呢？他们也关心到一个作家在小城市里所过的生活么？简直连小偷也不如呢！

但是，真的就此带住吧，再说下去太扫兴了。我要另外告诉你一点消息，也正是你在香港时所盼望过的，我的长篇只剩下一个尾巴了。

它本该早写好的。但是上面所说的种种优待，它带给我的烦扰是太多了，我自己本能自持，我自信我正派规矩，连试一试违警律的想望也没有的。但是一有警报，我的家属总是那么惊心动魄地包围着我，迫我躲闪一下，使我浪费去不少时间。不过我之这样自信，说我早就能写好它，你是会怀疑的吧？因为和别的朋友一样，你知道我的生产量是很低的。

但我并没有说谎。我对我所要写的题材太熟悉了，太热爱了，凭着这点，我的写作速度可以在以往之上。而事实上我也是写得极迅速的。只要心里平静，生活无扰，我每一下笔，总要两三千字才肯罢手。有时我一天写过六七千字。这在旁人也许值不得说，但在我，要是你在面前，我可要强迫你打点老酒来庆祝我了。因为这样的速度于我实在意外。

此次，还有一个使我写得比往常较快的原因，是我构思和酝酿的时间较长。从上海回川不久我就想到了这个主题。我看见一批士绅，他们的确被抗战弄兴奋了，但是他们落下来的地方却不再是抗战，不是怎样为祖国效劳，倒在如何谋利。因为金价随涨，他们终于买了吸水机来，跑进山沟里淘金去了，就连一两个有着正当职业的青年，也都立刻收旗卷伞地参加进去。于是我想：抗战在后方把人们的私欲，更扇旺了。

但是当时还觉得我的概括过于胆大，所以，虽然以后的一两年间，我也常想写点什么东西，始终没有放下决心。随后我到前线去了，但我转来的时候，我的信念变坚决了。我所看见的并不是一时一地的偶然现象，它们已经普遍起来，深刻起来。自然，那些有着自私自利的条件的人们，他们并不每个人都在做黄金的好梦，而且因金价受着限制，淘金已经是没有出息的事了。然而，其为贪婪，岂不是一个样么？

总之，在一些新的刺激下面，我开始正经构思我的《淘金记》了。但我没有让那一批首先引起我注意的士绅登场，他们表演的机会还很多。我另外挑选了一批角色，故事也有着很多更动，而且为了情节的紧凑、单纯和明了，我把原想插进去的金厂工人的生活割掉了。我只集中在这一点写：为了满足随涨的私欲，在一批恶棍中展开着怎样一种斗争。

我把故事的葛藤安置在一种三角关系上。一方面是占有实力的一派，其中包含着一个没落的乡绅，一个除了注意自己的利益，其余的时间便打瞌睡的肥胖的富室，一个粗鲁天真的袍哥大爷；另一方面则是一个失势的恶棍，以及其他几个不关紧要的角色。这后一批人是只占着陪衬地位，但不管如何，金子是金子，他们也在之间斗争着，牵制着了。

这两派共同争夺的对象是筲箕背，一个从前产金极旺的地方。但它却为一个富孀所有，而且那里有着她的祖茔，那种一般人视为发家的祖茔，若是伤了风水，全家就会遭灾！所以她自然不肯让人动手，她抗争了。但她是有着弱点的，她烧烟，她的儿子也是一个年轻的瘾民。此外她还同着她的侄儿，一个落难公子有着遗产的纠葛。因此，借着外力的帮助第一次她虽然胜利了，但在无尽的摆布当中，她却终于上了圈套。

最后胜利在实力派一方面，但也一下就烟消了。因为刚刚迈上得意的途径，粮食价随涨了，而金价上涨的速率却又不能比例地迎头赶上。结果是夭折了。那个占着重要地位，诨号白酱丹的没落绅士，他是主张干下去的，但是他的同党却不肯拿出钱来，他们把资本活动转向别的生意去了，因为在目前，没有百分之百的利益的生意是没人做的。

故事的梗概大略如此。它发生的地点在一个僻小的乡镇。时间只有半年左右，但因其间过了一个热闹的旧历新年，它却跨着两个年头，廿八年和廿九年。还有一些情节，原也很想提一提的，但我怕这样一来，将来出版你就更懒得看了。所以我又只好刹住，让你将来慢慢瞧吧！

我现在写成的约有十三万字，再有一万多字，便可了清这笔账了。但全部的修改至少还得三个礼拜，过于毛糙是不行的。若是一时弄不到出版的地方，家里又不来信催办，时间或者更要长些。而这也正是我所求之不得的。因为总有一点小小经历，一写成便发表，错误一定很多。

在我们分手后的一年多当中，除开这部长篇而外我还写了五六万字的短篇。比起以往，我也算相当写得多了。此后也许可能保持这个产量，因为现在没有人知道我就是沙汀了，也不知道我去过前线，再没有麻烦打了。

然而，我不是预言家，未来的事，谁个又晓得呢？倘是真能未卜先知，我就不该朝故乡跑了，而且一定劝住你不去香港。

　　然而，我们终于还能自自由由地通信，也该算得是幸事吧？

沙　汀　五月十八日

（原载 1942 年 6 月 30 日《文坛》第 5 期）

《闯关》题记

一九四一年春天，我抱着一种可笑的梦想回故乡去。我希望用一年的时间来整理一个零落殆尽的产业，然后开始一种惬惬意意的生活：拿半年治家游猎，半年读书写作。但是，这梦想正唯其是那么美丽，同时又很可笑，所以，很快便为现实所粉碎了。

次年春天，因为一点不轻不重的时症，我就又不能不乘机远离开故乡，而且过着一种比较以往一年更为合格的蛰居生活。这样的生活，到现在又快要一年了。其间我几乎从未跨出过居停主人的大门一步。而我所常活动的地盘，却只有那么一块约略三丈见方的天井。这自然太闷气，但在这个年头，谁又不闷气呢！

然而，受着限制的只有我的身体，我的心思所能活动的范围，有时却是极广大的。每当我负手独行，偶一瞭望那有限的天宇的时候，我总情不自禁地缅想一回那广袤浩瀚的河北平原，那些任性的驰骋，和那些有声有色的生活片断：于是我决意写出这本小书。

现在，经过一个月的时间，我总算写出来了。因为书中主要人物之一是个智识份子，又因为有的人知道我去过华北，问世以后，也许有人会做索隐的吧。然而，左嘉却不是我，我是从不戴眼镜的！也非那位曾经和我同道，最近传闻做了新郎的近视眼朋友，因为他所骑的并非那头青马，它倒是我骑的！……

然而，尽夹缠些废话做什么呢？一个人写本书，倘自问其动机尚非出于谋生，也还慎重其事地尽了番力，这就够了！何况这是小说。但我还得赶快申明一句，书中所有的地名，不是来自挪借，便是来自仿造，几乎无一与事实相符，希望种种超老实人不要误会。

最后，作者谨将此书献呈白求恩医生（DR. Norman Bethune）之灵，为了他那伟大的怀抱，和他的工作热忱所曾赍给我的永远难忘的感动。

一九四三年十月十五日写完记

（原载《闯关》，新群出版社 1946 年 8 月沪初版）

《困兽记》题记

　　××先生：三四年来，台端和我打了不少麻烦，几乎使我完全失掉了家庭之乐，成了独夫。但也正因为没有孩子们搅扰，更不必曲尽丈夫之谊，我倒反而写了很多东西，结果名利双收！这是先生没料到的。兹当远别，其于台端无意帮撑之处，特函驰谢。

　　民国三十一年十月，当我在一个紧张局面下，写好中篇《闯关》以后，因为一时的高兴，我计划在往后两年间再写两部长篇：一部《困兽记》，一部《还乡记》；然后潇潇洒洒，离开故乡更远一些，停下来喘口气。而上面的那封短简，也是我当时想好了的，准备将来远走高飞时，分别抄寄几位要人。至于所谓"名利双收"，"很多东西"，那是说起来气人的，不必讲，全与事实不符。

　　现在，再差三四个月就两年了，离开故乡确乎也更远了，那封信自然是始终未寄，计划中的两篇小说，可也只写成一部！其余一部，什么时候能够动笔，不仅毫无把握，便连想要写出它来的意思，也很淡了。然而，若果不是那个无意的帮撑，突然又紧了一回，就连这本东西，恐怕也无法写起罢，这倒还差堪自慰。

　　在民国三十二年一月，约当于三十一年农历十二月中旬，因为很久没同家人见面，摆子也发过了，我便回到我的妻兄家里面去。我的妻小借住在那里，我准备团团圆圆吃一顿年饭，然后再溜开，把自己重新禁闭起来。然而，就在除夕前一礼拜，摆子复发，我又不能不走了。而且，这回的情势还比以往可虑，因为当我回到寄居的乡下的时候，我的居停主人也早认为我有迁居的必要，并已为我交涉好了地方，只是行动不便，要等翌晨一早才能出发。

因为要通过一个吵闹的市镇，鸡还没叫头道，我便被喊醒了。等到走了七八里路，进入荒寒的山地的时候，天才大亮。那些山是那样的庞大，荒凉，好几里路找不到人烟。出产只有玉麦山芋。这几年来，若果说我也曾经有过情绪低落的时会，这一次我心里的确有一点不好受。居住区要好些，因为看见了树木和耕地了。那是一条约有三四里长的山沟，分做三段，上沟，中沟，下沟，一共只有五六十户人家。全是贫苦的半自耕农，若不打柴打猎，没有一家人过得了的。此外，就是到附近林莽地带开辟火地，因为熟地是太少了，又很贫瘠。据我估计，平均每家人至多七八亩地。

所有的住屋就缀在山峡两面的腹部，山脚边是耕地，顶上一层，大半用来铲草，以作肥料。当时正是利用农闲，准备铲草烧灰的时候，锄口触着岩石的铿铿的声音，听了不觉感到寂寞，逢到下雨，这种单调刺耳的声音是没有了，但是野兽的嗥叫却更难以忍受。特别是黄麂子，常常在雨雾濛濛的荒山上跑来跑去嗥叫，那么执拗，凄厉！使人想起传说中沉冤莫白的怨鬼。

这沟里很少有瓦屋的，但是全部绕着一道半人高矮，岩石砌成的围墙，以防夜间野猪饿狼的侵袭。大家都很知道，中国旧式茅屋是没有窗子的，这在庄稼人还好点，他们整天是在田野间劳动的，对于一个室内工作的人，就难受了。何况我所住的一间屋子，是临时空出的，里面塞满了破烂的家具，缺盐的酸菜罐子的臭气令人欲呕，而最要紧的还是无法写字！可是天无绝人之路，我也情急智生，终于想到了一个改善办法。

我忽然注意到墙壁一面的上段是破晒席夹成的，于是兴高采烈，跑去向房东交涉去了，接着就带回一把剪刀，在晒席上开了一个约有一两尺长，尺来把宽的窗子。我得到了光亮，而且恰恰落在一只三条腿的米柜子上！这自然说不上明窗净几，但我希望一切和我一般懒散，惯把工作热忱同兴趣相混的朋友都来过过这种生活，因为它会迫使你变得很勤谨的。

我的《困兽记》，便是在这样的情形下写起来的；但是，才写好十五章，约当全书五分之三，我的妻子女儿，忽然都病倒了。女儿是麻疹，老不现点，也不退热。妻子周身疼痛，起不了床。为了便于照料，我就只好搬家，在她们附近乡间蛰居下来。这整整耽搁了我一个月时间，而且，等她们痊可以后，我更碰见了两件极不愉快的事：《闯关》忽又遭遇了难关；另一个短篇集，忽又出不了世。毫无问题的都成了问题，我的笔太没用了，就搁了半年多。我之能于勉力续成，主要的自然由于积习难移，一方面也由于朋友的鼓励，使我不好意思做个逃兵。

我写这部小说的动机，还在五年以前就有过了，那时候我正由前线回来，一般乡村小学校的沉闷、厌倦，很使我吃一惊，不仅比不上七七以后，便连武汉会战时期的蓬勃活跃也相差很远的。然而，因为物价的不断高涨，某些条件的每况愈下，一年以后，当我再走向内地的时候，情形就更坏了。有的在生活的高压下，有的和粉笔绝了缘，一般勉强挺得住的，也都闷气重重，把自己的职业看作一种无可奈何的苦役。

此后一两年间，我对他们的情形知道得更多了，其时，我的一个平平稳稳教了十几年书的亲眷，恰巧发生了一桩不幸的恋爱故事，好几个人弄得来濒于毁灭。于是，我就在这个强烈的激动下获致了《困兽记》的整个概念。但自然，因为人物有着改动，我所写出来的结果，同实际相差得很远的，同时我更另外穿插了两个人，一个勇敢的出去了，一个则一直勤勤恳恳地固守着岗位。

若果说一篇作品须得向读者指明一条道路，这点穿插，也许可能担当点这项任务罢。然而，这在讽刺暴露的作品里却不必一定有的，因为作者所能引起的愤怒，以及嘲笑，便相当于别样作品里的对于所谓出路的暗示。他叫你恨他所曾表现的一切。更从而消灭它，这还不很够么？因此关于这个问题，我很同意一位朋友对于《淘金记》的极为通达的意见。

在全书中关于物质生活的困顿情节，我有意写得很少。这是跟我对于题材的理解来的，因为从我看来，小学教师的待遇，自然是该提高，但主要的却还在别方面。战争激起了他们更多的力量，单调枯燥、成效缓慢的教书生活已经无法满足他们。然而，他们却又别无可为，于是一切烦恼，也就随之而滋生了。而生计问题，以及种种反乎抗战的社会现象更加加重了他们的苦闷。

上面所说的两个陪衬人物，我着重在牛祚。若果读者喜欢他的言谈风度，敬重他的真实坚韧的性格，那便使我感到无上的高兴。这种人在农村社会里是很多的，他们的时代似已过去，然而，在他们的不忮不求，无怨无艾，切切实实致力于一种平凡寂寞的工作这一点上，他们却无疑保存了不少中国智识份子的传统美德。然而田畴也并非坏人，害了他的是他的出身，他的性格和他的环境，而以他的精力之旺，他只在爱情上覆败了许是一桩幸事！

读者若果读过我近几年来的短篇，或者是《淘金记》，也许会多少感觉没变样罢，然而，正如我写《闯关》一样，我的本意原不在改变作风，或者因为有人不满意于讽刺暴露的作品。中国若果不言改革便了。若果确乎需要更新，而文艺又足为一助，我相信讽刺暴露，是不会就在怨谤下短命的。至于风格，则是由题材，和作者对于题材的理解来的，并非一个独来独往的英雄……

然而，就这样带住吧，因为若果我真爱牛祚这个人，我是该少讲点废话的。何况，现在来写这篇后记，便已经犯了戒了，倒是不声不响出本书合宜得多。

（原载《困兽记》，新地出版社 1945 年 5 月初版）

《困兽记》新版题记

最近新群出版社来信说,《困兽记》就快要卖完了,书店准备再版,希望我能写点序跋之类的文章。

其初,我觉得无话可说,因为早在川西解放以前,我就这么样想:一切都得从新做起,以往写的东西,把它们全部当成习作看吧!但是来信又这样向我提示,"可以说明一下这本书在反动统治时期所遭的不幸。"而这么一来,我又忽然觉得有题目可写了。

这本书的渝版,于一九四五年出版,当时渥丹先生曾经在《新华日报》发表过一篇批评。内容已经记不清了,只记得作者对我的鼓励多于指责。这自然不能说是不幸。但是到了一九四六年,成都一个文艺刊物却对这本书大张挞伐。因为据朋友告诉我,作者态度的恶劣,自来文坛上很少有;可惜我至今未曾看过原文。

这自然也不能算是什么不幸。因为我一向就爱向朋友们说笑,文坛一如战场,挂花带彩是免不掉的。然而,就在同年冬天,大约和那个刊物的编者向国民党反动派表示自新的时间前后相差不远,这本书在上海被禁了。而在次年春初,四川伪十三区专员,通过两重关系,由一位亲故写信给我,说是《困兽记》颇有反动嫌疑,我该到绵阳去一趟;意在要我跟同那位编者一样的"更前进"。

然而,认真说这也不能算是什么不幸,一切我都以为来得非常自然。正同那位专员本人,在该区人民的控诉下,现在不能不每天搬运火砖，以求赎罪一样。如此说来，有人会以为我太调皮吧？也许是的，因为一个人既然是自由了，有时总难免不高兴得调点皮的。而我近来的心情确也异常愉快。

我为什么不愉快呢？反动派倒台了，从此我可以自自由由走向群众，同他们在思想感情上打成一片；而更为重要的，是我从此有了政治上的直接领导，这就保证了我会更有效地用创作为人民大众服务。

所以末了，我在这里要向读者预约，万一将来我有机会处置同类的主题、同类的题材的时候，成绩一定要比这本书强得多。

一九五〇年四月于成都

（原载《困兽记》，新群出版社 1950 年 8 月沪三版）

感　谢

在茅盾先生五十寿辰的今天，我不打算提到他在创作上和他在中国文艺运动上种种辉煌的业绩，因为我所想到的是先生同我个人之间的一两件小事，而且先生还在精进不已，并未局限于以往二三十年已有的成就，然只须读一读先生战后写作的《霜叶红于二月花》的上卷，便会相信我没有胡说。

在同盟的文友当中，我想大部分人，是不会否认在中国文艺运动上发生过深长影响的两大杂志，即《小说月报》和《创造月刊》的作者之功的吧。我初期同文艺发生关系的媒介，就正是《小说月报》，那时候茅盾先生的主要工作是批评介绍，我至今还记得一篇连载文章的大意，是研究怎样写小说的。但印象较深的是他翻译的一批北欧作家的短篇，后来这些小说都收集在《雪人》里面，有几篇还记忆犹新。

但是先生对我影响最大，和最显著的一件小事，却发生在我开始学习写作的时候。这件事，在当时先生也许并未如何注意，甚至已经记不得了，但我却很难忘记掉。因为他曾经帮助我克服创作上的危机。

时候是一九三一年夏天。完全出乎意外，我也决心把文艺当作我的终身事业干了，于是我寄了三篇小说给《文学月报》。半个月以后，编者答应把《码头上》一篇先刊出来，而且给我看了一方土纸上茅盾先生随意写下的几句评语。大意是说，东西还写得可以，只是他不怎么喜欢那种印象式的写法。当时编者很替我高兴，我自己更高兴得了不得，因而我们都只重视先生的奖掖，忽略了他的微辞。总之，我是被偶然的成功眩惑了，以为自己已经站稳了第一步。

不久，我的第一个短篇集出版了。当年的文艺年鉴选了一篇，大加揄扬，若干相识的朋友也非常称赞我，然而，不到一年，也许我在周围响着的喝彩声中逐渐地清醒了，我忽然得到一个反省：茅盾先生说他不喜欢我的印象式的写法，为什么一般人反说它正是我的特点，如何的新，如何的了不得呢？接着，我更考虑到创作上若干基本问题，于是我丧气了，觉得自己该重新来过。而《老人》《丁趿公》这几篇东西，正是我改换作风的起点，有一位批评家曾经提到这个，我认为他的话是不错的，算是搔到了痒处。

这不是说在先生的启示下，在我改过作风以后，我已经有了怎样了不得的成就，我还没有如此狂妄，但我认为，那时以后，我所走的路子才是常路，同时更认清了先生的诱导之功。因为他既不抹杀不合自己口气的东西，视同狗屁，但也并不闭起眼睛吹。

要向先生上寿，话原是很多的，但我现在只能写出这一点感谢之词，以代祝贺。

一九四五年六月

（原载 1945 年 10 月 1 日《文哨》第 1 卷第 3 期）

《兽道》题记

这里的十二篇小说，是从四个短篇集选出来的：《航线》《土饼》《苦难》和《祖父的故事》。

前三种在文化生活社出版，上海陷落，纸型来不及运出，随后书店又遭敌人查抄一次，下落也就更加渺茫。后一种由郑振铎先生编入文学研究会一套丛刊里面，由商务印行，因为战事关系，至今不曾得到一点消息。

这四本集子，共有小说四十篇，我在上海期间所写的东西，大体尽于此了。现在选出这十二篇来，虽然多少有点敝帚自珍的意思，但这并非我的选集，目的倒在：第一，保存一部分材料免致失散；其次，我相信少数并无成见，真情实意喜欢我的作品的读者，或许还需要翻翻它们。

我说不是选集，这也并非自谦，因为无论如何，我现在还没到要出一本选集的时候。而这个的不妥当，正如朋友们半开玩笑，亲封我为幽默作家、讽刺作家时所常感觉到的不妥当一样。老实讲吧，虽然才能天分都很有限，当一想到若干成绩斐然的师友，都还在努力精进的时候，我也实在羞于故步自封，站下来不走了。

我初学写小说，是一九三零年，这里面写作时间最迟的一篇东西，是一九三六年六月，因此这也不能说是选集。同时，也没有将战前的创作活动作一结束的意思，因为一般地说来，我并不觉得我在题材上，见解上，战前战后有着怎样的差异。如果强要说它们也有不同的地方，这个不同，也只表面的不同而已。然而，如果挪通回顾一下我短短的创作历程，要找出一个差异来，也不是很难的。大体说来，《航线》《土饼》以后所写的作品，较为合乎我的理想，写的时候也痛快省力。因为它们都是我所熟知的题材的缘故。而《航线》《土饼》当中的大部分作品，则多是凭一时的印像，以及若干报纸通信拼制成的。正唯其如此，写起来吃力不必说了，最主要的，是颇难于写出一个压秤的人物。

因此，便在这一本材料有限的集子当中，读者也不难看出，编在最末的各篇，所有的故事、人物、背景，都已经取材于四川了。而且，一部份着重在写人物。这个改变，在我是颇为有意义的，而促成这个改变的重要原因之一，是我一九三五年回过一次故乡，重新接触到了生活。由此也更可见生活知识之于我辈的重要。我常常这样想，技巧诚然是了不得，它可能帮助你准确适当地处置你的材料；在摄取材料的时候，它能给你的方便也不会少；可是，结果和生活脱了节，你就只有架空，至少，你会觉得事倍功半。但自然，思想，是更重要，不过思想也必须以生活作养料，它才不致枯死，不致仅仅教会你装腔作势。

因为收在这里的全是战前的作品，读者也许以为它们和现实无关了吧？这是对的，若果你把现实同新闻看成了同义语；而现实一语若果别有解释，那么，至少至少，这里所表现的，正和目前的情形有着颇深的血缘关系。举例来说：那位烹调专家，已经绝迹仕途了么？没有！说不定经过训练、挑选，已经正式当了县长，喉咙也变得更粗了！丁乡约也一定另外顶了个头衔，正跛着条腿，挨家挨户催收粮谷，并热衷于种种新政。而那个软弱的智识份子，更不见得会对老婆的妊娠泰然处之！

最后，我还要放一大炮，我所写的若果真已和现实无关，抗战早胜利了！

编校既讫，信笔写此题记。

一九四四，十一月卅日，于敌人西进声中。

（原载《兽道》，群益出版社 1946 年 4 月初版）

纪念鲁迅先生，检查创作思想

二十年前，我同艾芜一道住在上海闸北荣桂路一座小弄堂里，准备使用小说这一文学形式，对祖国，对广大劳动人民的革命事业尽一点力。但不久我们就感觉怀疑了，不敢肯定：我们所能选择的题材是否能够达到这个目的？

那时候我们已经知道鲁迅先生就住在横浜路景云里，离我们很近，而且深信他的指示将在我们的创作道路上发生重大作用，但是我们好多次打不起勇气去向先生请教。然而，我们终于写了封信，向先生请教了。回信是周建人先生送来的，现在在《二心集》里还可以找到。接着我们又请他看过两篇小说，可惜回信早已经遗失了。

二十年了！这不是个短时间。因为几乎只写小说，单是短篇，好好坏坏我也写了七十篇了，但在这将近二十年的创作经历当中，我是否一切都做得无愧于作一个文学事业上鲁迅先生的学生？在先生逝世十五周年的今天，特别因为解放以来，我一直都在作着新的努力，企图自己能够赶上伟大时代所要求于我们的创作思想水平，我认为我应该对自己以往的创作作一番检查。

记得鲁迅先生曾经说过这样的话：一个人把自己抬得比真价值高，或者是压得低，都是不对的。因而我要直说，在我的创作经历中，我是一直记得我是为什么而写作的，在构思任何一篇小说时，从来没有忘记考虑：这篇东西对人民革命事业是否有利？它将在现实生活中发生怎样一种作用？因为这是一个关键问题，也是鲁迅先生在文学事业上所再三昭示我们的。但是考虑了某个问题，并不等于实际上圆满解决了某个问题，而我的思想认识往往使我在解决好些问题时受到不少限制。

现在我只准备从几个大段落谈一谈，同时也可算是我学习《实践论》时所作检讨的一个补充。我最初一个时期的作品，可以拿《航线》作代表，并包含《土饼》里面的一部分短篇。我写这些作品的主要企图是：通过它们来反映第二次国内革命战争时期的社会动态。因为题材比较新，在手法上又受到苏联十月革命后某些作家的影响，当时相当引起注意。但是，因为偶然看见茅盾先生写的一张纸条，我逐渐感觉这样写下去不行了。因为我所写出的只是一些点点斑斑的浮面现象，它还缺少一件主要东西：人物。

为什么会有这种情形发生呢？很显然的：我同当时的革命实际还有不小距离。既不熟悉革命，写出来的东西当然肤浅。而唯一的办法就是到火热的斗争中去。不幸我并没有这样做，甚至没有认真作过考虑，而我很快就只苦心焦思于怎样在我的创作中塑造几个比较结实的人物，这种想法使我慢慢避开了最重要最中心的主题，把笔锋移向我所熟悉的农村封建统治阶级方面去了，因为他们眨眨眼睛我都似乎可以猜透他们的意图。

从短篇集《苦难》起，一直到我写出长篇《淘金记》止，差不多十年中间，我的绝大部分作品，都不出乎这一个主题思想：暴露农村中的封建统治罪恶。而奇怪的是：我的《消遣》，竟是在抗日战争时期，晋西北游击区的岚县写的。不用说得，我之能于这样深信不疑地写下去，因为我在这方面得到了一定的成功，而一种自满情绪把自己弄昏了。同时也可看出，尽管处理具体题材时我的态度是认真的，但在总结创作思想上却又何等马虎。

我说到《淘金记》为止，因为《淘金记》出版后引起的一些批评使我有机会清醒了一下自己的头脑。关于这本书的批评很有几篇，其中一种指责我爱憎不够分明；而我曾经在口头上作过如下反驳：何寡母白酱丹同是一丘之貉，我应该同情谁？我认为我是有理由的，但我同时深自反省：为什么我不把斗争放在何寡母辈和农民群众之间来进行呢？其时我又正读过毛主席《在延安文艺座谈会上的讲话》，于是我接着加紧进行长篇《还乡记》的构思。

一个人肯反省总不错的，《还乡记》写成后我觉得自己有了一点进步。因为这里不仅写出了农民群众对恶霸地主自发性的斗争，而且，通过这场斗争，我写出了贫苦农民的优良品质：他们聪明、朴实、勇敢，并不像地主少爷们想象的那样愚昧可欺！我是曾经欣喜过我这一点成绩的，但从现在看来，我是何等容易自满。因为如果把它摆在同时代的作品一道，它会显得多么逊色。理由是简单的：时代已飞跃前进了，而我却还拘于一隅。

上面的粗略检讨我只想说明一个问题：在我创作经历当中，我的思想近于麻痹，我所作过的自我批评都太不够深入了。因而虽然没有苟安，有过改进，如鲁迅先生在我初学写作时所曾警戒过我的，然而，我的每一改进却又做得多不彻底，这在开始解放时还不觉得，后来逐渐感觉到了，因为好多新问题逼着我要答复。

时间记不清了，解放以前，曾经有好几次，当我反省到这样老是暴露黑暗是否对劲这个问题的时候，首先我总否定了它，认为应该多表现我们时代光明的一面。但接着我又怀疑起来：在反动统治地区，一切措施都是那么污糟透顶，予以揭发、打击，不正有其必要？而最后，我记起鲁迅先生的创作来了，于是我的老一套重又稳定下来。

然而，这个想法是错误的，简直可以说是时代错误。因为鲁迅先生的小说创作虽然侧重暴露，但是早在我们向他请教的时候，他就已经认为写黑暗不是创作的主要任务了。而在此后谈到中国左翼文学运动的文章当中，例如一九三一年的《上海文艺之一瞥》，他更何等热望中国能有反映革命实际的作品出现。

由此可见，我是在拿鲁迅先生的创作做挡箭牌，用来保护自己的弱点，并没有认真体会他的创作精神。比如说吧，鲁迅先生曾经一再宣称，他是奉"革命的前驱者的命令"创作的，这是多么明确，多么重要的一点！而事实证明我就一直了解得不够深切。

因为勇于自我批评是鲁迅先生主要精神之一，为了纪念先生，我特作了如上的检查。我相信这会使我更加顺利地在毛泽东文艺思想指导下前进。

（原载 1951 年 10 月 19 日重庆《新华日报》）

《沙汀短篇小说集》后记

　　收集在这本集子里的二十二篇小说，其中写作时间最早的一篇，是《航线》。这篇作品，大体可以代表我从一九三一年到一九三三年这段时间内写作上的主要倾向，特别是思想内容方面。

　　这时期我在创作上的主要意图是：反映当时的土地革命运动。但是，由于我并没有直接投身在这个伟大运动当中，只是间接了解到一些实际情况和它在一般社会生活上激起的反响，这就大大限制了我的意图的实现。因此，我在这一时期写的作品，从我现有的水平来看，它们一般都存在着一定程度的概念化倾向，或者像收在这里的《航线》，严格讲不能算是小说。

　　要想实现自己的意图，并在作品中创造出有血有肉的人物，这里就摆着一个首先要解决的问题：到火热的斗争中去！不幸由于思想认识的限制，我没有这么做，我把笔锋转到我所熟悉的四川农村去了。因此，《航线》以下的二十一篇，除开《老烟的故事》和《意外》，绝大部分都是以解放前的四川农村封建社会为背景的，而作品中的人物，也尽是一些当时农村社会中常见的人物。

　　其中《丁跛公》《凶手》《在祠堂里》《代理县长》和《兽道》五篇，是在抗日战争以前写的，我希望通过这几篇作品中的人物及其活动，读者能够多少看出在国民党反动派和它的爪牙地方军阀统治下农村生活的真实面貌。这些故事，无疑是太阴暗了。但在当时，"断腿天兵"

和那个"洗衣婆的女儿"的遭际,却并不是个别的,他们正是代表着一般善良人民的共同命运。虽然这里没有写出多少反抗,而魏老婆子的发狂,更可能使读者过分感觉沉重。

《代理县长》是我这一时期中写的一篇讽刺小说,也是自己比较满意的一篇小说。我说比较满意,因为通过那个反动政权下的官儿的可笑的生活方式,我多少表现出了旧的社会制度的丑恶本质和它的日益腐烂。到了抗日战争时期,我对这一点看得更加多了,所以收集在这本集子里的《防空》《在其香居茶馆里》和《替身》,都是这类性质的作品。和这同一性质的东西还有好几篇的,但是大都存在着更多的缺点,现在只能当成废品处理。

我想通过《老烟的故事》,反映抗日战争中国民党反动派在其统治区发动的反共高潮,因而这篇小说的发表,是经过好一些周折的。而且,最后两段,被"检查官"删掉了;但它本身却存在着重大的缺点。因为我竟选择了那样一个"生活在空隙中间的人"来做作品的主角!虽然以后陆续写的《小城风波》《春朝》和《两兄弟》,多少弥补了这个缺点,但我仍然把它保留下来,去掉了其他三篇。因为它在当时发生过一定影响,形式也较为完整。

经过修改,《磁力》的主题、故事是明确些了,这里用不着多说了。但是重读了这一篇,想想过去,又想想目前,我禁不住为新中国的青年男女感到无限幸福。因为他们现在无须经过袁小奇那样的斗争就能直接得到党的培养。这是我自己比较喜欢的一篇小说,它接触到了生活的积极的一面。还有,《一个秋天晚上》,发表的时候叫《堪察加小景》,也是我喜爱的。因为这个阴暗的故事使人感觉到的并非绝望,而是对于生活的信赖。

从一九三一年到一九四五年,这中间有十四个年头,现在自己觉得可以勉强保留下来的作品,却只有这十二篇!这是一件使人难受的事,当然同时也是对我的一种鞭策。抗日战争胜利以后,全国解放以前,我所写的短篇，收在这里的一共十篇。其中《范老老师》《呼喽》《催粮》和《烦恼》四篇，写于国民党反动派开始发动内战、全国人民一致要求和平时期。而《炮手》和《意外》，也是以反内战为主题而写作的。

这里我想特别谈一谈《范老老师》。这篇小说我一直是以为不错的。因为它不仅比较迅速地配合了当时的重大政治运动，人物也还相当成熟；但在校改中间，我才发觉了它的无可掩盖的缺点。因为它只单纯表明了一种愿望：人民是要求和平的！可是缺少强有力的行动。《呼喽》和《烦恼》也存在着同样性质的缺点。而这些缺点的发生，说明了什么呢？它们正说明了我当时的生活面过于狭小，政治认识太差，政治热情不够饱满。

《医生》《酒后》和《减租》，一目了然，它们是反映国民党反动统治总崩溃前的农村生活的。但是，关于《减租》，我应该在这里简单说明几句。蒋匪政权曾经在他末日降临时公布了一个欺骗性的减租条例，企图挽回它历史注定了的命运，但它反而在农村中引起更多的咒骂。因为它给农民带来了新的灾难。在这同一主题下，我还写过一篇《退佃》。

这里的二十二篇小说，有好几篇，我都作过适度的修改。这些修改，主要是在这样两种情况下进行的：发表时候，为了避免反动政府检查，有的地方故意含糊其辞，现在把它们弄明确了；有的由于自己思想上欠明确，因而形象、情节也就显得有些模糊，现在也改过了。

这篇后记，我只想就作品产生的社会历史背景，以及作者写作它们时的意图，简略地加以说明。这在目前是有其必要的。我希望这些说明对于读者能够多少有点帮助。

沙 汀

一九五三年五月二十二日

（原载《沙汀短篇小说集》，人民文学出版社 1953 年 9 月第 1 版）

谈谈人物的创造

这次会议，结合着大家的写作和大家的创作思想上的一般情况，讨论了胡乔木同志有关文艺创作问题的报告。根据汇报，知道大家在讨论中对社会主义现实主义的精神有了进一步的认识，这对于大家今后进行创作是有很大的帮助的。

像这样的会，今后西南文联还可以多开，可以每年找到适当的时机开那么一两次。同时，我觉得，像这样的会，各省、市文联也是可以多多召开的。因为，在文艺工作这一条战线上，从我们国家的规模和人民的要求来说，单靠专业作家进行创作是不够的。我们一定还要把青年业余写作者组织起来，在政治上业务上给他们以必要的帮助，我们的工作才能做得更好。

这个会议，是根据这个目的召开的。

今天，大家要我谈一谈创作经验，我想结合一两个具体的作品来谈谈，这些经验当然是不成熟的，但是可以供给大家参考。

从编辑部收到的问题和几次小组讨论可以看出：在写作时如何表现人物、刻画人物这方面大家都感觉到有些苦恼。这是一个可喜的现象，它说明大家在创作上已经开始找到门径了。如果文学作品离开了典型的创造、人物形象的树立，其工作就失掉了意义。中央领导同志对全国文协组织的一批准备下乡下厂体验生活进行创作的作家的关于创作问题的报告中，也号召我们创造英雄人物，创造值得做别人的模范和仿效对象的正面人物的明朗的艺术形象，来鼓舞人民、教育人民。这些指示对我们来说是特别亲切的。因为我们已经在不断的创作实践中认识了：如果在创作文艺作品时离开人物的塑造、人物的刻画，单纯在故事情节上注意，这样做法是走不通的。《西南文艺》的通讯员同志大部分都感到他们面对着大堆材料，但是组织不起来。关于故事情节的结构和剪裁，也有很多人感到困难。有一个同志就是个很好的例子：他参加了农村中一系列的斗争并领导农业生产，他搜集了很多材料，但是不知道怎样写成文艺作品。他有这样一个材料：内容是解放前地主截断了上流水源，使下游的水田都变成旱田。解放以后，打倒了恶霸，水流畅通了，旱田变成水田，并且得到了丰收。可是，他却感到写成一篇通讯还可以，还能够应付，要写成报告或小说，就感到集中不起来，不知从何处下笔。我想，这个同志之所以会产生这种苦恼的原因恐怕不是别的，而是他在生活中只醉心于材料的搜集，在准备写作时又迷惑于故事情节的安排，他关心和注意的只是这些，而没有用全部精力去关心人物、注意人物。他有了材料、故事和情节，而没有人物，他不会用一两个典型明朗的人物形象把他所得到的故事材料贯串起来。

现在，谈一谈我的作品中的人物是怎样形成的。

大家谈到写真人真事这个问题，我也写过真人真事的，但是有些地方保存了真人真事原来的面貌，有些地方则综合了其他人和事的特征加以掺合而成的。我以为，写真人真事是可以的，但写真人真事也要遵守艺术的规律，一定需要概括和集中，一定要抛丢一些，强调一些，一定要抛丢一些不必要的，强调一些重要的，不然就不是创作，而是照相了。我以为，取一个在现实生活中你接触过的人来做模特儿，是可以而且必要的。一九四五年我写过一篇小说《范老老师》。那时，正是我们和国民党进行和平谈判的时候，我感觉到我必须把那时候广大人民对和平热烈盼望的心愿和态度表现出来，作人民的喉舌。这个热望在我心里燃烧了很久。有一次，在我当时居住的那个乡场里，忽然不知怎样流传了一个消息，说是已经和平了，人民听到这个消息之后情绪非常热烈，就大放鞭炮来庆祝。我想，这个具体的事件是很可以表现酝酿在我心中的那个主题的，于是，我进一步有了事件了，但是只有了事件还是不能表现主题的，还必须要有人物。因此，我就想起我曾经接触过而非常熟悉的一个老先生，这个老先生勇于接受新事物，性格也非常坦率爽朗。我写这小说时，这个老先生虽然已经去世好几年了，但这个人的个性和性格我都记忆得非常鲜明，我感觉到我可以把这个老先生作为模特儿放在我的作品中进行刻画和描写，同时我也感觉到这个人物表现这个主题也是恰当的。小说写成后，我把这个老先生的个性和性格保存下来了，但是，这个人物在我的小说中的活动是设想的，我掺合了这个老先生的一些特点再创造地写成了这样一个活的人物。那么，人物怎样才能写得生动呢？我以为作者对人物的思想情感、性格和生活习惯是否熟悉是最主要的，如果一个作者对要在作品中描写的人物的思想情感、性格和生活习惯已经非常熟悉和已经掌握住了，这样，把这个人物作为模特儿，把它放在运动的规律中，生活和斗争的规律中；把它安放在这一个环境和那一个环境中去，让他对外界事物表明态度。如此，一个模特儿就可以变为你的作品中的活的主人翁了。

　　一九三五年我写过一篇叫《代理县长》的小说。当时，因为我母亲去世，回家乡去住了一段时期。有一次，我跟着一些同乡去赈灾。通过这次赈灾工作的接触和体会，我明白了国民党反动派借赈灾来剥削人民的实质。国民党的官员根本不是在救灾民而是借赈灾来更加残酷地对人民加以压榨。我有了主题，也有了事件，但没有人物，这个主题和事件便无法表现。有一天，我在一个县城的街道上看见一个县政府的秘书，此人头发蓬松，穿一件褪色的长袍，拖起一双布鞋，手提一副猪膘满街去借锅炒。这个人的形象立刻吸引了我，我觉得这位提着猪膘满街喊着借锅的国民党县政府秘书的确充分而尖锐地集中了一些国民党官吏的流氓气和市侩气。跟着，我就依据我的生活经验分析了这位秘书的历史和身世，这个家伙可能是兵痞子出身，不但不学无术，而且欺骗拐榨无所不为。我就决定拿这个人物作为我的小说的主角。我觉得这个人物是能表现我所要写的国民党借赈灾为名去压榨人民这一个主题的。我不单拿这个人物作为我的作品的主角，我还拿在我生活经验中所遇见的其他人物、拿我生活经验中接触过的同类典型——国民党烂官僚分子的典型来补充、来丰富、来充实我作品中要写的主角。因为我综合概括了许多人物的特征，而再创造了这个人物，结果，我这篇作品就比较写得生动。

一九三五年我还写了一个短篇小说《兽道》。这篇小说是怎样写成的呢？当时反动的国民党政府散布这样的谣言，说红军过境，人民受苦。其实是国民党军队经过的地方，人民才遭受着深重的灾难。我决定要写一篇作品来表现这个主题。不久我听当地人说，在某个地方有个产妇，碰上一个国民党所谓"剿匪"部队的军官要强奸她，她的母亲再三哀恳，都不答应。这位老太婆不忍心产妇受害，最后痛心地说："我来可不可以？"这个事件很感动人，因为它充分地说明了国民党所谓"剿匪"的本质。有了这具体的、能恰当地表现主题的事件后，就想人物，就在自己的生活中去找熟悉的人物。我必须要找一个受尽苦难而性格倔强的老太婆，我觉得这个老太婆必须是个劳动人民。于是我就在我接触过的劳动人民中去寻觅这样一个典型。这个人物渐渐在我脑子里形成了，于是我就把这个人物放在一定的环境中，去让她表示态度；我把我综合出来的这个老太婆的形象放在那个悲惨的事件中去让她现身说法，去让她说该说的话，做该做的事。这就写成了小说《兽道》。从这篇小说中，可以看出：如果这作品中你所决定的人物，她的思想、语言行为和态度与她的阶级本质、与她的性格是统一的，那么，你创造的这个人物就是生动的、真实的。

下面再谈关于创造人物的其他问题。

那么，在文艺作品中，有些人物写得很好，很生动，有些人物写得很坏，甚至是写得枯燥乏味的，这是什么原因呢？我认为人物写好写坏，主要是决定于酝酿时期。一个人物的形象在作者的脑子里还是不明确的，写出来对读者也必然是模糊的。所以，在写作之先必须把你要写的人物在脑子里深思熟虑，让它在脑子里活动，在脑子里说话，还要把人物放在你要写的事件中的各个发展的环境中反复思考，像怀孕那样，要思考成熟。人物形象的各方面都已经孕育成熟了，写出来就是生动、鲜明的。

自然，一篇小说，人物、故事、情节是有机地关联着的。但有决定意义的却是人物。因为故事、情节是从人物的行动来的，而一个酝酿成熟了的人物必然伴随着一切行动细节。有了人物而无行动情节是不可想象的。有些同志不能概括生活，拥有生活和材料但仍不能创作，原因之一恐怕就是对于文学创作的规律不大了解，对于通过人物来表现事件、集中事件这一规律运用得不熟练的缘故。

上面所说，仅仅是谈到关于创造普通人物形象的一般问题，至于要树立一个英雄形象，塑造一个英雄典型，上述那些是不够的；上述那些仅仅是刻画人物的一般问题而已。

《范老老师》这篇小说，虽则范老老师这个人物在当时是发生过一定的作用，对当时国民党统治区域的人民多少鼓舞了他们要求和平的信心和信念，但是这个作品是还有缺点的，写得不够的。首先是人物选择的不恰当。范老老师这个人物不过是自由小资产阶级，并不是工人、共产党员，由于这样，这个人物对于和平的企求只是止于口头的宣传，热切的盼望和欢迎，他没有积极主动地行动起来，用切实的战斗去争取，因而也就减低这篇作品的战斗性。这充分说明如果人物选择错了，作品的思想和实际作用就会受到限制。当然同时也说明了当时自己的马列主义水平的低下。又如我写的另一篇小说《医生》。写这篇小说的时间是一九四九年，那时我因吐血，住在乡间，看到国民党崩溃前夕的经济混乱，钞票贬值，物价一日数次猛变，人民生活十分困苦，我决定从这个角度反映国民党的崩溃和它深刻的反人民性，我就去选择人物。有一次我听说有一个医生把当时国民党发行的金圆券剪了来摊膏药。根据这事件我就继续思考，这医生该是怎样一个人呢？起初我决定这个医生是个善良的节俭的。后来又想到，既然是个节俭的人，那么他为什么要剪金圆券来摊膏药呢？这样想下去就觉得这样写人物的性格和人物的活动是不统一的。我更加觉得只把这个医生写成善良的人是不够的，我决定进一步要把这个医生写成是不爱钱的，耿直的，对反动统治者不满的人，这样，他所以要剪金圆券来摊膏药，就并不是由于节省一些膏药纸，而是用剪掉那不值钱的金圆券来表示对国民党反动统治的愤怒和控诉。这样写，人物和人物的活动就得到较高的提升并且也完整地统一起来了，作品的思想性就较强了。上述的例子就充分的说明，所谓选择人物、刻画人物问题就是政治问题。一篇作品中选择什么人物来做主角和一篇作品中的人物刻画成怎样，往往取决于作者的政治认识和政治态度。从这里更可以充分证明，一个从事创作的人，提高自己的政治认识，在政治思想上作充分的准备是十分重要的。

今天我们的创作任务是重大的，我们要写出一些正面的英雄人物形象来作为人民的楷模。那么，要写英雄人物，首先是和作者自己的思想情感、政治修养有不可分割的关系。普遍存在着的东西比较容易抓住，但是，如果我们要写今天虽是少数明天即会变成多数的英雄人物，这首先就要求作家的人格和修养都是高的，如果一个作家的人格不高，甚至低下，怎样能写出英雄人物来带动人民向上呢？有些同志的作品之所以产生错误，就是因为他的政治准备不充分，思想水平不高所致。由此我们可以看出政治学习和政治锻炼对于一个文学工作者的头等重大意义。

我们需要向人民群众学习，但往往我们忽略另一方面，就是我们还有着教育人民群众的责任。要教育人民群众，首先就要求我们提高自己的政治思想和有着完美的人格。最近艾芜同志从东北一个工厂来信说，他下厂一年多以来，越发感到学习马克思列宁主义和毛泽东思想的政治理论的重要。因为我们要到人民群众中去，如果缺乏政治修养，就对产生在人民群众中的好的东西、那些共产主义道德品质的萌芽失去感觉，看不出来。自然，我们强调政治准备，我们也不能忽略生活的准备；一个作家有了政治准备，但生活太单薄，也是搞不好创作的。《西南文艺》的通讯员同志们，经过这一次学习讨论，对有关创作和学习的问题有了一些体会。但是，我觉得，创造新英雄人物，是一个长期的任务。作为初学写作者的《西南文艺》通讯员来说，今天，只要我们把生活中所接触到的新人物比较生动地、真实地写出来，第一步走对了，一步步走下去，较完整的新英雄人物的典型就能够塑造出来的。今天只是一个起点，从小型的东西着手是对的。要把塑造英雄人物的典型作为一个奋斗的目标。我们要从起点开步走。好高骛远，眼高手低，这种做法是不踏实的。同志们，文学事业是艰苦的，但也是伟大的，从事这种工作的同志，需要付出更大的、更多的劳动。只有通过不断的、再接再厉的艰辛的劳动，积累更多的经验，才能有较大较好的成就。在文学事业的道路上，是没有什么便宜可捡的。

生活在毛泽东时代，党在经常关怀着我们。只要我们下定决心，切切实实的努力，我相信我们都可以得到成功。

（原载《西南文艺》1953 年 6 月号）

《还乡记》后记

一九四四年春天，我在安县睢水关的刘家沟住了好几个月，写了我的第二部长篇《困兽记》的绝大部分章节。在《困兽记》的题记里，我曾经谈到过这个地方：

> 那是一条约有三四里长的山沟，分做三段，上沟，中沟，下沟，一共有五六十户人家。全是贫苦的半自耕农，若不打柴打猎，没有一家人过得了的。此外，就是到附近林莽地带开辟火地，因为熟地是太少了，又很贫瘠。……
>
> 所有的住屋都在山峡两面的腹部，山脚边是耕地，顶上一层，大半用来铲草，以作肥料。当时正是利用农闲，准备铲草烧灰的时候，锄口触着岩石的铿铿的声音，听了不觉感到寂寞。逢到下雨，这种单调刺耳的声音是没有了，但是野兽的嗥叫却更难以忍受。特别是黄麂子，常常在雨雾濛濛的荒山上跑来跑去嗥叫……

可以说，这本《还乡记》主要就是拿我在这个刘家沟几个月的生活经历作基础的。当然，远在写《困兽记》以前，我就考虑到要写这样一本书了。

那是一九四三年，我的第一部长篇《淘金记》早已经出版了，刚好在一种激动的心情下写完中篇《闯关》，正在计划写《困兽记》。在进行

《困兽记》的构思当中，回忆和联想使我看到了农村社会中另外一个非常重要的方面，这就是广大农民群众的生活斗争。

当时我想，如果我只是写了恶霸地主的贪婪，贫苦知识分子的苦闷，无论如何是不行的，我还得尽我的力量来反映一下当时农民群众的生活，他们在反动政权层层压榨下的呻吟、挣扎和反抗，让读者从这三本书里多少可以看到一点四川农村社会的面貌。

一九四四年冬天，正当贵阳吃紧的时候，因为工作关系，我去重庆住了一个时期。这中间，我第一次读到了毛主席的《在延安文艺座谈会上的讲话》，也听到了一些已经学习过这本伟大著作的同志对《淘金记》和《困兽记》的意见，使我有机会认真考虑了一些创作上的重大问题。

当我重新回到雎水关乡下的时候，写作《还乡记》的愿望更强烈了。而且，对于已经掌握到的题材，有了一个明确的看法。这本书的构思，比较说是快的，一九四六年春天我就开始执笔，写起来也还顺利。但是，同样因为工作关系，在我刚才写好冯大生两父子见面这一章的时候，就又中途搁下，动身到重庆去。

这次我在重庆留的时间较久，一直到"和谈"破裂后才离开，重新回到了雎水关。可是，由于白色恐怖越来越加猖狂，我在这个已经住了五六年的老地方待不下去了。这次我没有上山，相反，在一个亲属的帮助下，我跑到附近一个较大的场镇上去，隐蔽在一家锅厂里面，在一间阴暗狭小的房间里写成了这本书……

过去，有的朋友曾经有过这样一种说法，认为我熟悉四川农村生活。这是不确切的，因为事实上，我对四川农村社会中广大从事劳动生产的农民，知道得并不多，直到一九四一年以后，由于经常住在乡下，同农民的接触多了，这才有些了解。可以说，没有这几年的生活，我不可能写出这本《还乡记》来。

当然，就从这一本书里，读者仍然可以看出，我对农民生活的了解，是不够的。有的地方我写得单薄，有的地方有意把笔触绕开。譬如说，我曾经计划用一些篇幅描写山民们打笋子的场景，由于没有这种生活经历，在写作进行当中，我不得不放弃了这个意图。

但是，这本书的重大缺点，还在这里：构思当中，由于考虑到反动派的检查制度，我放弃了一个重要线索。这个线索，就是一个在伟大长征中因负伤留下来的红军战士的活动。虽然刘家沟没有发生这样的事情，但在邻近安县的山区，同样的事情，却曾经发生过。

解放以来，这是这本书的第二次排印，在两次排印当中我都做过修改。遗憾的是，对于上面提到的一点缺点，由于时间上的限制，始终无法补救。

一九五九年三月十日记

（原载《还乡记》，人民文学出版社 1959 年 4 月第 2 版）

漫谈小说创作中的一些问题
——在成都日报《工农兵》文艺周刊业余作者座谈会上的发言

听说同志们已经读过茅盾、艾芜、严文井等同志在部队短篇小说创作座谈会上的发言，不知是否同时读过文章中提到的那些作品？比如茅盾同志讲到人物描写问题、含蓄问题和思想性问题时，都举了一些例子作比较：鲁迅的《祝福》和《离婚》，莫泊桑的《羊脂球》和《蜚蜚姑娘》等等；如果对照起来读，会得到更多的启发。他们的发言都很好，站得高，谈得深，也包括了他们自己丰富的经验。我今天来谈，不会超出他们所谈的范围。编辑部要我谈谈自己的作品，这也好。倒不是说自己的作品好，而是针对大家提出来的问题，联系我自己在写作中的体会，也许可以谈得实际一些，"自家有病自家知"嘛。

就从"有故事无情节，有人物无性格"谈起。据说这是你们写作上曾经碰到的问题。

故事情节，人物性格，是构成一篇小说的重要因素。在座的有些同志，写作中也许已经解决了这个问题。前些时候，我读《四川十年短篇小说选》的校样，觉得许多年轻朋友的作品都写得好，其中如在座的冯还求同志的《故乡》，刘渝生同志的《班长》，还有邹仲平同志的《628号解说员》，都是有故事也有情节，有人物也有性格的。生活里也不存在这问题，故事和情节，人物和性格，常常是连在一起的。如果说故事产生于人物的行动，那就必然包含着事件的起因、发展和结果，包含着人与人的关系和影响，也就包含着构成作品情节和人物性格的素材。故事、人物和性格，是不可分割的。有同志说，要写出人物的性格很不容易，这倒是真的；但是，也不要把这个问题看得太神秘，在座的人，谁能说自己没有性格呢？比如说，某人是个"枯燥无味"的人；其实，只要你真正掌握了又写出了他的"枯燥无味"，也就有"味"了。当然，这只是就人物的脾味、习性说的。按照我的理解，一个刻画得好的人物，一定是个有性格的人物，也一定有他自己的故事；一个酝酿成熟了的人物，就不可能是个赤条条的净人，而总是伴随着许多的行动或情节，形成一定的性格。如果你对人物的理解只有一些概念，写出来就不会打动读者，也不可能在读者脑子里留下深刻的印象。

有的同志提出："为什么在生活中抓不到东西？"

大家都同样生活在工厂或农村，为什么有些同志抓到了东西，有的却抓不到？我想，抓不住，可能是由于对生活不够理解。据说从前一个造币厂中有个验收银子的老头，他拿起银子，好像只是顺手点点数目，但那些灌了铅的银子从没有逃过他的眼睛。什么原因呢？因为他已经十分熟悉真假银子的不同特征。作家熟悉人、理解人的工作，自然困难得多。但是，只要我们努力学习，认真锻炼，把建立共产主义的世界观经常放在首要的地位，也能够办到。而要熟悉每一个阶层的人物和生活，就必须用正确的观点理解每一个阶级和阶层的特征和它们之间的关系；不理解这些，即使有许多重要的东西，也会在你身边轻轻滑过。这里牵涉到作者的立场观点、观察能力和政治敏感的问题，对新的生活是否热爱的问题。因此，要想在生活中抓到东西，一定要热爱生活、参加实际斗争，并不断提高政治和思想水平，以不断增强理解生活、理解人物的能力。毛主席教导我们说："感觉到了的东西，我们不能立刻理解它，只有理解了的东西才更深刻地感觉它。"这就是要我们努力提高认识生活的能力，要深入透彻地理解生活，不要满足于表面的一知半解。

抓不到东西，也可能是由于有些作者想抓现成的、整块的东西，拿过来就能写成作品。这种情况，每一个作家也许都碰到过，但到底是少有的。一个写作严肃的人，不会光去追求现成的东西。而且，任何一篇成功的作品，都不会是生活原样的翻版。生活是创作的唯一源泉，但生活中很少有完整的人物和故事，只待你去拿来就写。因为，即使比较完整的材料，作为创作来要求，也还必须经过艺术上的集中概括，也就是艺术上的加工、创造的过程。我自己的经验是：我所写的作品，包括少数近于真人真事的作品在内，都是在有比较充分的材料的前提下，进行过虚构和加工的。

一九五五年我写《卢家秀》时，只见过小说的主人公两面。写成它，当然还靠这两次见面以外的很多东西：包括在北京时就读了毛主席《关于农业合作化问题》的报告，有了思想武器；回来后，在省政协会上听到不少生动事例；到了绵阳，县委会又帮助我结识了几位乡总支书记。可见我能写出《卢家秀》这篇东西，并不是捡现成捞来就写，而是理解了形势，掌握了许多具体材料，并且亲身感受到广大贫农、下中农积极争取建社、入社的迫切要求和热烈愿望。当然，我主要是写卢家秀，其他用不着的东西都丢开了，又虚构了很多东西。所以尽管现实生活中有这样一个人，卢家秀这个名字却不是真的。我最初注意到这个人，情况也很简单：在瓦子乡乡政府偶然听到两个干部说：这个女孩子为了争取入社，一天到晚跟在支部书记后面转；而她过去却是连开会也不参加的。讲完整，这材料很不完整。要说经验，这倒是我的一个经验：生活中常常会有这种并非成块的东西，看来不能一下子写成一篇作品，但它却能起到触发的作用，引起你对已经熟悉的生活的联想和深思，甚至使你的全部经历、记忆活跃起来。有时候，我手边材料已经不少，但总像还缺少一个串联它们、使它们互相通气的东西。好比一盏煤汽灯，汽打足了，还要用火点燃，或者用引针透它一下，于是"喷"的一声，这才亮了。那两个干部说的那个女孩子的故事，对我写《卢家秀》就起了这样的作用。

一九五七年初，我写《老邬》，那是在农村合作化高潮以后，一小部分随大流入社的富裕户，由于对国家的粮食政策一向是抵触的，随时兴风作浪。但我接触到的一些基层干部，在当时两条道路的斗争当中，却起到了"中流砥柱"的作用。他们那种任劳任怨、对党无限忠诚、对社会主义坚信不渝的高贵品质，都一再感动了我，很想表现他们，但一时无从着手。有天，深夜开会，有个积极分子老等都不来，有同志说，他成天挨落后群众的骂，骂得连他老婆都忍受不住，经常和他吵闹抱怨，也许他今晚不会再来开会了。但是，他终于来了。有谁忍不住问他："听说人家喊起你的小名骂呀？"他满不在乎地说："他骂好啦！这一带哪个不晓得我叫'奶娃子'呀！"就是这么一点儿印象，也正像汽灯的引针一样，使我的思想一下亮了，联系到平常的许多材料和感受，构思了一位社主任的形象，很快写成了《老邬》。

解放前我的《在其香居茶馆里》，也是在同样情形下写成的。那是一九四〇年，我在重庆，当时的全国文协常常开晚会（后来国民党特务捣乱，停下来了），有一次，我主持会，有听众递条子说：乡下拉壮丁，闹得乌烟瘴气，作家们为什么不揭露？的确，那时在大街上我也见过国民党军队拉壮丁，有时甚至假称"送电报"把门叫开，或者假借招考学生为名拉壮丁。听众一提，我觉得真应该写。但是，怎么写呢？何况已经有同志写过这类题材，总不能老说重皮子话。那时我住在南岸一个农场里面，有个姓陈的技师忽然好几天不知去向，后来问他哪去了，他说："侄儿被拉了壮丁，回去把他弄出来了。""怎么弄出来的？"他笑笑说："叫他在队伍集合报数的时候，故意把数报错，收壮丁那家伙就说：'这么瓜，哪能打国仗？捶二十个军棍赶出去！'这不就出来了！"于是，我的《在其香居茶馆里》那台戏也就唱出来了。当然，邢幺吵吵、联保主任、陈新老爷之流，还是平常早已熟悉的人物。也只有平常积累得多，当其发现最有本质特征的事物时，才能起到"点火"的作用，把许多零散的东西联成一个整体。可见生活的日积月累，点点滴滴的东西，非常重要，现炒现卖不是长久之计。重要的是：要时时刻刻关心生活，研究生活。

不过，我所一再强调的积累生活，不是随随便便、不加选择地积累。造币厂那个老头所以能够鉴别银子的真假，不仅因为长时期同银子打交道，而且因为从中分析和比较，由此掌握了真假银子的各种不同特点。作家不能把头脑当作生活的仓库，而要看成如高尔基所说的"像蜜蜂酿蜜一样"的蜂房。我们必须遵循毛主席的指示，深入生活，"观察、体验、研究、分析一切人，一切阶级，一切群众，一切生动的生活形式和斗争形式，一切文学和艺术的原始材料，然后才有可能进入创作过程"。也只有投身火热的斗争，深入生活的激流，同时不断进行观察、体验和研究、分析，才能抓住生活的规律和特点，通过自己丰富的生活经验，从而概括、创造出无愧于我们时代的作品。

有同志问："写小说时，到底是先有人物，还是先有故事？"

我觉得，这提法本身不太妥当。确切地说，应该是：是什么引起了你的创作构思？是什么首先打动了你？当然这也是没有什么成规的。我写的一些东西，如前面提到的《在其香居茶馆里》，首先是晚会上那张条子，激起了我要写的这篇东西的政治责任感，其次是陈技师的那段经历——他侄儿被拉了壮丁又弄出来了，这个事件引起了我的构思。

一九三五年，我构思《代理县长》，却又是从人物开头的。那时我跟一些同乡，在灾区北川县接触到那么一个人物，他可以在遍地饥民的街上，提着猪膘满街去借锅炒；他从生活方式到一切思想活动，无不为了刮钱，为了更残酷地压榨人民。在他身上，不仅充满反动官僚的流氓气和市侩气，也体现着国民党的腐朽实质。这人物，触发了我写《代理县长》；故事，却是根据其他材料虚构的。

还有另一种情况，当我开始构思的时候，既有人物，也有故事。这就是我一九五七年写成的《风浪》。那时农村里正在大鸣大放，我在安县汉昌乡，区委要我参加一个社的试点工作，工作中发现有个十六七岁的女孩子，表现很好；但是我没住多久，就回成都开会来了。后来在德阳，又接触到一些普普通通的妇女，斗争性都很强，动人的故事也不少。因此《风浪》这篇小说，从我在现实生活中得到最初的一个印象，直到整个艺术构思的过程，人物和故事都是同时存在的，不是先有人物，然后才来拼凑故事；或者先有故事，然后才来安排人物。

　　人物和故事，不能机械分开；而要使主题鲜明突出，并完满地表达作者的意图，首先必须注意人物的选择和安排。描写的重点，故事的结构，都是围绕主题、为主题服务的；其中起积极作用的是人物。人物的选择、安排不当，就不可能明确、妥当地表现主题思想，或许还会损害主题思想，削弱作品的感染、教育力量，甚至可能歪曲生活。比如我写《医生》，就是经过反复考虑，终于改变了原来构思的。那是一九四九年国民党溃逃前夕，市场极其混乱，伪钞一钱不值，物价一天打好几个滚，人民困苦不堪，渴求解放。我决定要从这一角度来揭露国民党的经济总崩溃和它深刻的反人民性。碰巧，听说有个医生，曾经把日益贬值的金圆券剪来摊膏药。我觉得这事很能表现这个主题。但这位医生应该是个什么样的人呢？最初，我想把他写成个可怜的、悭吝的医生。后来想到，既然如此，为什么他又舍得剪掉金圆券？人物的性格和行动，显然不统一。继而又想，假若把他写成个善良的、节俭的人，迫于气愤，终于干了件从不愿干的事，也未尝没有一点意思；但这和我所要表现的主题思想，仍然不无距离；而且，四五千字的短篇里，要写出一个性格的突变来，势必花费更多的笔墨，以致挤掉其他的内容。最后，越来越觉得，仅仅写出那样一个医生是很不够的，应该进一步把他写成个不爱钱的、耿直的、对反动统治者不满的人。这样，他之所以要剪掉金圆券来摊膏药，就并不是由于节省一些膏药纸，也不是因为自己在经济上受了损失来泄愤，而是借此表达对国民党反动统治的愤怒和控诉。这样写，是否思想性强些，当然还可考虑。但是它却说明，人物的选择，对主题思想来说，是十分重要的。

的确，对一篇作品说来，人物的选择是很重要的。因为，一定的主题，只有一定的人物、一定的情节才能反映得更恰当，产生更好的政治效果和艺术效果。

一九四五年底，毛主席从延安飞到了重庆与国民党谈判，群众欢天喜地地说："这下好了，不打仗了，成都放了一天一夜的火炮。"虽然"不打仗了"不是事实，国民党不会停止反动内战，但这番议论，却很能表现广大人民渴望和平、民主生活的强烈愿望；但我总是找不到一个恰当的人物来表现它。好容易突然想到去世的范老老师。这是我相当熟悉的一位老先生，他勇于接受新事物，性格也非常坦率、爽朗；直到他死后，音容笑貌还像就在眼前。我老早想通过他，写出人们对新的生活的追求，但是自己的创作情绪总不怎么强烈，而一旦有了这个新的主题，新的想法，对这个已经死去的老人，我忽然感觉非写他不可了，因为想来想去，只有他这样的人，产生那样的愿望才更合情合理，更有说服力。于是我来了个"起死回生"，让他在新的环境、条件下活动起来，写成了那篇《范老老师》。

确定主题、选择人物，还会涉及反面人物的问题。有人说，《风浪》里的对立面人物不够突出，因而影响了正面人物形象，这是指的那个米贩子没有更多的活动。老实讲吧，怎样写那个米贩子，我是思考过的：首先，我主要想写的是那些顶得住大风大浪的农村妇女，所以不能把米贩子同申大嫂相提并论；其次，我主要是写正气战胜邪气，而不是单纯写那时候的一股冷风，所以邪气无须写得太多。其实，米贩子的怪话我记得不少，但不必也不能原封原样摆出来，我觉得最好是通过第三者转述，这样便于在描叙的同时进行批判。在反映当前现实生活的作品中，对反面人物，我总觉得不能过于渲染，让他太活跃了。这是作者的阶级爱憎问题，他应该考虑到效果：对谁有利？在我们的作品中，何必把反面人物写得那么活灵活现，使人读得津津有味呢？

一切都应该服从主题和政治目的，使我们的作品起到深刻的社会主义思想教育的作用。

有同志问："描写的重点，摆在什么地方最恰当?"对一篇作品的构思说，这个问题同样是重要的。我也可以谈谈自己的看法。

我以为，这和怎样安排、处理正面人物与反面人物，有一个共同的地方：应该从政治效果、艺术效果来考虑。有时候，由某一人物，会使我们想到某些事件；或者由某一事件，可能想到某些人物。这是因为事物有其联系性和规律性。在生活中，一定的人干一定的事，不同的性格有不同的干法，都不是偶然的。而在创作中，这件事发生在这个人身上好，还是发生在那个人身上好？这个人干这件事好，还是干那件事更好？突出什么好，强调什么好？这些，都要遵循生活规律和性格逻辑，按照主题需要来确定。我写《在其香居茶馆里》，听来的故事就是那么一点点：被拉了的壮丁又弄回来了；但它不是我描写的重点。我只把它摆在小说的最后，用它来点题，用它来揭露国民党反动统治的欺诈和罪恶。这一结尾，对突现主题来说，是重点。而在描写上，如果没有前面那些情节、波澜，如果不着力描写那么吵吵想把儿子闹回来的那场曲折、复杂的争吵以至打架，我觉得，这一结尾，也就不会达到一定的讽刺、揭露效果，从而加深读者对于反动派和农村封建统治的深恶痛绝。

至于"从什么角度来写"这样的问题，我以为不能说得太死，要根据主题的要求和作者熟悉生活的情况、艺术手法的特长来决定。你们的作品中，《故乡》《班长》用第一人称，《628号解说员》用第三人称，都不错。从正面或侧面来反映，也应当是"量体裁衣"。《628号解说员》那样的题材，如果我来写，由于对炼钢生活还不十分熟悉，也会从侧面来反映的。但是，不论用第一人称或第三人称，正面写或侧面写，写这个人或那个人，总的来说，都是作者在那里写；也不论写得含蓄不含蓄，有时候是作者自己站出来说话，或者是通过人物来说话，我认为总之都是作者在说话，都是作者用以表示自己的生活态度和政治观点。因此，不能回避自己的见解，对生活抱冷漠态度。

有同志问："什么是故事、波澜？怎样进行艺术加工？"

这是表现技巧的问题。《在其香居茶馆里》，邢么吵吵的儿子被联保主任"密报"拉了壮丁，他跑到茶馆里去软讥硬攻，想把儿子闹回来，这是故事。好好先生（俞视学）想说和，说不好；陈新老爷来了，以为可以说好，也说不好；终于，打架了；而正当打得难分难解的时候，突然消息传来：儿子已经"弄"回来了。这便是波澜。很显然，这些波澜，是生活中存在的，是合乎生活规律的，通过作者的艺术加工，体现在作品中，我们就叫它们做波澜，不是无中生有的虚构。至于为什么要这样地加工？为什么要用这样一群人来构成这样一个波澜起伏的故事？正如《代理县长》中，为什么选中那样一个反动官儿的可笑的生活方式？这都是因为：我觉得这样写，可以表现出旧的社会制度的丑恶本质和它的日益腐烂。而这正是艺术的倾向性。毛主席教导我们："革命的文艺，应当根据实际生活创造出各种各样的人物来，帮助群众推动历史的前进。"我们所说的艺术加工，就是为了更好地达到这个目的。至于反映和概括生活的准确的程度，自然由于每个作家的思想、艺术水平的不同，而有精粗、深浅、高低之分。所以艺术加工的问题，归根到底，不能不涉及作者的立场观点、政治锻炼、生活经历和接受与学习传统的问题。我们应该钻研技巧，不要避讳它，但要明白一条：技巧是为内容服务的。任何高妙的技巧，只有用来正确表现先进的思想时，才对社会发生促进作用。传统是古人经验的积累，学习它，有借鉴的作用。离开了政治目的、生活内容，光谈技巧、无批判地接受传统是有害的；但避讳技巧、否定传统也是不对的。

有同志问："如何才能写得好？"鲁迅的《答北斗杂志社问》已经说尽了。大家应该好好体会鲁迅的话，不断在实践中提高自己。想找一个"窍门"，一下子把作品写得很好，那是谁也讲不出来的。"为什么一开始能写出较好的作品，以后却难以为继？"这也是自然的现象。这说明你的生活和知识都还不够丰富、渊博。而初学写作者的头一篇好作品，往往是积蓄已久，非写不可，一触即发，所以常常能达到一定水平。以后，假使你继续深入生活，经常保持饱满的政治热情，刻苦地进行创作实践，是不愁不能继续写出好作品的。现在正开始"反右倾，鼓干劲"的学习，对于在生产上能够攻破高产优质堡垒的业余作者来说，创作上的这点困难，当然不在话下。《四川十年短篇小说选》中不少业余作者的创作，已经显示了优异的成绩。在这个基础上，在党的领导下，我完全相信，我们大家都一定能够突破以往的创作水平，写出更好的作品来，更好地为社会主义服务！

（原载《峨眉》1960 年 1 月号）

《过渡》后记

几经考虑，我终于接受了出版社的建议，编选了这本集子。

我主要考虑的是，从一九五五年起，作为一个专业作者，我写的作品不多，质量又低，不仅和我们国家的伟大发展极不相称，就同我们文学创作的繁荣景象和已经达到的思想艺术水平相比，也是不相称的。因此，要编一本集子向建国十周年献礼，实在感觉为难。

我在最后终于编选了这本集子的理由也很简单，因为我想，这本集子里的作品，缺点和不足之处虽然不少，但是，同我过去的作品比较起来，却也显示出若干新的东西。它们多少反映了十年来我国农村的巨大变化和新的面貌，同时也说明作者已经在这方面作过一些努力。

当然，这点成就的取得，是和党的长期教导分不开的。因此，这本集子的出版，与其说是向建国十周年献礼，毋宁说是向党表示感谢。

（原载《过渡》，人民文学出版社 1960 年 4 月第 1 版）

《沙汀短篇小说选》重版题记

　　我是怀着感激心情来写这篇重版题记的。全国文艺界正在开展一场批判叛徒江青勾结阴谋家林彪精心炮制的"文艺黑线专政"论及一系列反动论点的轰轰烈烈的斗争。

　　按照"四人帮"的反革命谬论，三十年代的文艺，是他们炮制的所谓"文艺黑线专政论"的组成部分之一。这本集子里的二十二个短篇，全是建国前写的，其中就有六篇写于三十年代上海时期。这次重版，我本想增加三四篇全国解放前的作品，其中一篇《恐怖》写于三十年代初期。这倒不是想请读者鉴定一下，它是否"文艺黑线"的产物。当然也不是因为它有什么了不起，就从当时的历史条件说，它的缺点也是很显著的，我过重地渲染了反动统治下的白色恐怖。

　　我之准备增选《恐怖》，主要因为它毕竟多少反映了一点军阀、官僚封建性的残暴，从而可以看出在毛主席、党中央的领导下，中国革命创业的艰难；其次还因为这篇小说是从一个侧面反映距今四十七年前，党在离成都不过百里的广汉所领导的一次起义。而参加领导这次起义的一位同志，当日没有牺牲于敌人的疯狂屠杀，但在林彪、"四人帮"的陷害、折磨下却与世长辞了！我想用这篇东西来表示自己一点微末的悼念。可惜修改稿和原书都散失了，出版单位又希望最好维持原来的编排，因而只好怅然作罢。

　　至于这本选集中所有各篇的历史背景、写作意图及其得失，与乎一九五三年修改时的一些设想，我在初版后记中，大体已有所说明，这里不重复了。这次重版我只对其中两三篇作了少许必要的改动。主要是校正写错了、写漏了或排错了、排漏了的个别文字。

现在，"四人帮"在文艺界的霸权已经进一步被粉碎了，为了肃清他们的流毒，在积极参加"第三个战役"的同时，我誓将遵循毛主席的教导，为繁荣社会主义文艺创作跟同全国文艺工作者一道，贡献出自己一份力量！

1977 年 12 月 23 日

（原载《沙汀短篇小说选》，人民文学出版社 1978 年 11 月第 2 版）

生活是创作的源泉

我写过一些小说，我一直在创作上按照这一条办事：写自己所熟悉的。但是，这是经过一段时间摸索，在得到一位前辈提示以后的事。初学习写作的一两年，我大多是从主观愿望出发：反映"时代冲击圈内"的主要生活斗争。没有这类生活，就四处搜集资料。

反映"时代冲击圈内"的主要生活斗争这个愿望好不好呢？我的答复是肯定的。对于尽力搜集这类题材，也未可厚非，但是最可靠的办法是投身到火热的现实生活斗争中去。这个道理，毛主席在一九四二年就已经向我们苦口婆心地讲得最透彻了。这里我只想谈谈自己抗战时期的一些有关写作的经验，至于全国解放后，怎样去熟悉新的生活，借以通过小说散文反映社会主义革命和建设的经历，等以后有机会再讲吧。

在全国解放以前，一九四〇年以后一个长时期内，我写的东西比较多。而且，不少东西，我大都是放手而为，好像并没有花过多少气力，至少没有感到多少苦恼。因为我所要反映的现实生活，比较而言，对我太熟悉了。只要有点意思的小故事、小情节触动了我，觉得可以暴露一下蒋政权法西斯统治的反动实质，我就能较为迅速地写成一个短篇小说。当然，这也使得一些作品文字上未免粗糙。

这里，我首先想到的是《在其香居茶馆里》的写作过程，因为这篇小说在当时有过一定影响，"文化大革命"前也受到过赞扬，而在"四人帮"的淫威下，我却为它吃过苦头。这苦头是：有人曾经把我押解到一处镇子上去，煽惑一批农民群众大兴问罪之师，要我进行检查。万幸基本群众一般都通情达理，经我作了扼要的解释，农民群众显然感觉我言之成理，很快就散去了。尽管随后在县上、专区的群众大会上照样遭到为"四人帮"所蒙蔽的"造反派"的"尖锐"批判……

这也许是一点微不足道的"伤痕"；不过既然已经写上，就大胆让它留下来吧。现在且来说说《在其香居茶馆里》的写作过程。一九四〇年的重庆雾季，人们大都从疏散区搬进城，市内一般社会活动，又转入旺季。在已故的老舍先生支持下，我们用"文抗"总会的名义准备召开一系列文艺晚会。反动派对于这一活动相当注意，在"中苏文协"举行的第一次晚会上，竟连"国民党"中央的秘书长也闻风而来，好像比任何参加者都积极。所以这种晚会一共只举行了两三次。

第一次晚会叫"小说座谈会"。主要内容是欧阳山同志讲抗战以来小说方面的成就和存在的问题。在他的长篇发言以后，老舍先生朗诵了一段《骆驼祥子》。座谈会是我主持的，这期间，听众中递来好几张字条。其中一张的内容，大意是：现在兵役问题积弊很多，经常闹得鸡犬不宁，作家为什么不揭发？云云。此外的几张字条提了些什么具体的责难、希望，已经记不大清楚了。

这张字条给我印象很深，它使我想起了一些有关"役政"的见闻，感觉的确应该揭露一下。我初到重庆，曾经在南岸铜元局华裕农场住过一段时间，认识一位姓陈的农艺师，合川人。一次"跑警报"，碰在一起。闲谈之间，他告诉我，他曾经回过一次家乡，因为他一个侄儿被抓了壮丁了。但是，经过他的"活动"，又释放了。"是怎么释放的呢？"我问。"那还不容易！"对方满不在乎地回答，"晚上集合起来排队，报数时那娃故意把数目报错了。队长就说，你这样笨配打'国仗'？快把衣服垮下来，滚！这不是就放啦！"

当一想起这个故事，一些我所熟悉的小城、小镇上的"头面人物"，都浮上脑际，似乎都准备为我的创作冲动服务。当然我也想起一般市民们的生活和对此类"土劣"的态度，以及城镇生活的规律和气氛，于是，没有几天时间，由于我所要刻画的人物不断在我脑子里根据我设想的条件进行表演，《在其香居茶馆里》的构思，基本上完成了。剩下来的问题是把它变成文字。这个比较容易，那时候我毕竟已经浪费过不少的纸张了。

最近，我在回答一位青年同志的约稿信上说，由于被迫搁笔十年，又受到长期禁锢，身体也逐渐衰弱，写东西不那么容易了。我还说过两句笑话，只有抗战期间，我有过类似"文思泉涌"的情况。这是指我在故乡山区雎水关生活那七八年而言。这倒近乎事实。那时候我的生活相当别致，大部分时间住在乡下，在时局比较平静，县城里也没有关于我的坏消息的时候，我又悄悄摸回去住几天，有时一住就是十天半月。风声一紧，我的亲属就又催促我回到乡下。

我在雎水街上的住屋，也相当别致，是一座大院子的门厅，间隔成为五间。而这门厅从外面看来正像一座寺庙的正门，阶沿高，门扇大。门厅后面的两栋西式楼房，早已在若干年前，当地袍哥头目的一次武装冲突中焚毁了，只剩有几处断墙颓垣，有时令人起荒凉之感。可是大门外的景色却很不错，一条宽大的河流日夜不息地就在门阶下不远的老坎下流过，河的对岸，则是一片空旷的草地，零散地点缀着两三座石灰窑。

一九四五年春夏之交，我有机会摸回去住了几天。那时候，我已经从大山区刘家沟转移到离街较近的苦竹庵了，回家相当方便。一天傍晚，我同家里人拿了桶去河边打水，发现一个"跑山河的"蹲在老坎下的河岸边，洗刷着箩筐里的一个个腌大头菜。当时这一带都在"抓丁"，闹得这场镇也骤然冷落了。我忍不住惊叹道："喝，这一向还敢出门，不怕抓你的壮丁呀？""咋没抓哇！"对方愤然答道，一面对我扬起脸来，"你看，胡子都给我刮光了！"

原来尽管没有"挂须"，他的面貌却证明他已经远非青壮年了，因而就是抓去刮了胡子，也没有被验上，得以继续赶路，到茂县"求吃"了。我并没有寻根究底问他刮掉胡子的前后经过，当时没有这种条件，可也用不着多问。那位山河客本人情绪饱满的回答，已经把我平日的一些有关的见闻一下子集中起来，我似乎已经捉摸到一篇小说的大体轮廓。经过一些时候的思索、酝酿，当它变成文字时我把它叫作《替身》。

从构思到完工，这篇东西也没有叫我苦思苦索，花费过较多时间精力，因为它的人物和环境气氛，我都相当熟悉。那个山河客的谈话，正同华裕农场那位农技师的谈话一样，只不过向我提供了一个构成故事的主要情节，以及对我所积累的生活起了一种触发作用，长期的生活积累则是基础。而在抗战期间，蒋家王朝的兵役政策强加给人民的灾难，太深广了，随时随地都能看见听见！

足以说明生活积累重要的例子还多，不妨说我的全部创作经验都可用来做证。这里我只想再谈一点《减租》这篇小说形成的起因。那是蒋政权已经濒于崩溃时候的事情了，我也已经从永兴乡转移到安县、绵竹交界的板栗园，住在已故的吴瑞卿同志的一间堆柴的屋子里。没有门窗，仅靠两堵墙壁、两三张木板抵御风寒；但是居停主人对我非常照顾。这是位贫苦知识分子、村小教师，因为积极参加征粮剿匪工作，被伪乡长暗杀了。

我在胃出血后，已经半年多没有回过家了，又被迫拖病到永兴住了两个多月，我的儿子很想见一见我。于是，吴瑞卿同志一天去睢水赶集，下午就暗暗领了他来。正是冬天，夜里我两爷子就面对面坐在床上，用被子捂着下肢，上天下地地谈起来。我兴趣最大的是社会新闻，这个十三四岁的初中生满足了我的要求。其中有一个情节成为我写作《减租》的核心：蒋匪帮妄图利用减租的办法来削弱广大贫下中农对于日益迫近的解放的渴望，但是反动派彻底地失败了。

据我的孩子讲，尽管曾经引起一些人的幻想，地主阶级却都异常顽固，而且，在大山地区，他们玩的花样更多。因为曾经在刘家沟住过一段时间，我对山区的租佃关系有一定了解，还认识那一带的好几家地主。甚至远在青少年时代，我就知道他们了。正因为如此，我也较为顺利地在不长的时间内写成了《减租》，借以暴露蒋政权面临覆灭的命运时还在继续对人民制造灾难。当然，写好后，我照例总要搁上几天，改它个两三次。

十分明显，由于思想认识的局限性，我所选择的生活道路比较轻便，没有长期投身到党所领导的实际革命斗争中去，因而我在那一段较长时间内写的东西，尽管从数量说，较之我这以前和这以后所写的作品为多，但却绝大部分限于讽刺暴露"国统区"法西斯统治的残暴。我说绝大部分，因为我也一再试图反映人民的反抗，而且试图突破我生活于其间的那个环境，扩大眼界，从"时代冲击国内"取材来反映主要现实生活斗争。

这里，我想起了我另一个短篇《意外》，它的写作过程，多少可以说明我上面提到的问题。当反内战反饥饿的革命群众运动，以青年学生为主，在"国统区"的大中城市相继开展的时候，就连睢水那样偏远场镇上的知识界也大为振奋。因为他们同样憎恨反动派的背信弃义，扩大内战，以致"双十协定"给他们带来的改善生活的希望重又遭到破灭。在人民群众中的反应当然也很强烈，我也在少数作品中有所反映，这里我就不谈它了。

那时候，我在苦竹庵乡下也很不安静，曾经摸回家住了几天。因为我老丈母和爱人都在街上中心小学教书，她们从同事间可以听到较多消息，我也可以较快通过她们知道一些运动发展的情况。一天，我爱人的一位在重庆读书的学生，为了逃避反动派对参加运动的同学的加紧迫害，跑到睢水来了，准备回到属于大山地区、与睢水接境的故乡去。而单就这件事本身说，已经够激动人心了。

这位同学向我爱人和她的同事提供了不少第一手材料，但我意犹未足，又额外提了些我认为相当重要的情节，要求她约那位同学到我家里来谈。而我呢，就隔着板壁，在另外一间屋子里谛听。这一次我得到的材料更加多了，而且，不仅有重庆的，因为他在成都有过耽延，也谈到一些他在成都的见闻。我得补充一点，我这次回家，还有一个重要原因，我爱人快分娩了，我得照顾照顾；但我很快又回苦竹庵了，准备安安静静坐下来写点东西。

　　因为就在那三五天内，如有神助，《意外》的构思已经逐渐形成。我把人物的活动舞台选到成都，而且就在祠堂街一带，因为青年时代我在成都几乎整整住过五年，三十年代末期和四十年代，我都在那里住过、逗留过。在雎水定居后，我还经常有机会阅读"民盟"主办的《华西晚报》，了解一些成都的社会政治动态。这里值得一提的是，尽管人物、运动发展的趋势，乃至当时社会动态，都有我选择、概括的余地，但我应该怎样把它们串联起来？

　　我在这个问题上费了较多的脑筋，而帮助我脱离困境的，却是我两年前试图写它而未成功的一个故事的梗概：一对革命青年男女在少城公园遭到了抢劫。这是我就报纸上一条社会新闻改造成的，因为它原本没有说明他们晚间在公园里作何勾当，我却准备把他们写成是为革命工作到公园里进行联系，因而起初误认为那批强盗是国民党的特务！但是我失败了。而我这次一经想起这个故事，《意外》的构思，却顺利完成了。

　　这显然同年龄有关，提起过去，许多回忆都接连涌上心头，那我就再说几句吧。当我在乡下将《意外》写了大部分后，家里托我在苦竹庵的居停主人捎来口信，说我爱人"恐怕就是这两天的事了"。于是我就又带了稿子回去，一边等她分娩，一边继续写作。不上两天，她果然临盆了。那是夜里，等我同王大娘安排好产妇、婴儿，已经是凌晨了。

这婴儿就是我最小的一个孩子。一切顺顺当当，又节约了请稳婆的一老斗大米，我真该休息了。但我相当兴奋，很想让《意外》也能顺顺当当分娩。于是我躲到另一间小屋里去，一气写完了《意外》最后一千多字。

这篇东西是我应已故靳以同志之约写的，那时他在上海为《大公报》编文艺周刊。他收到这篇稿子后的回信，至今还保存在一些老朋友寄我的书简当中。

一九七八年十月二十八日

（原载《收获》1979年第1期）

《淘金记》重版书后

一九三七年初冬,我从炮火连天的上海,几经转折,回到故乡住了一段时间。我原是城区的人,但我却是在距城五十华里一座古庙里过的春节。春节一完,我就带着家小,到成都工作去了。

我那次在故乡停留的时间,不过三个月左右,但是所见、所闻却很不少。而这些见闻,同我离开不久的上海,以及我在敌机的空袭下仓促离开上海、绕道嘉兴去南京搭船的经历比较起来,它们同抗战是多么不相称!当然,人们对于神圣的民族解放战争,倒也并非完全无动于衷,一般富有者的反应特别强烈:他们显然已经十分敏感地从抗战预见到了发家致富的简便途径。

我认识一个具有专门技能、曾在上海科技界供职的熟人,他回四川,原是为了在成都找点工作,尽其所长为抗战服务的。但是,在一些亲眷的鼓吹下,他却放弃了原先的打算和专业,搬到我们那个偏远小县去开发金矿!因为随着战争的发展,金价不断上涨,那时候县属两三处素以出产沙金闻名的地区,在荒废多年之后,又开始兴旺了。这件事给我印象很深。

一九三八年夏,我从成都去到延安。当年冬天,又先后在晋西北,主要在河北敌后生活过一些日子,然后又回延安教书,并于一九三九年冬到重庆工作。这时候,我一九三七年在故乡逗留中对于豪绅们竞相淘金这件事的看法,也愈益明确了。因为在"四大家族"的带动下,在国统区的城乡大小头面人物中间，所谓"发国难财"已经成为一时风尚；其途径也不止于淘金，益发感觉有加以揭发的必要。

正是这样，在我写完《敌后琐记》以后，《淘金记》的构思有了迅速发展。因此，一九四〇年冬，我搬出重庆市区，在化龙桥对岸的猫儿石住下来，每周进城住三两天参加社会活动，其余时间留在乡下写《淘金记》。由于我去延安之前早就有过一些设想，对于作品所要反映的生活内容相当熟悉，背景又是自己的故乡，因而写起来比较顺当，几乎没有出现过过分吃力的感觉。

然而，刚才写成五章光景，反动派一手炮制的皖南事变爆发了。于是我的写作也就暂时中断，每天进城在文艺界的熟人中进行联系。最后是参加安排部分文艺工作者的疏散工作。我本人呢，也在组织的批准下回到故乡，隐蔽下来进行创作，也就是继续写《淘金记》。这本小说，我是在安、绵、茂三县交界的睢水关一家酱园的后院里写成的。这座院落很深，后院经常无人居住，而它最大的优点是，打开后门就上山了。

本书的初版，算是巴金同志主编的《现代长篇小说丛书》之一，由文化生活出版社印行，距今已三十五年了。建国后曾经由人民文学出版社重排出书，付排前曾作过修改，主要是将初版时只能用××代替的所谓"违碍字句"，加以更正。经过近十年"四人帮"对文学艺术界的蹂躏、摧残，尽管它也遭到过"批判"，幸而纸型还在，出版单位决定重版。我想，作为抗战时期蒋管区边远城镇一点社会生活史料，它也许多少还有点意义。

1978 年 12 月 9 日

（原载《淘金记》，人民文学出版社 1982 年 7 月重印本）

《涓埃集》小引

四十年代初，我在重庆工作期间，陆续写了十二篇散文报道，分别发表在《全民抗战》《中苏文化》和《文学月报》等三四种刊物上，后来辑为一册，叫作《敌后琐记》。

这《敌后琐记》，经艾芜同志介绍给桂林的文化供应出版社。但文化供应出版社在打就纸型后，由于政治形势变化，就将纸型转让给另外一家未知其名的书店。这家书店，看来是甘愿冒一点风险的。可是不久日军迫近桂林，书店迁往金城江时，在日机的狂轰滥炸下，纸型被毁，此后便没有下文了。我也无暇过问。

到了五十年代，经过不少同志帮忙，这十二篇文章总算搜集齐了。而且作了些必要的加工，把写作时有意含糊其辞的地方明确起来，把刊物送审时，被反动派图书审察机关删削掉的补上，准备有机会让它出版。但因并非当务之急，一再拖延，一九六七年第二次抄家时，连同其他大部分资料，就一起失散了！经过林彦同志辗转托人搜求、抄录，费时数月，总算找到八篇。

我原想再搁一搁，等热心肠的林彦和其他同志，帮我全部找到后再作出版打算。看来希望甚微，出版单位又一再催促，只好暂且收场。在增补加工时，我曾自问：这些将近四十年前写的东西，在目前拿来出版，是否还有点意思？我的答复是肯定的。因为这些文章在一定程度上反映了一点我们党经过长期斗争培养起来的优良传统，而目前又正需要大力恢复、发展遭到"四人帮"严重破坏的这些传统，以利于新的长征。《贺龙将军印象记》，是去敌后前夕，为准备在延安出版一种期刊写的，因此把它放在八篇残稿一起，编在散文部分。

此外，我还选辑了三十年代初的小说五篇，四十年代初的小说一篇。这几篇东西我在原有基础上进行过加工，但对主要故事、情节和人物性格，则一概照旧。既然还要发表，我觉得就该作必要润色，这是一个对读者负责的问题。

只有《闯关》我没有动笔。因为要改，我就准备大改。这得需要较多时间、精力，目前时间精力又极有限，暂时也就只好由它去了。而且，听听翻阅过这篇文章的专家、读者的意见后，再作修改，显然更为恰当。

1979 年 5 月 30 日夜

（原载《涓埃集》，四川人民出版社 1980 年 7 月第 1 版）

《过渡集》后记

一九五九年我出过一个短篇集：《过渡》。这《过渡集》只不过在《过渡》的基础上增加了十篇，其中除《开会》一篇，其余大都是《过渡》出版以后写的，未曾编过集子。

其所以当时未将《开会》收入《过渡》，因为在整风、反右运动前夕，有读者写信，指责它有反党倾向。现在原信已经散失，无可查对，但所谓"反党"，显然是指小说中那位农业社的基层干部对一位县委副部长的官僚主义作风进行的批评和抗争而言。

而且，不止那位基层干部一人这样，参加会议的大部分基层干部，都支持他，同时鼓动他向县委申诉、告状。在当时的政治气氛中，我感觉很苦恼，只对一位同志诉说过我的心情。而对我印象最深的是，《开会》刚在刊物上发表不久，在一次会议上，陈翔鹤同志曾经从邻席递了张字条给我，赞扬它写得不错。

简单说，由于那封读者来信的批评、指责，特别是因为越来越严重的政治气氛，我没有把它编入《过渡》。现在经过对党的十一届三中全会文件的学习，证明我当日的水平多么低，同时又多么缺乏革命勇气！因为作品尽管揭露了领导与被领导之间的矛盾，对于那位遭受基层干部批评的县委副部长的态度，我还没有越过处理人民内部矛盾问题的界限，把他当作敌人看待。

当然，在"四人帮"肆虐的那些年月里，它可仍旧没有逃脱急风骤雨式的批判。而且比其他作品，比如《在其香居茶馆里》挨揍挨得更早。它的罪名也不只是"反党"，——可也用不上再提谈了！这里需要指明的是，感谢党的三中全会给予我的教导，我不但把它收入了《过渡集》，还做了些改动，主要是稍微加强了那位基层干部同那位副部长之间的矛盾，让前者的批评较为尖锐、强硬一些；但也仅仅增改了三五句。其他各篇，凡有不够恰当的用语，我也做过修改。

这本集子里的作品绝大部分是小说。几篇散文报道，也只有《范桂花》是真人真事，其余都多少有点虚构。反映四川长寿龙溪河水电站工程的三篇，是全国作协创委会安排的任务。《洪唯元》也属于散文报道，算是我六十年代最后一篇作品。

一九七九年七月补写于首都医院病室

（原载 1981 年 11 月出版的四川大学学报丛刊第十二辑《四川作家研究》）

和复旦大学《鲁迅日记》注释组的谈话[①]

艾芜：我们一九三一年十一月二十九日第一次写信给鲁迅，是我们两人商量了，由我执笔写的，他给我们的复信，据《鲁迅日记》载有两次，一次是十二月八日，另一次是十二月二十八日，这期间我们并没有再写信给他，他接到我们的信时在生病。可能十二月八日先作简短的复信，到十二月二十八日才正式复信，这就是《关于小说题材的通信》。得到回信后，我们即再次写信给鲁迅先生，并每人寄去一篇小说稿，这就是他日记上一九三二年一月五日记载的"得汤、杨信及小说稿"。我那一篇叫《太原船上》。

沙汀：我寄去的是《俄国煤油》。当时中苏刚复交，俄国煤油运进中国，《俄国煤油》是想通过描写这方面的情况，反映大家欢迎中苏复交。主人公是知识分子。因为鲁迅给我们的信说：熟悉知识分子的可以写知识分子，熟悉劳动人民的可以写劳动人民。我熟悉知识分子，就写了知识分子形象，艾芜写的是劳动人民。

艾芜：我们请鲁迅看小说稿的信，是沙汀执笔的，信和稿子是寄给在商务印书馆工作的周建人先生转给鲁迅的。鲁迅先生看过稿后，写了回信，并亲自和许广平一起把信和稿子送到我们的住处。当时沙

---

① 本篇是沙汀、艾芜同志 1977 年 8 月 19 日接受复旦大学《鲁迅日记》注释组访问时的谈话记录，经本人审阅过。原标题为《访问沙汀、艾芜同志》。因两人谈话互相承接，不便分开，故一并收录于此。

汀不在家，由我收到。因为我们同鲁迅通信都是经周建人先生转的，所以我们以为是周建人先生送来的，直到鲁迅逝世，我见了周建人，才知道那次并不是周建人送来的，而是鲁迅和许广平送来的，这就是《鲁迅日记》三二年一月十日"晚复杨、汤信，并还小说稿。"

沙汀：鲁迅先生这封回信的内容我记得很清楚。他对艾芜的《太原船上》是肯定的，说题材、描写等各方面都比较好；对我的那篇，鲁迅说："顾影自怜，有废名气。"意思是描写上有点卖弄技巧。因此这篇稿子我就决定不发表了。鲁迅先生信中还说，要反映时代中心，说你不要认为艾芜的作品在时代中心之外，实际上它就是反映了时代中心。并说要反映重大题材等等。

此后，我就很少写知识分子，转而从报上和其他方面搜集一些传闻，如有关红军的、苏区的、"一·二八"战争的，等等，写政治的题材了。只有《孕》等二三篇是以知识分子为题材的，因此我的第一本小说集《航线》，收入的主要都是反映红军、苏区、"一·二八"等的作品。

一九三六年因为有同志被捕，周扬要我写稿，筹些钱来营救被捕的同志，我说临时写来不及，于是翻出了一篇旧稿，即《俄国煤油》，发表在《文学界》上。

艾芜：鲁迅先生这封回信，当时因环境恶劣，家里不好藏，就由我转托一个云南人周泳先收藏，周是暨南大学毕业的，当时在做家庭教师。另一封信我没有保存。（一九三二年一月十日）

解放后周回到了云南，我一九六〇年去云南，想把这封信找出来，但听云南宣传部长袁勃说周政治上有问题，可能当过国民党特务，我也就不去会他了。后来我写了封信去问他，那封信还在不在，他回信说不在了。但我们估计他是不肯拿出来，并不是没有了。他现在云南省图书馆。

沙汀：我在左联当秘书时，左联常委在我家开过一次会。那时我住在施高塔路内山书店斜对面的一个弄堂里。那天开会鲁迅、茅盾、周扬都到了。彭慧当时在左联，也到了。那次是我第一次和鲁迅先生见面。记得不久，社联的张耀华（即凌青，山东人）被捕，因他知道我住址，也跟周扬熟，所以周扬两次催我转移，我就转移了。以后我也就没当左联秘书，搬到法租界，在左联小说散文组。

关于上述开会的具体时间，我看了《鲁迅日记》，想搞出一个准确的日期来，但鲁迅没有记，查不出。我想这是由于当时环境恶劣、政治压迫严重，不便明写。鲁迅有时写"无事"，不一定真是无事，我看往往是一些重要的事不便记。

我们与鲁迅先生通信是比较少的。为什么呢？我们是怕打扰他，他给我们关于小说题材的信，就是很好的指导。我们应该自己多摸索。我们也很少去会他，因为怕国民党麻烦他。鲁迅对青年是很关心的，如艾芜被捕，鲁迅还出钱营救过他。

艾芜：我一九三三年三月三日在和工人接头时被捕，被送到苏州最高法院，但因被捕的五个工人，都无人证物证，我也无人证物证，又得左联请律师史良出来辩护，得到释放。但是要找铺保，没有铺保，就要多关一个星期，我怕多关一个星期会出意外，就写信给沙汀，沙汀托任白戈到苏州找了铺保，并同任白戈一道回上海。其中鲁迅曾捐钱五十元营救我。据说是周扬告诉鲁迅，说我被捕了要找律师，鲁迅知道要用钱，就拿出五十元钱交给周扬。这事沙汀是知道的。我在一九三六年鲁迅先生逝世时，写回忆文章，提到过捐钱的事。

沙汀：当时周扬通知我说艾芜被捕，要找史良律师去营救，我们就去找史良接洽。过些天，周扬拿来五十块钱，说这是鲁迅捐的。

艾芜：当时同律师接洽的听说是任白戈。

沙汀：开始找史良可能是任白戈去的。后来我去找史良问她情况怎样，史良告诉我说，艾芜的事情，要找铺保。我们找到一个南充人，在苏州洞庭西山做事的，他有个外甥儿姓李，同我们熟，同白戈是同行。白戈同史良一起到苏州，由白戈去找了姓李的做铺保。这样艾芜很快就出来了。具体哪一天拿到鲁迅的捐款忘了。

艾芜：我是一九三三年九月二十七日释放的，从苏州回到上海，见了沙汀等人，才知道鲁迅出资营救我的事。我就写信感谢他的救助，这就是他《日记》上一九三三年十月十三日"得艾芜信"。这封信内容就是感谢他，所以鲁迅没有回信。

一九三二年一月十四日我们给鲁迅先生的信，是沙汀执笔的，内容是感谢他给我们看稿并作了指导，这封信他也没有回信。

一九三六年一月三十一日《鲁迅日记》载，我送他《南行记》一本。当时我这本书刚出版，信的内容是说明送书给他，并请他指教。

二月一日鲁迅就复信了，说因为身体不好，书还没有看，别人拿去看了。

二月十日我又写信给他，那次我讲我喜欢读他的小说，举了《呐喊》中的《故乡》《风波》《社戏》《阿Q正传》等作品。因我谈的是喜欢看他的作品，所以他也不便回信再来谈这些，就没有回信。

沙汀：我一九二九年到上海，直到鲁迅逝世，都在上海，"八一三"以后去湖南省。

我的《航线》，曾由冯余声译成英文，用左联的名义寄给在苏联的肖三，准备介绍给《国际文学》。后来没有发表，这事鲁迅可能知道的。另外《航线》中的一篇《老人》，还由胡风翻译，介绍到日本的《改造》杂志。发表时，文章前面有作者介绍，讲作者的作品、作风等，这至少事先也给鲁迅看过的。

一九三二年底《文学月报》被封后，左联曾筹备出一个刊物的事，是有这么一回事。当时魏猛克交涉一个书店，准备出一个刊物，同左联领导谈起，组织上要我参加编写，刊名叫什么已忘了。第一期就向鲁迅要稿，是魏猛克去要的。猛克原是画国画的，他曾画过一幅漫画，画鲁迅在高尔基旁边，高尔基身材高，鲁迅比较矮，有个好事之徒在画上题了"俨然"两字，后来发表了，鲁迅很不高兴。所以他去约鲁迅稿时还向鲁迅道了歉，鲁迅回信不但答应写稿，并说现在我们都是一起的（指猛克参加了左联），没关系等，这表现了鲁迅的胸怀是十分宽广的。

不久鲁迅的稿拿来了，即《答杨邨人先生公开信的公开信》，可是后来刊物没办成，也就把稿退还鲁迅先生。

艾芜：《文学月报》三三年一月还出版第五、六期合刊，出了这一期才被封，应该是一至二月被封，魏猛克联系的刊物当在更后一点。

（本刊编者按：鲁迅答杨邨人的公开信写于一九三三年十二月二十八日，因此魏猛克的索稿当在一九三四年初。）

沙汀：关于《文学界》，我是参加编写的，时间该是一九三六年五月。这是戴平万主持的，由邱韵铎联系了光华书局印行。《文学界》出了第一期，周扬就把我调到了《光明》，我就在《光明》看小说散文稿。

关于小说家座谈会，参加者是一些搞创作的。因对于当时两个口号争论不休，有些厌倦的倾向。认为那是搞理论的人的事，在此背景下，搞起了这个座谈会，欧阳山、张天翼最积极，我就是欧阳山来约的，座谈会是在北四川路一个广东馆子里开的。

当时左联虽然解散了，但党团还在，以前联系的那些人也仍有联系。我参加小说家座谈会是跟党团打过招呼的，是得到党团的同意的。在会上我和艾芜都没有发言。会开完后出了一期《小说家》，发表了会议记录。这刊物只出了一期。由于鲁迅不同意解散左联，到后来党团的领导作用也差了。

以后茅盾曾出面召集过一个没有名称的聚餐会，参加的人不多，最多二十个，王统照、郑振铎都参加了。

艾芜：每两周聚餐一次，大家谈谈创作上的问题，也谈时事，随后大家出钱吃一顿，总是茅盾等多出些钱。参加者都是搞创作的，没有搞理论的，直到芦沟桥事变后才停止。

沙汀：《辱骂和恐吓决不是战斗》一文所批评的是应修人。我当时就问过周扬：芸生是谁？他说是丁九（即应修人）。

另外关于徐懋庸给鲁迅公开信的回信。当时徐看了鲁迅的公开信，他写了回信找到我，要在《光明》上发表，我说不行，我们对鲁迅先生都是尊敬的，怎么能发表这样的文章？徐一定要发表。我就叫周扬找他谈。他们就在我家里谈的，徐还是不同意。后来又叫夏衍同他谈（当时夏衍是文委的），叫他不要发表，他还是不同意，那也没办法。结果他在《今代文艺》上发表了。这事并不是受周扬的指使。

草明讲的左联小说研究会，实际是小说散文组，我是组长。

（原载《鲁迅研究资料〔6〕》，天津人民出版社 1980 年 10 月版）

《敌后七十五天》小引

一九三八年十一月十九日，我同何其芳同志和"鲁艺"第一期部分毕业同学，追随贺龙同志由延安出发，到晋西北去，随又前往冀中。因为按照学校规定，每届同学毕业后，都得去八路军和各抗日根据地学习三个月，再回延安进修。打从延安出发那天算起，我开始记日记，直到返回延安，一共写了将近三本。还有一册比日记厚两三倍的本子，专记有关贺龙同志的言行。另有两册小本子，则记录一二〇师其他两三位负责同志的谈话和事迹。经过十年浩劫，现在只剩这一本日记了。

我原想根据翻阅时引起的较为具体细致的情节，增改一番，但又感觉这样一来，就不大像战斗频繁中写的日记了。所以仅就文字上过分粗糙的地方略加润色，为求保存它的本来面目。凡是其他文章中引用过的，我都加以删削；但很可能仍有少许重复的地方。当日为了保密，一二〇师几位主要负责同志和一些单位用的代号，抄写时全都改过来了。所有"鲁艺"文学系的同学，则一般都不提名道姓。这剩下的一册日记，共七十五天。现在把它们抄出来发表，因为其中有些珍贵记忆，包括我自己这样那样的弱点，以及行军中的点滴见闻，难于割舍。还有，就是我感觉通过它们，今天的青年朋友，也许可能多少看到一点当年八路军指战员和敌占区人民，在共产党领导下，为民族解放事业进行了多么艰巨复杂的斗争。

日子过得真快，一晃眼就四十年了！但望这些日记发表以后，还不至于使人感觉浪费国家的人力物力和读者的宝贵时间。

1980 年冬

（原载《收获》1981 年第 2 期）

四川版《沙汀选集》序

经过将近一年的反复磋商，这部选集终于编出来了。拖得这么久，原因很多，主要是出版单位希望从我五十年来所有作品中选编。而一想到在这样长的时间内取得的成就太菲薄了，远远落后于少数前辈作家，乃至个别同辈作家，就不免感到难受，犹豫起来。

因为本来写得不多，我现在只好勉强挑选出三部长篇、一些中短篇小说和散文报道来，编为四卷，合起来约有一百二十万字左右。所以我说菲薄，绝非自谦之词，完全符合实际。当然，我说数量少，并不意味着质量就过得去。但我自问，长期以来我一直未尝忘怀鲁迅先生在我初学写作时的教导："取材要严，开掘要深"。

我不止常以鲁迅先生的教导自勉，并不时提醒自己，在创作上一定得注意"少而精"，也曾向极少数同志讲过。现在想来，所谓"少而精"，有时不免无意中变成了懈怠、懒散的托词！而且，就在这部选集中，有些作品也写得相当粗浅。我记起来，何其芳同志逝世前两三个月，在他向我谈到写作问题的通信中，还一再提到过这句话："少而精"。但是，我却从未反省一下：我是否一贯按照所谓"少而精"的原则进行创作？同时又像他对待工作那样认真、勤奋？

一般言之，虽然不能说是丰收，我在四十年代写的东西还不算少。那个时候，我绝大部分时间住在家乡，以一个离县城最远，且与其他两个县联界的小场镇为依据，活动范围的确不大；但我相当注意重大政治事件、措施在群众中的反应。而我小说中出现的社会生活和人物，则大多是我一向、包括我童年时代就熟悉和比较熟悉的，写起来自然说得上顺手。由此可见，生活的确是创作的唯一源泉。

比较起来，建国以来的创作成就，可以说是歉收。十年动乱造成的空前空白不必说了，这以前十七年，我大部分时间都是参加文学艺术团体的行政组织工作，社会活动也比较多，因而创作时间少了。对此当然不应该有所追悔，任何一条革命战线的工作都是多方面的，作为思想战线的一翼，文艺也不例外。既然得到党和群众的信任，就得全力以赴，把工作搞好。我可既未搞好工作，创作呢，也落得个歉收！

歉收，乃至出现差错，也还有其他原因。首先，以我的马列主义、毛泽东思想水平之低，面临一个崭新的时代，对于新的生活和与之相适应的表现形式，都需要进行一些必要的探索。其次，坐办公室的时间多了，只是间或去农村生活一段时间，没有在群众中扎根。最后，就是那个老毛病：懈怠！同时也还有学识才力不足的问题。

五十年代初，一位同志在看了我两篇建国后写的新作以后，曾经劝我，最好是写自己过去比较熟悉的生活。新的社会，新的人物，让那些长期战斗在生产战线上的作家、建国后陆续从基层涌现出来的青年同志去写。可是，因为自己头脑里有些条条框框，我没有接受这个明智的建议！

一九五五年，我在北京工作期间，上面提到的那位同志，还曾经劝告我，是否丢掉创作改写理论批评文章？现在看来，这个建议同样是明智的。根据我的具体工作条件，理论批评又相当重要，何其芳同志不正是因为工作需要开始写理论研究文章，而且取得了可观的成就么？但我也没有听从这个劝告……

当然，正如搞其他工作一样，搞理论批评，我也会犯这样那样错误。但这不足为怪。社会主义事业是一项崭新的事业，既要为它工作，像我这样的人，由于各方面的限制，就不可能不犯错误，而可悲的却是懈怠和缺乏苦干精神。

现在就谈这一些吧，但愿将来能有机会，实事求是地认真总结一下我整个文学活动的经验教训。

1981 年 3 月 26 日

（原载《沙汀选集》第一卷，四川人民出版社 1982 年 7 月第 1 版）

复江西上饶师专中文系七八级学生詹显华同志信

显华同志：

　　信和论文都收到了，也仔细读过了。你以十九岁的年龄、师专三年级学生的身份，写出这样有材料、有见解、有分析的文章，这一方面说明你的钻研精神，另一方面也说明我们的事业兴旺发达，后继有人。读了你的论文，我感到十分欣慰。

　　作家写出作品，发表出来，它就是一种客观存在，社会上怎样评论它，作家应予认真考虑。但是，我对别人评论我的作品、研究我这个人的文章，发表之前，我向来不看，担心影响评论者的判断。今天因为高兴，我把你的论文看了，还破例准备谈一些自己的看法，并顺便给你提供一点我在解放后的情况，这对你的研究可能有些参考作用。

　　你认为我解放后作品写得少，主要是慎重；对新的生活了解不够，比较稳，不轻易写。

　　我解放后没有解放前写得多，这是事实。原因是解放后我担任了文艺团体的工作，占了时间。这是一。二，如您所谈到的，当然也因为我对于新的生活不如过去熟悉，需要一个认识和积累过程。

　　你认为我解放后的作品，大跃进以前的，《控诉》写得好，《开会》，反官僚主义，也不错；大跃进前夕的，如《夜谈》也可以；大跃进当中的一些作品，有的就是"应时"之作，不像我过去的作品中人物丰满，也还有它不足之处。

情况确然是这样。但千万不要忘了，新中国成立以后，我们经历了一个翻天覆地的大变化。解放前，我反映国统区的现实生活，统治阶层日益腐朽，压迫反压迫的斗争也愈来愈明显，写起来比较没有多少困难；虽然也有探索，但在实质上那是另外一个问题。解放以后，我们从事前无古人的伟大事业，党也在摸索。从"反右"开始，大跃进以前，总的说来，党在各方面都是正确的。大跃进当中和以后两年，确实出现了三风，带来困难。不过，关于大跃进当中的问题，也要作具体分析。不能否认群众的冲天干劲，只能说党在领导上有左的东西。上面一左，下面左得更厉害。党中央、毛主席制止它，也曾受到干扰，也花了好大的气力。

这里，还要注意两个区别：

第一个区别：我国相当大，有老解放区、新解放区，情况不同，领导干部的水平也不一致，不是铁板一块。

第二个区别：大跃进前夕，情况还是正常的，《青枫坡》就是反映这个时期的现实生活斗争。后来由于引导得不好，来了公社化、大办食堂、工资制等等，三风就出现了。生产上不去，就瞎指挥，高估产，高征购。带来不少问题。《欧幺爸》《你追我赶》都写的是公社化初期的农村生活，你不能简单拿发表时间来判断。这两篇都是我的亲身体会。如《你追我赶》中的人物都有模特儿，取材于苍溪县白山公社的比赛情景，是有根据的。二一个情况，就说瞎指挥吧，四川的情况是严重的，农民群众所受灾害不轻。但是不是所有地方都这样？不见得！不要说地、县的领导水平存在差别，农民群众普遍都有抵制。我有材料，曾交给一些同志看过，人民文学出版社有的同志都知道。我本想在写了《青枫坡》之后，再写抵制，写农民和基层干部打起伙来抵制三风。所以，写东西如果不看到人民的力量，是不行的。就我的了解，有些社队一直很好，而且就在川西，它们不但没有发生饥荒，没有得水肿病，还把附近一些社队有病的亲戚、朋友接来养起，养好了。我是写大跃进前夕，不能说一九六〇年发表就是写六〇年的四川农村。还有几篇，《夜谈》也是写大跃进初期；《夏夜》《风波》则是写调整期间，已经刹住了三风，农业生产在恢复和发展了，不能认为是写的大跃进。但是《假日》那一篇确实存在问题，你说得不错。在那样的时候发表那样的作品不好；那正是困难的时候，我却把食堂写得还不错。我曾对一位旅美文艺工作者（他在香港《抖擞》杂志上发表了评论我建国后的小说的论文）回信说，茹志鹃同志的《剪辑错了的故事》，我同意他的赞扬，的确写得好！但那是在党的十一届三中全会前后写的；在大跃进时，她也写过《静静的产院》，歌颂大跃进。我那是"应时"之作，因为国际上有那么一些人对我们大肆诬蔑，同时又把"为政治服务"理解得过分简单，所以有些问题。不过主要恐怕是代表性不大，或者说不典型。因为《假日》也有原型，取自武胜的烈面等一些公社。

此外，你对《老邬》《开会》《摸鱼》评价较好，我自己也比较满意这几篇东西。一位文艺界负责同志也认为《控诉》写得可以，因为它的思想内容基本上属于建国前期的现实生活。

真正的应景之作，是《炮工班长冯少青》等，写了些工人，是《人民日报》和作协创委会给的任务。这只能算特写、散文，确系应时之作，没有什么好的。我对工人生活没有基础。同样是特写，为什么《卢家秀》又比较不错呢？因为农村的生活我比较容易理解。特写我也有写得好的，"文化大革命"前的最后一篇作品，写船工的《洪唯元》，因为那一类生活我也有一定基础。所以，情况真是千差万别，不可一概而论。

你说，创作方法对了，可以补救生活之不足。这种看法，我认为值得考虑。应该这样说：过去的生活积累，解放前的，不能说对了解新生活无帮助。因为生活、人物的内心活动总有一定的规律，不会毫无规律可循。为什么我下去跑两三趟，就能写出东西来呢？因为我写东西多了，懂得一点生活，人们的心理变化的规律性，看问题也就比较敏锐一点。

你认为《假日》在艺术上有些新的探索。我觉得有一定的道理，因为新的内容需要有新的表现形式。但如认为解放后的作品一般都缺乏认识作用，不那么真实，只是艺术上还感动人，我又感觉这值得商榷。

你问我现在为什么不写呢？这主要因为年老多病，近两三年又在搞行政组织工作，而从十年动乱到目前为止，我就没有到农村生活过！因此，四川在三中全会后尽管变化很大，我却无法反映。生活是创作的源泉，这一条看来真也无可如何，就是写历史小说吧，也得掌握充分的文史资料。

你赞扬我在创作上一般都能及时反映现实生活斗争，配合政治运动。但是过去写得好，解放后写得就差劲了。这个话也有一定道理。我在前面已经接触到这个问题了，这里不妨再申说几句。写得差劲，因为从整个国家来说，党建设社会主义的经验不多。就在世界范围内，建设社会主义在东欧一些国家都为时短暂，经验短缺。资产阶级社会从文艺复兴到现在好几百年了，我们才几十年，出点差错，是可以理解的。作家是不是一定要写当前呢？虽然你特别赞扬这一点，我却认为可以考虑。作品的题材，恐怕应该放宽泛一点。其实，如果精力许可，我倒还想写点过去的东西。因为过去的东西，要是真正反映得好，对于青年一代也有一定意义。很多老同志，其中茅盾同志特别突出，临终时还申请要党承认他是党员，因为他最早就是党员，最早就是马列主义者，一直以一个党员的标准严格要求自己。而最突出的是华罗庚、严济慈、刘开渠也在两年前相继要求入党。他们经过几个朝代，各种生活都经历过，经过比较，还是认为共产党好。所以，我现在就因为年老体弱，不然我也要写过去熟悉的生活和人物。我准备写回忆录，就是为了这个。也许我还要写反映解放初期的现实生活斗争的作品。

及时反映当前现实生活斗争当然需要，也应该放在首位。像蒋子龙，他一直在工厂工作，所以能写出工人阶级向四化进军的好作品。还有些青年为什么冒出来了？这都是受"再教育"，在农村落户，对这几年农村的变化就很敏感，因而出现了不少优秀之作。"文化大革命"十年中，我长期都关在成都昭觉寺。出来后，又不让离开成都，离开要请假。这种生活也未尝不可以写，但是我不愿意写。

你对《青枫坡》的看法，我觉得不错，不过，你对它没有引起社会的广泛注意感到不平，倒大可不必。因为当中写了农民群众的干劲，容易引起错觉，把这认为是左的表现，不能接受。这是一。其次，写十年动乱的作品陆续出现，受到读者热烈欢迎；因而《青枫坡》之类的作品理所当然地更不为读书界注意了。

你说，《青枫坡》是"四人帮"垮台之后就写出来的，那个时候还没有开三中全会。而从艺术风格来说，却还没有受到"四人帮"的影响，没有把人物写成高、大、全。如把社主任的父亲写得那样落后，在"四人帮"时不可能。在现在这一批写农村的作家还没有出来时，我能写成那个样子，应该引起重视。我写了父亲的落后和父与子两代人的思想斗争，正面人物也不是十全十美。不过，《青枫坡》也有缺点和不足之处，写得匆忙，改得匆忙，发表得也匆忙。因为搁笔十年，想写点东西，有材料，又构思过；当时我靠边站，没有多少人同我来往，我就写了。最近我花了将近一个多月的时间，重新修改，我感觉比过去较好一些；屠岸同志和王西彦同志指出的缺点都改了。改之前，还同卞之琳同志当面交换过两次意见。

及时反映现实生活斗争，亦即新的长征，无疑应该摆在首要地位；但应该考虑到作家有老中青的区别，读书界需要的精神食粮也多种多样，只要他们是鼓舞人心的，具有陶冶道德情操的作用和满足美的享受的，都具有存在的价值。不能把"首要"强调到不恰当的程度，使之变成唯一。事物都有一个限度，过了界限，搞绝对化，真理也会变成谬误。前面说的那位文艺界的领导同志，在读了我的《控诉》之后，就说应该写过去。现在许多青年人不了解过去；新的生活，我又不如长期在农村扎根，不如十年动乱中到农村落过户的知识青年。因此，像我这种人，要写，恐怕也只有写过去。陆定一同志主持中宣部时，提出写三个"以来"，即鸦片战争以来、五四运动以来和建国以来，对李劫人写《大波》，他曾表示过欣赏。总之，应该从作家的实际出发，从读者的需要出发来看待写什么的问题，不能绝对化。不讲辩证法，不能认识事物，办事也要吃亏。

拉拉杂杂写了上面一些话，但愿它能对你的学习和研究起一点参考作用。

　　致

敬礼

一九八一年五月十五日于北京

（原载《文谭》1982 年 6 月总第 2 期）

学习鲁迅《关于小说题材的通信》书后

真是流光如矢！转瞬之间，半个世纪便过去了。

从自然属性来看，一个人的生命总会随着岁月的流逝而消亡，然而，一个人的崇高精神，一条合乎客观发展规律的科学真理，却能永葆青春，在长时期内对历史发挥进步作用。

以上的话，是我最近一次学习鲁迅先生《关于小说题材的通信》后，首先浮上脑际的一点感想。这封信是半个世纪前，他回答两个有志于小说创作，以期通过创作对于时代作出"应有的助力和贡献"，同时却又感到自己熟悉的生活同"时代冲击圈"存在距离，于是感到犹豫、惶惑，在互相商量后写信向先生请教，从而得到先生指正的回信。

这两个青年，中年以上的同志、朋友，特别是钻研鲁迅遗著的专家以及学习过先生遗著的同志，大都知道就是艾芜和我。回想起来，那时候正是我从成都"二·一六"事变后有增无已的白色恐怖下前往上海的第三个年头；艾芜呢，也因为在新加坡从事革命活动，被反动派驱逐出境，刚到上海不久。

这也不妨说是巧合。一天，长期不通音讯的同班同学，终于在北四川路相遇了！接着，就一道在东横浜路路口的德恩里往下来。而且，正像我们在成都读书时候那样，对于文学问题谈得最多。最后，因为试图写作而又疑虑重重，就大胆联名向先生求教了。

我用"大胆"一词，没有丝毫夸张。这从先生作为附件发表的艾芜和我的求教信，可以充分看出我们当时的心情。因为作为"五四"新文化运动的先驱者之一，作为中国现代小说创作的首屈一指的奠基人，特别当时又是党所领导的左翼文化运动的旗手，肯分神给予我们这样的青年以必要指示吗？

　　这也可以说，尽管凡能到手的先生的著作，我们已经读得不少，但对先生的为人仍然认识不足。因为虽然在等待回信当中，我也有过焦急不安，在将近一月后，先生的回信终于来了。还是先生亲自从东横浜路的景云里送来德恩里的！而且在回信中首先对迟迟作复解释了原因，表示了歉意。这种平等待人的态度，至今还值得我这个待人接物往往不免粗疏大意的人学习。

　　当然，最值得我们学习的，还是先生这封信的内容。这里的"我们"，不仅是指的我和艾芜，而且包括现在正奋力从事创作、准备为繁荣社会主义文学事业作出贡献的所有中青年同志。由于年事已高，经验教训颇多，我感觉从先生这封信中，理应学习的教导太丰富了，值得大家认真钻研。

　　这显然也是《四川文学》编辑部，为纪念先生百周年诞辰，特意选刊《关于小说题材的通信》这篇文章的用意所在。我相信，即将在今年九月展开的纪念活动中，一定有不少专门研究先生创作理论的文章发表，其中，也一定会有文章涉及这封信的某些内容。我对此也抱有很大希望。因为我觉得把散见于先生遗著中的有关创作的宝贵意见集中起来，使之系统化，并加以正确阐述，实属当务之急。

　　回想起来，当我们收到先生的回信时，深感先生对我们的关怀和鼓励，感情激荡得很厉害，因而只是朴素地觉得信的内容丰富，使我们有了用创作为革命服务的勇气，但对于先生的许多宝贵指示，并没有很好领会。当然，也不可能单凭一些宝贵指示，便可以写出像样的作品，还需要不断实践，不断总结经验教训。譬如，鲁迅先生对我讽刺小资产阶级的习作所加评语"顾影自怜，有废名气"，就使我改进了文风，乃至内容。尔后又得到茅盾同志对我第一个短篇集的批评指正，这才逐步加深了对革命现实主义精神实质的理解。

鲁迅在信中谆谆嘱咐我们"不可苟安"，不可"没有改革"，要"逐渐克服自己的生活和意识"。我体会这意思是说作家应当经常同人民群众保持密切的联系，注意世界观的改造，要同时代一道前进。回顾我自己的创作经历，建国后的十七年中，我多数时间是搞文艺团体的工作，下去的时间很少；但只要有机会，还是争取下去接触群众的斗争生活，也尽力写一点反映社会主义革命和建设的小说。当然，对于新的时代、新的生活，有一个熟悉、积累和认识的过程，不如对过去旧社会的生活那么熟悉，知道得那么多，因而写起来也就没有那样方便，有时还可能有差误。有些同志奇怪：为什么我解放后写的作品不如解放前多，而且似乎也不如解放前写的那样深厚？我想，对新的现实不够熟悉、不够理解恐怕是个主要原因。

我最近为四川人民出版社编选集，对此有一点体会。出版社搜集了我解放前后的创作，拟编四卷，约有一百二十万字。而解放后所写的小说，包括一个四年前写的中篇，却也不过十二万字左右！相形之下，我解放后的创作，确实太菲薄了。其中原因很多，前面已经提到过了，在选集序言中，我还有较为详细的说明。但从这里也不难看出，鲁迅先生赞成作家应当写自己熟悉的生活，是有道理的。我呢，却认为过去熟悉的生活已经值不得写了，一心想反映自己并不怎么熟悉的建国后的现实生活斗争，但又缺少长期深入现实生活斗争、同工农兵群众相结合的主客观条件。同时，有时到农村去住一阵子，还能勉强写出一两篇东西，便又自满自足，这怎么能得到创作的丰收呢？质量就更说不上了。

在回信中，鲁迅强调指出："如果是战斗的无产者，只要所写的是可以成为艺术品的东西，那就无论他所描写的是什么事情，所使用的是什么材料，对于现代以及将来一定是有贡献的意义的。为什么呢？因为作者本身便是一个战斗者。"这个意见同鲁迅关于革命文学的一系列论述是一致的。这也足以说明，随意抛弃过去熟悉的东西，是忘记了鲁迅先生这一指教。鲁迅还在其他论述中更进一步形象化地指出："我以为根本问题是在作者可是一个'革命人'"，"从喷泉里出来的都是水，从血管里出来的都是血"。鲁迅把作者本身是不是一个革命者摆在第一位，这个观点在今天仍然具有重大意义。我们的作家和广大青年作者，首先应当在如何做人、做一个革命者的问题上多下功夫，要用马列主义、毛泽东思想把我们的头脑武装起来。是党员的，首先要做一个合格的党员，坚持党的优良传统作风，这样才有可能写出符合时代和人民需要的作品。粉碎"四人帮"后，特别是党的三中全会以来，文艺创作空前繁荣，也是十年动乱前十七年中所未有的，确实出了不少优秀的作品。这是作家们在三中全会精神指引下，坚持四项基本原则，从"四人帮"的"假大空"和建国后出现过的某些教条主义的条条框框中解放出来，从生活出发，写自己熟悉的东西，经过辛勤的艺术劳动所取得的成果。

鲁迅一方面告诉我们"现在能写什么，就写什么，不必趋时"。这考虑到我们当时的生活经历和所熟悉的题材，以及当时投身到"时代冲击圈"内去并不像建国后这样容易，因而主张写熟悉的生活，"有一分热，发一分光"，不必拘于一格。但是另一方面，鲁迅却又告诫我们"不可苟安于这一点，没有改革，以致沉没了自己"，鼓励我们要随着时代前进。

从这后一点，可以看出鲁迅先生对于青年作者的关心、爱护和高瞻远瞩。因为他不止为当时打算在创作道路上迈出第一步的我们设想，还为我们设想到长远的将来，使我们明确了前进的道路。当前，在党的领导下，我国各族人民正在向社会主义四个现代化进军，我热诚希望近四年来涌现出来的大批优秀的中青年作家遵循鲁迅先生的遗教，积极投身到宏伟的四化运动中去，跟随时代前进，为人民写出更多更好的作品来！

一九八一年鲁迅百周年诞辰纪念前夕

（原载 1981 年 9 月 8 日《四川日报》）

《青枫坡》的写作与修改

在江青一伙坏人垮台以前，曾经在一些同志中间流行过这样一句话："有钱难买靠边站。"

这有点自我安慰的味道，同时也渗透着一些消极情绪。而实际上却都对"四人帮"的封建法西斯专政带来的种种恶果怀有隐忧。当然，对其中有些同志却也不无有利的一面，肩头上轻松了。

这种靠边站的生活还有一点好处，来往的熟人大为减少，除开应付专案组外，大部分时间可以自由支配。我的《青枫坡》正是在这种条件下写成的。我相信，如果我当时忙于接待新知旧好，忙于开会和不断从事社会活动，我不可能写出这本书来。而且，建国十七年来我就没有写过十万字以上的小说，只写了一些短篇小说和散文报道。

我这样说，也许会受到"义正词严"的指责吧："你这不是在对'四人帮'的反动统治唱赞歌吗?!"为慎重计，我得赶快申说一句，如果没有建国以来，"文革"以前十七年农业社会主义改造取得的伟大成就，以及自己在工作中受到的锻炼，我就根本写不出《青枫坡》来! 这当然也不是说这本书有什么了不起，但在思想内容，与艺术风格上总算还能保持自己"文革"前创作上的特点。

因为时间充裕，恰好在退还我的部分材料中，又有我写作《青枫坡》需要的素材和一些初步创作构思，当时健康情况也还不错，费时月余，就写成初稿了。由于党和人民终于剪除了江青一伙，我就将这初稿带去北京，送人民文学出版社审阅，并得到小说南组的支持，韦君宜同志的书面意见指出，初稿在超支问题上存在的弱点。

我认为君宜同志的意见是可取的，应该着重写一写业隆老汉在超支问题上赖账引起的纠纷，以及这个社的确还相当穷。对此，因为初稿已经具有一定基础，也就是说我自己的构思、设想正是这样，而且是尽力按照我的意图写的；我感觉改起来并不难，只需加强某些人物的刻画就可解决问题。

我是一九七九年初冬回成都的。一九八〇年初，花了不到一个月功夫，我就修改好了。于是又很快送交人民文学出版社。回想起来，出版《青枫坡》的急躁情绪，同我出版第一本小说集《法律外的航线》比较起来，更为突出。因为我想让人们知道江青一伙并不曾使我这个三十年代的"文艺黑线"人物在祖国大地上永远停止对党和社会主义事业的歌唱。

不到两个月就写成一篇十万余字的小说，而且只用了一个月不到的时间就修改好了，这在我的创作历程上可说是破纪录的。而且，酝酿、构思的时间，也不比我以往写作一个短篇小说所花时间长多少。然而，正因为这样，至少，由于上面提到的三点，出版以后，我才发觉它是个不曾足月就分娩的婴儿！

我记得，江西一位年轻的师专同学曾为我鸣不平，说是《青枫坡》没有受到评论界应有的重视。其实，出书不久，屠岸同志就在《文艺报》评论过了。我感谢他的溢美之词，同时也感谢他的批评。为了又一次改正《青枫坡》存在的所有缺点，卞之琳同志还特别挤时间把把细细地看了一遍，当面交换过三次意见。师陀同志也很关心这本小书的修改，今夏回成都养病期间，曾经通过两三次信。

之琳有一点意见提得非常中肯，指出那位记者同志露面不久就无踪无影了，不仅对故事的发展没有发生任何作用，为什么连姓名都没有？师陀同志也提过一些好的意见。他非常直率地指出，初版本带有抄录自笔记本的痕迹，这说明我对自己掌握的素材并没有认真消化。尽管回川以前我就修改好了，但我仍然择要检阅了一次。以期他所指出的缺点大量得到改正。

这次修改加工是在今年春夏之交在北京进行的。主要有两点值得一提，一是那位记者，从性格、外貌，特别他在故事发展中的作用，都相当明确了。其次，人物并没有减少，但却尽量设法避免由于同姓同辈引起的混淆不清。对于这后一点，我同之琳面谈得相当多，两项总起来增改了三五千字光景，花去的时间和精力也较前一次多。

这个修改本我将作为我的选集第三卷的主要内容，加上建国后所写的十多个短篇小说、散文特写，在四川人民出版社出版。由于得到上面提到的一些同志的帮助，经过这次修改，可以肯定，《青枫坡》一定比初版本好。当然，缺点和不足之处仍然是会有的，因为从我能以达到的水平衡量还不能说我已经为《青枫坡》付出了足够的劳动！

1981 年 11 月 29 日

（原载《书林》1982 年第 2 期）

和青年作者谈心

扼要谈谈自己的写作经验，这对有志于写作的青年同志可能较有意义。因为它容易被理解，我写起来也方便得多。

我青年时代就喜欢阅读文学作品，可并没有想到要搞创作。而且，比之于文学作品，我倒更喜欢看社会科学方面的著作。在省师读书的最后两年，我同已故的周尚明、刘尔钰两位同学跑华阳书报流通处，还曾经购买过上海大学的讲义。

北伐前后，还热心于研读中译本《共产主义ABC》与《社会组织和社会革命》。可是认真懂得一点马列主义，还在三十年代初读了林伯修翻译的普列哈诺夫的《历史的一元论》以后。由于研读社会科学书籍，北伐战争时期，我还在周尚明同志的帮助下参加过实际革命斗争，直到"二·一六惨案"发生后才把联系断了。因为白色恐怖日益高涨，并于一九二九年去了上海。

我去上海，也不曾有过搞小说创作的念头。随后，在自学的名目下，却成天读起小说来了，主要是俄国古典作家的中译本。在看了"辛酉剧社"演出契诃夫的《文舅舅》以后，深感这样无目的地自学下去，决非长策！我应该工作。大约正在这个期间，我偶然同艾芜久别重逢，于是约他一道住下，每天三句话不离文学。因为当他还在省师时就已爱好文学，可以说我是在他影响下才喜爱文学的。

最后，我们决定学习创作，接着就写信向鲁迅先生请教。《关于小说题材的通信》就是先生对我们的复信，同时也将我们的信作为附件发表。我们求教的目的，也可说决心搞创作的目的，是希望写出来的作品有助于当年党所领导的武装斗争和土地革命。信中的"冲击圈"一词，实际上的含意也正是这样。可以说，从我们学习写作直到现在，在每个历史时期，除开十年动乱，在大方向上总力求同党一致。

这一点我觉得很重要！而从我个人说，尽管成绩较差，而一动笔就能有个明确的目的，即力求写出来的东西有利于党所领导的革命斗争，同时坚持下去，是同我从事创作以前就阅读过一些马列主义的书籍分不开的。当然，其初还带有盲目性，但在学习过《在延安文艺座谈会上的讲话》以后，回过头去总结一下自己的创作经验，这才逐渐明确起来，学习马列主义是我们一项基本功。

毛泽东同志在《讲话》中还指示我们，生活是创作的源泉，作家必须深入现实生活斗争，才能从社会生活中取得丰富的矿藏，借以进行创作。这一点我也有深切体会，因为马列主义只能帮助我们正确认识生活，反映生活，在错综复杂的社会生活中发挥指导作用，却不能代替生活，代替据以进行创作的题材、人物和故事情节。而一个作家如果脱离实际，闭门造车，即或是从革命愿望出发，也会招致失败。

在初学写作时，我就有过这样的教训。我的第一本短篇小说集《法律外的航线》，其中有几篇是企图从侧面反映当时全国瞩目的武装斗争和土地革命的。其中《码头上》一篇，我原也喜爱，一位木刻家还为它作了插图。因为它旨在反映一群流浪儿童对革命根据地的向往。这种写作愿望难道不好？可是茅盾同志在评介我的第一本短篇集时，却指出它是在公式化、概念化影响下写出来的。这个批评合乎实际，我对上海的流浪儿童了解得太少了。

从上面提到的两点可以看出，学习马列主义、毛泽东思想固然重要，但要从事创作，还必须深入现实生活斗争。对现在的中青年作家来说，就是深入到建设四个现代化的第一线，主要是农业生产的第一线。这样，是否就行了呢？不！我们还必须具备充分的文化知识，单从我们的本行而言，在国内，至少得知道"五四"以来新文学的发展概况，阅读一些已有定评的作品，同时还得具备一定外国文学史的知识，及其各时期文学巨匠的代表作。

这些话可能有点傻气。既然想搞创作，怎么会不读一些文学作品？但我仍然想谈谈自己的经验，供同志们参考。我在前面曾经提到，远在学生时代，我就喜欢文学了。一九二九年我更把自己沉没在小说的阅读中，有的作品还反复阅读。比如鲁迅的《故乡》《孔乙己》和《离婚》；契诃夫的《万卡》和《苦恼》，真不知读得有多少遍！但最使我依恋不舍的却是普希金的中短篇小说和托尔斯泰的长篇小说，虽然当时的译文还不怎么理想。

我最初读的普希金的小说，我记得是赵诚之翻译的《甲必丹之女》，也就是后来孙用翻译的《上尉的女儿》。这本书我至今总随身携带，尽管我连它当中的主要人物的生活都那么熟悉了，有时我却还要重读一些章节，感到最大的享受！所以我特别选用了"依恋不舍"一语。我对托尔斯泰的《复活》也是这样。从"共学社"的译本到高植的译本，我都读过。而这后一译本一般我也随身携带。因为聂赫留道夫和玛丝洛娃的几次见面是多么吸引人！特别是他俩在流放监狱中最后那一次会见。

对聂赫留道夫和玛丝洛娃这最后一次会见，也是《复活》的最后一章，我之所以百读不厌，主要是长期沦为妓女的玛丝洛娃的自我牺牲精神太动人了！其次，是作者杰出的艺术手法，真不愧为十九世纪的文学巨匠。因为尽管两个人的内心活动那么隐秘，彼此间的感受那么深沉，作者既不借用一些常用的手法进行议论，也不作任何解释，却让人物本身的对话和内心活动来展现这一切……

当然，对于中外文学带有民主性的优良传统，正如毛泽东同志在《讲话》中指出的，要批判地继承，不能全盘接受。《上尉的女儿》中歌颂卡捷琳娜二世那些描写就叫人看了不大舒服！《复活》最后一章述说聂赫留道夫离开监狱，回到旅馆后大量引用《圣经》来自我安慰那些描写，同样叫人生厌！

一九八二年转眼就到了，为了迎接新的一年，我写了这篇短文，结合自己的写作经验，谈了点自己学习《在延安文艺座谈会上的讲话》的体会。因为一九八二年五月就是《讲话》发表四十周年。我希望我们的青年作家都认真学习它，体会它的实质，不会由于它的个别论断过时而无视它的巨大指导意义。

我们学习《讲话》这一马克思主义的经典著作，必须身体力行，首先是长期地、全心全意地深入到四个现代化的第一线去，为建设社会主义的精神文明和繁荣社会主义文学付出艰巨劳动！

一九八一年十二月二十五日

（原载《青年作家》1982 年第 4 期）

重版《苦难》序言

这个集子里的九篇小说，《代理县长》因为在上海送审未被通过，我就寄给天津的《大公报》文艺副刊，后来却在《国闻周报》上发表了，是《大公报》转去的。这两家报刊原来都属于一个共同的发行人。

开明书店为纪念成立十周年，要出一本集子《十年》。主编请巴金同志约我写一篇，我就写了《逃难》投寄。它同《代理县长》《苦难》《为了两升口粮的缘故》和《轮下》，可以说都来自一九三五年我回川西北老家所获见闻。我回去则是为了安葬母亲。

那次我在家耽延的时间不长，收获却不少。《兽道》和《在祠堂里》都是那一次故乡之行的产物，写起来也相当顺手，读书界的反应还大都不错。从人物原型说，《龚老法团》最为突出。他本来姓钟，我那次回去，他老先生已作古多年了。当然，我写作中有增改，有虚构，而若果是为他立传，那就不免有些唐突。

这九篇小说中，《毒针》和《醛》我不怎么喜欢。不过出版单位既然希望按照巴金同志主编的《文学丛刊》的编排重印，也就只好由它去了。是为序。

一九八二年六月二十二日北京

（原载《苦难》，花城出版社 1983 年 2 月初版）

《堪察加小景》重印题记

前几天，我去一家大医院看病，那位女大夫给我诊断后，又看了看我的病历，于是俨然问道："你是作家协会的，写过些什么作品？"

这使我有点难为情，因为我已搁笔多年。现在，由于长期患病，而且早已鳏居，连日常生活也颇难自理，哪里还顾得上写小说？

恰好《百花洲文库》编辑同志来联系，要求我同意重印一个解放以前出版过的小说集，根据前几天看病时的经验，这倒正中下怀，因此，我挑选这本《堪察加小景》，同意他们重印。对我自己来说，它可以向一些人证明，我确乎曾经是个作家，好坏写过一点东西，并非"冒牌"或者"空头"。而且，我就不妨以这点不算愉快的经验，写几句作为重印题记，因为，这也是编者的要求。

不过，看来还得解释几句。这个集子里所收六个短篇小说，都是抗日战争期间在大后方写的，一九四八年编入巴金同志主编的《文学丛刊》第九集，在上海出版。"堪察加"原是苏联远东地区一个半岛，抗战时期，不少人借用它来代替四川，意思是说，即使我们败退到最偏远的四川，也一定抗战到底，决不妥协投降。建国后，我编选过一个小说集，曾将《堪察加小景》这一篇改题为《一个秋天晚上》。现在，编者既然要求依照原书原样重印，只好存其原名，略作说明如此。

1982 年 7 月 12 日病中

（原载《堪察加小景》，江西人民出版社 1983 年 8 月第 1 版）

《中国现代作家选集·沙汀》题记

我的第一本短篇小说集出版于一九三二年，叫《法律外的航线》。一九三六年印行时，改名《航线》，删去二篇，保留了十篇。十个短篇中，只有《恐怖》取材于我青年时代生活过五个年头的成都，其余的，一般说，都不跟四川挨边，更不必说我的故乡，以及我自小熟识的川西北农村小城镇了。因而，这些作品地方色彩比较模糊。

张大明为我编选的这本集子中的作品，却几乎全部都取材于我的故乡。而反映抗战时期、解放战争时期国统区现实生活的就有很多篇。它们较之我在一九三八年以前写的《丁跛公》《龚老法团》等，笔锋犀利多了；而对当时同民族解放事业极不相称的现实充满了愤懑，对统治集团的鞭挞也更少顾虑了。这些作品表明，到了三十年代末，我在华北敌后生活了半年多以后，认识逐渐清醒起来。

黄曼君同志在评价我四十年代的创作时，通过对《敌后琐记》的分析，认为我在华北敌后"一段生活中所燃起的热烈的理想之火和思想感情发生的重大变化"，对我"以后的创作有着深远的影响"。因为在敌后的经历同我一向熟悉的所谓大后方的阴暗面相形之下，使我"清楚地认识到了反对专制独裁、争取人民民主对于推动抗日民族解放战争的重大作用"（《论沙汀的现实主义创作》，长江文艺出版社一九八二年六月第一版第 88、89 页）。这个论断符合我当年的思想实际，因而颇中肯綮。

而一九四六年重庆和平谈判时我连续写成的《范老老师》和《呼嚎》流露出来的情绪则更为饱满，就在笔触上也不复像以往那样冷静了。到了四十年代后期那些历史性的转折关头，我甚至把自己的作品当作掷向敌人的投枪。小说《炮手》《选灾》反映了我当日的思想感情。

　　愈到后来，如像《医生》《酒后》和《减租》一类作品，更不妨说是感情爆炸时的火花。单拿我个人的处境说吧，打从内战序幕揭开时起，随着战局的发展，在我一向蛰居的农村，竟连容身之地也没有了！我在四十年代末的两年，不得不于胃出血后一再转移。而上面所提到的《医生》等这一类作品，大都是我久病初愈后的即兴之作。

　　这本集子并没有编辑《炮手》《选灾》《呼嚎》《医生》《减租》《酒后》，我的笔跑起野马来了。这真也有点情不自禁，我得赶快结束，否则将一发而不可收拾。最后，我想添上一笔，这本集子中全部作品都是建国前写的，我在这里所说的又大都属于思想内容，对于今天的读者说来，它们的艺术性如何？社会效果又怎样？只有根据出书后的反映来判断了。但望它们尚不至于过分浪费读者的宝贵时间。

一九八二年十月十七日

（原载《中国现代作家选集·沙汀》，

三联书店香港分店 1984 年 10 月香港第 1 版）

我在大革命失败前后的一段经历[①]

一九二七年春，经周尚明同志介绍，我加入了中国共产党。尔后，又通过周尚明同志，在成都与重庆莲花池国民党左派省党部川西特派员刘愿庵同志相识，并接受刘愿庵同志委派，回家乡安县筹组国民党左派县党部，发展革命力量。

回安县后，在县长夏正寅支持下，国民党安县县党部筹备处得以迅速成立。其时，进步知识分子刘炳主持团练干部学校，邀我作政治教官。我认为这是一个发展革命力量的大好时机，立即写信向周尚明同志做了汇报。周于请示刘愿庵同志后，经组织研究决定，委派成都的共产党员高凌到安县，担任团练干部学校的政治教官。

但是，团练干部学校开办才不久，校长刘炳便受到当地土豪劣绅的诬告，而因此被捕入狱。这事件后，我怕校长的位置被土豪劣绅控制，赶忙物色人选。我觉得，知识分子刘巨川的思想比较进步，又曾在军队任过职，与我的私人关系较好，同城区的土劣则素不相容。我便通过各种私人关系，征得夏正寅的同意，让刘巨川接替了刘炳的校长职务。

高凌到安县不久，夏又通过驻防安县、江油、彰明和北川地区的

---

① 本篇是作者 1981 年 8 月 13 日对一位青年研究者的谈话记录，经本人审阅过。原标题为《沙汀谈他的一段重要经历》。

军事头目委我为安县教育局长，我在经组织批准后接受了这一职务。夏之为人，一直都可以说是靠近共产党的，他后来在家乡仁寿还为党做了一些好事。他是安县等地驻防军头目董长安的母娘异父兄弟，因而说话、建议都相当有效。

当时，四川形势很复杂。由于连年混战，封建军阀各霸一方，不相上下。一九二七年"四·一二"前，成渝两地的军阀相互磨擦、尖锐对立。成都（包括川西北）是邓锡侯、田颂尧和刘文辉的势力范围，重庆的核心人物是刘湘。但是，"四·一二事变"发生后，形势瞬息万变，蒋介石集团公开背叛革命，对共产党和人民举起屠刀，对革命展开了大规模进攻。邓锡侯、田颂尧、刘文辉同刘湘的矛盾也由对立逐渐趋于一致，开始联合进行反革命屠杀。于是，四川的时局更加紧张起来了。

刘炳被捕不久，就由我和刘巨川保释出狱，但因为形势险恶，安县团练干部学校于第一班结业后便被迫停办了。高凌也已暴露了身份，不能继续在安县待下去。我们商量了对策后，他便回成都去了。

一九二八年二月，我去成都，准备找周尚明同志汇报工作，谈关于筹建安县共产党支部以及有关团练干部学校的事，正遇上"二·一六"惨案。袁诗尧、周尚明等十四位革命同志，被邓锡侯、田颂尧和刘文辉组成的反动的三军联合办事处，由向传义出面杀害于下莲池，空气十分紧张。我很快就返回了安县，组织进步人士隐蔽。过后不久，在白色恐怖中，我又去成都寻找党组织，找到了高凌。但是，高说他已经自动脱党了，声称与党没有关系，已在法专读书。他对我找党的关系一事置之不理。这时，我所认识的共产党员刘愿庵已去重庆，其他如张傅诗、石邦矩也都在"二·一六"事变中牺牲了。因而，我和党组织失掉了联系。

我从成都回到安县，不料绵竹县农民起义又告失败！领导起义的共产党员王干青同志于化装奔赴安县塔水乡后曾暗中约我前往密谈。

我满以为又同党取得了联系，孰知密谈后不久，王就离开塔水，我的组织关系又断线了！直到一九三八年才知道他当时去了双流，而我已于一九三六年重新入党。一九四六年并奉吴玉章同志指示，同他在慈堂谈过话。他是解放前夕在成都十二桥同杨伯恺等烈士一道被反动派杀害的。

就在一九二八年冬，国民党反动派在全国范围内进行"清党"，借以排斥共产党人和坚持国共合作的进步人士，不少地方甚至加以杀害。以黄季陆为首的国民党四川省党部，派魏道三来接受了安县县党部筹备处，并叫嚷所有国民党党员都得前去登记。我根本没有理睬。这时，县长是张琳，夏正寅早调走了。因为他们怀疑我是共产党员，于是采用调离的方式，调我去江油县当教育局长，并把江油一个姓唐的教育局长调到安县来。我当即办了交待，但没有去江油。

后来，又遇上安县"教匪"起义，官府怀疑我是知情人，弄得满城风雨。我感到安县空气沉闷，实在不能再待下去，于是，一九二九年初夏时节，就到上海去了。

一九三一年春，便开始了文学创作。

（原载《南充师院学报》1983 年第 3 期）

关于生活和创作道路的通信^①

雷家仲同志：

你们所提的十个问题，特简复如下：

1. 来信提到的自传，"叔伯们"以改为"三个叔父"较妥。因为我父亲居长，分家时二叔也去世了，只有三、四、五三个叔父在世。当时我年幼，只记得他们曾多次大吵大闹，母亲则常求助于父亲的旧交，我记得帮助最力的是詹棠，前清举人。至于具体情节，已不复能记忆了。三叔分家不久即去世了，四叔、五叔只会吃喝玩乐。

2. 我家延聘的老师，都讲的是"中学"。我进省师，完全是靠我舅父一位秘书利用其同当日的校长有着深厚交情，塞进去的。拿现在的话说，就是"走后门"。我有篇回忆文性质的小说，叫《播种者》，可参考。

3. 我舅父刺杀陈红苕的事在一九一六年左右，这个推算不错，但我却从未在中江读过书，只是我舅父曾从中江延聘了一位老师游春舫到安县我家教过一年书。何鼎臣成军较早，先在吕超部做预备团团长，主要防地是梓潼。我舅父于刺杀陈一两年后才去何部下做连长的，其时何已是吕的第七团团长了，舅父做连长后我才结束了经常随他一道流荡的生活。

---

① 作者曾与四川《南充师院学报》编辑部和中文系部分教师通信，回答有关自己生平和创作道路的问题。原信共四封，这里选收其中的一封。

谢健卿是我二叔的妻弟，他教我执笔为文时，是在我认真专心读书以后。但他不是在我家里教。当时，县里有个训练师资的"学校"，就在县南门附近的"自治局"里。我同我兄长就在那里寄读，只是晚上仍旧回家。谢当时是那个讲习班的国文教员。还有，二叔及叔母无后，我是抱给二叔的。

4. "教匪"是借宗教，如红灯教之名搞武装斗争的贫苦农民。安县那次"教匪"起义，是在绵竹党所领导的农民起义失败，和成都"二·一六"事件，即袁诗尧同志等遇害之后发生的，因而震动相当强烈。

5. 辛垦书店开始时的主要成员，有杨伯恺、任白戈、葛泗乔、王集丛。开始出的书，你们到图书馆去查吧！我这里只举一种：任白戈翻译的《倚里奇的辩证法》。因为开创时我入股较多，又可能大量募集股金，所以推我做董事长，实际管事的是葛泗乔。而后，我召股计划失败，杨伯恺却从陈静珊募得大批股金。一年后几个发起人都先后退出书店，首先是葛同王，一九三二年我和任白戈也一道退出书店。这四位发起人，都是先后在"三·卅一""二·一六"事件后到上海的，而且都是党员，当日都是过的流亡生活。任曾在成都同周尚明一起工作过。

葛、王退出书店的原因较为复杂，而后我同他两人也几近绝交，极少往还。我和任白戈同志退出书店，加入"左联"，其来有渐，是从叶青，即任卓宣这个叛徒到书店开始的。我和白戈退出书店后，发起人只剩下一个杨伯恺同志了。抗战时期我才知道，他对叶青曾经进行过不懈的斗争，而且抗战中为革命做了不少工作，解放前夕在成都十二桥遇害。从一九四〇年开始，也可以说从一九三八年开始，我们中断多年的交往又恢复了，历史证明这是个好同志。

6.《法律外的航线》出版，原本署名"沙丁"，也就是过去金厂中的沙班，俗所谓"金夫子"，意在表明自己要做一名发掘社会生活的金夫子。当日与我同住的艾芜同志建议，在"丁"旁加三点水，我采纳了，就成了"沙汀"。秦的说法是瞎猜。安县一些乡亲所提供的材料不能轻信！此外我还用尹光这个笔名写过三四篇文章。

7. 我离开延安，除继续在重庆出版由延安鲁艺一两位负责同志编辑好的《文艺战线》而外，主要是在重庆党的领导和支持下，动员一批进步文艺工作者去延安工作。我未到重庆前，党就开始进行这一工作了。当然也还有其私人原因，我妻子黄玉颀的老母、幼儿都在四川，她十分想念他们。我未能说服她把孩子通过组织关系接到延安去。她当时又体弱多病，这说明我在思想上也有问题，过分迁就了黄玉颀。

8.《闯关》发表、出版的遭遇，凡我知道的，我已在一些有关文章中提过了，因为经手办理这件事的叶以群同志已在十年内乱中被害致死，他在一九四四年我奉命由睢水关去重庆时，对我谈得也概括，我提不出更具体的情节了。屈楚同志当时在群益出版社工作，那个被扣的批语"为异党张目"，就是在他那里从原件上看到的，听说现在他在上海剧协工作。

9. 一九四六春夏之交我去重庆，当然是组织上调去的。任务也很明确，全国文抗迁沪并改组后，重庆需成立一个新的分会机构，当时南方局已迁上海，四川省委宣告成立，由吴玉章、王维舟两老负责。

10. 我解放后活动，全部是公开的，在党的领导下，由川西文联而进西南文联、中国作家协会；五十年代中期又到四川文联、作协四川分会参加工作，这也就是我能够告诉你们的线索。其他无可奉告，请谅鉴！匆祝

撰安！

沙　汀

1983. 6. 19.

附：

　　《敌后七十五天》是日记，当时并未想到发表，上次你们寄来的文稿中，后来想起，似是当作作品写的，这个提法我感觉不恰当。又及

　　此信你们抄一份后盼将原件寄回。近在病中，会都很少参加，写它出来不容易呵！又可能有差错，如有原信，我还可校阅一通。又及

（原载《南充师院学报》1983年第3期）

漫谈有关《淘金记》的一些问题

一

最近，一位年轻同乡对《淘金记》中出现的人物、故事情节，以及当年安县城区和一个乡镇开采沙金的情形，做了不少调查研究，写成探讨性文章，特别抄寄一份要我查对。

他的热心我很感谢，他的做法我却不敢苟同。因为创作是现实生活的记录，但又是创造性的艺术记录，而不是现实生活的摹写。它同现实生活有其相同部分，从整体上说，它却是一种概括各种类似人物、情况的复合体。既不是这，也不是那，但可能最真实。

这位同乡对于抗战初期故乡竞相淘金的情形，调查得很具体、细致，有些什么人分别在城区和县城北面一个场镇开采沙金，规模如何，有多少工人，他都了解到了。尽管不尽属实，但却基本上提供了当日大做黄金梦的豪绅们如何热衷于财富的追求。我在一九七八年《淘金记》后记中提到的那位出色的工程技术人员，就在北边那个乡场上赶过一阵热闹。可惜我收到的这份调查材料，竟把他遗漏了。

其实，对于三十年代末安县开掘沙金的情形，我也知道不多，而且从未到过现场参观。因为那一次我回故乡，耽延的时间不长，而且是在距城五十华里的秀水乡一座古庙里，同我妻兄一道生活了一个多月，就到成都协进中学教书。这年夏天，我又到延安去了。直到从敌后返回延安，一九三九年冬又从延安前去重庆。皖南事变后才又疏散回安县。当时由于粮价高涨，淘金已变成陈迹了。

而且，其时《淘金记》前三章已经脱稿。这三章是我从市区搬到化龙桥对岸鹅项颈开始写的。酝酿它的时间更要早些，远在去延安前，在协中教书的时候，就已开始构思。到了延安，乃至到了敌后抗日根据地冀中，有时我还在进行构思。因为作品中活动的各色人物，总不肯让我安静，一有机会就会在我设想过的各种场合进行表演。同时，我也按照不同的场合对他们的言行进行纠正、补充，使之较为合乎生活规律。

在炮火连天的敌后会构思《淘金记》，有人可能不解，乃至不满，责怪我对抗战未免冷漠，或者身在前线，心里却在反动派统治的大后方，这种思想感情远不是战斗的，应该大张挞伐。其实一个人的思想感情，远不单纯。在战争频繁的场合，就无时无刻不想到战争，充满战斗激情，其他一切都排不上日程。而若果这样，一天也会活不下去。因为太紧张了，没有人吃得消！

人们对于事物的认识，往往是从两种不同事物的比较而愈益明确。再说，从此一事物联想起另一种性质与之相反的彼一事物，更是思想活动中常有的事。那么，当我在延安、敌后，特别感受深刻的广大人民群众、干部和八路军，在中国共产党领导下，团结一致，为神圣的抗战贡献出自己一切的英雄行为，一个出生于大后方，长期生活于大后方，而又来自大后方的作家，能不联想到他所知道的国统区倒退、落后的情景吗?！

可以说，在到了延安，到了冀中以后，我对大后方的反动派的败政，作为国民党政权基层组织的腐朽堕落，看得更清楚了。我应该毫无怜惜地把它们揭露出来，公之于世，为建立一个像延安、八路军抗日根据地那种人民群众当家做主的民主政权扫清道路。因此，当我在重庆写完《敌后琐记》这本小册子以后，我就迫不及待地动笔写我的第一部长篇《淘金记》。我希望这些事实有助于它的读者和评论家对它的理解。

二

初到重庆，我应宋之的同志之邀，寄住南岸华裕农场，跟他和王苹同志一道吃喝，几乎变成回教徒了。同在一道住的还有白朗、罗烽一家人，生活倒也热闹。有时打打麻将，工作时各不相扰。

那些时候，我除开《敌后琐记》，还赶写了两三个反映大后方现实生活的短篇小说，而主要却是在南方局领导下做些文艺界的通讯联络工作。由于年富力强，又新从敌后回到四川，所以居处尽管不怎么安定，写作却相当顺利。我记得之的曾经赞扬我道："老沙并不难产嘛！"原来他知道抗战爆发以前，我在上海流寓期间，因为写得少，有人说我是难产作家。

我在华裕农场居住的时间，约有三个月左右，就去仁寿看望家小去了。等我在"五·一大轰炸"之后回转重庆，之的、罗烽他们两家早已疏散到寸滩。我呢，只好去南泉，住在文抗的疏散房子里。写作则几乎停顿了，只是经常同住在南泉的杨骚、白薇、欧阳山和草明，以及其他文艺作家，做些联系工作。

当时也有过动笔写《淘金记》的念头，但是，环境太不安静。直到雾季搬回重庆，住在张家花园文抗总会，虽然工作比住南泉时繁忙，却时常感觉不能再让白酱丹、林狗嘴之类的豪绅避而不同读者见面，就只在脑子里单独为我一个人表演了。因而通过组织的支持，我在鹅项颈向国际新闻社分租到一间房子，并得到生活上一些方便，于是把家小也从仁寿搬到重庆。决心在乡间住定后一气完成《淘金记》的写作。

当然，以往的通讯联络工作仍然得搞，但我在安排上尽力做得较有计划，避免零敲碎打使用时间。一般，总在周末进城，忙到下个星期一回乡下，把一些没有办完的事分摊给以群同志。此公任劳任怨，我们彼此配合得不错，而实际是他帮了我不少忙。应当说，他在重庆那段时间，工作得很不错。在我离开重庆以后，他更经常同我联系，任务也更重了。直到何其芳同志从延安调重庆后，他的担子才逐渐减轻。

由于酝酿时间长，又取材于自己的故乡，风习人情相当熟悉，提纲也较具体。每一章的主要内容，从人物、事件、情节都有简要记录，所以写起来比较顺利。一提笔总是得心应手，顺顺当当完成每一天自定的工作量，而且几乎没有停滞不前，需要求救于大量纸烟，借以搜寻"灵感"的苦境。

也许有人会问，既然三十年代末我虽回过故乡，由于为时短暂，而且并未去开采沙金的现场参观访问过，然则《淘金记》中那些有关金场场景，淘金一些技术上的问题，是打听出来的？并掺杂有幻想成分？我的回答是：当时在淘金中出现的纠纷、政府指定专员收购、金夫子的来源和生活情况，我听到不少，但我对金矿现场的描写，却有不少感性知识，也就是人们常说的第一手材料。而且，我还要说，这些第一手材料，我在《淘金记》中使用过的也相当有限。

这得回转到我的童年去。因为安县城东山开采沙金，正如我在本书的第二章交代过的，远在辛亥革命初就开始了。只是那些大做黄金梦的人们打的旗号不同而已。不过，当日顾不上，同时也没有能力加以区别。我之所以常常到那里去游逛，只因为在一个儿童的心目中，这是一个在平凡生活中突然出现的崭新世界，值得前去鉴赏一番。有时候，乃至于宁愿逃学，也要跑去玩上半天。

回想起来，在我们县里，每年只有阴历二月的梓潼会最热闹，最好玩了，有卖刀剪、农具、膏丹丸散的各行业远道跑来摆摊设市，几乎四条正街都变成了闹市。吃的、喝的，以至各种赌博都公开进行，不算犯禁。有时还有皮影戏、木偶戏。但是，至多三天，所谓"八大帮"就赶往邻近另一个城镇，制造一番短期的繁荣，而所谓金厂梁子的繁荣，则一直持续相当长的时间。

当然，那里没有八大帮凑合起来的排场，但从提起竹篮卖肺片、猪头肉、花生、瓜子的小贩，到简陋的小酒馆；从掷乌龙、摇单双到红宝一类赌博，却也应有尽有。玩呢，有拉洋片、唱被单戏和金钱板，以及清音。但我最喜欢的却是淘金，老想蹲在矿井洞口，看那些身背尖底背篼，在狭窄、陡峭、深不可测的井道上爬上爬下的人，更喜欢东问西问。而人们可总是警告我："站开呵，看'撤网子'①！"或者不让我在洞门口光光亮亮的石头上歇脚，那是"财神"！

"明窝子"② 一目了然，没什么神秘味。这里的金夫子无不遍体污泥，往往只有一曳破布遮住下身。尽管看到也有点难受，可不会对他们的生命有多少担心，因而神秘感也减弱了。倒是每每在午后进行的最后一个工序比较有趣，这就是把当天挖掘出来，已经堆积在山脚下那条小河边，通过用水冲洗、颠簸，提取金沙。这时候矿井上的主要人物都会在场，而金厂梁子上种种矛盾，如像地段问题、股份问题也往往爆发在这里。有一次，甚至发生武斗，三个人当场被杀伤了。而从此我也就被家庭管束起来。

三

在构思过程中，因为考虑到纠纷发生的三方面都是北斗镇的头面人物，他们的斗争不会在矿山进行。因此，除开家庭，何寡母家的厅

---

① "撤网子"：矿井坍塌的行话。
② "明窝子"：露天开采沙金。

堂、彭胖那间挂得有一幅乩笔写的条幅"斗室"而外，主要是两家茶馆，畅和轩和涌泉居。我还把第一章用来介绍当年在一般场镇上喝早茶的习惯，介绍主要人物之一的林幺长子，以及人们对淘金的言论，并从这些闲谈中埋伏下主要矛盾斗争爆发和发展的引线。

涌泉居是以林幺长子为首的一家茶馆，正同他本人的粗鄙相称。主要茶客芥茉公爷、气包大爷的谈吐，也在高谈阔论中流露出大量流氓语言。就是议论行情、物价的时候，他们也像一般在野派样，使用村言俚语，大发牢骚。畅和轩的风气可有一些不同，因为它是当权派龙哥及其一伙活动的地盘：所谓公断处也设在这里，披了一张为人民排难解忧的画皮，相当雅静。而第六章我把时间定在冷场，也是想突出这一点。

同是一个市镇上的高级茶社，由于作为日常活动主要阵地的人物不同，包括政治社会地位、出身和为人，它们在格调上也就存在显著差异，因为主要是写活动于其中的人物。我把芥茉公爷、气包大爷如果安排在畅和轩，他们言谈就会不大调和，正如季熨斗那种一踩九头翘的角色，作为当权派手下一名活动分子那才较为合适，而黄狗老爷也不能和涌泉居任何茶客互相调换。

我记得在一九四二年文化生活出版社发行《淘金记》的单行本后，一九四四年，我在重庆工作时，一位诗人朋友看后曾向我说过这样意思的话：不坐十年茶馆写不出这样的东西。他是外籍人，因为抗战去重庆的，对四川的茶馆，印象自然新鲜，无疑也有鼓励成分，何况是诗人呢？但我要说，十年倒不一定，也无法估计，我对家乡的茶馆确也相当熟悉。可以说，打从童年时代，我对茶馆就大感兴趣。

当然，我童年去茶馆主要是听玩友清唱，看讲理信，或者听说有什么行踪多少有些特点的外乡人到来，引起闲人围观、打听，我也被吸引去了。一句话，就是不以茶客身份去的。至今还印象鲜明的回忆之一，是一位修理眼镜的师傅，因为一连两个徒弟都骗走过他的钱财、家具，他一气之下，不收徒弟了，倒养了两条狗。但逢有事离开，人是不能走近他装有家具、衣物的大箱去的。你一去，两条狗就大声狂吠，向你扑来。

勉强作为一名茶客出入于茶馆，是我十三四岁的事。因为我舅父为一位曾经提携过他的头面人物报仇雪耻，枪杀了一名骗取到垦殖军司令名义的恶霸陈红苕，为防报复，约有年余时间，就在安县西南区各乡游逛。我呢，凭着他对我的溺爱，母亲的纵容，也就随他一道各处跑码头了。夜里下乡居住，白天就跟他上街蹲茶馆。遇到风声吃紧，就又换个场镇，或者就在原地隐蔽起来。等到风声过了，重又上街露面，也就是蹲茶馆。

直到我舅父在吕超部下入伍，做了连长以后，我就没有跟他一道浪荡江湖了。那时我已是十五岁左右的少年，也已开始知道认真读书。但是，结束游荡生活，并不等于结束我同茶馆的关系。主要因为我一向喜欢川戏，在平常没有戏班子演出，我就夜间去附近茶馆里听玩友的清唱。适逢我家对面有一位姓张的文墨人，是新式学校毕业的，字写得不错。他既主动辅导我学习临帖，也教我哼川戏。就这样，我不止去听清唱，时间一久，偶尔也大起胆子去充当配角了。

四

场景诚然重要。我写《淘金记》，在写到茶馆的时候，也比较得心应手，因为我把童年以来对于茶馆的印象，几乎都有所选择地用上了。但我不是有意卖弄有关茶馆的知识。写四川，写川西北一些城镇，你就不能不写到茶馆。这我在第一章已有简略交代。因为人们要在茶馆里探听社会信息、政治新闻，谈心和发牢骚，进行一项协议。

但是，作为小说，主要是刻画人物。人物毕竟才是主体，茶馆、金厂梁子，再描绘得逼真，也不过是场景，它们对人物只能起到陪衬作用。何况一个茶馆的格局、气氛，也是由人物炮制的呢。可以说，我才同茶馆接触，开始对茶馆熟悉的时候，也正是我迈向熟悉各色人等的第一步。有的人，至今虽然尚有鲜明印象，但是了解却很不够，比如那位修理眼镜的师傅，毕竟是所谓"跑滩匠"，住两天就走了。因此，《淘金记》里几位主要人物，大都是我十二三岁跟我舅父一道跑码头就知道的，以及若干年后还有接触的。且有来往的旧相识，也有童年时代就相识还有点亲戚关系的人，比如说，白酱丹就是我房分上的一位四叔。但我只借用了他这个不大光彩的诨名，他的一些外表，以及性格上某些特征：迂缓、镇静、斯斯文文，而由于有关他的种种传说，我却多少有点怕他。

当然，原型并非模型，作为类型，在旧中国，每个城镇几乎都有一两位白酱丹这样的人。所谓箍桶匠、狗头军师就是群众对这般人的含有贬义的通称。他们都长于舞文弄墨，熟悉讼事，在场镇上为当权派做文牍之类的差事。在安县西南乡，离城最近那个场镇上有一位留日学生，原在外地教书，因为一场大病，眼睛瞎了。回到本乡后，居然也凭着他的中外社会知识，给当权派做了军师！一些新旧知识分子，主要是旧知识分子之落于这种境地，主要是同旧的社会政治制度分不开的。他们在农村集镇上可以说是高人一等，但又常常处于哥老会出身，或者那些既是所谓一步登天的大爷，又是当权派的地主的权势之下，而寂寞寡欢的日常生活，才智无从施展的苦恼，以及若干实际利益的打算，久而久之，自然会使他们成为龙哥之类人物的附庸。而我笔下的"白酱丹"，正是概括这类角色的特点，并努力赋予鲜明个性写的，早已不复是我的四叔了。

我那位热心肠的同乡说，经他调查研究，白酱丹的原型姓白，秀水乡人。这大出我的意外。秀水是安县西南乡一个大场镇，我对它算最熟了，从来不知道那里还有一位和白酱丹同类型的狗头军师。但他的判断无疑错了。对于林狗嘴，他认为，在同乡中，有的认为是"陈幺长子"，一位拔贡老爷的兄弟；有的认为是写一位诨名"杨幺大人"，喜欢吵吵闹闹的角色。但他同样错了。尽管我认为他们在类型上有相似之点，但从他们身上没有借用多少东西。

要区别林狗嘴不是拿陈和杨作原型的，相当容易。因为陈在全县算是世家，尽管嘴头放肆，断不会粗鲁到同小孙子顶嘴：一个公然叫爷爷的诨号，而爷爷呢，则大为欣赏："仅防火闪娘娘淋你的尿！"幺大人在成都住过官班法政，因为曾经有人借用幺大人的名义招摇。这个借以行骗的名色就成为他的诨号了，但他也同林狗嘴有极大区别。

这陈和杨的经历、脾胃我都知道一些。他们身居县城，一般都是和本城士绅、比较高级的袍哥和知识分子一起喝茶，当然也会议论时政，可是断不会用"何人养汉"这类粗话来攻击反动派对有利可图的物资搞"捆商"①。同志会变乱后，他们也都加入过袍界。可是，在他们家里的流水账簿上，也不会有这类项目："李老大来玉米一斗，去光棍一个。"总之，除开闹闹嚷嚷，在作风、派头上，都跟林不同。

五

在几个主要人物中，只有彭胖和龙哥基本上按照原型写的，增改不多。这里当然指的是他们的外表、习性，而不是他们在书中围绕开发箐箐背这条主要线索中所有细节，虽然这些细节我都曾力求合乎他们的本性和某些习惯。比如，彭胖每天凌晨就去屠宰场搜集猪牙巴骨；喜欢刮面，喜欢把责任往他家凡事不能做的兄弟身上推。还有，就他那种像揣在荷包里一样方便的瞌睡，都几乎原件照搬。此人原本姓杨，秀水乡一位富商，在当地是相当有名的。我们有过一些来往，可是我那位热心肠的同乡却没有调查出来。只有龙哥，他的论断无误，他的

---

① "捆商"：独家收购、买卖某项物资。

原型正是龙某某的原型。

龙某是桑枣乡人，当地一位姓易的头面人物的得力助手，的确也做过乡长。但他不是在易家发迹的，当然更不是在叶二爸家发的迹。他的外形我没有什么增加，只是根据他的粗鲁而又多少有点直憨的习性夸张地刻画了他两三个小动作。喜欢不择好坏地吃喝一通；头戴博士帽，应该是绅士了吧，却又敞开便衣的领扣，只有在参见县长时才扣起；但是，一出衙门，就又"哎哟"一声，如释重负地照旧把领口敞开了。而在《淘金记》中，我却把他安排在北斗镇落户，把桑枣的易某换成了秀水乡的叶二爸。

这叶二爸当然也不姓叶，姓曹，一位已经退休的老派头面人物，我很熟，见面时总以父执相称。因为在我随同我舅父跑码头时，就已认识他了。他们之间的关系很好，当时还在主持秀水的"公口"，同时兼任团正。他声望高，的确男、妇、老、幼都尊称他"曹三爸"。一次扶乩，沙盘上出现的那句"众弟子跪下，叶二爸请起！"的话，也的确有不少人这么说。有的当作夸耀广播，感觉自己都很光彩；有的，则当作笑话，暗里揭穿扶乩的虚假。

这位叶二爸一直没有人做过索引，大约因为他的形象还不算怎么丑恶可笑吧。而龙哥呢，出书不久，在故乡一般喜欢文艺的知识分子中，却有不少见闻较广的人，已经猜到龙佐卿就是龙哥的原型了。有些场镇上的头面人物，也从熟人或亲属口中知道了，认为我对龙某开了场大玩笑，甚至担心到我会对他如法炮制。当时我正隐蔽在雎水，我的居停主人，那位作风大成问题的头面人物，就不无疑虑。

这不是我神经过敏，因为有一次，他的女婿，一位同我相当熟识的小学教员，从秀水到雎水避夏，我们单独一道在大拱桥纳凉时，曾经坦率地告诉我，他的岳父大人曾经流露出担心，说："这个杨子青该不会像对龙佐卿那样，将来开我的玩笑吧？"我当即对他那位乘龙快婿说："我怎么会开他的玩笑呵！"竭力加以否认，仿佛我写小说，我用某一个人做原型，都只是为了"开玩笑"，只图讲得有趣，写得有趣，让读者哈哈一笑！

对于何寡母，我那位同乡也索引错了！她的原型不在桑枣，也不姓何。尽管那位富孀我相当熟识，是个能干的旧式家庭妇女。说有她的某些成分，但她不是原型，但也不是曾经做过我家的房客，那位从距城五十华里名叫擂鼓坪搬来避匪的张太太。因为尽管构思时，我把她作为原型，到了整个小说的构思完成，她在何寡母身上保留下来的东西，已经不算多了，那位姨娘也变成表姊。

何寡母除开具有上面提到的两位富孀的某些特点而外，还有城内居住的陈三太太、诨名朱瞎子的遗孀和我一位姑婆的某些习性。我之熟悉这些人，这得对我母亲表示感谢。她老人家经常出入善堂，同这一类人常相过从。而她总不时带我去参加一些有名的庙会。我十二三岁时还吃过一年多"花花斋"①呢！是我舅父像开玩笑样强制我开的戒。我把何寡母作为一个地道旧式富孀来刻画的，性格相当复杂，能够机灵地应付各种场面。为了让她令人信服地承受不断出现的各方面的压力，我把她的生父安排为县城里的拔贡，而人种的上一代则是曾经显赫一时的举人和全镇侧目的大腹贾。而且，这个独苗苗儿子，不用说也是我有意安排的，以便在传宗接代、重振家声这类宗法性问题上展出何寡母对于自己娇生惯养的儿子种种变化无常的矛盾心情。人种这个诨号，则是我从一位塔水乡姓罗的青年地主拉用来的。

六

可能我这个人的想象力太有限了，不只主要人物都有原型，而差别仅只存在于：有的熟悉当年社会生活的老一辈同乡，可能一眼就会

---

① "花花斋"：每月逢三、逢六、逢九素食。

察觉出来；有的在构思中增改较多，则已不大容易辨认；有的变来改去，只有我自己尚能记忆。一句话，我就不能凭空刻画人物，但我也不是为某人画像。

主要人物、次要人物如此，就是次要又次要、着墨不多，在故事发展中并无显著作用的角色，我都借用过我所知道、认识的人物来做原型。季熨斗、芥茉公爷都实有其人。我所知道的季熨斗的为人和事迹还相当多，在《淘金记》中，因为他的作用有限，我还保留有他一些活动在我的记忆里。他的诨号都是他自己的，不是来自我的创造。戴矮子这个孤老头在全书中的作用似乎微不足道，但也实有其人。

的确，戴矮子在故事发展中的作用微不足道，看不出他有过什么作用，但我安排他出场表演，却有深意存焉。因为在现实生活中，他的意见是有代表性的。比如他对何寡母家里的举人老爷，以及那位大腹贾的豪霸行径进行了揭露。而且在谈到粮价不断上涨时，他的反应多么坦率！因为他每天只要有几合米就够了。而他对于那些饱一顿饿一顿的金夫子，却贯注了多么丰富的同情！"我戴矮子会硬起心肠哄骗他们，我早就当汉奸去了！"这个半流浪汉可以说是对白酱丹、林狗嘴，以及一切金厂主人的痛斥！所以就连我也情不自禁地赞扬他"对得住抗战，没有做过借国难发财的任何龌龊勾当"。就拿那位每天饭可以不吃，但是三台酒不能少，有点名士味道的茶博士，对比起来，多少也比那些钩心斗角，成天搜肠刮肚图谋个人私利的豪绅地主高超。这个人物也是我有意安排的。而善良的理发师老骆对彭胖也并不心服……

丘娃子出场较晚，着墨也不多，但他对故事的发展却起了关键性的作用。这个人物的原型我保留较多，连他那别致的乞讨方式我也极少加工。因为我童年时见识过这个举人老爷的苗裔，不过他原姓陈，我不由分说把他的姓更改了，幸而祖辈都是举人。相对而言，作为原型，他固有的东西我保留了不少。只是在故事发展中，我对他同何寡母、白酱丹的几次见面，却是我设身处地从他的处境出发，虚构了所有情节。

为了陪衬人物，点缀场景，我在人物选择上也费过斟酌。没有丁酒罐罐，纠纷可能得不到较为省事的发展。像烂钟奎那样几乎流于半乞讨的青年，我把他从记忆里发掘出来，摆在白酱丹的内弟和助手地位上，我感觉再合适不过了。由一个可以任凭白三老爷控制的角色，帮助他大吹大擂推行禁政，真也只有烂钟奎他才放心。他不会泄露其中天机，也不会违拗他的任何指示，更不可能讨要一分一厘那些骗取来的财皂，只求每天烟饭两开。

小说中所有流行于当年茶坊酒肆的小道消息，以及插曲，也都来自现实生活。蒋介石可能荣任四川哥老界总头头、孔祥熙的老婆向香港走私黄金的新闻，就流行很广。把狮子灯改成麒麟灯，这样的笑话，则的确有过。我安排那些青年学生、知识分子去四礼八拜自己的恩兄，感谢龙哥给他们"掐了眼睛"①，入流了，也许会引起非难。而在当日那个社会，这倒确系事实。而且当我在雎水定居以后，我还发现烟帮当中有身着西服的青年呢。

安县有十三个半场，我的人物尽管全部来自本地，但是，北斗镇却是我从仁寿县借用的。一九四〇年我在该县文公场小住过一些日子，返回重庆时，因为成都发生反动派一手制造的"抢米事件"，罗世文、车耀先被捕了。我就绕过成都，插小道奔牛溪河。中间，在北斗镇宿过一夜。而这个深丘地区的场镇，给我留下了较深的印象。因此，我就在《淘金记》中用上了它，把前面提到的人物调集起来汇演。

---

① "掐了眼睛"：辛亥革命后，一般对加入哥老会的说法。"掐眼睛"意思是说，当了哥老，才算是大。

七

　　我也许谈得太宽泛吧？而我无非是想说明一个问题，我是动用了全部生活存储：从童年直到构思期间的见闻，来经营《淘金记》的。而且，我相信不少作家恐怕都有这种经验，在故事、情节、主题思想的形成中，他着重考虑到的是各色人物。因为没有人物，也就无所谓故事、情节、主题思想，只有一些了无生气的概念。而他的人物，又总是首先从自己记忆中发掘各种原型，然后一一进行挑选、搭配、改造，使之在整个作品中占有一个应有的位置：主角、配角，以至于跑龙套。

　　当然，一部作品的成就如何，首先得看它的题材、旨归，是否比较准确地反映了一定历史时期某一方面的生活，且有一定进步意义。然而，作家生活的丰奢，思想水平的高低，构思当中又是否上下求索，力求塑造出来的人物的真实可信，都具有极大作用。我以为其中主要一项是生活。因为尽管你水平高，干劲足，且有一定艺术修养，而巧妇难为无米之炊，生活不足还是没有多少能耐。我自己是有这种经验的，还可以找到一些旁证。

　　说到旁证，这里只提一点。试想一想，为什么乡土气息浓重，或者以本人的经历为基础，类似自传的作品，往往读起来使人感到亲切？因为他所写的都是自己所熟知的，写起来可以左右逢源，得心应手。当然，我是就作家在面临一项具体创作任务说的，并不反对，而且十分同意作家不要满足于已经熟悉的生活，更要深入工矿农村开拓创作的新领域，使作品取得更大更好的社会效果。同时也可以通过认真地调查研究，广泛收罗史料，在现实主义的原则上反映重大历史事件。

　　由于可供选择的生活面相当广阔，《淘金记》中所有人物，只要有名有姓，都是来自生活，前面我已经交代得相当清楚。但在众多的人物中，我费力较多的只有两个：白酱丹和何寡母。因为开发箐篅背是突出主题思想的中心事件，这对白酱丹说来，是结束他依靠请会、借贷生活的唯一途径，又自恃足智多谋，大有不到黄河心不甘之势。请听听他那咬牙切齿的誓言吧："她顶凶披起黄钱喊好啦！"等到情势一变，丘娃子愿意供其利用，龙哥加以支持，他又变得来何等轻松！居然逗引流娼娱乐自己和他的靠山。

何寡母呢，恰好同白酱丹相反：为了永世继承一个封建地主家庭的衣钵，她对自己独苗苗儿子又是百般娇纵，又是严加管束，深恐无人传宗接代。而她之寄希望于自己的祖坟，决不甘心任白酱丹破坏她家的风水，伤到龙脉，也来自同一思想根源。所以一听要开发笤箕背，她就气急败坏，一扫所谓书香门第的风度，大喊大叫："哪个要挖，先把我两娘母活埋了吧！"倒是那个尽人皆知的主权问题挽救了她，把白酱丹吓退了。但他是不能轻易松手的，恰好在捐献问题上，何寡母无意中把龙哥挨到了。原来当时反动政府假抗战之名，不是搞公债就是捐献，而它的基层组织也借机大肆搜刮。龙哥当然更不例外，他把北斗镇那些买了救国公债，首先是富孀何寡母的，连本带利都吃掉了。这完全是应该的，就是当事人知道了也该不声不响。但在捐献问题上，她问了，因而就闯了祸。于是，白酱丹趁机利用了龙哥对何寡母的不满，取得秘密开采笤箕背的特权，认真雇工动起手来。

但是他没料到的是，林狗嘴利用何家的祖坟同娘娘会的庙产连界，已经占了它了。"一林不藏二虎"，他们之间又爆发了新争执。但却都能克制，因为他们的行为都见不得天日。而且，虽有争执，同时也有合作：凡是到笤箕背偷盗金沙的人，哪怕分量不多，只要是抓住了，他们就倒吊起来，打个半死！

白、林秘密开发笤箕背的活动，早已在北斗镇传播开了。但是，在龙、林的积威之下，人们都怕惹火烧身，不敢张扬，更不敢向何家透露。只有同何寡母经常进出善堂的钟姨娘，在一个偶然的机会中，不顾丈夫做嘴做脸的警告、制止，用暗示语调提出：既然冬至到了，要上坟，也该去祭扫一下箢箕背的祖坟。这个暗示促使何寡母派人收拾坟园去了，而结果发现白酱丹和林狗嘴都在对箢箕背大挖特挖……

于是，故事发展的速度加强，波折迭起，卷入纠纷以及同纠纷挨边的人物也有增无已。而这些新出现的波折，特别是人物，我是按照主要人物的性格，当日的社会生活和习俗安排的，尽力使其合情合理。这中间主要是在白酱丹推行"禁政"时就出现过的何丘娃。而那位包揽讼事的吴监的出场，也不是为了推动故事发展的随意点染，这类角色在当日官场中可以说每座县城都有，否则一切贪赃枉法的丑闻将会减色。

这个吴监，精通各项法令，善于勾结官府。他的策划、活动，真正叫白三老爷喜出望外，自愧不及，感觉一切问题都迎刃而解了。而对于何寡母，则无异一个致命打击！她在酒席筵前抗争、哭诉，希望有人大动恻隐之心。但她得到的却是教育局长和县府秘书俨乎其然的开导。她毕竟是个地主，习于积累财富，因此几乎出于本性，她最后迫不及待地申言，应得的报偿而外，她额外还要入股。竟然没有料到，白酱丹立即表示欢迎。

八

白酱丹总算如愿以偿，他兴高采烈地从县城回到北斗镇了，准备在箢箕背大挖特挖，真像转眼就可以挖到金门闩子。而无论如何，他用不上偷偷摸摸干了。就是他根本没有何丘娃这个外甥也没关系，因为他现在立案的题目，比什么所有权、继承权正大堂皇得多！他是为神圣抗战开发资源！

然而，客观形势的演变比人还强，有如脱缰之马的粮食涨风，追随反动派的滥发钞票，粮户、野心家，乃至一切但求日常生活不致遭受太大亏损的居民，无不卷入囤积的狂风恶浪里，弄得一些人昏头转向，从开采黄金转入囤积粮食。直到一九四九年冬全国解放，任何一个顽固分子已经无法睁起眼睛白日做梦，这才又惊惶万状，把历年囤积的粮食尽情削价倾销！小说虽然结束得早一些，但是，不难想象，白三老爷的嵌花烟袋，又暗淡无光了。

"利令智昏"，白酱丹注定了鼠目寸光，因为他不可能感到任何道德规范的约束，更不可能预见到形势的发展。当然，他之退一步另搞无师自通的囤积，是出于不得已。所以当他在何家碰了钉子，而龙哥、彭胖也劝他搞囤积的时候，他还满腹怨气："煮在锅里的兔子都跑掉了！"而其他两个也只看到了粮价会涨，丝毫没有想到它会走向反面。因为他们着眼的是国统区，根本不理解抗日根据地的存在和发展的主要含意。

当然，我在构思《淘金记》的过程中，从理性上说，也不是通过周密论证，明确认识到一个大地主、大资产阶级统治的中国必将由人民大众当家做主，抗日根据地的新民主主义政权取而代之。但在感性上、情绪上却相当强烈。这在我的《敌后琐记》中，我相信读者是可以看出一些端倪的。我之能于比较冷静、从容不迫，甚至有人认为我对丑恶多少有点"欣赏"，从一定意义说，不能认为错了。而遗恨的只有一点，为什么不进一步从我上述观点进行探索呢？

对于丑恶的欣赏，也许是恶趣或怪癖，但是，无论如何欣赏丑恶不等于道义上肯定它。而把欣赏丑恶看作对于临近覆灭，或者已经作了阶下囚的恶棍的嘲弄，是否比较恰当点呢？三十年代初期，我曾经潜心学习过屠格涅夫的《猎人日记》，随后又读了赫尔岑对这本世界名著的论述。他说，屠格涅夫从不过甚其辞，也从不使用着力过猛的语句，只使用优美的文体，完全平心静气地叙述。这样，由于诗意地描写反对农奴制度的起诉书，就使印象得到大大加强。

那些主张对丑恶必须进行怒目金刚式的鞭挞的评论家，对于赫尔岑的论述不知作何感想。不用说，我是很赞赏的。但我不只是想捧出旧俄作家来为自己辩护，主要我想说明一个问题，为什么在对作品的评价上有时往往出现分歧。《淘金记》在文化生活出版后，在国统区文艺刊物和报纸副刊上发表过好几篇评价文章。当日我居住在睢水山区，前后只看过五篇，包括李长之、卞之琳两位的文章在内。这几篇文章说了不少鼓励的话，这同文化界人士当年的共同处境不无关系，因为都对国统区的现实生活具有一致的观感。

此外，重庆、成都，还有两个在文艺思想上具有共同主张的刊物，分别发表评价文章。解放前，居住重庆的艾芜向我提及，但未附上刊物，只是概述这两篇文章的大要，很气愤，同时却劝我不要放在心上。直到一九四六年，我奉调去重庆工作，在会见冯乃超、何其芳两位时，才大动感情，说我一定要给予反击。他们都极力劝阻我，特别向我传达了周恩来同志前往南京进行谈判前夕对他们的指示：团结一切进步作家，不要抵消力量。就这样，住下来后，我只是找来那两篇文章看了，可是没有进行答辩。

在两篇文章中，有一篇是一位小说家化名写的。因为是同行吧，他倒还没有自命不凡地说三道四，也不曾全面否定《淘金记》。认为作品描写何寡母的顽固、白酱丹的狡诈、林幺长子的无赖、何人种的软弱，"使读者有一些实感和知识。然而读了以后，却得不到真实而强烈的对于这些坏蛋的愤恨和由这而来的对于人生的勇敢和热爱"。因为我"对生活是冷漠的，无可奈何的"。而按照作者的艺术标准来说，"读者走近一件艺术品时，总是怀着一种战斗热情的兴奋，希望着一场恶战……"

简单说，也就是说我写《淘金记》时缺乏主观战斗精神，因而是典型的客观主义作家。从表现方法上说，就是我"在现象结构上播弄着人物"，"仅止于机智和风趣"，其色调则是"冷漠"。老实讲，这篇文章读起来很吃力。现在找来重读一遍，仍然不能说读懂了。同时，这已经是将近四十年前的旧事了，而今年老体弱，我也不想为了一篇评价自己作品的文章多做辩驳。现在只想提出一点疑问：既然书中描写的人物能"给读者以实感和知识"，读者是否也会据以作出判断：谁狡诈，谁无赖，谁顽固呢？

从常识说，是能够得出正确或者比较正确的判断的，同时兴起一种或憎或爱的感情。至于是否会强烈到合乎某种艺术流派的要求，恐怕也会因人而异。比如，李长之、卞之琳在评价《淘金记》时，就不曾指出过，风格上的冷静是因为作者本人缺乏主观战斗精神，更不曾将风格的冷静归因于对生活和现实的冷漠。别的两三篇评价文章，也大都肯定了作品对白酱丹一伙进行的揭露。其中一篇还联系当年处于特定历史时期的四川基层农村社会，对小说的内容作了简略阐述。

在构思《淘金记》时，我就明确地把故事发生、发展的时间和地区规定在抗战最初几年，四川一个偏远城镇。写作中也交代得很清楚，随处可以找到例证。因此，对于那篇把它摆在一定历史条件下来进行评价的做法，我是欣赏的。因为这种做法，为我一向所赞同，不用说也同我整个文学思想一致。当然，这不是我的创见，我不过多少继承了一点中外进步文学理论的传统。

对我来说，不能设想在刻画人物时，能够脱离他所处的时代、社会地位、家庭教养和具体环境。因而，从构思到写作，时代、政治社会制度不必说了，我把何寡母是作为一位出自书香门第、早年守寡、只有一个独苗苗儿子的地主，但却无权无势的人物来写的。这就规定了她在性格上的复杂性。不错，她顽固，但也知道攀扯瓜葛，向有权势的人诉苦。对于佃客，她却十分强硬。她强迫王老九加租，而且用棉花代替粮食，否则就得退佃！对于何丘娃的告哀，更几乎刻薄到一毛不拔。

至于为了继承有人，她对儿子的纵容、管束，的确会为多数都市的读者感到稀奇古怪。而我认为这正是像她这样一个顽固地主，在其处境中必然出现的复杂性。再拿白酱丹说，其实又何止狡猾，作为一个没落士绅，他善于在龙哥这位土皇帝腋下出谋划策，过着类似食客的生活。而又时刻忘不了自己高人一等，有时假装斯文，有时大耍流氓手段。对于何丘娃的利用和一下又掷之脑后，更说明他本性的毒狠。

说我是典型的客观主义作家，据我理解，无非语言平淡，语调冷静，没有丝毫主观战斗精神。这里我要坦率地表示，对作品的风格不能、也不应强求一律。我自己呢，却正是力求在作品中不露声色，对人物大唱赞歌，或者摩拳擦掌，而是让读者根据人物本身的言行作出评断。但这并不意味着对他们没有褒贬。从根本上说，作者在选择人物、确定主题时就有评断。否则，何寡母的顽固、白酱丹的狡猾，又从何而来呢?!

其实，我一向主张应该让作品中人物通过自己的言行来表现自己。不要把读者看成阿斗，一边描写，一边大发议论，在一些章节里，在进行叙述当中，也明显得站出来下判词。比如谈到何寡母从事囤积时，说什么"遭到一般贫民的咒骂"；而赞扬戴矮子"只有他对得起抗战"。戴矮子这个人物我在前面已经提到过了，这里我还要补充几句。我写他，是有意让他出面揭露何寡母家发家致富的老底，讽刺一切金厂主对那些为逃荒而来，可照样吃不饱、穿不暖的金夫子们的残酷剥削："我戴矮子会骗他们，早当汉奸去了!"

戴矮子这个人物，正同那些金夫子、脚夫一样，我曾经考虑到，他们属于人民，通过他们多少可以看出我所反映的世界并非通体黑暗，同时也为了能比较如实地反映当时四川偏远场镇社会生活的全貌。但是我不同意这样一种说法，作品中必须有值得歌颂的正面力量，否则就无异忽视了我们现实生活中推动生活前进的力量。这种说法不能成立，因为文学史上可以引证的例子很多，鲁迅先生对于讽刺作品就有过不少独到见地。而我写作《淘金记》时，正是力求如实地描绘生活。

我认为，那些对讽刺、暴露性作品缺少乃至没有正面人物表示失望的评论家，显然忘记了一个最普通的事实，这就是，对作品中的人物相进行讽刺的，不是七紫三羊、英雄牌自来水笔，是作者。因而作者本人就是一个实实在在的正面力量。他的讽刺可能不够辛辣，不能掀起读者起而消灭我们现实生活中的丑恶和消极现象，至少，他为有志于改革的人们提供了材料，证明他们的言行有根有据。

以《淘金记》为例，再从历史条件说吧。作品写作和出书的时间，正是四十年代初期，在国统区，在中国共产党领导下，一个要求团结、进步和民主的运动正在大后方各大中城市兴起，一些民主党派也纷纷在这一伟大运动中形成。然则，尽管多少出于无意，白酱丹、幺长子和何寡母一伙在北斗镇的表演，不正是一种适逢其会的配合吗？因为那个闭塞、偏远场镇上形形色色的社会生活，恰好说明旧的政治制度的变革已经刻不容缓。

也许是护短吧，看来我为自己辩解得太多，也扯得太远了！真是名副其实的所谓漫谈。但我事先也考虑过，因为《淘金记》中不少素材、印象来自我童年、少年时代，成人后当然更是不少。构思当中又牵扯到我在抗日根据地的见闻，因为它们帮助我开阔了眼界，并在对比之下鼓励我放手写将下去。这一来，繁杂、冗长也就难于避免了，但望不过于浪费读者的时间。

写于 1984 年 8 月，同年 9 月定稿。

（原载《小说界·长篇小说专辑》1985 年第 1 期）

上海文艺版《沙汀文集》自序

文集着手编选时，我就准备请周扬同志作序。没有料到，文学研究所几位同志编定之后，周扬同志病了。我想，让他康复以后再说吧。因而八四年以前，虽然到医院看过他几次，竟也不曾提及。最近出版单位催促这篇序文，而他一年来的病情好转缓慢，且有反复，也就更不好开口了。

现在，由于时间紧迫，我只好自己来写这篇序了。准备简要地对文集中大部分创作，就其思想内容、艺术特点作点自我介绍。我的创作经历，是从学习写短篇开始的。五十年代人民文学出版社出版的《沙汀短篇小说集》，其中一小部分，是通过农村社会人民群众的感受、愿望，来反映当时整个革命斗争形势的，比如《范老老师》和《呼嚎》，就写于抗战胜利后重庆和平谈判期间，它们都比较及时反映了尖锐复杂的现实革命斗争。其余部分，大都足以代表我的创作思想内容和艺术特点，力图以冷静、沉着的现实主义手法，向读者展示旧中国的黑暗腐朽，揭露川西北农村地主、豪坤、乡保长、地痞鱼肉群众的罪恶。而且他们自己也尔虞我诈，唯利是图。一九四三年文化生活出版社印行的长篇《淘金记》同样属于这类作品，比较集中地拇露、鞭挞了当时国统区的剥削阶级和基层政权。

八十年代初，我曾经把一九四〇年知识出版社出版、五十年代到七十年代经过两次校订，由中国青年出版社重排的版本《记贺龙》详加对照，深感自己驾驭文字的能力相当差劲。因为每次校订重排，都感觉有一些用语造句不够恰当精练。由于政治形势变化，自己认识模糊，还做了两次更改：一次是庐山会议后，我把彭大将军的名字隐去，换成"一位负责同志"；另一次也跟对待彭大将军相似，错误出"文化大革命"前夕，现在都予以复原。今年夏天，我在成都又对《记贺龙》做了好几处文字上的加工。这是一个对读者负责的问题，特别我对贺龙同志的敬仰、热爱一直不曾衰竭，总想如实地再现他那生气勃勃、充满机趣的英雄形象。

前面提到的全是一九五〇年以前的作品。建国以后，由于文学艺术团体的日常工作烦杂，自己又不够勤奋，十年动乱以前，只写了二十多个短篇小说和散文特写。因为是反映新的现实生活，它们都比我前面提到的《沙汀短篇小说集》中的作品差些。不过，平心而论，却又强于我初期写作的《码头上》《老人》之类的短篇。因为虽然时上时下，没有长期深入生活，毕竟比我早期，但凭报章杂志的通讯报道和政治热情，就提起笔来写的东西差强人意。举如《过渡》《在牛棚里》《开会》和《摸鱼》，我就感到不错，风格也迥然与过去异趣。

三十年代初，茅盾同志曾鼓励我写中篇。三四年以后，应一家出版单位之约，我也写过，但因预支稿费问题，才写了两章就改为短篇发表，搁下来了。四十年代我倒写成一个中篇，创作过程不长，写作进行顺利，题名《闯关》。寄往重庆后，郭老主编的《中原》采用了。但在送审时，全稿被扣，只给了刊物编辑部一个批示："为异党张目。"因为它是我以在敌后通过平汉路的经验为基础写作的，主要反映当年工农出身的干部和革命知识分子的矛盾。后来，以群打通关节，取回原稿，改名为《奇异的旅程》，在一家小书店出了单行本。只有王景山同志的评价是肯定的，李长之先生则在评介《淘金记》附带提到，认为比《淘金记》差得远。

十年动乱末期，我从昭觉寺临时监狱假释回家，由于行动还不自由，社会交往很少，主要凭借手边一册残存的杂记本，我写出了中篇《青枫坡》。这是一个不成熟的婴儿，虽经韦君宜、屠岸同志提供不少具体建议，自己可又消化不良。出版后，卞之琳、师陀两位又一再提意见，尽管出版选集时再度加工，仍然不够理想。倒是一九八一年写成的《木鱼山》差强人意。首先，酝酿时间较久，态度又比较从容，得以充分动用长期的生活积累和写作经验，同时，动笔之前，"四人帮"早覆灭了，心情舒畅，精力也相当充沛，因而我感觉它是我建国以后的一篇力作。

无需乎说，如果没有党的三中全会后我国农村出现的大好形势，没有《关于建国以来党的若干历史问题的决议》的公布，还有我自己对"七千人大会"上毛泽东同志、刘少奇同志和周恩来同志的讲话、以及小组发言的反复学习，我可能还没有勇气动笔。而且，就在写成以后，我还找一位当年在重庆市委工作，参加过"七千人大会"的肖泽宽同志，查对事实，并请之琳同志、荒煤同志审阅。否则，我还会推迟一些时候发表它。

我的序言，就写到这里为止吧。对于文集中其他一些次品，以及散文短论等等，我就不啰唆了。而我始终感觉歉然、惆怅的，是文集没能争取到周扬同志写序。我在这里衷心祝愿他早日康复！

1985 年 12 月 15 日

（原载《沙汀文集》第一卷，上海文艺出版社 1986 年版）

《走出牛棚之后》题记

三十年代初，由于受到前辈作家茅盾同志的鼓励，我曾经大胆接受过一家出版公司的邀请，同意为它撰写一个中篇。可是，刚才写成两章，就因预支稿费问题，停下来了。把写成的两章权作短篇发表。

四十年代，隐蔽在故乡半山区期间，尽管处境险恶，我倒一气呵成，写了中篇《闯关》。只是经过一些波折才得印行。其经过我在《睢水十年》和《沙汀文集》自序中，都有较为详尽的记述，这里就不赘述了。

这本集子里的三个中篇，则都写于十年动乱以后。而在十年动乱以前，尽管自己可以在祖国大地上自由行走了，但却长期陷没在文艺社团的行政组织工作中，加以自己不够振奋，仅仅写了二十多个短篇小说和散文报道。因此，对于这本集子中的三个中篇，也就特别有点自我欣赏。

十年动乱中，我在昭觉寺被囚禁了约四年半。一九七二年冬虽然被释放，可是行动还不自由，远离城区必须得到四川省文联"革委会"的批准。这一来，亲故也不愿多同我往还了，而我也就几乎成了孤家寡人！后来，省文联造反派、省革委专案组，在我的请求下陆续退还我一些日记、杂记、信件，恰好其中有一册六十年代在三台双龙乡一个农业社逗留中写的杂记，而一九七六年我就凭借它写成了《青枫坡》。因为这本记录相当详尽、具体，对于主要社干的观感、谈话我都全部作了记录。正像我当年在冀中敌后，为准备写《记贺龙》所写的笔记那样。

这本有关一个农业社较为详尽细致的记录，对我写作《青枫坡》大有好处，不过两个多月光景，我就把初稿写成了！可也给它带来不少败笔，主要是它有新闻记者进行调查访问的痕迹。这是对素材消化不良的结果，同时酝酿的时间太短促了。虽经一九七八年、一九八一年两次加工，那位"记者"的身影仍然触目！

跟写《青枫坡》相反，《木鱼山》的酝酿时间却长多了。可以说，"文革"以前我就曾经跃跃欲试，而且，三年困难期间还屡次向一两位同志议论过随着"大跃进"俱来的"三风"，只是没勇气使之见诸笔墨。庐山会议后，《记贺龙》重版时，我不是连彭大将军的姓名都隐去了么？

我之开始构思《木鱼山》的时间，是在党的十一届三中全会以后。应该说，《关于建国以来若干历史问题决议》对我下决心写作，并能以在不违反历史真实这一点上起了决定性作用。而在构思当中，我还一再提醒自己，决不能像个别同类题材的小说那样把我们的社、队干部写得来只会逆来顺受！

从五十年代农业互助合作运动开展以后，新都的禾登乡、三台的尊胜乡，只要能够挤出时间，我每年都要去一两次。因为禾登的新民社、尊胜的尊胜社，都是当年的旗帜社，我和它们的主要负责人"文革"后还有往来。乃至前年还见到过尊胜的老主任。

但是，《木鱼山》的素材，主要却来之于武胜列面区的西关公社。我去列面的时间正是一般农村、城市出现肿病，四川卫生厅正在研究所谓"康复散"，简阳一位社主任开始吹嘘他们蒸汽疗法的时候。而武胜有些社虽也出现肿病，西关的情况却好多了。

这同它不当大道，县区党委的掩护有关，但主要却是由于社、队干部觉悟高，敢于放手让群众对于瞎指挥进行抵制。而且，我还进一步了解到，这个区也存在"灾区"，乃至"重灾区"。可是，在全县范围内，在所有灾区中，总有两三个生产队，由于对瞎指挥"阳奉阴违"，进行抵制，生产、生活大都不怎么差。

在四川，还有一些特殊情况，例如当时省委竟然用"考试方式"传达庐山会议主要文件，以及对五九年毛泽东同志制止"浮夸风"的《党内通信》，也以"四川情况特殊"将文件封存，制止县以上各级领导向下级传达。这无疑进一步助长了瞎指挥风，可也使部分领导开始醒悟。

因为"大跃进"，特别与之直接有关的浮夸风、瞎指挥所造成的三年困难，毕竟是"文革"以前、建国以来的重大历史事件，因此，动笔之前，三中全会以及前面提到的一些有关文件，特别中央召开的"七千人大会"的大部分资料，我都千方百计搜求，进行学习、钻研、查对……

凡此，都是《木鱼山》酝酿、写作时间，前后长达五年之久的主要原因。当然，单从酝酿时间来说中，最长的，恐怕要数《红石滩》了。远在五十年代初，我到四川华阳县石板滩参加土改以后，小说的结构大体就形成了。因为这个中篇我主要取材于安县西南地区。而在青少年时期我就经常随同我舅父在那一带跑码头。

四十年代，打从"皖南事变"以后，以雎水为中心，我在那一带更隐蔽了将近十个年头，一直到四九年冬才离开。因而我对雎水及其附近两三个场镇的社会情况，特别临近解放前夕，乡镇统治阶层的活动，相当了解，更无须说他们的习性了。

五〇年初，川西行署成立前夕，华阳县属石板滩曾经发生过一次暴乱。我当即要求随同平乱部队前往。组织上不同意。叛乱平息后，我又调往重庆工作，直到土改才去。因为那次叛乱使我联想起安县西南区一些乡镇，少数当权派都曾有过类似密谋。

石板滩之行，使我对川西地区解放前夕，一般恶霸、豪绅的活动，了解得更全面了，因而回到重庆，我就开始构思《红石滩》的写作计划。不过，题目叫作《应变》。而且，由于我对南下干部还不怎么熟悉，我把描写重点搁在一小撮反动派的密谋上面。

如果没有访问民主德国的任务，接着又留在北京负责作协总会创委会的日常工作，《应变》早出台了。当我两年后被批准回四川搞专业创作时，我首先想到的也是《应变》。为此，离京前夕，我还曾经向胡耀邦同志请教过。因为新中国成立初期他是川北区党委书记。

由于耀邦同志这次谈话，我写《应变》的信心更加大了。不料，返回四川，我又担起了省文联日常行政组织工作的担子！接着就是十年动乱。从机关到街头稍无停歇地挨批挨斗，最后塞进成都昭觉寺临时监狱，一直到一九七二年冬天才被释放。

"文革"以前，我原本也能够挤时间写它的。可是，当时在创作思想上有个相当大的障碍，总认为我们应该歌颂新生事物。而建国以后，新生事物又层出不穷。结果把有时能够挤出来的有限精力，全用在写作短篇小说、散文报道上了。

十年动乱结束以后，我也考虑过实现我这个酝酿已久的计划。可是，囿于过去一些创作上的偏见，尽管从一九八○到一九八二已经陆续写成十二章，可总感觉在题材上不如《木鱼山》重要，就随意搁下来了，全力经营《木鱼山》的写作，乃至写成《木鱼山》后，我又接着撰写《睢水十年》！直到一九八四年夏秋之交，才陆续写完最后七章，以及"尾声"，于一九八五年冬定稿。

可以说，这三个中篇，正同我其他小说一样，所有人物都有原型。当然也都加过工、改造过，只是程度不同而已。我相信，和我同龄的乡亲都可猜测到《红石滩》某个人物的原型是谁。当然，尽管《青枫坡》中的人物一般几乎只是将姓名略加改动，那也只有三台、双龙乡及其临近场镇的老乡才能识别谁是谁的原型。

只有《木鱼山》比较例外。人物活动的舞台，主要的故事情节，尽管来自武胜的西关乡，人物的原型却大都取自尊胜。其中，有的人物，举如赖体臣、霍干人，不止性格、心态，连姓名也是真的。只是在对待瞎指挥态度上，大都来自西关公社一些干部。至于社主任汪达菲，作品在《收获》发表后，一位共事多年，对于尊胜也很熟识的同志就指出他是谁的化身了，也就是前面提到过的那位我最熟识的社主任。不过，他的父母却早就谢世了，是我又分配给他的。好吧，就到此为止吧，否则会变成索引了！

可是，最后我忍不住还要补充一笔，如果死而有知，但望那位我素所钦佩，为我借用作王部长原型的同志及其健在的亲故，不至于责怪我歪曲了他的形象。

1989 年元旦

第二辑

《红契》读后感

《红契》是短篇小说，载《萌芽》一卷四期。《红契》的题材取自减租运动，写一个落后农民，同一个顽固地主间的斗争过程。

《红契》的故事是这样的，当减租运动起来的时候，地主胡仁丙见势不佳，立刻答应"把租子按二五减了，霸占的土地也归了原主"。但不久起了谣言，胡仁丙又趁机将退还佃家苗海其十垧地的红契讹了转去。次年查租，发现好多同类的事，但苗海其总闷声不响。因为他很怕胡仁丙。所以到了第三年，虽然区农民部长老马走来发动斗争，所有的错误都全给改正了，苗海其的事也被调查出来，但他还是避免同胡仁丙斗争。最后，经过进步分子的长期开导，胡仁丙的得尺进步，苗海其终于因斗争而获胜。

在人物描写上，胡仁丙写得最好。诨名笑面虎，很会吓诈，也很会转圜。一发觉斗不过你，他可以马上跪下来求饶。但是，苗海其怕他，并不仅只由于他的恶毒。当还是一个"吃屎娃儿"的时候，"没兄没弟，没亲没故"，他就带了自己的十垧地，置身于笑面虎控制下了。而且整整经过了十年。因此他的怯懦也就更在情理之中。

作者认识问题的清醒准确，是值得称道的。首先，他着重指明，"曲营村又是山上的小村，区干部不常来，行政干部也不多到"，于是在环境上也就有了个性，同一般减租运动的进行区分开来。其次，我们更可从区农民部长的行动，明豁地看出群众路线的实例，因为他不赞同福生子的意见，直截了当替苗海其夺回土地，主张从侧面开导他，让他自愿起而斗争。结果他的话证实了，而且使得每个读者相信，只有这样的胜利，才稳固而可靠。

诚然，就在并不比曲营村偏小落后的地区，减租运动之胜利完成，也并不容易的。然而，凭着民主政权的领导，和强有力的群众组织这两个大前提，便连苗海其也终于站了起来，把笑面虎斗赢了。由此我们也可理解，为什么大后方的减租明令，已经宣布了好久了，反而听见的只是加租。其实，若果曲营村实行二五减租，也需由地主胡仁丙们出来主持实施，结果不一样滑稽么！

我之高兴介绍这篇作品，除开内容，还有它的形式。文艺大众化的问题，已经闹了好多年了！谨慎的改善，自然是有的。比如，力求明快，多用口语，已经成了一种显著倾向。但从程度上说，还是很不够的。而且，近几年来，还有少数人挂起前进旗帜，走着相反的路。因而《红契》就更值得我们重视，尤其对于从事创作的朋友。

束为先生的成就，显然是从旧形式来的。交代清楚，有起有迄，与乎行文的流畅简明，这些旧式章回说部的优点，在小说《红契》中，几乎完全得到了尽善的利用。所以不仅看起来不吃力，若果读起来给一般人听，也不会失败的。同时作者却又避免了旧小说常有的啰唆零碎；不过分仰仗对话，在故事的进行中，该省略的都省略得很恰当。全篇中的口语，更是使用得生动熟练，使人读时感到亲切。总之，我认为作者为大众化作了一个新的开端。

不过，我还得提醒一句。内容形式是不可分割的。或者说内容先于形式，因为一般总是先有实物，后有称谓。而世上也只有那些本相丑陋，可又不甘寂寞的女性，才偏喜欢浓妆艳抹。所以在实质上，大众化进展迟迟，其原因由于作家见解固执者少，主要倒在生活经历不足。因为一个人对他所写的既是一知半解，并不透彻，不管有意无意，他自然只好用辞藻来武装自己了。

据说，束为先生在华北敌后生活了好几年，大部时间是在农村中工作。其实只需读过《红契》，也就可以猜出来。再则，若其不然，他的《红契》不会采用这样简朴的形式，更不会写得如此生动。

（原载 1947 年 1 月 31 日重庆《大公报·半月文艺》第 7 期）

从《狂人日记》谈起

——学习鲁迅先生爱祖国爱人民的伟大榜样

《狂人日记》是鲁迅先生五四时代发表的第一个短篇小说。也是中国新民主主义革命运动在文学战线上的第一个辉煌胜利。因为这篇小说不仅成了鲁迅先生此后创作道路上的标帜，同时更为中国新文学运动开辟了前进道路。

在这篇小说里，鲁迅先生借用一个受迫害狂病患者向几千年来阻碍了中华民族进步，并使中国陷于次殖民地的封建主义作了极其猛烈的攻击。这有类于一个总动员令，它在一般思想界的作用也很大的，比如，吴虞先生的《吃人的礼教》，就是在这一篇小说的直接影响下产生的。

从我的阅读范围说，记忆所及，在中国新文学创作里，我就想不起另外还有一篇创作，像《狂人日记》那样充满了愤怒、憎恨和毫不妥协的坚决战斗精神。但是，鲁迅先生虽然那么尖锐地揭发了封建制度的罪恶，并且通过艺术形象具体表现了封建制度的毒狠，但他对于中华民族的发展前途并不绝望，因此他在小说末尾曾经热烈地大声疾呼："救救孩子！"把他的希望寄托在后一辈人身上。

在介绍旧俄作家阿尔志拔绥夫的小说《幸福》时，鲁迅先生在后记里写过这么样一句话，"爱憎不相离。"这句话在理解鲁迅先生自己的创作时，也多少有用的，因为他在《狂人日记》里的愤怒、憎恨，以及他在以后一连串小说里对旧制度旧社会的病态所作的揭发、讽刺、申斥，只不过是为了他热爱祖国，希望能在祖国出现一个美好幸福的理想社会。鲁迅先生后来更把他的希望属之于广大劳动人民。

现在全中国人民，在自己的领袖毛泽东主席和共产党的领导下，经过三十多年史无前例的英勇奋斗，鲁迅先生所曾希望的新民主主义社会，已经由理想而变为现实了。最近我到正在进行土改的巴县界石乡住了几个礼拜。当我如实接触到新的农村生活，又再回想一下鲁迅先生在他的作品里，那么深刻动人的为我们描绘的旧的农村生活的时候，我是多么感动！因为在新的农村，赵贵翁已经向农民低头了，古久先生的账簿也正公开被农民群众所彻底撕毁。

日本资产阶级作家本间久雄，在说到《故乡》时曾经充满恶意，嘲笑豆腐西施的摸走那双手套是中国民族性的表现。但在分田当中，分农具当中，我却亲身体会了广大农民群众的团结互助精神，这是会使一切自命高尚的本间久雄愧死的。同时这中间的差异正证明了：中国劳动人民的品质自来是优秀的，良善而富有理性，所以在封建制度的重重压迫下面，个别的人虽然有时不免显得自私，一到社会条件变了，这种优良品质立刻得到惊人发展。

当我还在乡下，当我在土地改革运动中时，吸着新的农村生活气息的时候，我总爱这么想：生在伟大毛泽东时代的青年人是幸福！因为他们记忆里的阴影不多，他们现在接触到的现实又充满了希望，他们将更易养成一种爱人民爱祖国的思想。

是的，爱祖国爱人民，这是我们一切有价值有意义的工作的前提。因此在纪念"五四"的今天，我希望青年朋友们努力学习鲁迅先生为祖国为人民献出他一生的伟大榜样。

（原载 1951 年 4 月 22 日《西南青年》）

我们永远珍爱果戈理的艺术遗产

伟大的俄国作家果戈理，曾经给他自己的喜剧《婚事》加过一个小题："完全离奇的事件。"其实不但《婚事》如此，果戈理其他许多作品中的故事，也是不平常的，例如短篇小说《鼻子》和长篇小说《死魂灵》。一个十品文官竟会糊糊涂涂不见了自己的鼻子，终于又出人意表地找到了它：依旧原封未动坐在自己有着面疱的脸孔上。这不是很"离奇"的故事吗？

但是，它是建筑在现实生活上面的。想一想吧，鼻子，这对旧社会中一个爱漂亮、爱排场、无时无刻不想往上面爬，而且正在向女性们施展手段的青年官僚，该是何等重大的物事，——但它偏偏是不见了！而在这样一种颇为别致的情势下，一个空虚无聊的官僚的本性，也就更加原形毕露。事实上，果戈理确也借此暴露了一切官僚的轻薄嘴脸，并未因为事件的离奇产生任何错觉。

至于《死魂灵》，在这个看来好像离奇的故事中活动的人物，却又极为平凡。纵使时代不同，国度不同，当我重读它的时候，往往情不自禁地联想起那些最近三两年间才被农民群众下掉架子的熟识人物。这是从果戈理塑造人物时所达到的高度艺术成就来的：他不仅对当时俄国的官僚地主做了极为典型的概括，同时更深刻地暴露了私有制度下一切寄生阶级所必然具有的恶德。这些不劳而获的吸血虫，他们借人民的血汗以自肥，但是正因为如此，他们自己却也在精神上堕落到可怕的程度。比如，从那个贪婪到了愚蠢地步的泼留希金身上，我们何尝嗅得出半点人气？而那个荒唐透顶的罗士特来夫，除开赌博、酗酒、撒诳，简直就百无一能。至于乞乞可夫，那更是一个剥削阶级自私自利思想的活的化身，一个公开的强盗。

从平凡生活中选取社会典型，这是特别需要一个艺术家的洞察力的。因为愈是平凡，就谁都见惯不惊，不加注意，更谈不上从中揭示出生活的真理。而果戈理却正充分具有这种伟大艺术家的才能。而且，通过他那强有力的表现形式，他的每个人物都借自己的每一行动和生活细节向读者展开自己的个性、习尚、以及一切隐秘的生活愿望。码尼罗夫决不同于梭巴开维支，因为他所关心的是一系列自以为高尚、优雅，实则无聊之极的痴想，并不专在一片羊肋脊上发挥他的全部力量。而虽则同是贪鄙，泼留希金又显然有别于梭巴开维支，前者是宁肯勒紧裤带，而不愿通用一块发霉的面包的。但是这些形形色色的形象，却又莫不一致现身说法地向世人证明：剥削制度就是罪恶。

我们通常总爱把伟大俄国作家强有力的表现，称为"夸张"，而归因于他是讽刺作家。这是值得我们斟酌的。因为十分显然，这不是一个简单的表现形式问题，而最为基本的，倒在于果戈理对旧的俄国社会具有无比丰富的知识，对俄国和俄国人民具有无比深湛的热爱。这才是每一个伟大作家应该首先具备的条件，否则，他不可能捉住生活中典型性的特点，更不可能塑造一个使读者满怀激情向往，或者憎恨的形象，而我们一般的所谓"夸张"，也就会失掉真实性和强大的感染力量。不过，这倒是的确的，一个作家如果企图将自己对于祖国人民的热爱融注在准确无误的描写当中，不是容易的事，这里需要长期的思想锻练和严格的劳动纪律。

果戈理对于伟大俄国罗斯的热爱，在《死魂灵》中，通过那些丰富的抒情插话，表现得特别强烈。借着童年回忆和自然风景的描写，作者不但十分鲜明地对比了官僚地主的愚昧、邪恶，同时更表现出他对俄国伟大前途充满了何等样的确信。然而，由于历史条件同阶级出身的限制，当他为了给人民以鼓舞，从往古乌克兰历史中觅取英雄人物和伟大性格的时候，他成功了；但当他违反俄罗斯的生活现实，企图驱使贵族地主的死灵魂复活的时候，果戈理遭到了严重的挫折，他的天才也就无能为力了。

当此伟大俄国作家逝世百周年之际，虽然中国的封建地主、官僚也已经从历史舞台上滚蛋了；果戈理所遗留下来的艺术遗产，足供我们借镜之处仍然是很多的。他的创作，对于我们正在进行思想改造的中国作家，尤其具有深长的教育意义。

（原载 1952 年 5 月 4 日《人民日报》）

正确使用讽刺武器，对中国资产阶级的
反动思想行为进行批判

——为纪念果戈理逝世百周年而作

　　五四运动爆发以后，十九世纪俄罗斯古典文学在中国进步读者中间曾经引起了普遍的注意和重视，一直继续了好多年。这不是偶然的，因为以普希金为首的俄国古典文学家的作品，其特点表现在对于现存腐朽制度的抨击和对于祖国幸福自由的渴望上面。而更因为它的高度艺术技巧，它的现实主义精神，它对当时年轻的中国文学发生过深刻的启发作用。

　　十分显然，这中间是存在着深刻社会根源的，那就是两国人民在现实生活上具有不少类似之处。因为解放前的中国，也正和旧俄尼古拉一世时期相像，我们同样经历着长期的反动黑暗统治，但也同样对未来充满了信心。这就使我们不难了解，为什么果戈理的《死魂灵》在中国翻译作品中曾经拥有最多数的读者，中国的戏剧电影工作者，在将这同一作者的《巡按》（今译《钦差大臣》）加以改编之后，仍能保持其基本精神和揭发力量，受到广大观众的欢迎，而使伟大的俄国天才作家成为我们最熟悉的俄国作家之一。

　　一八三三年，果戈理就想写一本"好像镜子似的喜剧"，而《巡按》于一八三六年出版。这个故事是普希金告诉他的：一个小镇上的官员们正满怀不安地等候着一位从彼得堡出来的巡按，慌乱中把一个羁留旅途的浪子当成了他们的上司，等到发觉出来，那个流氓已经溜了。而单是这个梗概，我们已经可以看出官僚政治的腐败，但是通过那些栩栩如生的人物，作者更淋漓尽致地暴露了官僚政治的非人民性和一般官僚的丑恶嘴脸。他们贪赃枉法，专横无耻，而为了自己逃脱惩罚，则不惜阿谀逢迎，牺牲他人以挽救自己的厄运。

这些糊涂混蛋的官僚们会给人民带来些什么灾难，我们是过来人，可以想到的。而好像正是为了反映人民的愤怒，果戈理这才特别选择赫来斯泰科夫这个典型人物。这是一个嚼舌者和吹牛大家，一个十足的封建官僚社会的恶少。因为看准了官僚们的慌张、胆怯，如同市长安东·安东诺维奇自述的"商人和百姓使我担心"的隐情，赫来斯泰科夫将计就计，在他们卑躬屈节的奉承下尽情加以嘲弄，而且尽情需索。如果真的嘲笑算得上鞭子，那封由邮政局长发觉的赫来斯泰科夫寄给朋友的信，可以说是最为有力的一击。全剧就在这里结束是会更好些的，最后宪兵的出现反而削弱了应有的打击力量，但从这里我们也正足以看出：由于果戈理出身地主阶级所受到的一定限制和他晚年创作生活上发生悲剧的最早线索。

由于《巡按》无情地揭露了官僚统治的罪恶、专横与无耻，上演后果戈理遭到了官僚社会的猛烈攻击。这种不断的攻击迫使他离开了他心爱的俄罗斯。但他并没有和反动统治妥协，因为当他一八四一年归国时，他给祖国带来的礼物正是赫尔岑说的"震撼了整个俄罗斯"的《死魂灵》第一部。这是的确的，因为通过这本伟大杰作，果戈理规模更大地、更公开地揭发了整个封建农奴制的黑暗。而它所引起的客观积极作用，促使俄国人民更加认清了他们当前的敌人，同时在精神上感觉得到了有力支援。凡这些，我们是可以从柏林斯基、车尔尼雪夫斯基，还有上面提到的赫尔岑有关果戈理的文章中充分看出来的。

《死魂灵》的故事是这样的：在农奴制度下，地主不但占有土地，农奴也为地主私有，可以当成货物一样买卖。这些农奴通称"魂灵"，每年按名额向政府纳税,只有死了才能停止。但要十年才由政府调查一次,因此如果"魂灵"在调查前死掉了,地主照样得出钱的,而商人乞乞科夫看中了这个缝隙,就带了钱四处收买。结果是把收买到手的死魂灵当活的骗取了一笔巨款。而单是这个故事本身,便是当时俄国官僚地主社会及其与萌芽时期的资产阶级关系一种生动具体的艺术概括:一方面,唯利是图的商人贪婪到向死人大打出手,又一方面,地主阶级不单对活的农奴进行剥削,纵使他们死了,一有机会也要捞上一把油水;从而归结到任何剥削制度对人民都是灾殃。

因为《死魂灵》在题材范围上的广阔,果戈理笔触所到之处,几乎牵涉到封建农奴制崩溃前夕旧的俄国政治生活和社会生活的整个黑暗面。出现在这本巨著里的官僚,是并不比《巡按》里的安东·安东诺维奇之流高明些的。比如那个老年的知事,虽然我们还不知道他是否一年做两回生日,单从他无聊到热心于刺绣这点来看,我们便已不难推断他对人民何等漠不关心。而一般官员,则只知道吃喝打牌和向人民勒索。对于这些脓疮似的角色,作者很少提到名字,这显然意味着:不管姓甚名谁,凡是官僚,在其本质上都是危害人民的。但在果戈理天才刻画下显得最生动的,还是那些地主,他们一个个都在同乞乞科夫交接中作了不少精彩但是丑恶的表演。

我们新文学的伟大先驱者鲁迅,在一篇题名《几乎无事的悲剧》的文章里谈到《死魂灵》中的俄国地主时说:"那创作出来的角色,可真生动极了,直到现在,纵使时代不同,国度不同,也还使我们像是遇见了有些熟识的人物。"这个精辟论断更加证实了果戈理的世界意义,与同果戈理在塑造人物上的高度艺术成就和对人类心理的洞察力量。因为作者不仅对当时当地俄国地主阶级作了典型的艺术概括,同时更深刻地暴露了私有制度下一切寄生阶级的邪恶本质,及其各种表现形式。如果当成一种精神倾向来看,虽然封建制度被废除了,但在人们思想没有得到普遍彻底改造以前,它是还会在一部分人身上存留些时候的。

的确，果戈理笔下的地主真是生动极了。他们每一个人都现身说法地向我们一致证明：剥削制度就是罪恶。因为它给人民带来灾害，同时也使所有不劳而获的吸血虫在身心上堕落到可怕地步。这当然不是用一般概念化的粗率方法做得到的，而是通过强有力的现实主义的表现形式，作者笔下每个人物都借自己的每一行动和生活特点向我们展开自己的个性、习尚，以及一切隐秘的生活愿望，因而唤起我们强烈的憎恨。看吧！这是那个有着糖一样甜的眼睛的玛尼罗夫，我们绝不会把他误认成梭巴开维支的，因为不仅外表不同，玛尼罗夫是不会把全部精力用在一片羊肋脊上的。而虽则同是贪鄙，梭巴开维支却在自奉上比泼留希金慷慨得多，因为后者连一块发霉的面包都舍不得吃。

然而，在所有这些吸血虫的比较上面，最为丑恶的还是那个唯利是图的商人乞乞科夫。说他是强盗吧，他又分明地满口"良心""真理""祖国"；如果勉强承认他是绅士，他又分明地在公开劫夺人。而这种强盗和伪善者的混血儿也就特别值得人们警惕。因为他们只有一个死死咬住不放的目的：损人利己！至于为了达到这个肮脏目的，他们是什么丑事都做得出的。玛尼罗夫送了他一批死魂灵，他就立刻感激涕零，装起善良得很；但当泼留希金同他斤斤计较价钱的时候，他又变粗鲁了，骂他"畜生"和"该死的东西"；遇到识见不广的女地主科罗皤契加，他就又是一套：他威吓她，而且诳称自己是个官员。刻薄鬼泼留希金已经很少有人味了，但他偏偏有本领从这个视钱如命的人手里廉价骗到一大批好货色！

这里提到的乞乞科夫的卑鄙、龌龊，是很有限的，但也足够我们明确认识资产阶级的丑恶本质了。而事实上，在伟大的反贪污、反盗窃斗争中，已经向人民低头服罪的中国乞乞科夫还要肮脏得多。因为他们的手段更多更毒，远比俄国农奴制崩溃前的乞乞科夫老练。而他们盗窃的罪情则特别严重，直接危害着人民革命事业的伟大发展前途。因此，纪念果戈理，我希望我们一切投身在"三反""五反"斗争中的文艺工作者，正确使用讽刺暴露的文艺武器，对中国资产阶级的反动思想行为进行批判，以巩固和扩大广大人民经过"三反""五反"所已取得的思想上的伟大胜利。

（原载《西南文艺》1952 年第 4 号）

热烈的欢迎和衷心的愿望

——谈话剧《四十年来的愿望》的创作和演出

无可讳言，创作不振是两年来我们文艺界的最大弱点。而在话剧方面，这个弱点表现得更突出，因为众所周知，在这样长的一段时间内，我们的舞台艺术是不够活跃的，在所有演出节目中，又绝大部分都是苏联剧本和老解放区的剧本。

这里我们应该特别记起西南军区战斗文工团在这方面所做的努力，因为《工人万岁》和《粉碎糖衣炮弹》曾经受到广大群众的欢迎。由此我们也就更可看出，广大人民是如何渴望通过反映他们所最熟知、所最关心的现实问题的戏剧创作，通过舞台艺术提高认识，受到教育，进一步加强自己在工作中的政治热情和积极性。

解放两年多来，经过抗美援朝、土地改革、镇压反革命，"三反"、"五反"和生产建设种种运动，我们的现实生活是无比丰富的，这就需要各方面的文艺组织、文艺工作者，一起积极努力，才能克服我们工作落后于现实发展的现象，并满足广大人民的迫切需要。同时我们更不能想象，离开了创作，离开了对于当前现实生活中一切严重斗争的反映，我们的文艺能够同广大人民发生多深刻的血肉联系。

因此，对于《四十年来的愿望》的演出，我在这里表示热烈的欢迎。因为据我所知，这是全西南地方文工团自己创作的第一个规模较大的话剧。值得重视的是它的主题思想：四川人民为了修建成渝铁路，曾经不惜流血牺牲，起而革命，但是由于辛亥革命的流产，四十年来我们始终看不见铁路的影子。而在共产党领导人民取得了全国胜利之后，仅仅两年时间，就全线通车了，这就充分说明了人民民主制度的优越性。

这个富有深刻历史意义、政治意义的主题思想，是依托这样一个具体事件体现出来的：在党和政府的号召下，西南第一钢铁厂的工人群众，以无比的劳动热情，积极生产钢轨。然而，由于这一工作是解放不久就开始的，因此，在工作进展中，就产生了一系列问题需要解决：工人职员们的团结问题，技术观点问题，潜伏反革命分子的破坏问题，而后一问题的解决，更是整个生产发展过程中的主要关键。当然，在党的正确领导下，潜伏的反革命分子终于被肃清了，从而进一步提高了工人群众的劳动创造性和积极性，胜利地完成了钢轨生产任务。

要处理这样一个比较多方面的题材，并在艺术上取得一定成就，就目前一般文工团的创作能力而言，不是一件容易的事。然而，由于重庆市文工团话剧创作组的同志充分认识到了文艺创作并非个人事业，因而积极发挥了集体创作的作用，完成了任务。因为这个剧本，不仅在一系列问题的处理上是正确地符合政策，对于几个主要人物的刻画基本上也是成功的，具有一定思想生活内容。

《四十年来的愿望》之能于完成，这里还有一个根本原因：就是中国共产党重庆市委员会的直接领导。因为一年以来，这个剧本不仅多次成为市委议事日程上的重要议题，市委书记张霖之同志，更经常亲自检查创作进行情况，不断对剧本草稿和试演提出原则性的具体修改意见，而这一切就是整个创作过程中的最为可靠的凭借。

我相信，对于改变我们长时期来创作不振的局面，《四十年来的愿望》必将发生有力的推动作用。而这也正是我们所衷心愿望的，因此我们在这里特别要求各地方文工团重视重庆市文工团的创作经验，积极争取上级党委的领导，勇敢坚定，把戏剧创作作为今后完成演出任务的首要工作。

（原载 1952 年 9 月 5 日重庆《新华日报》）

记德国工人作家泰渥·哈利希[①]

离开德国三天前的一个上午，我们特别去访问了小说家泰渥·哈利希（Theo Haryeh）。这次访问，是我们提到过好多次的，因为我们听说这是一个脱离生产不过三年的工人作家。他的处女作《在黑暗的森林后面》发表不久，大家就一致承认他是德国文学界一个新生力量。

泰渥·哈利希在柏林郊区住家，解放以后，还未成为作家以前，泰渥·哈利希经常替驻扎附近的红军修理汽车，很快就搞熟了。而伟大红军关心德国人民的生活和幸福，正像关心自己的眼睛一样，他们鼓舞他应该为自己建立一个温暖的家。这样，泰渥·哈利希就同新婚不久的夫人，用自己的双手在一片废墟上建起了自己的住宅，在器材上得到红军不少帮助。

这是一座简单朴素的平房，我们就是在那间泰渥·哈利希的工作室里进行着我们的访问。窗子外面是一片坝子，有几株苹果树。雪下得正紧，地上的积雪已经相当厚了，几株苹果树也周身皆白。但我们却感觉十分温暖，这不只是因为屋子里生得有炉子，还因为泰渥·哈利希热诚坦率的谈话烘热了我们。

根据陪同我们旅行的德国同志的介绍，泰渥·哈利希是个青年作

---

① 1952 年 10 月，作者和马烽同志曾应德意志民主共和国作家协会的邀请，去德国访问。这篇访问记是作者访德归国后写的。

家，但是实际上他已经快满五十岁了。他不大健康，脸色有点苍白，额头眼角刻着不少皱纹，一眼就可看出是个饱经风霜的人；而他的诙谐，他的爽朗的笑声，更证明着他本性的坚强。

正在追述《在黑暗的森林后面》出版的曲折过程，他的太太，一个朴实愉快的少妇，兴冲冲地拿来一大瓶葡萄酒和几只酒杯；于是他把话头顿住，摘下老花眼镜问她："烧酒？——甜酒？"

接着，斟好酒，端起杯子，他充满感情，愉快地向马烽大声说道，"柏林人讲的，生活里应该有酒的地位！"随即同大家干了杯。

他的《在黑暗的森林后面》，是一九四九年完成的。写成以后，他投到一家出版社去；但是很快就被退回来了。失望当中，他偶尔在一种晚报上看见一篇号召劳动人民从事写作的文章，说："不要对着原稿纸就害怕，写出你自己的经历和感受吧！"他写了一篇短文寄出，被发表了，而接着另一出版社要他寄去他的长篇。

我们当中有人替他高兴起来，忍不住说："这下会出版了！"

"不！"他继续说，摇一摇头，"他们提出意见，叫我再补写二十页。我回答他们：'我要开汽车，没有时间！''利用晚上好啦！'他们一直就鼓励我，只好答应下来，一气添写了五十页，比他们要的还多！……"

但这只是第一次补写，接着，他们还说服他补写了一部分，同时每月津贴他一笔费用；而泰渥·哈利希就这样正式成了作家。

当我们问到他过去的生活经历时，他严肃地一时陷入了沉思。

"小时候生活很苦！"最后，他扬起头回答了，"才十五岁，我就跑到该色尔矿山去找工作，因为在家里活不下去。可是当矿工要十六岁才够资格，怎么办呢？在履历上添一岁吧！于是当了矿工……"

他愉快地笑了，抬起双手往前一抛，但他立刻打翻了酒杯。

因为太太抱怨了一句，接着他就假装扫兴地说："又惹得太太骂了。"

但他随即振作起来，十分生动地向我们描绘了一番当年他做矿工的经历。他推炭，挖泥，什么事都干过；可是照例连肚子都装不饱。资本家总是很贪婪的，不仅残酷剥削工人，而且为了扩张业务，把矿山上的那条唯一的街道都吞没了！虽然地方不大，但也有警察，随时提防着工人罢工。同时，牧师更不断向工人宣传，苦不要紧，将来有机会上天堂！……

然而，工人们照例每年都要闹一两次罢工，特别是在春天。因为春天一来，人们的心胸照例总很开阔，充满了生机。他一直在那里工作了四年，参加过每一次的罢工。最后，德国工人运动史上有名的中德起义来了，他也同样卷入这次革命高潮，替武装起义的工人们运送粮食；他遭到逮捕，但很快就被释放了。

谈到这里，他很愤慨地讲了一些德国社会民主党如何破坏当时的工人运动和中伤共产党的罪证，因为这是同中德起义的失败分不开的。而就在这一时期当中，他的一个哥哥英勇地牺牲了，另一个哥哥因为抢劫嫌疑入狱，同时他的爱人也对他很冷淡。他精神上遭到沉重打击，他跑去跳河，但被人们救了起来。

接着泰渥·哈利希激动地追叙着他被救起后的心情。

"我住在一间破屋子里，很颓丧，"他说，"后来我从窗子里望出去，看见到处都是烟囱，都在冒烟，我想，那里不都是我的兄弟吗？我并不是孤立的，活下去吧！就这样，拿起乐器，开始了我的流浪生活……"

正像庆祝自己终于战胜了生活，他停下，端起酒杯喝了口酒。

"我这个人记性真坏，"沉思一会，他轻松活泼地笑了起来，接着说，"坏到这样：连我姐姐的名字都记不住，有时写信要问姐夫！但是，对于过去一些情景，就连鸡叫，狗嗥，只需闭上眼睛，就都活生生记起来了。"

我从旁插嘴道："这种记性也许正是一个作家的特点。"

他含笑点一点头，看光景同意我的这个看法。

泰渥·哈利希的流浪生活并不算长，只有一年。但他几乎遍历了土林根、萨克森两省，尝试过多种职业：卖唱、做短工、学做汽车司机。他在汽车司机这职业上投下自己的全部希望，好容易才积下一笔钱学会它，但他并没有找到工作，因为当时失业的人数是很多的，特别司机这一类人，简直多得像沙一样，但他并不灰心，随后又进了一处训练"堂倌"的学校。

泰渥·哈利希对他学做堂倌的经历讲述得很精彩，而这种训练的主要节目之一，就是端上一个装了砖头的盘子，来回走动，以便将来正式做堂倌了，能够端起很多盘子自由自在行走。

他边叙说边模拟，末了叹口气说："砖头至少有一只兔子重！"

我们大家都忍不住笑了，但他自己却并不笑。很多时候他都这样，尽管自己的谈吐那么生动，诙谐，而泰渥·哈利希总是一本正经。仿佛从他的叙述中，他所感到的只是生活的真实，并不怎样觉得有趣。

泰渥·哈利希一共学习了四个礼拜"堂倌"，但他依旧失业。而且，这种训练对他似乎并没多少效果，因为当他好容易在一个容克地主家里找到工作的时候，他总时常打破瓷器，结果被赶走了。

怎么办呢？"到柏林去吧！"他在最后作了这样一个决定。

在这次徒步旅行中，泰渥·哈利希开始了文学创作活动。因为他有那么多的感情需要发泄，那么多的生活印象需要描绘，于是只要手边有纸头他就写。等到到了柏林，他的一首长诗已经写成功了。

这首长诗是描写该色尔矿工的生活和斗争的，他决定把它当作赠送首都人民的见面礼，一到柏林，他就投给一家报社。

"回信来了，编辑先生要我亲自去谈一谈，"哈利希一本正经地接着叙述下去，"好吧，我想，即或是用不上，多少总会给我一些有益的意见。我高高兴兴去了，但却受到嘲弄——说我错字连篇……"

于是他列举着好几个写错的单字，引得我们捧腹大笑。

"不过这次的碰壁对我也有好处，"哈利希接着说，脸上带点揶揄人的微笑，"我开始拼命找书看了，找不到书就读报纸。遇见生字就记下来，后来居然编成本字典——我自己的《杜顿字典》①……"

哈利希当时的处境是艰难的，但他什么苦工都干，只要能活下去。

然而，在罪恶的资本主义社会，一个人是没有获得工作的权利的，特别是在一九三三年纳粹统治了德国以后。因此，哈利希经常失业，经常睡火车站，一面也不断扩大他的"杜顿字典"的内容。

泰渥·哈利希就这样一直在柏林流浪了五年，这中间他读过不少文学作品，包括普希金的诗和高尔基的短篇。高尔基的作品给了他最大的鼓舞，使他对待生活越发充满了勇气，同时也使他在创作上增强了自信，觉得自己有条件学习写作，可以成为一个工人阶级的作家。

一九三八年，泰渥·哈利希终于在一家齿轮工厂找到了工作。这是他五年来碰到的第二个好机会，因为只要迁就一点，他就可以比较长期地安定下来。然而，一种反法西斯的思想情绪使他工作得不很好，简直就同怠工没有多少分别，以致引起纳粹分子的怀疑。因此，没有多少时间，他又自动地离开了。

离开齿轮工厂以后，泰渥·哈利希东拼西凑弄到二百多个马克，买了架破旧的三轮汽车，勉强结束了他的流浪生活。替商人运货物，或者自己贩卖小菜。然而，到了一九四四年，由于伟大苏联人民的沉重打击，希特勒临近崩溃了，但也更加拼命地做着垂死的挣扎。

而就在这时候纳粹分子强迫泰渥·哈利希穿上了军服。

"那时候只要是个男人就有资格被抓去当兵！"泰渥·哈利希幽默地继续说，"但是，奇怪得很，我的耳朵是有一点聋的，穿上军装，聋得更厉害了！叫我向左转吧，我老是听错——来一个向右转！……"

然而，哈利希的捣蛋并没有使自己逃出厄运，他被送到罗斯托克修筑工事去了。直到红军攻克柏林，这才一个人偷偷跑了回来……

当谈话转到创作问题的时候，泰渥·哈利希表现得异常谦逊。

——————————

① 《杜顿字典》是德国有名的字典。

"我要承认，我的政治思想水平还差，"他说，态度严肃诚恳，"作家协会组织的几次学习对我帮助很大。比如说吧，《在该色尔山谷》就比《在黑暗的森林后面》好些，后一本书的自然主义倾向是克服了。"

　　最后他又说到新的人民政权，认为这是他成为一个作家的关键。

　　除了上面提到的两部长篇小说，《在黑暗的森林后面》和《在该色尔山谷》，泰渥·哈利希正在创作第三个长篇，已经写了八十页了。这部新作是写斯大林大街的，而这条以斯大林命名的大街的修建已经在德国全民族范围内掀起一个伟大爱国主义运动的高潮。

　　我很高兴泰渥·哈利希为他自己规定了一项这样崇高的创作任务，因此，正如临别时那样，我在这里又一度热诚地预祝他的成功。

一九五三年一月四日

（原载《文艺报》1953 年第 1 期）

《班长》读后感

《工农兵》文艺周刊已经出版了十期。在这十期当中，发表了不少值得我们注意的作品。它们真实地反映了广大群众的生活，跃进气势和革命干劲。

这些作品的最大特点，就是它们的作者完全是在党的领导下从事社会主义劳动的工农兵群众。因而作品中表现出来的思想感情，和我们的伟大时代精神是一致的，文字语言也都刚健朴实。

在我喜欢的几篇作品中，我觉得特别值得提出来的，是刘渝生同志的《班长》（见《工农兵》文艺周刊第五期）。在这篇将近两千字的文章中，通过一个剧烈的战斗场面，作者生动地刻画了两个"最可爱的人"的形象。这就是班长严子龙和那个作品中第一人称的我——"小英雄孙志海"。

这一组人是负责掩护主力部队的。而在叙述开始的时候，却已只剩有两个人了：严子龙和孙志海。可是战斗并没有结束，而且孙志海接着就在敌人疯狂的反扑下受了伤。但也正在这个严重关头，作者让我们领会了中国人民志愿军的高贵革命品质。因为他们想到的不是眼前的艰苦，而是取得胜利和和平以后如何从事社会主义劳动！

班长严子龙为自己胜利归国后作了一个值得骄傲的长期打算："开三十年拖拉机"，那么等到老了，"胡子长了"，又怎样呢？大家试来猜一猜吧！可以断定：凡是没有读过这篇文章的人，可能有各种各样美妙的设想。但我相信，恐怕不会有人想到这一着的："说书去！"用志愿军的英雄事迹来鼓舞和教育人民。

可是，经过最后一次残酷的战斗，这个英雄班长，壮烈地牺牲了。不！严子龙并没有立刻瞑目，一个具有崇高理想和坚强革命意志的人，是会创造出奇迹来的。当他躺在身负重伤的孙志海的怀里时，他还对他的战友作了严肃而又乐观的嘱咐：代他把党费缴了！而且希望他的战友在将来成为拖拉机手的时候，把自己应该承担的那一份也代耕了，心脏这才慢慢停止跳动。

在今年的《戏剧报》十三期上，我读过周总理手录的刘渝生同志的一首诗："我们的心永远忠于党"。我觉得班长严子龙正是具体体现了这首诗里面所表白和歌颂的伟大的共产主义精神。因此，尽管严子龙牺牲了，读者深深感受到的，却不是死亡，不是任何消极的东西，而正和小英雄孙志海所感受到的一样，"浑身燃烧着对敌人的仇恨，充满着对新的战斗的渴望"。

我曾经考虑过，应该如何在小说、散文中贯彻革命的现实主义和革命的浪漫主义相结合的精神？也曾经和少数同志就这个问题交换过意见。我们认为，最为根本的问题在于努力创造出具有共产主义风格的英雄形象。当然，这不是一件轻而易举的事情，因为要做到这一点，我们自己必须首先是一个共产主义的战士。

这里，我想起了刘渝生同志本人的一些情况。在过去那些令人诅咒的年代里，他曾经饱受过旧社会的迫害，直到解放以后，才得到阳光和党的哺育教导。因而在朝鲜战场上，由于他的顽强、勇敢，被评为模范通讯员。一九五三年被敌人炸弹炸伤，下肢就瘫痪了，至今不能行动。但他有一颗"永不残废的心"，一直躺在床上坚持学习、写作，并担任《荣院生活》的编辑工作。

当然，在创作道路上，刘渝生同志仅仅才是开始，还有不少困难需要克服。但是，他开始得不错，值得我们满怀期待地给予最大的鼓励。而且，我们相信，他是能够克服前进道路上一切的障碍和困难的。因为他曾经向党宣誓："只要我的心脏还在跳动，就坚决为共产主义而斗争。"

听编辑同志说，刘渝生同志已经有个计划，准备写一本《战斗日记》。每章可以独立，合起来成为一个整体。我觉得这是一个切合实际的计划，每一个富有革命斗争经历，开始业余写作的同志，都可以考虑这个办法。我希望很快就能在《工农兵》文艺周刊上读到刘渝生同志的《战斗日记》。

9 月 6 日

（原载 1958 年 9 月 15 日《成都日报》）

这是党的文艺方针政策的胜利
——《四川十年短篇小说选》序

我愉快地、一气读完了《四川十年短篇小说选》的校样。

这本短篇小说选，是"四川省十年文学艺术编选委员会"，在认真阅读了建国十年以来，我省专业作家和业余作者发表的将近一千篇短篇小说后初步选辑的。它虽然只包含二十六位作者的二十八篇作品，仅就这些作品，也应该自豪地说，比之"五四"以来、解放以前二三十年间四川地区短篇创作的情况，我们取得的成就是非常显著的。这是党的文艺方针政策的胜利。

十年的时间不能算长，但是现实生活变化的急剧、深刻，却是史无前例的。在党的领导下，我们已经经历了两次伟大的革命，目前正在不断鼓足干劲，从事社会主义建设的和平劳动。在这些沸腾的岁月里，究竟谁是推动社会前进的主力呢？是人。是不断从党吸取力量，获得鼓舞的广大干部和全体劳动群众。而这本选集中的作品，正是热情地歌颂了这些勇往直前的人们。

我以为，单从这一点说，我们就有权利大力肯定我们的成就。其实文学作品的主要任务，本来就是写人，是通过对人物的刻画来反映时代精神和社会面貌，帮助人民推动历史前进。而它的教育作用也在这里。一个辉煌的形象往往成为千百万群众的鼓舞力量。当然，对于我们说来，要做到这一点，还得加倍努力。但是，无论如何，从这本选集可以看出，我们的方向是对头了，不少作者已经做出了可贵的努力。

在这本集子里，有好几篇作品，就对党员干部的形象作了生动的刻画。这里有对敌斗争时期的英雄，也有工农业战线上的和平战士。我相信，读者是会为那个"我的战友"的坚强毅力所感动的。因为尽管战争夺去了他的右手，但他决不承认自己是个伤号，决不灰心丧气，从而攻破了科学技术这个堡垒，作为一个铁路施工大队的队长，奔驰在崇山峻岭之间。虽然《我们是不同的》和《柳雪岚》这两篇作品中的故事，写到对敌斗争胜利就结束了，但是可以这么样说，在我们和平建设的队伍当中，一定有着千千万万的张之莲和柳雪岚。

由此可见，共产党员正是这样的人：在祖国和人民需要的任何工作岗位上，都能团结群众，战胜困难，永远保持着蓬蓬勃勃的革命朝气。他们是值得歌颂的。而在《开花结果》这篇作品里，那个四十多岁，面貌平常，足登一双补了疤的球鞋的共产党员，给人留下的印象也不平凡。这是一个建筑公司的经理，为了执行党的企业管理宪法，他以一个普通劳动者的身份，下到一个生产组去。他一下去，首先就遭到小组长的嘲笑，打击；但他并不气馁，照旧地"绷积极"，照旧地"上政治课"。因此末了，这个落后小组终于夺得了优胜红旗，组长态度也转变了。

必须讲清楚的，这种共产主义风格，是并不为共产党员所独有的。而由于党的长期教育，由于党和劳动人民的血肉联系，它已经变成了广大工农群众的共性。在《春夜》这篇作品里，万本师傅这个形象，就充分说明了这一点。这是一个饱经风霜的老年工人，在过去那些苦难的年月里，他的一只手臂被英国资本家鞭打成残废了。正因为如此，他从工作繁重的元车车间被调到滑润站。但是，大跃进来了，他开始秘密治疗他的手臂：找寡妇教他绣花，抡起大锤敲打铁片，积极争取回到他心爱的元车车间。

在这个选集里，上面提到的一类作品，并不止这几篇。譬如《班长》《女工张玉英》和《退休的人》，作为集中刻画先进人物的作品，就都值得一读。当然，也还有另外一些作品，它们通过一个平凡人物的经历，一个场景，或者一个小的故事，反映了我们伟大社会主义制度的优越性，都有权利获得大家重视。而那个残废、半盲，旧社会时几乎无以为生的王华立对于农业合作社的热爱，那个三轮车工人牛长青对于一个陌生乘客的关心，那个从前地主阶级的狗吃麦饼、穷人吃观音土的"姚家垭"的焕然一新，正是作者对于新社会的热情歌颂。

这里，我要特别指出来的是：这些作品的作者，他们自己本人多半就是那些斗志昂扬、意气风发、活跃在生产战线上的劳动大军中的一员，而且是第一次执笔的。在那些沸腾的日子里，他们工作着，生活着，而共产主义的激情使他们情不自已地写出了自己的深刻感受。而且有的很写得不错，语言精练，感人至深，可以毫无愧色地被称为佳作。因此，可以肯定地说，大跃进不止大大缩短了完成社会主义建设的时间，不止进一步提高了人的精神境界、道德品质，它还带来了文化革命的高潮，培养了新的创作力量。一般说来，在这本集子里，所有二十八篇作品的作者，大部分可以说是新生力量。尽管少数人已经专业化了，也可以这样说。因为他们中间，就是动笔最早的人，也是到了一九五五年左右才开始发表作品。在党的阳光照耀下，他们完全是从新社会的沃土里长起来的。如果拿我同他们比较，我要说，他们比我幸福。因为他们的条件比我好的多了。但是，我要在这里提醒他们：千万不要脱离实际斗争！因为只有你始终同群众保持兄弟般的联系，和他们同呼吸、共命运，你才能够写出鼓舞群众前进的作品！

的确，作为一个出生较早，写作时间较久的专业作家，当我读到这个集子里业余作者的作品的时候，我的感情是激动的。我仿佛已经直接接触到了我们正在逐渐成长、壮大起来的文学创作队伍，而且都是有才能的。因为他们来自生活，熟悉生活，充满了推动生活前进的勇气。对于创作说来，这是一个最基本的出发点。不能设想，一个情绪冷落、生活空虚的人，能够写出像《春夜》《喜酒》《班长》《烧焊》《开花结果》和《628号解说员》这样的作品。当然也写不出像《故乡》那样充满农村生活气息的作品。

从个人的兴趣说，我特别喜欢这本集子里的《故乡》。在这篇作品里，作者通过一个工人——"我"娓娓动听地向读者述说了自己在故乡短期逗留中的经历：农业合作化带来的巨大变动，和大跃进前夕农村生活的沸腾景象。而当我读着那些生动、亲切的描写的时候，那个爽朗直率、敢作敢为的大嫂，那个生气勃勃的兰英，那个忠厚勤劳、思想有点保守的大哥，我好像都熟识。缺点、不足之处，当然也有。但是，正和其他新的作者的作品一样，这是成长过程中的自然现象。

在读完这本集子以后，感想不少，印象是丰富的，这里写出来的有限得很。譬如，那篇用细密的笔触，深厚的感情刻画了一个女孩子的转变过程的《信》；那篇富有诗意和传奇色彩，歌颂了民族团结的《达吉和他的父亲》；还有那篇描写农村中新的一代的《小保管员》，我就都想谈谈自己的看法。现在，我只能总的再说一句：我们短篇小说的水平正在逐步提高，这说明了大家对于短篇的重视。

过去几年，曾经有过竞写长篇的风气。我并不反对写长篇，我欢迎有人拿出巨大毅力写作长篇。但是，我却不赞成那种不从实际出发，以为越长越好的简单想法。我以为，即或有条件写长篇，也不应该轻视短篇。我希望我们有更多的作者，运用短篇小说这个战斗武器，满腔热情地及时地反映广大群众的丰功伟绩，鼓舞他们在总路线的指引下不断跃进！

1959年9月16日

（原载《四川十年短篇小说选》，四川人民出版社1959年10月出版）

关于人物形象的塑造

——谈谈契诃夫的短篇小说《万卡》和《苦恼》

　　我最喜欢和比较熟悉的是鲁迅先生的短篇小说。在一次短篇小说座谈会上，我已经谈过一点自己的体会了。现在想起的是契诃夫的短篇小说。契诃夫是旧俄作家，他的作品既旧且洋，这在"四人帮"资产阶级文化专制主义统治下，谈起来会挨棍子。万幸"四人帮"已完蛋了，毛主席的"洋为中用""古为今用"的方针又已开始得到贯彻执行，看来可以放胆谈谈契诃夫的短篇。

　　在我上面提到的那次短篇小说座谈会上，我也和一些参加座谈的同志一样，感觉目前部分业余作者之所以存在这样那样缺点和不足之处，一是程度不一地受了些"四人帮""三字经"的毒害；一是修养问题，具体说就是没有正确继承中外古今进步作家的优秀传统。继承问题，不是根本问题，但也不是小问题。毛主席《在延安文艺座谈会上的讲话》中早已作过精辟的阐述；我们应该反复钻研，认真体会。

　　其实，现在部分青年业余作者之所以缺少必要的修养，这笔账也该挂在"四人帮"名下。因为这正是"四人帮"为了搞篡党夺权的阴谋文学而全面地反对毛主席的革命文艺路线及其一系列方针政策的结果，是他们把大批可以作为我们借鉴的中外古今具有进步、民主思想的作品打入冷宫的结果，他们显然不是不知道继承问题是每一个学习写作的人必须正确解决的问题，而是有意为之，借以顺利推销他们的黑货，坑害广大的有志于文学创作的革命青年。

上面的话如果是开场白，下面我就开始谈正文吧。这里，我要谈的是契诃夫的两个短篇：《万卡》和《苦恼》。这两个短篇有一个共同点：通过一两个场景或一个简单故事，作者为我们塑造了一个叫人不能不寄予深厚同情的人物形象。《万卡》主要只有一个场景：一家鞋店的学徒，趁主人（也是师傅）和师娘、工匠不在家，跪在一根搁了盏油灯的条凳前头给爷爷写信。

一个场景，一个简单的故事或行动——写信，能够刻画出一个动人的人物形象吗？能！你看，万卡在写信了，而在写信当中，他既提起了老板、工匠对他的苛待，有时做错了事，沉重的鞋楦头就会朝他脑壳砸来；同时他也想起了祖父，他唯一的亲人；一想起祖父，情节也就活跃起来，复杂起来，因为祖父不是生活在真空里，伴随着他来到万卡脑子里的，还有那位厨娘，那一头狗，地主家里准备欢度圣诞节，祖父带了万卡和那头狗到野外去，为地主家里砍圣诞树的生动情景。

这个祖父真是有趣极了！他不止自己吸鼻烟，还拿鼻烟塞在狗鼻子里呢。我记起了，狗是两头，他们也各有各的脾味。读者可以看出，万卡，同时也是作者契诃夫，对这两条狗多么熟悉！否则他不可能只用简单几笔就把两头狗写得各有各的特点。当然，最生动的还是祖父这老头儿，显然是充满了童心。他同狗开玩笑，当一发现兔子，他还马上孩子般踩脚甩手地吆喝起来，威吓那只因为受了惊而慌忙逃跑的小动物；有时，他还会跟厨娘打趣呢。

这一切都是多余的吗？不！正因为这一切，万卡才多么想离开那家鞋店，回到祖父身边去的。老板的苛待，工匠的捉弄，固然叫万卡不安心学手艺，但是，祖父和祖父生活于其间的那个如此动人的农村生活，对他的吸引力却更大。同祖父一道去野外砍圣诞树，无论如何比在莫斯科鞋店里挨楦头有趣得多！那么这些生动的情节，是不是随便塞进去的呢？也不是！这一切都具有强大说服力，叫人相信它们符合万卡这个具体的人的年龄、经历和处境。而万卡毕竟是个九岁的孩子，尽管那么难受，他还要求祖父代他讨点圣诞礼物。

我相信，谁看了作家这些生动的叙述和描绘，都会同情万卡，都会希望万卡的祖父在接到他的信后，立刻想办法把可怜的小万卡从莫斯科那家鞋店带回乡下，也希望祖父会为他讨一点圣诞礼物。但是，当你看到万卡在信封上写下"交乡下祖父收"这样不明不白的地址，就赶忙跑上街，把信兴冲冲塞进邮筒的时候，你又将作何感想？照我猜，第一个刹那你会发笑，你会向自己说："这怎么交得到嘛！"可是，接着你会心里一沉，为万卡担忧起来。而你所担忧的可能远不止此，你还会充满同情，想起那些照旧生活在剥削阶级统治下的广大劳动人民的子女……

"交乡下祖父收"这几个字和万卡忙着把信塞进邮筒那个简单举动，真是画龙点睛之笔！正像鲁迅在《孔乙己》末尾咸亨酒店老板瞧着挂账的粉牌时说的那句话一样有力，非同小可。当然，如果没有小说前面绝大部分那些生动、丰富的叙说和描绘，这个结尾也会软弱无力，起不了多大作用。有如古人画龙那样，如果没有描摹得像个样儿的龙尾、龙头和龙身，"点睛"也就无从谈起。谁见过画家只画一对龙的眼睛，叫人相信那是条龙，而且引人入胜呢！

现在，我们再来看《苦恼》吧。这个短篇是写旧俄时代一个老年马车夫的。在那个黑暗时代，赶马车本来就苦，不幸儿子又在本周内死去；老头子在这世界上成了个孤人了。陷在这种处境里的劳动人民的心情，是可以想象的。但是，为了谋生，他照旧不能不把马车停在大雪纷飞的道旁兜揽生意。他终于找到了雇主，这是值得高兴的事；但他更希望能够有个人听他诉诉衷肠。他心里堵得慌，"儿子去世快满一个礼拜了，他却至今还没跟别人好好的谈过这件事"。他早就希望能同一个人谈谈心了。

于是，赶车当中，他就找机会向乘客们倾诉了：他儿子在本周内死去了，这是个好儿子，他唯一的一个亲人；但那两三个轻薄鬼不要听，马上打断了他。他沉默了，不久可又说开头了。乘客们照样感到"有扰清听"，没让他说下去。这一下他真正"识趣"了，不响了，可是心情照旧沉重，总觉得有些话非说不可。因此，当他赶回马车，解下马匹，饲养这头劳累了一天的牲畜的时候，老头子就又对小母马说开头了。

牲畜懂人话吗？懂！因为当那个老年车夫向它谈到儿子的死亡，要它设身处地想一想自己的遭遇时，从它一些细微动作，老头儿相信自己已经找到了一个可以倾诉的对象。他感到欣慰，他轻松了，于是尽情向它倾诉起来。这种心情，不少老同志是能够理解的，因为他们都遭受过"四人帮"的迫害，尝到过所谓"孤独"的味道。我对此也能体会。远的不说，便在一两年前，我还在给一位文艺界的老朋友老同志的信中写道："再照这样生活下去，我真担心很快会连话也讲不来了！"

这是诉苦吗？不错，有点诉苦的味道。因为现在我的确相当激动，眼睛还有点润湿。但是，还是让我把有关《苦恼》这个短篇的话说完吧。其实，我对这篇小说的内容介绍，已经没有什么话可说了。我只想问，万一读者也能有机会看到《苦恼》这篇小说，你们会不会像我过去读这篇小说那样，始而感到有一点幽默味：人跟牲畜讲话，最后却又感到并不怎么幽默，反倒会为那个老年马车夫的遭遇难受起来：他在这世界上竟连找一个诉苦的对象都这么难！

我这样一唱三叹地谈契诃夫这两个短篇，对于我们文学创作方面大量涌现的生力军说，绝不是要劝诱他们生搬硬套。毛主席早就指出过了：模仿是最没有出息，最有害的文学教条主义和艺术教条主义。他老人家还教导我们，创作的源泉是工农兵群众的现实生活斗争。过去的中外优秀遗产即使好上天，也是"流"而不是"源"。在我们批判地学习中外古今在它们那个历史时期起过进步作用的作品时，应该牢记毛主席这些教导。

老实说，只要我们在文艺战线打好揭批"四人帮"的第三战役，为进一步全面贯彻执行毛主席的革命文艺路线和方针政策扫清道路，我们也就不必担心出现多少生搬硬套的现象。何况我们广大工农兵业余作者，都有一定革命实践，他们用不着走那条最没有出息的道路：模仿！而且，新的思想，新的生活内容，也一定会找到一种适合于它的新的表现形式。

一句话，就继承问题来说，我们既要反对对于优秀的文学艺术遗产的虚无主义思想，也要反对毫无批判的硬搬和模仿，在毛主席的革命文艺路线指引下，我们一定能够继续坚持为社会主义服务的方向，从实际出发，创作更多更好为广大群众喜闻乐见的作品，把我们的社会主义文艺进一步繁荣起来。

一九七八年一月十九日

（原载《上海文艺》1978 年第 3 期）

《张天翼小说选集》题记

一九二九年，张天翼同志在鲁迅和郁达夫主编的《奔流》上发表了他的处女作《三天半的梦》。此后，他在写作上的勤奋是过人的，不断发表小说创作，用嘲讽态度揭露反动阶级人物的丑恶嘴脸，揭露小市民层及其知识分子群中庸俗可笑的生活。而且，逐渐扩大题材范围，人物和场景几乎遍及社会各个角落，笔锋所至，对于现实所提出的问题之尖锐与新鲜，行文措辞的生动和峭利，都同曾经流行一时的"革命加恋爱"的公式化作品截然不同，因而深受读者欢迎。

到了三十年代初期，天翼同志就成为当时读者所熟悉的作家了。一九三二年，鲁迅先生曾向专门研究、翻译先生本人的著作的日本友人增田涉推荐郁达夫先生和天翼同志的作品，说是："近代的作品，只选我的，似觉寂寞。"由此可以看出天翼同志在当日已经取得的成就和影响。当然，鲁迅先生对他的作品也有批评："过于诙谐"。但这缺点，天翼同志却逐渐克服了。鲁迅先生后来在给天翼的信中，也明确指出过：他的作品"是切实起来了"。抗战初期颇得好评的《华威先生》更是一个较为突出的实例。

我读天翼的作品虽然开端于二十年代末期，但是，直到一九三六年初冬，我们才在鲁迅先生的追悼会上互相结识。他是专为参加鲁迅先生的追悼会从外地赶到上海去的，而我们相识虽晚，却很快熟起来了，曾经畅谈了好几次。谈话的内容呢，主要是在党的召唤下如何进行抗日救亡的宣传工作。不久，他就离开上海，又到外地去了。

打从我和天翼在三十年代中期在上海分手以后，直到毛主席领导全党全军和全国各族人民把我国缔造成无产阶级专政的社会主义国家这一段漫长的时间里，我们只是一九四四年见过一次。那时，他住在成都附近的郫县农村养病，我和已故的陈翔鹤同志，曾秘密看望过他，闲叙了大半天，还在那里留宿过一夜。那时，他形容憔悴，声音嘶哑，医生早已暗中对这个患着空洞性、开放性的肺病患者宣判了死刑。但是，由于他知道我在延安住过，又跟随贺龙同志一道在冀中敌后生活过一段时间，却总那么热情地用他微弱的嗓音，向我探询革命圣城延安的情形和我在硝烟弥漫的敌后的所见所闻。而我的回答又总是引起他孩子般的纯真的欢笑，照亮了他那枯瘦的颜面。

这一次的会见对我印象很深。因为在那漫长的岁月里，每一想到那次会见，总是幻想联翩：是否能够设法让他带着重病到遭受敌人层层封锁的延安去？病情既然那么严重，医生的判决又那么肯定，我们还能否再见面？一句话，设想很多，有时深以为苦。而事实最后证明，一位信心坚强，具有相应修养的人，便是危难的疾苦，也能够战胜的。因为一九五二年冬，我们终于在北京又见面了。尽管还是个半病号，这个在三十年代就写过好几个中、短篇童话的作者，却已经发表过两三篇新的童话。说它们新，因为它们是他长期患病后的产物。从思想内容、艺术风格讲，我们不妨说它们是天翼创作历程上的一个跃进。

我说他当时还是一个半病号，因为那时正当冬季，恰好又感冒了，他几乎整天躺在被窝里面。那么，他是否就这样躺起来养病呢？不！他的床头和灯柜上堆满《大唐慈恩寺三藏法师传》一类的线装书：他正在为他后来写《〈西游记〉札记》进行准备。据我所知，这篇文章发表以后，其中独到之处，还曾经受到过那位正是他的伟大思想哺育过我们，并将继续哺育我们和我们的子孙后代的革命导师的肯定。而他这种孜孜不倦的干劲是怎么来的，也就用不着解释了。

一九五三年，在我们一起搞中国作家协会创作委员会工作那段时间，他几乎把全部精力都用在儿童文学上了。从他一些谈话中可以看出这主要是由于他认为用作品去及时培养孩子们的集体主义思想和共产主义品质，帮助他们真正做到"天天向上"，这是一件大事。同时，他感觉有些搞创作的同志对儿童文学重视不够，为此他还写文章对文学界作过呼吁。

　　当然，这也同他三十年代写过不少童话有关；只是比之过去，目的却较为明确，意境也较为深远了。小将们对《罗文应的故事》诸篇的反映很足以说明这点。他们不仅喜欢这些童话，而且开始访问作者。人数也越来越多。北京师大女附中少先队一些队员，后来还经常找他一起过队日了。由此他也进一步熟悉了新中国儿童的生活，了解到妨碍部分同学"天天向上"的一些思想作风问题。而他解放后所作的童话，也日益体现了用毛泽东思想哺育后一代的作用。作品的语言，不管对话、叙述，也更真实而生动了。

　　对于一个半病号说来，他的这种干劲，是感人的。

　　一九五七年，作协党组扩大会后，我就赶回四川，参加四川文艺界的反右斗争去了。直到又一次来到北京，这才得知，在我离开北京不久，他就去了北京大学，在那里生活、战斗了一段时间，直到身体不能支持为止。而他现在还保存着不少当日在北大所作的笔记，以及有关的创作计划。原来他准备根据自己在那个伟大年代的体会和观察，写一部长篇小说来反映知识分子的思想改造问题。

　　说到创作计划，天翼显然不止这一个。我相信，如果有机会见识一下他那一大堆大小不一，形式不一的笔记和零星散页，他所积累的素材，计划和设想，按其品种来说，一定相当的多。因为不止小说创作，还有一些对文学作品、创作思想的研究计划。可以肯定，他早就为研究《红楼梦》这一部古典巨著尽力搜集有关资料，并进行过探索了。一九六三年他发表在《文艺报》上的《略论曹雪芹的〈红楼梦〉》

一文，仅仅是一个开端。在我们一道工作的那些日子里，我总不时发现他忽然取出一个小本本来，写上几句，接着就又藏起，陷入沉思。

文化大革命前夕，中国作家协会召开的专业创作会议，因为健康关系，天翼同志没有参加，但我们却聚叙了好几次。会议结束后我就匆匆返回四川去了，没有来得及同他话别。因为谁也没有料到，由于林彪、"四人帮"的破坏，我们竟有十年之久未得见面。去年冬天，当我十年后第一次来到北京，他却已半瘫痪了。而我在北京将近两个月的逗留当中，曾经多次跑去探望天翼同志，可已不能像十年前那样交谈了。由于脑血栓，他的语言机能受到障碍，只能准确地说清楚一些简短的语句，更多的则是会心的微笑。可见，我们之间并不因为不能互相交谈，思想感情上就树立起一层障壁，我们的心灵仍旧是相通的。

有一次去看天翼，我曾经向他问过：还准备写东西吗？他立即点点头，容光焕发，充满自信地笑了。好多跑去探望过他的同志都认定，他的头脑正跟从前一样灵敏。我还感觉他的听觉远比我的管用。我曾经有过一个大胆的推测，当他一人独处的时候，他那一向善于思索，喜欢思索的脑子，一定考虑了不少政治思想上和创作上的重大问题，并且深信自己终归有一天会照样能拿起笔来继续为人民服务。而他对我的谈话内容的多种反应和他经常进行的锻炼，就是我的推测的根据。

最近，我伴同巴金同志去看望过天翼同志。显然，巴金同志的印象也跟我的一样，相信天翼会逐渐好起来。老实讲，就他整个健康情况和生活条件说，在党和同志们的关怀下，比之解放前他在成都附近农村中养病的时候，真是好到难以想象！那么我们的确有理由相信，他终归有一天会重新拿起笔来，为革命和人民进行战斗！

我对这本集子里所选辑的天翼同志三十年代的作品，谈得太少，这可能引起一些读者的责难。果尔，请允许我作个简单的解释吧：经过对于"四人帮"的大揭大批，众多的读者是能够运用历史唯物主义的观点，对这些作品作出合乎实际的评价的，因而也就用不着我啰唆了。

这里，我只想指出一点：尽管这本集子里的作品，由于当时主客观的条件限制，存在着缺点和不足，但在它们那个时代，是起过进步作用的，对于现在的小说创作，也还具有借鉴作用。至于对今天的读者说来，这些作品则将帮助他们认识过去人吃人的旧社会，从而更加热爱我们的社会主义社会。

最后，我相信，读过这本选集的同志们，朋友们，将会兴起这样一个共同希望：祝愿张天翼同志早日康复！

一九七八年三月三十日夜

（原载《张天翼小说选集》，人民文学出版社 1979 年 6 月出版）

《何其芳选集》题记

其芳同志逝世以后，我就不时渴想倾吐一下悼念之情。一些熟人，也认为我应该写。他们知道我同其芳有相当久的关系，而且是非同寻常的关系：我们是三十年代末一道去延安的，一道在"鲁艺"教书，一道随同贺龙同志去晋西北和硝烟弥漫的冀中平原……

但是，由于时间太久，自己的记忆力又日益衰退，总担心写不准确，写不好。有时候，一些回忆片段纷至沓来，又不知从哪里写起，因而老是动不了笔。现在，其芳的选集要出版了，出版单位希望我写点题记之类的东西，我感到无可推诿，也不能拖延了，我得借此了却一桩心事，减轻一点思想负担。

其芳和我都是三十年代初发表作品的。但是，直到三十年代后期，我们才得相识。抗战开始后，我们于一九三七年分别由上海和华北回到四川，三八年同在成都做中学教员。由于组织上的安排，教课之余，我和其他同志在当地文艺界做些联络工作。就这样，我和其芳也相识了。最初两三次见面，他给我的印象比较一般：长袍、眼镜、身材不高，油黑的脸显得胖胖的，书生气质相当重。

开始引起我注意的，是其芳在他和卞之琳同志合编的那份小型刊物《工作》上连续发表的散文《论工作》和长诗《成都，让我把您摇醒吧！》。因为如果说他的《还乡杂记》已经表明他从"刻意""画梦"开始面向现实，那么，经过"一二·九"运动和西安事变和平解决后新的革命形势的震撼，上述两篇文章表明，他对党所领导的民族解放战争是积极拥护的。因而这年将近暑假，他在听到我将去延安的消息时跑来找我，也就很自然了。

这是他第一次到我家里，同他一道的还有卞之琳。其芳这次给我的印象跟以往不同，开展多了。爽直热情，没有丝毫客套、拘泥的痕迹。他们共同提出来的要求是，希望能同我一路到延安去，到华北八路军抗日根据地去！那时候，到延安去是需要足够的勇气的，因为到了广元以后，沿途都会遭到盘查、留难，甚至有被抓、失踪的危险。我答应立刻向组织反映，而不久我们就一道出发了。

我们是凭着去二战区川军李家钰部队工作的一张护照，从成都动身的。可以说，这次旅行的开始，也是我进一步认识其芳的开始。到了梓潼，我才发觉他对旧社会了解得比较少，一些商人在栈房里玩弄女性的丑恶行为竟然使得他那样大惊小怪；而在宁强遭到盘查的时候，因为那些"丘八"怀疑我们是到延安住"抗大"的，万没料到他会用一种玩世不恭的态度和语调，摸一摸下巴说："都长胡子了还去读书?!"幸而我们带得有那张护照，倒还没有引起更多麻烦。

我们本来都想很快就到前线去的。到了延安不久，由于鲁迅艺术学院文学系缺教员，学院负责同志邀我和其芳留下教书。我呢，推脱不得，想不到其芳也爽快地承允了。而他对人的诚恳、爽直，对工作的认真负责，很快在"鲁艺"赢得了同志们普遍的赞扬，因而不久就由院部的党组织接受他入了党。大约就是这段时间，他写了他到延安后的第一篇散文《我歌唱延安》。这篇文章曾经传诵一时，受到革命根据地、特别是国统区知识界的重视，因为作者在当日的大是大非问题上旗帜鲜明，响亮地喊出了一代进步青年的心声。我们不妨说这是其芳政治思想上和创作道路上的一个飞跃。

毛主席曾经赏识过其芳同志的工作作风，说他做事认真。而据我所知，他那种事无巨细都不肯马虎的精神，真也值得学习。比如说，文学系的同学要办墙报，他就积极支持，为他们看稿、改稿，设计版式。有时嫌他们抄写得不像样，他还亲自动手帮他们抄写！至于对他们的习作，哪怕一首十来行的小诗，他也会写上几百字、千把字的评语。有关其芳这一类事迹，曾经在"鲁艺"工作、学习过的同志一定比我知道得多。

我记起我们一道参加秋收的经过来了。组织上分配给我们劳动的地点是二十里铺。下去之前，我们就动员准备随同我们下去的同学，作为写作实习，每个人这次劳动回来都得写篇文章，其内容则是描写自己在劳动中熟识的革命根据地的新型农民。对于如何选择、观察自己的写作对象，我们曾经作过多次讨论，而其芳更把它们逐条写成文字，刻印出来发给大家。等到各自住定下来，我们每天晚饭后又分头到他们所在的农民家里进行一次检查，给予必要指导。

在这一段时间里，其芳给我的印象，进一步改观了。他已不复是一个文人学士，而是一个精明能干的社会活动家。走起路来，只见他足板翻！情绪非常愉快，尽管有时碰见麻烦事儿，他会一头撞来，苦着脸呻唤道："老杨呀，你看咋个做啊！"但这仍然掩盖不了他的愉快情绪。有时候，就连较为合格的诉苦，也会往往叫你感到，他之诉苦，只因为他太愉快了，需要换换口味。而且，并非偶然，长时期来他仿佛都是这样。

当然，这不是说他只有愉快，没有别种感情。他也有苦恼的。初到冀中那段时间，由于不断的战斗和夜行军，又没有固定工作，我们就都感到过苦恼。而为了排遣，一有空他就埋头抄写他抗战前所作诗歌。字迹又小又极工整。这个手抄本我曾经一一拜读，尽管它们的内容同当时的环境很不相称，但我多么欣赏其中那篇《风沙日》啊！当然，这种情绪很快也就被克服了，因为当部队结束了大曹庄的战斗，转移到留班寨的时候，他就主动去师政治部参加了编辑工作。

从无数事实看来，其芳是从不轻易让时间溜掉的，总想有所作为。

而直到病势垂危他都念念不忘工作！一九七七年冬，我跟高缨同志去看其芳的家属。这是我十年来第一次到北京，没料到决鸣同志去了南方，孩子们也不在家，门锁住了。我们在文学研究所一位同志家里待了下来，等候他儿子辛卯。这位同志告诉我们，他在医院看护过其芳，说是动了手术，清醒过来以后，其芳的第一句话是："清样送来没有啊！我还要看……"

诚恳直率，平易近人，这是人们对其芳同志的共同看法。但是，只要同他相识较久，在另外一点上看法却也相当一致：在是非面前，或者听到什么人胡说八道，他会立刻激动起来，直言无隐。有时还会弄得对方下不了台。在"鲁艺"一次纪念一位世界名人的座谈会上，因为一位同志的发言不大像样，他恼怒了，于是一条一款进行批评。而且，照例用他那感情激动时迅猛、高昂的语言洪流淹没了对方，以致举座为之失色。

事后，有的同志专门找他谈心，承认他的意见不错，但却对他的态度、措辞进行了批评，认为那样对待一位长期侨居国外的同志，而且在大庭广众中，就不大恰当了。当然，企图一次谈心就说服他，也不容易。但是，自从那次谈话以后，他的态度是逐渐改变了。当然，碰到意见分歧，却也照旧敢于直言，把问题摆出来进行论争。而这正是一个党的干部应该具备的品质：光明磊落，从不唯唯诺诺，口是心非。

而且，其芳同志不仅敢于正确进行批评，并虚心接受同志式的批评，同时也经受得住尖锐乃至过火的批评，不会因为碰见这样的批评就气馁了，背上思想包袱。一九六〇年初，他就遭受到过这样的批评。当时我早回四川了，不了解详情，只知道反应相当强烈。而在中宣部接着召开的座谈会上，他却照旧侃侃而谈，无所顾忌。在举行座谈会期间，周总理曾经接见过一批来自外地的同志，我把自己对其芳的观感谈了，周总理微笑道："何其芳是一个好同志。"

一位具有这样革命品质的同志，能够在原则问题上不会对任何以"权威"自命的角色让步，更是非常自然。这里我想起了这样一件事情：在文化大革命中，当有人凭借"四人帮"的淫威，采用遗尸诈害、邀功诿过的恶劣作法，不止一次在《红楼梦》问题上对其芳同志进行诬陷、打击的时候，即使早已被剥夺了发表文章的权利，而且随时都会遭到"揪斗"，他也从不屈眼，每次对熟人谈起，总要义正词严地驳斥一通！

一九七六年他到成都，我们曾经见过两次，这中间他提到过这事没有，我记不清楚了。但他曾经说过这样的话："身经百余斗，现在还有什么怕的!?"说时浮上一种颇为自豪的微笑。尽管我们将近十年不见面了，经常都想念他，但我没有询问过我们分手后他的遭遇，也没有提出任何有关他的传闻，这不是因为当时"四人帮"尚在继续肆虐，我自己还不怎么自由，他的健康情况叫人不能不回避开这些问题。

现在想来，在两次会见中，尽管没有发现过他意识中断的病象，且还照旧有点口若悬河，但当第一眼瞧见他时，我可就忍不住在心里惊叫道："怎么显得这样老啦!"他小我七岁啊！因为他身肥体胖，步态蹒跚，是由辛卯和他一个小外甥扶着他走进院子里来的。闲谈中间，他曾雄心勃勃地大谈他的长篇小说计划。而他回四川的主要目的，正是为创作这个长篇增补资料。这不是他第一次向我谈到他这个计划。但我破例没有向他说扫兴话："还是用其所长，写成散文吧!……"

听说，大约是澳大利亚吧，一位中国文学研究者正在对其芳的思想转变问题进行探讨。我以为这个选题不错，一个因为对现实不满而逃避现实的青年诗人，在一定历史条件下会转变成为无产阶级革命战士，而且一经入党，不管生活多么艰苦，斗争多么尖锐复杂，也不管是战争年代抑或和平时期，一直积极工作，数十年如一日，这在中国知识界是有代表性的，值得研究。

我这里只是零碎地写了点其芳同志的为人和我个人对他的一些朴

素的看法。至于他在诗歌、散文和理论批评方面的成就，国内早就有人研究，国际上也颇注意，还是让专家们来进行合乎实际的科学评价吧！我只希望我这篇题记能对读者多少有点帮助。

（原载《何其芳选集》第一卷，四川人民出版社 1979 年 9 月出版）

关于《许茂和他的女儿们》的通信

沙汀同志：

  殷白同志寄给我他写的一篇评论，推荐了蜀中一位值得注目的新作家周克芹同志的长篇小说《许茂和他的女儿们》。他对这篇小说热情称赞，他的文章是有分析的，写得也生动，没有像某些评论文章的那种公式化、八股气。我已读了这部长篇的大部分，的确是一部引人入胜的书。故事发生的时间是在一九七五年我国人民和"四人帮"激烈斗争中的一个短暂的曲折时刻，地点是四川的一个偏僻的农村。历史背景回溯到农业合作化初期，展示了从那时以来的时代风云的变化莫测和农村新旧势力的反复斗争，描绘了各种人物之间错综复杂的关系。每个人物的面貌都不相同，亲近如父女之间、姐妹之间的关系，也由于每个人的性格、遭遇和觉悟水平的不同，心灵深处各藏有自己的秘密，彼此也并不能完全开诚相见。人物的命运，和当时我们整个国家的命运一样，走在坎坷不平的道路上。他们的生活中经受了多少的颠簸，心中有多少良好的愿望，他们的思想感情又是多么丰富啊。作者对农村环境和人物个性的描绘是栩栩如生的。谁能说农村不是一个广阔的天地呢？谁能说这些普通的每天从事平凡劳动的农村男女特别是青年男女不是足以震撼大地的伟大力量？当然，我并不是说这部小说已经充分地把农村的广阔天地展现在我们面前了，但是无论如何，已使我们多少看到了这片令人神往的天地，看见了在其中活跃的一些充满活力的可爱的人物。小说也描写了我们农村中、社会中的不少消极面、阴暗面，但并不给人以消沉的感觉，相反给人以鼓舞的力量。这是我们现实生活中所蕴藏的无穷潜力。我们的文艺作品应当努力表现劳动人民中的这种真正的力量。

这篇作品中是否发议论和抒情的词句多了一点，就是说写得太显露了一点，不够含蓄，给读者的想象没有留下足够的余地呢？这是值得作者考虑的。但有一点我是相信的，作者抒发的是自己的真情实感，所以不论怎样，它还是能够感动人的。

我还没有看完这部长篇，我现在谈的只是读后一点初步的印象。我将很快地把它读完，然后再通盘思索一番。

现在我把殷白的评论文章和发表在《内江三十年文学作品》上的这篇小说统统寄给您看。我看的是《红岩》上转载的据说稍有修改的本子，您如有时间，可以对照再看一遍。您对四川的作家，包括这位年青作家，想必有所了解。您对故乡的人情风俗，都很娴熟，您创作上又素来以现实主义手法见长，您是最有资格来评论这篇小说的。我盼望能听到您的宝贵意见。

发现人才，爱惜人才，十分重要。爱惜人才不只要热情鼓励，还要严格要求。对有希望、有才能的作家，也不能乱捧，乱捧只有害处。

殷白同志的文章，请您阅后转罗荪同志，看能否在《文艺报》上摘要发表，以引起大家的注意。我觉得《文艺报》应该更多地注意地方上的作品。

此致

敬礼！

周　扬

二月三日

周扬同志：

　　花了两三天工夫，总算把周克芹同志的长篇小说《许茂和他的女儿们》读完了。的确是本好书，无怪《红岩》编辑部、《四川文学》编辑部都先后向我推荐，您又特别寄来《沱江文艺》特刊和殷白同志根据这个特辑版本写的文章，并告诉我您读了大部分后的感想和对作品的初步评价。我读完全书后的印象是，它不止是三年来反映在"四人帮"阵阵妖风横扫下四川农村生活的佳作，就从三十年来反映农村生活的长篇小说，也相当难得。因为尽管还不能说它已经达到某些早有定评的名著的水平，但却有所突破。

　　这部小说，可以说是为中国农民写的一首颂歌，他们是热爱党的，愿意走社会主义道路的。尽管"四人帮"不断刮起的妖风弄得他们困苦不堪，疑虑重重，他们却都情不自禁地缅怀土地改革、合作化高潮那些兴旺年代。作者写了他们善良、朴实的一面，同时却也写了他们的坚强和巧于抵制邪恶势力的侵犯。群众在一次会上对郑百如大吹大擂的冷漠态度，以及暗中支持金东水和代理支书大搞"两面政权"就是明证。至于许茂老头儿的自私自利，投机倒把，那是"四人帮"的走卒把生产糟踏得不成样子，把农民的生活摆布得难以过活的结果。为此，当一个由靠边站的县委女同志颜少春领着的工作组来到了葫芦坝，开始除旧布新，他也逐渐清醒过来，对他一向视同路人的女婿金东水和他大女儿两个遗孤产生了应有的爱怜之情。而且，因为感到羞惭，尽力回避开那些为了集体利益活跃在葫芦坝工地上的人们。

　　许茂的刻画是成功的。被风派人物打下台的支部书记金东水的形象虽然还欠丰满，却也有血有肉，不是概念化的人物。就是那个反面人物郑百如，作者也没有简单行事，把他漫画化。我们不妨说，全书十来个人物，举如三辣子夫妇、七姑娘许真、九姑娘许琴等等，也都性格鲜明，写得不错。这既需要生活，也需要一定政治思想水平和写作才能才办得到。当然，写得最好，最叫人同情的是四姐许秀云，她是郑百如被糟踏、被侮辱的前妻，又是前支部书记金东水的小姨子。而主要的故事，就是在一场政治风暴中，从这三个人物之间的关系上发生和发展起来的。特别值得提一句，金东水在郑百如不断陷害下，尽管妻子病死，房舍焚毁，那个最小的遗孤，也在流言蜚语中被迫从许秀云抚养下领回来自己照顾，处境十分困难，但他对党所领导的社会主义农业的信心却毫不动摇！日夜为解决水利问题设计蓝图。

这本小说有它自己的特点，主要方面也就是我前面说的有所突破。它对农业生产方面写得不多，也没有着重写群众运动，作者把他的注意力主要集中在许茂同他两三个女儿和两位女婿的个人遭际上，写她们在那些灾难年月里的悲欢离合和对生活的思考。可以说，故事主要是以四姑娘许秀云为中心展开的，因为她的遭遇最惨，牵涉的方面也多，特别牵涉到金东水和郑百如这两个在思想、政治、作风等方面尖锐对立的人物，而前者是铁铮铮的丈夫，名实相符的共产党人，后者则是流氓加恶棍的双料坏蛋！

全书结构，除开后面一部分，一般说也相当严谨，经历的时间无非一二十天，故事就结束了。这主要是作者抓住了一个个较好的时机：正当我们党和国家在长期动乱中出现转机的一九七五年冬；许茂正准备过生日；许秀云同郑百如离婚不久；一个新的工作组即将到葫芦坝。这后一点很重要，因为它引起了群众的揣测，特别风派人物郑百如的嗅觉更灵敏了：担心政治气候会有变化，于是为了堵塞漏洞，大耍流氓手段。

在今年二月六日《人民日报》五版有一篇介绍《许茂和他的女儿们》的文章，不知您看过没有？刚才我又找来翻了翻，作为"简介"，基本上我觉得不错。但是，它丝毫没有触及作品的弱点和不足之处，这不大好。首先，全文倒数第二段的说法，我就认为值得商讨。

我的看法恰好同晓凡同志相反，而同您的意见倒比较一致，觉得这部小说的缺点之一，正在于作者用"哲理性的抒情笔调"来刻画人物的内心世界，至少是太多了！您知道，我是在所谓十九世纪俄罗斯文学的染缸里泡过来的，特别推崇托尔斯泰，因此，我一向以为，作家应该从所选择、塑造的人物自己的生活、性格和处境出发来刻画人物的内心世界，判断么，让读者去作；更不必担心他们不会了解作者的政治思想倾向。可是《许茂和他的女儿们》中人物的内心世界，乃至人物在一定条件下的所作所为，作者似乎总喜欢解释一番，评价几句。由作者出面评价、解释人物的思想和作为，当然并非绝对不行，但是得看情况，而且要适可而止。有些篇章，作者是用讲故事的口气写的，有些地方，又是用的第三人称。在前一种情况下，作家不妨有所选择地发表意见，在后一种情况下可得慎重行事。

当然，我上面提出的看法可能是一隅之见，而且正像您说的那样，作者抒发的是自己的真实感情，它将增强作品对读者的感染力量。我说一偏之见，因为正如来信所说，我在创作上长期倾向于现实主义，喜欢写得含蓄一些，自己从不轻易在作品中流露感情，发抒己见。但正如茅盾同志指出过的那样，有时含蓄过甚，致使读者猝难理解。由此可见，即或含蓄是优点吧，用过头了，也会变成缺点。这个道理我想同样适用于用抒情笔调刻画人物的表现手法。我希望我的这些意见不致有碍于周克芹同志通过创作实践，逐步形成他自己独特的艺术风格。

我对《许茂和他的女儿们》一书，还有点意见，就是五章以后，四姑娘许秀云、金东水和郑百如之间这根主线，有点被其他矛盾掩盖，或者说冲淡了的情势。例如连云场赶集那天，为了描写许茂搞投机倒把的全过程和撞下的烂子，以及七姑娘许真在"要朋友"上的出乖露丑，作者花费的笔墨似乎多得一点。这些情节不是不可以写，突出郑百如向老丈人讨好，并帮他解围，就很有必要。但是也以写得简要一些为好，力求节约些篇幅来刻画其他主要人物。作品后面一部分之所以显得松散，金东水这个正面人物形象之所以不够丰满，可能就是这么来的。

紧接着连云场赶集引起的纠纷，此后一些人物的遭遇，作者在艺术处理上，似乎有点追求情节，让读者感到紧张和惊奇的意图。例如，四姑娘许秀云因为受辱离开会场后的一连串行动，特别是她在短暂时间内接连两次投水自杀，是否合乎人物在其处境中性格发展的需要呢？值得考虑。当然，五章以后，扣人心弦的篇章也很不少。应该说，这部小说，比之于我三十年代在上海期间所写的作品，不管思想水平，写作才能，都高明多了。我所感到的缺点和不足之处，即或比较准确，也是一个作家成长过程中不可免的，而且一定能够逐步克服。只是得注意一点，作品写成后，必须舍得下功夫进行修改。我在这方面是有过教训的，切忌仓促发表。艺无止境，更不宜故步自封。

　　此外，我还想指出，书中有些概述一般情况的措词，也值得考虑。如像"沿铁路线历史性的饥饿大军"之类，是否可以建议作者出单行本时把分量减轻点呢？因为据我所知，虽然当日沿铁路线逃荒、乞讨和做转手生意的人们不少，却还不能称之为"历史性的饥饿大军"。因为谁能说葫芦坝之外，不会存在"两面政权"式一类的抗争呢！而且这种说法同全书总的倾向也不怎么一致。听说《红岩》全文发表时有些修改，我想，如果所作修改，是作者根据编辑同志的建议，或者编辑部取得作者同意后进行的，这是一种对作者、读者负责的好办法。而且，就我所看的《沱江文艺》特辑的版本来说，倒也的确应该修改、加工，因为有的缺点相当明显。我倒真想照来信所说，再看一看《红岩》上修改过的全文，查对一下，可惜《红岩》是新五号字排的，同时也没有这份精力。

　　我可能见过周克芹同志，据说，现已四十一二岁了。高中毕业后，一直在简阳工作，先在城镇做团的工作，随又长期住在农村，当过生产队长。我想，这个简历多少可以说明作品取得成就的主要因由。读了他的作品，我是很高兴的，因为它出自一个六十年代初开始写作，在"四人帮"横行时停笔多年的业余作家之手，特别难得。还有，他所反映的农村生活，证实了党中央的判断是正确的：我国的农民已经是社会主义的农民了！如果把他们看成旧时代原封未动的小生产者，我们将不可能较好理解在党中央八字方针的指引下，近两年来我国社会主义农业恢复和发展速度的迅猛，并将影响我们对四个现代化的信心。

当然，在读完这部作品以后，我也不无忧虑，担心这位大有希望的作者是否经受得住考验？但望他能够在群众和专业评论家的赞扬面前，永远保持清醒的头脑，记住这个成就从何而来？一定要像多年以来那样，长期地、无条件地、全心全意地作为农民群众中的一员，和他们同甘共苦，为社会主义农业的现代化而奋斗！

罗荪同志来，我们已经约定，等他们看完作品后，就派人来同我就作品和殷白同志的文章交换意见。这事您就暂且不必管它，安心做您目前更为迫切需要您做的工作，等您有了时间，再看那剩下的一部分，然后对作品进行通盘考虑吧！

祝

健康！　　问候灵扬同志

沙　汀

八〇、二、十八

（原载《文艺报》1980年第4期）

漫谈周健明同志的小说《湖边》

去冬以来，我就一再向作者许愿要读他的小说《湖边》。因为它只有十六七万字，我的精力还能胜任。最近，总算是读完了。且来谈谈读后的一些印象。

通读之后，总的印象不坏，觉得作品的结构相当紧凑。他为书中人物进行表演设置的舞台，虽是他长期生活、工作过的湖南滨湖地区，他们的主要活动却跟五十年代中期四川农村的情景大体一致，它的浓厚乡土气息我也还能欣赏。

作品以社会主义道路为枢轴，由于对它采取的态度截然不同，作者为我们写了两三个家庭间、亲友间和青年男女在爱情上的发展变化，悲欢离合。书中展现的不少父不父、子不子、六亲不认的场面，足够使道学家摇头叹气。

这是就人民内部矛盾引起的纠纷说的，全书涉及的还有敌我性质的矛盾：因此书中出现的人物也不止于土改后才过上好日子的张贵庭，还有善于伪装的漏划富农袁富，而这两个家庭都矛盾重重。属于敌我性质矛盾的是反动富农王二纪的破坏行为。他拉拢袁富大搞地下粮店，暗中唆使袁富掀起退社风潮，并迫使生产队长卜华盗窃队上的存粮；他的同伙管制分子王东明甚至干出杀人灭口的勾当。

书中不止写了富裕农民、漏划富农及其家庭、普通社员和反动家伙，它还写了社的领导干部：支部书记戴成德和女社长徐咏英以及她同驻社干部吴祥的爱情纠葛。一般社、队干部也相当多，而且大都性格鲜明。对于"老好人"卜有满爷这个孤老头子，作者为他花的笔墨不少。

《湖边》的故事情节相当曲折复杂，着着引人入胜。因为活跃在作者为他们设置的舞台上的众多人物，大部分写得不错。它的反面人物、中间人物、次要人物，一般都比两三位正面人物的形象生动丰满，这也许是本书一个重大的弱点吧！例如，那位对于党的事业忠心耿耿的支部书记戴成德，在故事发展中一些关键时刻，老是容易发火，容易跟对社会主义怀有二心的人闹崩，在重大问题上往往草率从事。而他的存在，仿佛只是为了衬托女社长徐咏英的冷静沉着和善于做政治思想工作。当然，不能说这两个人物纯属概念化的产物，而且徐咏英不少活动给我留下了难忘的印象。

我并不主张写小说一定要写爱情，但在《湖边》两三对青年男女中，满秀和水生的爱情纠葛写得很好。其次，徐咏英同吴祥之间的爱情纠葛也写得不错。这位在互助合作化运动中脱颖而出的新人，总是把工作摆在第一位，关心群众胜于关心自己。但最叫人难忘的是她对待爱情的态度。她对土改期间还未成年时就相当熟识，现在又那样倾心于她，并赢得了她母亲的好感的吴祥，从不轻易流露感情；碰到工作上意见分歧，她更从不让步。

然而，只要认真注意一下两三个细节，就会发觉，她对爱情的态度是严肃的，她对吴祥爱得很深。例如，当他们一道乘船从百万洲回家，吴祥放声歌唱一首流行的歌曲时，她也情不自禁地参加了合唱，而且为她平日对吴祥的冷淡感到歉然；但一想起他们在总支会上的分歧，她又立刻冷若冰霜。特别是，因为吴祥在工作和作风上犯下严重错误，被调回县城时，总支书记要她写个有关吴祥的材料，并向她指出："咏英同志，你有烦恼！"后来，她竟然倒在床上，哭了。

当然，在革命斗争中锻炼出来的青年人不是稀泥巴糊的，在繁忙的春耕工作和开垦百万洲中，徐咏英还是旧日的徐咏英，一位合格的党的基层领导干部。她照样参加劳动，照样关心群众生活，而且，对于那一对因为家庭关系和自私打算，以至爱情濒于破裂，又都苦恼不堪的爱人，经她穿针引线，满秀和水生又和好如初了。而她之所以如此关心他们，不仅习性使然，还因为前一两天夜里的亲身经历使她感受到了爱情的力量！

尽管人物的某些行动可能会使读者感到突兀，卜有满老汉这个形象却更没有什么概念化的成分。他是带了一连串小故事上场的，而他的历史正好说明了他不畏强暴、疾恶如仇的品质。最叫人感动的是，当他准备去沙河镇接回曾被恶霸强占多年的前妻冬姑时，他原本认为冬姑为高云阶养的孩子是无罪的，愿意一起领回去抚养，而一眼看见那孩子"长得与那老畜生毫无二致，十多年前的情景竟然又回到心头"，于是一种强烈的嫌恶之情迫使他将刚从水里救起，躺在怀里的前妻轻轻移开，头也不回地走掉了。

在这种激情支配下，他一反惯例去镇上大吃大喝，邀请秃二爷吃他的"喜酒"，因而从那个好喝懒做的二流子口中得到一些盗窃存粮线索后的一系列活动，也就合乎人物的性格发展。满秀也写得相当生动，她的离家出走，她对父亲的吊二话和投机倒把的不满，是真实的；但当张贵庭为借存粮刚一走进社办公室的时候，她情不自禁地高声叫道："爹！"却也同样真实。因为那毕竟是她的父亲呵！这对作者说来需要一分勇气，不怕挨"人性论"的棍子。

好几位爱社如家的次要人物，也写得很好。对于那两位饲养员，作者也勇敢地花费了足够笔墨写她们中间的母女之情，我这里不多说了。我想谈谈着墨不多的其他几位社干、社员，因为他们给我印象也深。例如刘满，因为在收肥问题上同张贵庭闹了一仗，他申言他不干队长的职务了。这是个直性子人，咏英赶急同告警人一道找他去了；但她心细，一进院子，她首先偷偷站在窗外观察动静。原来刘满正在认真计算当天收粪的账目啊！而咏英刚一进屋，他可又把笔一扔，掼起纱帽来了。这就写出了人物的心理和性格。

说到一般社员，我首先想到的是活跃在百万洲的载老三夫妇；但我不准备说他们伉俪间那些令人捧腹的趣事。我想谈谈那位身材魁梧、精干泼辣、负责给大伙做饭的中年妇女。入社时候，她拖过丈夫后腿，同他大吵大闹，口口声声骂徐咏英是"毛丫头""害人精"；就是对开垦百万洲她也相当抵触。但一经领会了开垦百万洲的现实意义，她可又当面赞扬起他们的社长来了："心灵，想得宽！"她就是这种脾味的人，凡事有口无心，直来直往。

可以说，作者懂得怎样通过一些次要人物和插曲来烘托环境气氛。同时又很懂得把人物放在矛盾斗争中来刻画他们。在他塑造"中间人物"张贵庭的形象时就经常使用这种手法。例如，当一贯搞投机倒把的张八劝说他让长子德秋到湖北套购黄豆的时候，他就有些迟疑不决，"心里翻腾他的甜酸苦辣"，不愿违反政府法令。但这远非精彩部分，而精彩部分更不止三两处，例如，当德秋第二次买回猪崽后，不止落得媳妇抱怨，他自己更悔恨交加，偏偏孤老头卜有满串门子来了。

卜有满爷并不知道贵庭叫他儿子随同张八贩运猪仔的事，更不知道贵庭正在为饲养场母猪产仔这件事大伤脑筋！而闲谈不久，他就兴高采烈，大吹饲养场母猪生崽的事，申言他将不放鸭子，要改行了：为饲养场照顾脚猪！这真叫贵庭哭笑不得，只好支支吾吾。卜有满随又发现主人猪圈里有些猪崽，以为是从饲养场里提回来的，吃惊道："不是还没有满月吗!?"把细一看，才是些双月猪！这一来贵庭只好扯谎，说是张八为他们社上买的，但是招来的却是怀疑、警告，并为张八算了张命："将来总有一天要倒霉的！"

这个人物之所以描写得生动，因为作者让他从自己各种不同的遭遇中充分表现了性格的复杂性，令人感觉真实可信。混入合作社的漏划富农袁富和反动富农二纪，这两个人物之所以写得成功，也正因为尽管他们在反对社会主义，妄图个人发家致富上是一致的，但是他们的经历、处境却有差别，因而他们的钩心斗角和利害冲突恰好表现了他们各自的思想性格特征。这方面的精彩刻画同样不少，因为中间还夹杂着一名暗娼，场面也就更加波澜起伏，从而烘出伍喜烟店的恶浊气氛。

例如，袁富第一次应二纪之约，偷偷摸摸去伍喜烟店那些情节就很生动。他在解放前就来过这里，但是，二纪和他的姘头杨桂花对他的态度跟从前不同了，全都放下架子，笑脸相迎。等到桂花腰身一扭，拿一只手臂搭在他肩上时，这位野心未死的漏划富农，几乎像着魔了！吃饭当中那一点小波折，既写了坏人的心虚胆怯，同时也介绍了伍喜的痴呆。看来二纪到底奸狡得多，他对张贵庭的处境和前途，以及三队的情况，竟然分析和猜测得那样合情合理，以致袁富暗中自愧考虑问题不够周到；同时对二纪可也更加有了戒心。

在策划退社阴谋得到赞赏之后，这个曾经作过大恶霸帮凶、酒兴已足的二纪，更得意忘形了，于是来了个"想当年"！这是他居心搞破坏活动的思想基础，而当他在夸夸其谈中已经成了镇上的头面人物时，随手指指桂花嚷道："像她这样的婆娘么，我也就不稀罕了！"这立刻引起对方讽刺他在说梦话，断言他的境况决不会好起来。接着他垂下头，蓦地回到现实生活中来了，连声说："不会好起来，不会好起来。"但又很快昂头挺胸，露出凶相嚷道："谁说不会好起来！？办了粮店就会好起来的！"临走之时，他又倒扣了房门，把桂花让给袁富享受。

写到这里，我不禁想起小说中一些对话。应该说，作品中的对话一般都生动、幽默，读起来兴味盎然。可也有不少语言平淡，不大必要的长篇大论！而且往往旁若无人地一口气呵应，连必要的段落都不分。例如在垦荒前计算劳力时，一大队那位络耳胡队长的发言就是这样。我想，就是讲评书吧，有时也得拍一拍惊堂木，让自己和听众松口气。作者对于在作品中出现的重要、次要人物，或者事前加以介绍，或者在故事发展中加以追述，让每个人物都有各自的经历，这原本是塑造人物形象的方法之一，但是也有处理不够恰当的地方。例如，在那场由少数坏人蓄意煽起的退社风潮中，真是一波未平、一波又起。可是正当王保善老倌在袁富煽动下，指派他小孙子叫嚷着掀起又一次高潮时，作者却对支部书记的简单粗暴作风的思想基础来了个长达六百字左右的铺叙！把闹闹嚷嚷的群众一下给甩开了。而且，就在这同一场合，吴祥和咏英分别上场之后，都有大段大段的追述！

我不是一般不赞成铺陈往事，在小说中甚至不乏整篇都是用回忆形式写的作品。但是，我上面所举例证，都是戏剧性很强的群众场面，因而不管采取何种形式，作者都得考虑一下读者的情绪，不能大笔一挥，任其中断、冷却，置读者于不顾，置主要人物所面临的群众哄闹于不顾。要做到这一点，方法之一，恐怕得善于长话短叙，扼要插进一些必要的追述，力求保持情节的连贯性和戏剧性。

要把一篇十六七万字的小说写来无懈可击，真也不大容易。偶一翻阅我三十年代写的短篇，就都不免脸上发烧。因为虽经一再修改，仍然存在这样那样缺点，比之近两三年涌现出来的佳作，逊色多了。例如，去年又一次校改《祖父的故事》时，这才察觉，因为忘记了那位成衣店老板既跛且驼，我把老祖母一个动作给弄错了。

虽是漫谈，总不能无边无际地扯下去，我看就这样带住吧。

一九八〇年四月四日

（原载《文艺报》1980 年第 8 期）

谈《办婚事的年轻人》

前几天的一个下午,《工人日报》两位同志来约我写一篇评介包川同志小说的文章,说她的《办婚事的年轻人》(见《人民文学》一九七九年第七期)已经评选为去年全国优秀短篇小说了。他们给我出这个题目,因为包川同志是四川一位青年女工,我是四川人,又是评选委员会成员。

我前些时候读这篇小说时,从行文和对话就感到一股强烈的川味,例如"屁!"这个否定词和"我都成宝光寺的和尚啦!"这句打趣的话就很明显。何况那个即将婚配的新郎,小说中早就明确交代过他是川东人呢。由于小说的文笔和布局比较老练,我一点没料到作者竟是一位青年女工,《办婚事的年轻人》是她的处女作。

当然,所谓处女作,无非指作者第一次在文学刊物上发表的作品而言。但我相信,在此以前,她一定进行过不少锻炼:对社会和自己所接触到的人们的生活和思想活动做过深入细致的观察、探究;读过一些中外古今的名著;写过几篇废品——这后一点推测有点失敬,希望作者原谅。

可以说,作者笔下的那对年轻人是可爱的。他们尽管忙于筹办婚事,却还照旧念念不忘进一步把自己武装起来,勤学苦练英语,以便更好地为四个现代化这一宏伟事业尽力!他们还临时决定不买平柜,把省下的钱买个收音机,用来学外语,学数学,把小组里那两个初级班的小伙子也叫到家里一块听。

我说他们可爱，不仅因为他们具有好的品质，更因为他们在作者笔下是栩栩如生的人物。作者写他们，不是单靠一般性的介绍。那位年轻姑娘上场时同她未婚夫那几句对话，是多么风趣呵！当姑娘纠正了小伙子一个英语发音的错误，并劝他不必着急时，小伙子立刻答道："当然，我不会着急，马上我就会得到一个家庭教师的，对吗？"姑娘也回敬得很娇嗔："去你的！"同时拍了小伙子一巴掌。我已经是年逾七十的老头了，看到这里，青春的喜悦却也立刻涌上心头。但是，恕我直说，接踵而来的喂糖果、喂馒头的描写似乎多了一点，有点腻人。这也许说明我毕竟是个老头，脑子还多少有点封建，远不如那些"既惊喜、又羡慕"的来往行人那么开通。

不过，我所感觉到的即或是缺点吧，瑕不掩瑜，接下去的描写却很不错。在两位准备办喜事的年轻人详细计算每月收支账目的全过程中，对话既有风趣，人物的内心活动也写得真实而又含蓄。当姑娘责怪对方留下的伙食费用过少的时候，尽管小伙子被弄得哑口无言，而他的内心感受却又是多么温暖！"别看她在唬我，那是心疼我哩！"随后，家具店开门了，这一对小爱人对"穿桔黄喇叭裤"的"男中音"、"穿黑喇叭裤"的女青年和"头发擦得光光亮亮"的丈母娘的反应也写得好。这三个周身浸透着不正之风的角色，也是来备办结婚家具的，他们立刻被那些高级家具吸引住了；然而他们的收入破坏了他们的兴致。于是丈母娘抱怨女儿不该跟一个二级工搞恋爱，女婿则气鼓鼓说："粉碎了'四人帮'也不快点给我涨工资！"那个女青年的"高见"更是糊涂："不提高我们的生活水平，就现代化了吗？"

作者是用讽刺的笔调来描写这三个宝贝的。我说作者对作品中那对小爱人的反应处理得好，因为在听了那位"娇滴滴"的"高论"以后，他们"交换了一个不满的眼色"，嘀咕道："难道现代化会从天上掉下来？！"然后走到较普通的家具跟前去了。经过商量，小伙子开出了一张清单，后来又刷去平柜，以便买收音机。小伙子担心自己的丈母娘会不满意，姑娘立刻叫他放心，而她随又一眼瞥见了那些高级家具，高兴地说："国家富了，我们也能用上那样的家具的……"于是，两个人就欢天喜地跑去缴款。

尽管我对小说中喂糖果、喂馒头的描写有过微词，但整个说来，作为一位新人的处女作，《办婚事的年轻人》毕竟是一篇好作品。当读到他们对未来满怀信心地跑去缴款的时候，我曾经凭自己的老经验猜想，作品的结尾无非是亲友们闹洞房和吃喜糖一类喜剧性的情节。然而不然！当姑娘正在检查家具有没有脱漆、碰伤的地方，等小伙子去借板车的时候，门外传来一阵叫嚷把她引了出去；原来小伙子晕倒了！在群众的热情帮助下，医生、护士立刻来了，采取了应有的治疗措施。对姑娘的眼泪和责怪，小伙子说得多么好呵："最困难的时刻就要过去了，目前，我们再咬咬牙，以后，会越来越好的……"而小说也就这样颇有回味地结束了。

打从小伙子晕倒到治疗，以及两位情侣的对话这最后一个段落，起初，我有点异峰突起的感觉；冷静一想，原来作者早在前面安排了伏线。那个家具店隔壁不就是联合诊所么？他工资级别不也跟那穿橘黄喇叭裤的"男中音"一样低吗？加上自奉菲薄、刻苦学习，熬夜熬得"眼圈都是青的"，这就有可能患贫血症，以致晕倒在地。

不错，这一转折并不勉强；但我又想，是不是另外还有同样，乃至更为自然的结束呢？依我看，按照人物的性格、处境，是会有其他结束供作者选择的。当然不必一定要以"洞房花烛"告终，但是至少可以写得高昂一点，或者轻松愉快一点，不要弄得那么严重，叫人多少感到压抑。

从作品内容看，那对小爱人显然知道青年一代遭受的困难是怎么来的，也清楚这一代人有各种"伤病员"都得医治。作者本人当然更加清楚，否则她不可能那样细致地描绘他们的生活和精神境界。我还感觉到，作者自己很可能就是个过来人。甚至由于目击身经的创痛比较严重，她本人的伤口似乎并未完全愈合，因而在作品中投下一点阴影。

作为一个同行，我想在这里向包川同志建议：当你描写我们青年一代的生活的时候，千万不要让自己的思想感情停留在动乱十年的苦难年月里。最好的办法是积极投入到千千万万献身于四化的工农群众中去，同时学会在马克思主义指导下对生活进行观察、分析和独立思考，又能虚心听取各方面的意见，这样，就一定能写出更好的作品来。

（原载 1980 年 4 月 14 日《工人日报》）

序《邓均吾诗词选》

面对邓老的遗稿，真是浮想联翩。许多往事，都萦绕脑际，令人绕室彷徨，无法自已。

我读邓老的诗作，已经是半个多世纪以前的事了，是在《创造季刊》上读到的。那时我在成都读书，在一些同学，主要是艾芜同志的影响下，开始与发端于"五四"的新文学接触。我最初只是对《草儿集》之类的诗作感到新奇，接着却爱好起新诗来了。

这个变化，是从我读中国新诗的开拓者郭沫若郭老的诗篇开始的。尔后，我才逐步提高了对新诗的欣赏水平。它们不只是形式上新，特点是在思想内容，如果说郭老的《女神》反映了伟大五四运动的时代精神，那么我之所以喜欢邓老的《心潮篇》，则因为他们显示了一部分开始觉醒的知识界对于人生意义的探索，抒写自己心灵的奥秘。

我不是诗人，对诗歌更少研究，但我感觉郭老对均吾同志的《白鸥吟》这组诗的评价说它"清醇"，颇有独到之处。成仿吾成老认为他的诗情"真挚"，也很中肯。常言说："文如其人"。在我们长期交往中，邓老为人给我的印象，也是清醇、真挚而且淡泊自甘，朴质谦谨。早在二十年代之初，他曾经同郭老、成老一道为中国新文学事业尽过一份力量，他的新诗曾经得到过他们的赞赏，就是他的为人郭老也是赞赏的：既"不是书呆子，也不是胸有城府的人"。尽管郭老、成老对于我国革命和科学文化事业不断做出巨大贡献，声望日高，均吾同志也常加赞扬，但却未向人讲过这段二十年代的往事。

我是一九三八年同均吾开始交往的，为时虽短，接触的次数可并不少。这个瘦长、清癯、额头宽广的中年人，一见面就叫人感到亲切，乐于同他接近。无疑，这同他的早期创作给我的印象有关。虽然经过第一次国内革命战争，"四·一二"事变，在这漫长的岁月里，人们的变化很大，他又多年没有从事创作活动，而我们却仍一见如故！

我记得，那时候他住在成都少城公园附近君平街一座小院落里，房间不大，过着独居生活。早上，去公园喝茶、看书；饮食呢，祠堂街有的是小饭馆。生活的清苦，可想而知。我找他的次数较多，他的广博知识和一些精辟见解，可说是使我乐于找他去公园里聊天的原因之一。

我党领导的抗日救亡运动，对我国千千万万知识分子起了极大的动员作用。当时均吾不但常为车耀先同志主办的《大声》周刊撰稿，而且积极参加社会活动。记得我们曾同车耀先、李亚群以及其他同志一道慰问过出征军人家属，由此即可想见他当时的精神面貌。

大约就在这年的初夏，他入党了。我们曾共同在方池街过过组织生活，还有他的老朋友陈翔鹤同志一道。在我即将离开成都到延安去的前夕，对一位与我们先后都有交往、长期遭受排斥，对旧政权极为不满，具有一定进步思想的在野军人，我们经过几番考虑、商讨，还一道介绍其入党。

一九三九年冬，我从延安返川，奉派去重庆工作，路经成都，没有见到均吾，因为我只是应车耀先同志之邀，参加过一次座谈会就走了。一九四〇年春，反动派制造所谓"抢米事件"，成都的党组织遭到严重破坏，罗世文同志、车耀先同志都被捕了，《大声》则早已停刊。一九四四年我在重庆曾见到过赵其文同志，他是均吾的入党介绍人之一，他没有向我谈到过均吾的行止。

在此后几年中间，每一想念到均吾同志，总不免感觉不安。尽管郭老曾经赞赏他像"一个冷静的结晶体",非常持重,一般不轻易流露感情。而我直接得来的印象,还是如此,但在四十年代的所谓大后方,正是特务横行的世界,我还是不能不为他的安全担心。

一九五〇年秋,我由成都调往重庆工作,一天,从邵子南同志口中得知均吾在市文化局任职,因为政治面貌早在故乡暴露,被迫长期在外,刚回古蔺老家去了。市文联还送过他一笔程仪。在谈到均吾同志的生活情况时,子南同志不住摇头叹息,感觉他太清苦了。一张木床,一袭陈旧的棉毯和一条单薄的被子。当时是供给制,吃饭住房虽然不成问题,津贴却很有限。他的父亲是前清举人,曾在河北作过县令,家庭可早已衰败了。这也说明,在反动派长期统治下的四川,民生凋敝,知识阶层的生活每况愈下,但他一直坚持住自己为人的"清醇",长期认真负责地从事中、小学教育工作。更为可贵的是,在国统区日益险恶的政治环境中,他始终不渝地为党做了不少工作。因此,在党性上他也说得上是"清醇"的。

一九五四年均吾同志调到重庆市文联参加领导工作。可惜,一九五三年后,我只偶尔去重庆小住,一道工作的时间不多。我的两个孩子由于在重庆读书,每逢寒暑假回成都总是怀着感念之情告诉我说:"邓伯伯比过去衰老了。"

六十年代中期,我去江津了解农村业余创作活动,返回成都前,曾去重庆文联住过几天,几乎每天和均吾见面,孰料这次的会见竟然成为永诀!"文革"期间,当我和其他不少同志在成都被集中起来"学习"的时候,据说均吾由于年老体弱,没有被送去集中"学习",这可算是一种"特殊待遇"吧,但情况并不比集中"学习"和送进"牛棚"的好多少,其实质与审讯无异的"外调"对一个年已古稀的老人说来仍然是一种沉重折磨!但我却未料到在自己连喝水、抽烟都得请示报告的一九六九年九月,他停止呼吸了!

一九七九年二月,中共重庆市委为邓均吾同志平反昭雪,举行追悼会时，我因为远在北京，未能亲身参加，每一念及，不胜怅恨。我写这篇序文借以稍抒悼念之忱并希望起到一点对这本选集的作者——我国新诗创作的前辈的介绍作用。

一九八○年八月

（原载《邓均吾诗词选》，四川人民出版社 1981 年 12 月出版）

祝阳友鹤同志舞台生活六十年纪念

我是一个川剧爱好者。幼年时候，我的故乡无非一个人口二十万左右的县份，就有三个戏班，最吸引人的艺人也就不少。我现在还能记得他们的精彩表演，举如旦角的马素秋、彭子莲、张春桂、幺师弟等等，于今尽管事隔六十年上下了，但是记忆犹新。

提起幺师弟，我就想起了他在《铁龙山》一剧中扮演那位皇后的肮脏生活，篡夺阴谋被揭发后，又羞又恼的泼辣劲头。但是，这点幼年时候的记忆，总是很快就被五十年代在北京看阳友鹤同志作为内部观摩演出，扮演同一场戏的杜皇后的情景所代替了。这主要是因为他在人物内心活动的刻画上，较之幺师弟深刻精到。

我记得，这次演出以后，对于川剧、话剧都既有实践经验，又曾作过深入研究，当时是北京青年剧院负责人的吴雪同志，就曾向我赞不绝口。《文艺月报》也曾发表文章，赞扬其"不但一举手一投足都情绪饱满，就是静下来也全神贯注，用精神稳稳控制着全部空间"，评价极高。

老实说，尽管爱好川戏，我过去看阳友鹤同志的戏却太少了。二十年代，我在成都读书，从文行说，我主要爱看刘世照、浣花仙、周慕莲、周新玉和杨云风等名角的演出，只有三十年代看过阳友鹤同志的《刁窗》。这是我最爱的一折戏，也看过不少艺人的演出，而现在偶一想来那足以响遏行云的唱腔"星月交辉，徒叹兮"一段，仿佛余音犹在耳际缭绕，感到美的享受。

当然，阳友鹤的《刁窗》之所以不同凡响，给我留下最深印象，单说他唱腔优美是不够的，还有他的舞蹈身段。而且，即以唱腔而言，他不但表达了一个在旧社会因受晚母迫害走投无路，投水自杀的年轻妇女的痛苦，同时还突出了人物对于生活的热爱和对于幸福的追求，以致宁死不屈地反对封建宗法制度的坚强性格。一句话，这个戏之所以给我留下深刻印象，是阳友鹤在继承老一辈艺人的传统基础上有所发展，使演出更富于思想性，艺术上也更完整。十年浩劫以前，我也看过青年艺人在成都演出过《刁窗》，虽然尚未达到炉火纯青的境界，但是可以看出她们继承了不少阳友鹤在这出戏上不断创新所取得的成就，使人感到他的风格后继有人。

解放后名噪一时的廖静秋同志是我最欣赏的旦角之一。因为五十年代不幸得了不治之症，李劼人同志、巴金同志都非常为她担忧。一九五六年，在他们倡议下，我也追随他们一道，联名要求中央文化部为她拍制《杜十娘》，留下她的唱腔、身影。后来北京电影制片厂承担了这一任务，影片放映后获得观众的好评。而这一戏曲片之所以获得好评，却是同担任艺术顾问，作为廖静秋前辈的阳友鹤分不开的。

阳友鹤解放后的主要功绩，在于他为培养新的一代所做的努力。一九五六年，在全国第二期戏曲演员讲习会上，他就川剧旦角的分类和不同的表演要求作了系统阐述。一九五九年四川省青年川剧团到一些省市巡回演出他所导演，同时也是他多年来不断创新的《白蛇传》时，更使其他兄弟剧种获得了一定借鉴作用。

阳友鹤同志现在是成都市川剧院副院长，省剧协的名誉主席，我希望他和其他川剧老艺人、编导人员、鼓师和一切川剧艺术工作者一道，在百花齐放、推陈出新的剧改方针指引下，同心协力，对发展川剧这一地方剧种，培养新的一代川剧艺人作出更大贡献。

写于八〇.十一.

（原载 1980 年 11 月 20 日《成都日报》）

张大明作《踏青归来》序

今年在成都养病期间，我曾经向一位从事彝族文学研究的老友建议，既然老而弥坚，经常跋涉崇山峻岭间，见闻一定不少，最好随时随地加以记录，不要画地为牢，惜墨如金，只是对于专业有用的东西，才肯动笔。

随后，我向一位写诗的同志也作过相似的建议，千万不要非写诗不动笔，对于现实生活，社会现象，只要它们打动了你，又有一定意义，尽管不适于用诗歌形式表现，也可以写成散文。至于诗论、诗评，更加应该写了。

我之所以一再这样"卖劝世文"，是因为回顾自己过去的写作历程，有痛苦的经验：仿佛只有使用小说这一创作形式，写起来才过瘾！不错，抗战初期我也写过一些散文报道，一九四〇年以后，可又搁笔长达十年之久！

可以说，从一九四一到一九四九年这段时间，是我学习写作以来生产力较为旺盛的年代。我所写的一些小说，也多少反映了若干当年的现实生活。但我始终没有跳出小说这一创作形式，以致把不少值得加以记录的东西，给漏掉了；现在虽然尚能记忆，但总担心不够精当，而且要把它们全部写出来，已经没有那份体力和精神了。

我也不是没有想到过这一着，我应该随手把我生活和思想历程中的浪花摄制下来。我是想到过的，还告诉过以群同志。就连总题目也拟定了，叫作《"第六号病室"札记》。内容呢，其中有一项这里可以一提，就是我准备但凭记忆写点读书心得。因为在当年那种与契诃夫的《第六号病室》无异的环境中，时而上山，时而下坝，伴随我的只有几折高小生作文用的稿笺。

提到写读书心得，或读书札记，这在我国文化发展史上，是有其优秀传统的。我在这方面所知有限，而如果书后、序跋之类的文章也可包含在内，我在成都省立第一师范读书的时候，倒也读过一些。这类文章不止能帮助你提高鉴赏能力，而且还会诱导你孜孜不倦地对某一个作家进行钻研。再说，它们本身就是很好的散文，形成了散文中的一个品种。

我想，如果把序跋乃至报刊的编后记和按语也都包含在内，五四运动以来，随着散文这一总的文体的大发展，这一品种的成就也是很可观的。这里，我首先想到的是鲁迅先生，因为单就散文中这一品种而言，先生照样为我们留下了不少宝贵遗产，值得我们认真学习。

近三年来，由于党的双百方针逐步得到贯彻执行，我们的文学艺术事业开始出现了建国三十年来少有的繁荣景象。散文中读书札记这一品种也取得了显著成就。单就文学研究所这个小范围说，我们不少同志在进行科研工作的过程中，就都各自为了熟悉资料，积累经验，竞相撰写读书札记一类文章。林非同志的《现代散文六十家札记》一书，业已受到读者欢迎。

现在，张大明同志的《踏青归来》（读现代文学创作笔记）又已付排，即将和读者见面了。这几年，他在参加文学所现代文学研究室主编的《中国现代短篇小说选》和《中国现代散文选》的编选工作之外，还应四川人民出版社之邀，负责编选了《周文选集》和《阳翰笙选集》，为天津百花文艺出版社编选了《叶圣陶散文选》，又协助两位同志，编了《徐懋庸选集》和张天翼的几种选本。

由此可以看出，他阅读了不少现代小说、散文创作，而这本《读现代文学创作笔记》，正是他在大量编选工作中，认真读书，根据随时所作详略不等的笔记加以整理而成的产品。因为精力、时间限制，虽然尚未拜读全书，但就我已经看过的篇章说，他对所论到的作品的评价，一般都颇中肯綮。

我这里特别要指出的是，大明同志在写法上力求摆脱冗长、沉闷、公式化和八股调的文风，总是开门见山，有话则长，而如果只需两三百字便足以对一位作家的业绩指出其艺术上的独到之处，则决不拼拼凑凑，搞形式主义，更不勉强对一位作家做出全面评价，确定其在文学史上的地位。因而文笔流畅，风格清新。

大明同志告诉我，全书中有一部分篇章写得比较系统，有的还试图总结一下创作上的经验教训。因此，相对地说，它们都带有研究性质。看来，这两类文章，只有等全书出版后才能有机缘拜读了。辛勤的劳动是不会辜负人的。我相信，这本书将能得到它应有的评价和重视。

一九八〇年冬

（原载《踏青归来》，天津人民出版社 1981 年 8 月出版）

祖国万岁，鲁迅不朽

　　五四运动后不久，我在成都省立师范读书。一天，在普益阅报社，读到了鲁迅的《故乡》。我一下就被那弥漫全篇的抒情笔调吸引住了，被小说结尾那诗一样的哲理性的警句征服了。从此，我就爱上了鲁迅的著作。我从他的著作中，受到启发，学会思索问题，探求人生意义和分析接触到的社会现象。到了三十年代，更在党的领导下，参加了左翼文学活动，追随鲁迅共同战取光明。

一

　　读鲁迅的作品，我首先触摸到他那崇高的革命精神和推翻旧世界的决心。他是现状的改革者，不断进行上下求索的中国新文化运动的开拓者和先驱者。

　　他用如椽之笔，塑造了一个坚持战斗、自强不息，憎恶黑暗、追求光明的巨人形象。这个形象，虽不存在于他的小说当中，但从他刻画出各色各样人物流露出来的思想感情，从他的著作中或赞扬或鞭笞的社会历史现象流露出来的爱憎来说，这个形象正是鲁迅本身——早年在《摩罗诗力说》中所向往的"精神界之战士"。

　　鲁迅从历史的过去走来，又站在时代的前面。他昭示人们：世界是在变的，世界是能够变的。他指出：现在的屠杀者，是屠杀子孙的刽子手；现状的维持者，是顽固派。他要揭开暗室的屋顶，掀掉吃人的筵宴。偶像必须推倒，传统的积习一定要扫除。"苟有阻碍这前途者，无论是古是今，是人是鬼，是《三坟》《五典》，百宋千元，天球河图，金人玉佛，祖传丸散，秘制膏丹，全都踏倒他。"(《华盖集·忽然想到（六）》) 丧权辱国的清王朝，专横残暴的北洋军阀，侵略成性的帝国主义，背弃中山先生遗教的国民党顽固派，统统在打倒之列；封建道德，反动思想，不良痼弊，一概要荡涤干净。他反对僵化，摈绝保守，解放思想，立志改革。他是社会政治的革命家，传统思想的叛逆者。

在文艺上，他反对瞒和骗，希望出现新的战士，开辟崭新的文场。他躬身实践，如巍巍的丰碑立于人间。他以坚实的创作，奠定了现代小说的基础；以伟大的气魄，独创了解剖刀和投枪般的杂文文体；以拓荒者的抱负，开辟了汉文学史和小说史研究编写的蹊径；为充分发挥革命文艺的作用和扩大战线，倡导了新兴木刻艺术……

为了祖国的独立，人民的解放，下一代的幸福，鲁迅怀抱理想，憧憬光明，永不停顿，总在革新，总在前进。在没有路的地上，他披荆斩棘，百折不挠，总是奋力开辟一条民族复兴的康庄大道。

二

鲁迅是一直号召我们对一切阻挠历史前进的势力进行战斗的，但是鲁迅并不主张横冲直闯，赤膊蛮干。他反对张飞式的鲁莽，更不赞成不分敌我的李逵式的挥刀砍杀。

鲁迅具有渊博的历史知识，又非常重视研究现状，了解敌我友的情况，明确斗争的目的、任务、性质和方向。充分认识到在长期封建社会以及近代半封建半殖民地的思想影响下，各种旧势力和旧意识的可怕，他不仅非常厌恶封建思想，也十分厌恶资本主义的市侩气、洋奴气等等。在这种恶浊的气氛底下，一方面是搬动一条凳子都要流血，另一方面是奴才如果当了老爷，一定比老爷的架子还要大。因此，鲁迅十分强调研究和解剖民众的风习，在此基础上分别好坏，确立存废的标准。只有随时了解我国的实际情况，才能适时地进行战斗；只有懂得敌人，才能战胜敌人。

我们从鲁迅学到了实事求是的作风，养成了分析问题的习惯。尤其重视策略思想的指导，战略战术的运用。

他主张"壕堑战"。首先摸清敌情，看准对象，然后乘虚而入，以己之长，克敌之短。他歌颂英勇的斗争，歌颂为国捐躯的烈士，却反对随意流血，轻掷不能再造的生命；他本人挺身到德国领事馆递交抗议书，却劝阻左联进行冒险活动；他不同意李立三的用真名揭露强敌，然后去苏联避难的建议。因为这会脱离中国的实际，同时中断随时打击敌人的有利条件。

他提倡韧性战斗。对国民党反动派和帝国主义，对买办资产阶级的走卒，对"古久先生的陈年流水簿子"和民众精神上的负担，对闭关锁国的自大狂和妄自菲薄的奴才思想，对贫血、胃弱的屠头和盯梢、揩油、"吃白相饭"的流氓，他都狠狠抨击。斗争！批判！谴责！鞭笞！锲而不舍，坚韧不拔，义无反顾。在他生命最后的闪烁着共产主义光辉的十年里，他为了战斗的需要，用杂文这种锋利的艺术形式打击敌人，他写了那么多短小精悍的杂文，用了那么多的笔名，在我国思想史和文化史上都属创举。

三

鲁迅一生都处在黑暗的包围之中。风雨如磐暗故园，屠伯们杀人如草不闻声。当皇上的臣民，剪一条辫子会引起轩然大波；做民国的公民，看一本红皮书也有掉脑袋的危险。七大人一声"来……兮！"便将敢吵敢闹的爱姑慑服；阿Q参加拿几件衣服的"革命"，居然会被杀头。"三·一八"时，段祺瑞命令卫队在执政府门口杀人，鲁迅不得不离家避难。"逃掉了五色旗下的'铁窗斧钺风味'，而在青天白日之下又有'缧绁之忧'了"（《而已集·通信》）。到广州后又被国民党反动派的屠杀所震怒，思想发生了剧烈变化。定居上海，名字上了特务的黑名单，至死也还背着通缉令。写文章，必须用化名用曲笔；一出门，便有尾巴"护送"。

但是，"真的猛士，敢于直面惨淡的人生，敢于正视淋漓的鲜血"（《华盖集·记念刘和珍君》），勇于同黑暗斗争。鲁迅说："倘必须前面贴着'光明'和'出路'的包票，这才雄起起地去革命，那就不但不是革命者，简直连投机家都不如了。"（《三闲集·铲共大观》）身外是黑暗，心内却有一盏明灯。尊重唯物辩证法，自觉进行革命。虽然他没有用头颅去碰钝锋刃，用热血去浇灭烟焰，他却越困难越坚强。改良失败了，他不气馁，革命遭到挫折，他愈加坚定。他正是在党所领导的革命斗争遭到重大挫折时期，同党的关系进一步密切起来。总其一生，他没有在困难面前低过头，没有在危险关头退却过。黑暗包围着他，他又把黑暗甩到身后。

四

在追随鲁迅进行左翼文艺活动的那些岁月里，我为他献身革命、忠于革命的精神所感动，为他的壮阔胸怀所折服。

他识大局，顾大体，讲团结。他一再呼吁战线要扩大，干革命总是多一点人好。即或终极目的并不一样，但能一同走几步也不错。同一战阵中的人，就是曾经反唇相讥，也不影响在抗击反动派、抵御外来侵略中的团结。与人相交，他不因小事而成友成仇，始终坚持原则。他曾与创造社、太阳社论战，却照样参加左联，担任盟主；对于两个口号论争，他确切表示：这是一家，不是两家，共同遵循党的抗日统一战线，战斗前进。

为革命，他披肝沥胆；培养青年，他茹苦含辛。在那时，像我这样的青年，有哪一个没有得到他的精神的感召，有哪一个没有受到他的教益！像及时给我和艾芜回信，并亲自送到我们的住处那种感人肺腑的事例，在他一生中，多得简直不可胜数。对青年，大到教育他们做什么样的人走什么样的路，小到指出书稿中的一个错别字，他都体贴入微，一丝不苟。从"我以我血荐轩辕"，到"俯首甘为孺子牛"，他吃草挤奶，喂养青年，借以壮大为人民解放事业服务的文学艺术兵种。"只要能培一朵花，就不妨做做会朽的腐草"（《三闲集·〈近代世界短篇小说集〉小引》）。为成就天才，他甘当天才生根的泥土。只要对革命有利，为青年，为人民，他都心甘情愿地打杂，无私地献出自己的心血和生命。

五

鲁迅为我们留下的宝贵遗产极为丰富。目前，研究鲁迅的学术单位遍于全国，这是一件可喜的事，也是建国以前所想象不到的。很明显，研究是为了学习，为了继承和发扬光大，而首先是学习、继承和发扬他那为祖国的前途，为人民的幸福，战斗、工作的艰苦卓绝的革命精神。

在鲁迅的天平上，没有个人的利害得失，只有人民的忧乐和祖国的兴衰。他在黑暗中战斗，异常艰苦，受伤了，他躲到草莽里舔干血迹再战，不让敌人高兴；当同辈或青年在白色恐怖中不够理解、尊重自己的意见时，他一般也不计较，尽量不给敌人把柄。革命的利益高于一切，祖国的解放事业无比神圣。他真理在握，理想之火在胸中燃烧。他坚信党的事业，欢呼胜利的曙光。他把希望和未来寄托在共产党的身上，把脚踏实地的共产党人引为同志。他歌颂为民请命、舍身求法的人，他自己也就是这样的中国的脊梁。民族要崛起，国家要复兴，全赖亿万脊梁坚持不懈的努力。

在率领我们跟一切黑暗势力作战，彻底粉碎反革命文化围剿的年代，鲁迅曾经是我们伟大的旗手；今天，在建设社会主义精神文明的长征途中，鲁迅的崇高品德，深湛思想，仍将是照耀人们心灵的火炬。

祖国万岁！鲁迅不朽！

1981 年 3 月 30 日

（原载《鲁迅研究》〔4〕，中国社会科学出版社 1981 年 7 月出版）

谈《芙蓉镇》

——和古华同志的一次谈话①

　　这部作品我看得比较细，做了些记号，可惜铅笔粗，批了些字看不清了。你对湖南、广东、广西交界处小场镇的生活很熟悉，对当地的风俗人情很熟悉，写了二十多年的生活，粉碎"四人帮"以及三中全会前后的那一章是尾声。你的语言清丽，辞藻丰富，乡土气浓，是写实的，笔调有感情。你的特色是学旧的文学传统，对章回体裁继承得比较好，几个人物都写得不错。胡玉音、黎满庚、秦书田、王秋赦都写得好，但是作为典型，还有差距。你行文、叙述都带感情，不觉沉闷；结构呢，一章扣一章，一件事扣一件事，很吸引人，一看开头就丢不下。你写了人物的命运、遭遇，时间跨度大，叙述多，交代多，因而具体的场面描写显见少了，以致人物形象不够丰满。你每一节着重写一个人，但又互相牵连，都各有来历，各有特点。胡玉音的家世很清楚，秦书田和她的关系挂得早。而秦正因在她结婚时搜集、改编过民歌被错划成右派；胡玉音后来则被划成新生资产阶级分子，又跟谷燕山拉上关系。胡玉音和黎满庚恋爱过，因为一些不合理、不正常的原因，后来只好认为"干兄妹"。"文化大革命"中，秦书田和胡玉音

---

① 本文系古华同志根据 1981 年 5 月和沙汀同志谈话记录整理而成，同年 6 月经沙汀同志本人校订。

被罚扫青石板街，发生了爱情。因为并非正式结婚，生的小孩被划为"黑人"，无权获得应有的口粮。谷燕山则成为孩子的义父。这些事变都是互相交叉发生发展的，都有吸引人非看下去不可的伏笔。

最近一位斗争经历丰富的同志要我看一个中篇初稿，由反右写到三中全会，主要由几个批斗场面组成，读起来叫人感到它是一个中篇乃至一个长篇的提纲。读后我介绍作者看最近出版的中译本托尔斯泰的《谢尔盖神父》。它写了主人公谢尔盖的大半生，但很集中，反映了托尔斯泰对宗教的看法。它只着重写了几个场面，写得惊心动魄，同时却又令人信服。全书有四万多字，突出塑造一个人物，兼顾其他人物。你的小说写了这么多事件，这么多人物，写得这么生动，很不错。《许茂和他的女儿们》着重写了许茂和四姑娘，相当集中。但连云场赶场后的部分，笔墨却分散了。在《红岩》发表时曾加过工。你对人物性格发展写得不很够。谷燕山的形象是成功的，"醉眼看世情"一节很好，我批了"痛快"两个字。但有一点，你写谷燕山性机能缺陷，使人看了不大舒服。胡玉音写得好，她骂人的声音都是好听的，个性鲜明。你写谷燕山的性机能的缺陷，却把这个正面人物形象破坏了，医院的护士们嘲笑他，他自己也深感羞惭，你可能是为了证明他和胡玉音的关系光明正大，才做出这一安排的吧？可惜效果不怎么好。

另外还有两点，一是如何写十年动乱，二是如何划清界限。上午我还在跟一位同志谈，近两年反映建国以来现实生活斗争的中篇发展快，据说数量很多，长篇也不少，一类是写十年动乱的，比较多；二是写三年困难的，比较少。有些东西看了使人感到压抑。十年动乱不是不能写。十年动乱期间，党还是存在的，还在发挥作用，更不能低估党在人民中的长期影响！老一辈无产阶级革命者，如周总理就一直抱病与"四人帮"相周旋，真是直到死而后已。四五运动就有党的领导，不少基层党组织都起了一定组织发动作用。所以要写出人民的力量来。写三年困难，也不能忽视人民的力量，干部也不是全部都搞"三风"。我在四川调查过一部分社队的情况，当时基层干部，地、县部分党委书记，对"三风"睁一只眼闭一只眼，实际上是同情人民的。写十年内乱，要划清一个界限。毛主席有理论上和情况估计上的错误，但不能把责任完全归之于他，要作具体分析。例如一九五八年，他对农民的干劲、热情的赞扬，那样关心农民都对，但是指导思想偏了，没有把农民的干劲引导到科学的正确轨道上去。毛主席"文革"中有失误，但毛主席在外交上是成功的，跟第三世界结成了反帝反霸同盟。特别他没有个人野心，叶帅的三十周年讲话中有评论。林彪、"四人帮"在"文革"中利用了毛主席某些理论上的错误，存心夸大毛主席的功绩，有意煽动个人迷信，夸大干部中存在的一些特殊化、官僚主义的问题，借以达到他们篡党夺权的罪恶目的。写十年内乱一定要把毛主席的错误和林彪、"四人帮"的阴谋区分开来，要把矛头对准林彪和"四人帮"！十年内乱期间，党的形象受到了影响，三中全会以来，已经得到大量恢复。对于恢复党的光辉形象、优良传统，我们文艺工作者应该自觉地负起责任来，因此我对谷燕山这一形象的不够完整感到可惜。

你的笔调里常有嘲讽，正话反讲，反话正讲，一般说，你的嘲讽笔调我是欣赏的。但从具体对象说，有些嘲讽不好，不准确。特别是对谷燕山，你不少地方也用嘲讽笔调来写。王秋赦雇农出身，有些事本来几句话就交代清楚了，用不上讽刺一般干部来对比他。嘲讽要看对象。李国香这种人不少，应该尖刻地嘲讽，但最好不要用一般的脏话来嘲讽她，比如她出场的"几颗豆"。过去我也这么写过，后来觉得不好。遣词造句要慎重，这不是小问题。

有的情节你写得很感人，如胡玉音的儿子几岁了还是黑人，没有户口，买不上口粮，娘俩吃一个人的口粮，你推我让，我看到这里掉泪了。我还想再说一遍，"文革"中的问题可以写，但要划清界限，要写出党的影响和人民的力量。你的作品里有人民的力量，但只是一点苗头，没有充分展开。"四人帮"时期市管会、"小分队"很可恶，但要写清楚。主要的问题是要把矛头明确指向"四人帮"！不要把嘲讽扩大化。

秦癫子你写得生动。跳"忠字舞"也要交代清楚，只要几句话就交代清楚了。秦癫子和胡玉音最后见面你写得也还动人，只是有些情节写得不够含蓄。黎满庚不错，他老婆"五爪辣"也写得可以。黎是写得好的人物。黎、李、胡之间的关系错综复杂。李国香最后的转移，怎么处理才好？你没有交代清楚，当时"四人帮"刚垮台，她的转移并不是小问题。

写小说，叙述、概括，都要慎重。矛头对准"四人帮"要明确。像"芙蓉镇还是好人占大多数"这样的话，没有充分发挥，没有具体内容。有些时间问题值得考虑，有些年代没有交代清楚。

特别是最后的结尾，我想谈谈。结尾的概述，使人觉得作者是在嘲笑一切。"一个时代的尾音"的提法是否准确？王秋赦发疯后在街上大喊大叫，很生动，但把居民写得心惊肉颤，看来太过分了。可否由重新掌权后的镇委书记谷燕山把他呵斥一顿，赶他回吊脚楼较为得当？或者把居民的恐慌退避，改写成欣赏、嘲笑。如："家伙又发起神经来了！""他是在说梦话啊！"你也写了粉碎"四人帮"后的新气象，但是没有化作形象，给人的感染力不强。

十年动乱，对于"四人帮"的罪恶，人民是看在眼里，恨在心里。大家有气，但气要出得均匀，要划清界限。《爬满青藤的木屋》我也看了，你在歌舞团工作过，写东西有情调、色彩，能吸引人。主要你谴责了大男子主义和安于愚昧的落后思想，但故事发展有些勉强，结局令人感到压抑。

《芙蓉镇》应该说是创作界一个新的成就，从内容到形式都将引起广泛注意。我年老多病，水平也有限，所提意见不一定对，但望我的话能对你有一点参考价值，我也就满意了。

（原载《文艺报》1983年第2期）

肖凤作《庐隐传》题记

离开北京回川疗养以前，我曾经拜读过肖凤同志的《萧红传》，深为作者流利的行文，细致的笔触感到欣喜。认为以一位女同志来写这本才华出众的女作家的传记，真可说是太恰当了。

作者态度的持重，我也颇感惊奇，曾经为之大笑。我这是指她讲述萧红同志的爱情纠葛经过说的，这也许只有一位女同志才能有这样细腻的体会和感触吧！她认为一个人的感情世界细微复杂，不能随意评断有关同志的是非。我觉得这是一个传记作者值得参照的严肃态度。

现在，作者又一本女作家的传记即将问世，我也已经拜读过好几章。不过她所传的庐隐，无疑已经为多数中青年作家、爱好文学的青年读者所不知了！远比萧红陌生。因为庐隐是五四运动时期涌现出来的女作家，又早已逝世。按其作品内容来说，她所刻画的，又是她那个历史时期的新的一代，为追求人生意义，大多徘徊在理想与现实生活之间，极少得到满足。更不幸的是她笔下的人物，始终都没有突破封建主义、家庭生活圈子的牢笼，为自己开拓出一条真正的新的道路。

然而不管如何，庐隐为我们用生动形象描绘的五四运动时期某一部分知识青年的生活和思想，追求与痛苦，作为历史借鉴，至少至少，它们值得专攻文学史的同志给予应有的重视。我想，如果每一个历史阶段仅有一两位卓越的作家为人民知晓，对于我们这样一个历史悠久，人口众多，作为历史里程碑而出现过伟大五四运动的国家，也太不相称了。

当然，不只是不相称，更重要的是不符合整个历史事实。我记起来了，鲁迅先生曾经因为日本选译中国的幽默小说，仅只有他以及其他一二位当时较为知名的作家的作品，他曾经因之兴起寂寞之感，另外推荐了一两位青年作家的作品。我体会，他是从历史来看问题的。而在某一个历史时期的某一方面，尽管出类拔萃的作家有限，而历史终归都不是少数人创造的！它是广大群众勤劳智慧的记录。

无论如何，庐隐总算从《海滨故人》《曼丽》《灵海潮汐》和《玫瑰的刺》等短篇小说、散文集到长篇《女人的心》，为我们写作了十三四年之久。不幸恰当风华正茂的年龄，便与世长辞了。而茅盾同志用"未明"这个笔名在三十年代还写过《庐隐论》，虽有微词，说她在创作道路上陷于"停滞"，没有跟随时代前进；但他终归还是恰如其分地赞扬了她的成就，说是读她的全部作品就仿佛呼吸着"五四"时期的空气。同时对她一贯向人们袒露她又天真又严肃的心灵表示敬意。

以上的点滴感想，也算是我对本书作者视野广阔，能对于"五四"新文学运动以来在创作上做过努力，而又早已不为人所知的作家的生活和创作加以系统评述，表达了欣赏赞扬之情。因为尽管庐隐的成就不算卓越，在我国新文学发展道路上，总算增添过一撮铺路的泥土！

深夜无眠，开灯拉杂写此，姑且让它称作《庐隐传》的题记吧。

八一年七月二十日凌晨三时于成都

（原载《庐隐传》，北京师范大学出版社 1982 年 2 月出版）

给《风萧萧》^①作者的信

和森同志：

您曾经以不安的心情，要我对大作《风萧萧》抽读几章，看它像不像小说。我首先要回答您的是：《风萧萧》不但像小说，而且是一部好小说。希望您拿出信心，保持您在《风萧萧》中显示的风格和水平，写完《冲天记》吧！

我要告诉您我第一次读您的小说的情形。那是茅盾同志逝世的当天晚上。我因为极度悲痛，吃了两次安眠药，都无法入睡。我就抓过您的书来慢慢地读；谁知道我一下就被它吸引住了，一口气便读了三四章。不久，张大明同志来，我曾托他当面转告您我对小说的印象。您知道的，他每个星期都要来我家两次。而他每一次来，我都要向他谈谈我陆续读过的其他篇章的读后感。有时也涉及我对自己读过的少数短篇历史小说的看法。

现在，我虽然在疗养中，但精神仍感不足，不过闲暇却比较多，我就把大明同志每次帮我所做的记录连缀起来，略加增补、删节，写出来寄陈左右，供您参考。这里我想顺便申说几句，我的历史知识有限，更未研究过唐末这一次激动人心的农民起义的史实，只是青壮年

———————————
① 《风萧萧》，蒋和森所著长篇小说，1980 年由上海文艺出版社出版，系《冲天记》的第一部。

时期多少读过一些中外长篇历史小说，也多少有点写作长篇小说的经验而已，因之我说"供您参考"，决非客套话。

小说的成败得失，主要得看人物写得怎样。长篇、短篇都离不开这一条。而我断言《风萧萧》写得好，正因为小说中的人物都性格鲜明，看不出一般化、概念化的痕迹。起义军方面的王仙芝、王瑶、尚让等都写得有声有色，可又并未随意拔高。在前几章中，黄巢虽还不是重点描写的人物，但您已经为他做了不少铺垫，造成了声势。就连那十多岁的小柴平，您也把他写得十分可爱，音容笑貌跃然纸上。对于朝廷的官员，您也没有随意丑化、脸谱化，而是如实地刻画了田令孜、宋威等人，是在唐王朝腐败无能、摇摇欲坠时期，统治者中间必然会出现的人物，他们一个个都狡猾、奸诈、阴险、狠毒。

我曾经着重向大明同志提到过第八章中的水芹子这个人物。尽管在全书中她并不怎样重要，您也落墨不多，但您却把她写得那样出色！对于次日即将出征的恋人尚让，一方面写了她的柔情蜜意，难舍难分，一方面又写了她在听了尚让的解释、劝告之后，断然听其上马离去。她最后那个简单动作，便一下泄露了自己全部热烈而又复杂的思想感情。当然，这个人物之所以富有特点，主要是您把她的身世和成长过程作了生动叙述。

长篇小说不但要看人物，还要看结构。鲁迅先生说，长篇小说是一座巍峨灿烂的大伽蓝。从《风萧萧》看，您的《冲天记》也将如这样的大建筑。这第一部就叫人感觉布局合理，错落有致。宫廷，城市，农村，战场，求援，待援，进攻，您都安排得当，各章之间配合得相当紧凑。当然，智者千虑，必有一失。您的个别回叙，如第十六章写柴平的身世，稍有沉闷之感，致使情节的进行稍嫌松缓。尽管我喜欢水芹子这个人物，但有关她的身世的介绍，也还可以更精炼一点。自然，这也得看人物在整个事件中的地位、作用如何，不能一概而论。

《风萧萧》给我一个深刻的印象是：您很注意历史的真实性。看得出来，为了创作这部小说，您是经过长时期酝酿的。读了大量的典籍文书、逸闻野史，并作了细心的考证，力求言之有据。但您又没有为历史材料所限，弄得来捉襟见肘，而是将历史材料烂熟于心，化为自己的血肉，在历史唯物论的烛照之下，放手写去，因此行文细腻，洒脱。姚雪垠同志的《李自成》，名噪一时，可惜我年老力衰，杂事又多，对于这部多卷本长篇，至今还没有读过。徐懋庸同志的短篇《鸡肋》，倒看过了。陈翔鹤同志的《广陵散》《陶渊明写挽歌》则早已读过。他们两位的写法不大相同。徐懋庸借一点历史因由，比较放得开手；翔老则严格遵循历史事实，着重在渲染历史气氛中突出人物的个性特征，从而也使故事的发展合情合理。我很赞成翔老的写法。您在《风萧萧》一开头，就以看来漫不经心、实则精心运筹的笔墨，烘托出风雨飘摇、人心动乱的气氛，让读者进入一个古老的年代，颇与翔老的写法一致。

总起来说，您力求忠于史实和历史的真实性，我很赞赏。但是，您写历史小说，是为今天的人民服务的。因而我感觉您在忠于历史的同时，还得考虑一下今天一般读者的阅读能力。试想，当今小说的最大量的读者是青年，他们目前读古文尚有一定困难。他读不懂，要么略去不看，要么停下来看注解。不看，影响完整、准确地理解作品的原意；停下来吧，又会使情绪中断。因此，不妨在行文中引用史书原文时，作一番精到的翻译，将出处注在下面。这样，古文修养较差的读者，可以不看注释，而流畅地读正文；有古文修养的读者通过看注释，足以证明作者言之有据。至于第三十三页对"闲子"一类名词的注释，即可在行文中带出，不必另加注释。

我希望上面一些意见，不至于对您续写《冲天记》时发生任何干扰，能照样按您在《风萧萧》中基本上已经形成的风格写下去。除去一开始我提到的信心，您还得拿出极大的耐心来，进行顽强、持久的劳动！您年岁并不大，实在用不着为完成《冲天记》而烦躁不安。

我倒有些烦躁不安！因为年龄不饶人，近两三年又经常生病，身体越来越加衰弱。但我仍然不让自己安静下来，以便早日把病治好，多做一些力所能及的事……

您看，说来说去，我倒向您诉起苦来了。就此带住吧！

谨此，匆祝

撰安

沙　汀　一九八一年八月于成都

（原载《小说界》1981 年第 3 期）

莫耶著《生活的波澜》题记

　　莫耶同志是我一九三八年夏秋之交，在延安鲁迅艺术学院教书时候文学系第一期的同学。但是，直到当年何其芳同志和我领起一批同学去延安二十里铺参加秋收时，这才开始有点印象。事情是这样的，在到达目的地的次日，当我们分别到同学住宿的农民家里，问询到居住情况的时候，独有她爽朗地笑不可支。原来她对陕北妇女的生活情形感到惊奇。

　　具体细节不必说了，这里我只想指明一点，对于一个长期生活在南国大城市的知识青年来说，陕北农村妇女的某些生活方式当然会引起惊怪。但我当时只知道她家庭富裕，曾经在上海女子书店作过编辑工作而已。还不清楚她在故乡厦门读初中时，就在当地日报上发表过文章，更不知道她在女子书店出版过书。在我同其芳到鲁艺教书前，她原在戏剧系学习，而且是随同一个救亡演剧队到的延安。

　　那次参加延安二十里铺秋收的鲁艺文学系同学，不止受到一次劳动的锻炼，还产生了一点菲薄的附产品：《秋收一周间》。这本小册子，听说曾在国统区出版，可惜我至今不曾看过，不知其中是否有莫耶同志的文章。这可以说是一册较早报道当时全国瞩目的陕甘宁边区，特别是革命圣城延安农村生活的集体散文报道。而为了写成这一本小册子，何其芳同志真也费过不少精力。但我要说，这个行动本身说明，由中央负责同志发起成立的"鲁艺"，其目的是相当明确的：训练广大为人民群众和抗战服务的文艺新兵。

我对于莫耶同志当时还了解不够。尽管她在我们一道去一二○师前已经写过由郑律成同志谱曲，至今尚有巨大历史意义的《延安颂》了。我们一道随贺龙同志去敌后，是一九三八年初冬，先去晋西北岚县，住了一段时间，又一同随军前去冀中。而真正认识，准确说进一步认识她，却在一九三九年春，因为读者从我去年发表的《敌后七十五天》不难看出，对于我们一道前去敌后的鲁艺文学系同学，这可以说是一个认真的考验，而我自己首先在这次考验中就不够格。因为尽管我也尽力说服过、劝阻过他们，我本身却没有带好头，同样希望早日离开冀中。

单说女同学吧，虽然也经历过动摇、矛盾，但莫耶同志终归留下来了，到战斗剧社长期工作，其他两位却都先后返回延安。至于文学系的男同学则只留下一个非垢。自从冀中分手以后，直到林彪、江青反革命集团覆灭后的一九七九年，我们才又在北京见面。在此以前一年光景，我只听到一位文学研究所的同志用一种轻松语调向我提谈到她，简单告诉我她曾在伟大整风运动中经受过一些同志稍嫌过头的批判。这本选集中的一篇小说《丽萍的烦恼》可能就是她受到反复批判的原因之一。我见到她本人时未及细问，她自己更一句未提，主要谈话内容，是她的电影文学剧本《战地火花》。而由此可以看出，她并未由于在思想改造中受过一点不够恰当的批判，而耿耿于怀。

更使我感到惊奇的是建国以后，在从事新闻工作时她还曾经因为一次深入揭发官僚主义的重大事件，受到过极不公正的处分，成为一次冤案错案的主角。选集中的中篇小说《春归》，就是以她自己这段经历作基础写出来的，故事结束于三中全会，故名《春归》。因为历时二十年的委屈，终于得到了昭雪。只是由于主人公的经历时间跨度较大，初稿在艺术构思上不够理想，我拜读后曾经推荐托尔斯泰的《谢尔盖神父》给她看，以资借鉴。经过她一再加工，这次定稿，显然完善多了。这说明她的虚心和对创作的严肃态度。

在这本选集中，我感觉最可贵的，是她三中全会后写的一些缅怀一二〇师贺龙同志、关向应同志和甘泗淇同志诸位的回忆文章。这不仅因为这些同志我也比较熟悉，更由于通过作者生动的叙述，相当充分地体现了老一代党的领导同志具有的优良传统。而这对教育大部分成长于十年动乱中的青年一代，无疑是一项值得赞扬的重要工作。

莫耶同志还一再告诉我，尽管她有相当严重的冠心病，又已年逾花甲，她还准备奋力写一部近于自传性的长篇小说。根据她这本选集的成就，我相信，在这部长篇小说中，将不仅反映出共产党领导中国革命的艰苦历程，而且会进一步反映出她对党和对人民的热爱！因此我同时相信，这部长篇小说将对青年一代更富有革命传统教育的重大意义。

1982 年 3 月 13 日

（原载《生活的波澜》，陕西人民出版社 1984 年 3 月出版）

一幅描绘我国农村现实生活的生动画卷

我因胃出血动手术仅只半年，新近，头还时感晕眩。不料在接到周克芹同志的新作《果园的主人》后，我竟一口气读完了它。我想起作者最初发表在《沱江文艺》上，不曾进行加工前的《许茂和他的女儿们》，感觉其中有的情节处理，不如这部新作自然。使人不能不为周克芹在自己的创作道路上，继《桔香！桔香！》之后，又迈出了新的坚实的一步感到高兴。

这部题为《果园的主人》的中篇小说，以整修尤家山一个凋零的果园为中心，反映了在新形势下，农村改革中进步与保守两股势力的矛盾及斗争，并从总的倾向上揭示出只有认真摆脱小农经济思想的束缚，才有广阔的光辉前途。这就抓住了当前农业改革的关键性问题。

这部作品不只题材好、主题思想好，在艺术处理上也相当成功。以刻画人物而言，不必说主要人物，就是众多的次要人物，也都个性鲜明，没有概念化的痕迹。而在阅读当中，我总情不自禁地关心主要人物的命运，甚至在想象中参与他们的活动。

华良玉是个懂科学、有技术、有远大抱负的年轻人，他的信念是科学致富。他的不幸身世和遭际，使他变得十分敏感，看似冷漠，内心生活却非常丰富。从他受雇于江家到离弃江家，小说都真切地展示了他的心理历程和性格特征。他的离弃，对于江家而言，确是悲剧性的，发人深思。"万元户"江路生"对于财富的进取之心超过当今生活在偏僻的尤家山的庄稼人","创造和进取、忍耐和等待、宽容和厚道",等等,在他身上并存着。在他思想深处残存的保守落后的传统意识,使他无法接受"间种"和"兴建抽水站"的革新倡议,以致误了女儿们的终身大事。可以预料,小生产者的短视终将会阻碍这个中年汉子的事业的进一步兴旺发达。而江路生的父亲瞎老汉则是个不折不扣的墨守成规、与新时代格格不入的怪僻老朽,像个"花岗岩脑袋的幽灵"。他把技术员华良玉当成"长工",把华良玉提出的建议认作是想整垮江家,正如他解放前对付地主那样。在华良玉即将离开的那天夜里,他快要断气了,但他终归没有死掉。这使人想起保守落后思想的顽固性,它绝非一朝一夕就能彻底泯灭。

作品中三个年轻女性的思想性格迥然相异。尤金菊是个性情很泼辣的现代型女子,雄心勃勃于改革事业。她自视甚高、无所羁绊,富有一股火辣辣的闯荡劲儿。对于外表冷漠、孤身一人的华良玉一向不大在意,但在实际工作中经过一些磨炼之后,她却倾心于这位在高中和"果训班"的学友了,而且主动给他写信表达她的爱慕之情。这个一贯直言无隐的女青年曾对华良玉表白:"只有你和我热爱的事业才能拴住我的心。"她跟他志同道合,一道利用他们的科学技术创建果园是他们的爱情基础,这是正常的爱情抉择。二丫秉性含蓄,是个苦于心计的有能耐的农家女儿,她身上积蓄着力量,准备做个理家能手。她对家务心中最有数,但绝不轻言,一旦启齿,掷地有声,耐人寻味。诸如其父和华良玉之间的矛盾、大丫的失踪、尤金菊的"转包",以至自己的婚事,她都应付裕如,显得十分持重、胸有成竹。她的所思所想全然系于江家的兴衰,这也是她在爱情上失败的主要原因。与二丫形成鲜明对照的是那个身强力壮、有些傻气的大丫,形象是活脱逼真的。作品中的其他人物,如郑主任、尤队长等,尽管着墨不多,却也相当生动。这许多人物活现于作者笔下,共同组成了一幅反映我国农村现实生活的生动画卷。这些思想性格、精神气质各异的人物,似乎都可在当今生活中发见其原型,他们之间竟显得那么肖似,这种真实感以及由此而产生的这种艺术效果,应该归功于作品中人物性格的典型化。

作者在这部小说中,凭借长期的生活积累和娴熟的艺术构思,从各个侧面来反映进步与保守的斗争,使作品蕴含丰富而多彩。在描述华良玉的爱情经历时,始终与正在进行改革的果园紧密关联。华良玉和江路生因"间种""抽水机"问题产生的矛盾,随着大丫的求爱、失踪,而愈趋复杂化了。二丫为了留住华良玉以振兴家业,便设法调和其父与他的矛盾,并准备让他做"上门女婿";华良玉敏感到这是企图拴住他,以便永远做她家的"长工",在"摸着石头过河"的江路生的约束下工作,结果反而进一步加深了这个矛盾。恰在这时又闯进尤金菊,这不但不激化了矛盾,而且促使华良玉迅速离弃了江家。这三条爱情线索的发展,丰富、加深了两股势力的斗争内涵。其中有些情节带有传奇色彩,但又完全合乎情理,因为它们同人物的性格、处境相称,且都早有伏笔。

此外,作品以不同人物的不同经历,将时间、空间延伸扩展,使人物具有相当的历史阔度,这在华良玉身上体现得特别突出。这不仅充实了作品的容量,也进一步揭示了目前改革中出现种种矛盾和斗争的必然性及深刻性。华良玉的家庭不幸和孤苦境遇,郑主任的瞎指挥错误,瞎老汉的长工史……无不打着各个时代的烙印,引人深思,催人记取。我相信,对于了解农村情况的读者可凭借这些生动的艺术形象,正确认识党的方针政策的演变与当前农村出现喜人形势的根本原因。

这部小说的行文很流畅,充溢着清新之气。但其中有些叙述似嫌过于细致、集中,如果再写得精练些、安排得分散些,艺术效果可能更好。当然,因为我在病中,对于这部小说又只读了一遍,我所提到的缺陷也许并不存在,而我前面的分析和评价也可能不怎么准确。

据说,周克芹于前年下乡时,就开始酝酿这部作品了,构思时间久，生活依据是充分的，并且认真学习过"十二大"以来党对农业的方针政策。无疑，这些都是写好这部小说的重要保证。我衷心希望作者从实际出发，经过深思熟虑，为我们写作更好更多的作品。

1984 年 9 月 1 日

（原载《青年文学》1984 年第 11 期）

《新绿》题记

　　开始阅读这本小说，由于年老力衰，不无勉强，但当从"蜀光厂"跟随一位青年技术人员进入那座名牌大学，接触到她向之求教的老师周文的时候，我却颇有兴致地读下去了。而且还随手在刊物空白处写下摘要和简单评语，以便写作题记时翻阅。

　　小说读完后，花了约两天时间消化，同时也是休息。正准备动笔，全国政协会议开幕，当然只能暂时搁一搁了，横竖约定四月初旬交稿，而且准备工作（包括构思）早已做好，政协会议闭幕后，有两三天时间把所想到的写出来，便可完成任务。

　　事情真有这么遇缘：三月三十一日，由于三天前去郊外着了凉，病了。一日去医院，在作了三四种检查后，医生要我留下来住院治疗！还十分热情地为我向住院部联系。我于是在当天上午就变成首医的病号，接连三天不断地检查、输液……

　　写到这里，停下来回头一看，不禁哑然失笑：我是在为《新绿》写题记，怎么侈谈起自己的病历来了！赶紧回到正文上来吧！前面我说，一接触到小说的主要人物周文，我就被他生动的内容所吸引，颇有不一口气读完便不能搁下来的味道。

　　说起来故事相当简单：蜀光厂在引进技术中吃了亏，投产时才发现还得高价买一项流水作业自动线装置才成！买吧，得花大量外汇，也显得咱们中国人不仅容易受骗，也太没志气了！结果决定由加工车间技术员张薇负责设计。

张薇勇于承担责任，可也自觉才力有限，于是请求在设计期间到一座离厂不远的名牌大学找自己的老师周文讨教。因为这座大学是故事开展的主要场所，小说向我们提供的大专院校高级员工的生活情节，也就远比工厂丰富多彩。

作者毕业于理工科，在国防工厂工作多年，他的夫人又在大学工作，住家在教职员宿舍，因而对这两方面的生活经验都相当丰厚。加之，他远在青少年时代，就是新文学的爱好者了。十年动乱中，更立志从事写作，从各种极不平凡的经历和见闻中锻炼自己的观察能力，探索表现它们的形式。

当然，判断一部小说的成就，作者的经历仅有参考价值，主要依据得看它的人物形象塑造得怎样。而我之欣赏它，也正因为以周文为中心，作者为我们塑造了老一辈的徐鸿宾教授，青年一代的张薇，以及与周文同属中年一代、十年动乱中蜕化变质或思想僵化的曾一峰、李慧一类知识分子。

前面我说小说的故事是为设计安装一条自动生产线，其实这只能说是故事开展的依托。实际上，小说反映的是十一届三中全会前后为高级知识分子落实政策经历的一场尖锐复杂斗争。它使人感到十年动乱的流毒不可低估，爱护人才、保护人才的具体措施多么需要认真贯彻执行。

现在且来看看周文为人怎样，其遭遇又如何吧。这里不妨引用一下系主任徐鸿宾给他的评语："这个书呆子！'四清'中为说了一句真话，开了厄运；'文革'初站出来阻止对当权派武斗，自己挨了一顿痛打；'清队'中又因为同情一个素不相识的人差点送了命。他在处世之道上，实在太单纯了！"

随着故事的进展，单是通过张薇的回忆，周文在十年动乱中的遭遇，有的就远比"挨顿痛打"动人心弦。然而通观全书，令人触目惊心的，却是他在纠正冤案错案以后的遭遇。那些靠造反起家和不学无术的角色，李慧同曾一峰始终揪住平反时给他留下的尾巴，把他搞成编余人员不说，此后，还处处卡他。

李慧和曾一峰这一点上倒很认真，并不弄虚作假。按照规定，周文既不能教课，也不能利用实验室做实验，只能为曾一峰效劳，翻译一些他所需要的外文资料。但是，诚如周文一次向张薇表白的，"个人的处境怎样这并不重要，所以我不悲观"，因为"在我们前面有一条很宽广的路"需要"开拓"。

周文所说的路，就是响应三中全会的号召，为祖国社会主义建设在科学技术上进行开拓。而他所谓个人处境，则不仅指连实验室他都不能利用，这限制不了他，在工友黄老头帮助下，他已经可以在夜里摸去搞实验了。而妻子苏琼同蜀光厂的医生林渝飞私妍，才是他最大的不幸！

由于苏琼抛下他和儿女，搬到蜀光厂住，给他带来的麻烦真也不少。他不能把全部精力用在儿女和家务劳动上，却又不愿亏待儿女，只好用重酬请求妻子的姨母代为哺养。而他的日常生活可也够寒碜了，多少时候吃两个从食堂买来的冷馍就算一餐。但他并不在意，照样一个劲在科技路上进军。

"百折不挠"的确不易，虽然一贯坚强，但当已经出席科研组会议又临时被卡掉，不得不离开会场时，他不是步履飘忽，有点黯然神伤吗？而在李慧、曾一峰、林渝飞互相呼应，策动苏琼前去昆明，唆使儿女回家，叫喊要跟爸爸一道出国，不也弄得六神无主？而且忍痛作出一个无可奈何的决定，不要出国搞科研了！

而他的痛苦之深，便连在苏琼唆使下闯回家来拖后腿的女儿，也都感觉到了，一下变得很懂事，竟然劝说父亲按照原计划出国，表示她也可以照料弟弟。周文听了，又感动又心酸。当然，最后出面解决问题是张薇。她挺身而出，自愿为她的老师在出国三年期间负责照料他的儿女。

张薇已经三十岁了，尚未婚配，周文同苏琼的关系，又是那样的古怪，一些人更居心要在儿女问题上大做文章，这样一来也就必将招来种种闲言碎语。而她的兄嫂已经由惊怪而劝阻过她。但她毫不理会这些，决定帮助周文冲破曾一峰之流设置的牢笼。

　　周文而外，张薇在小说中的地位相当重要，作者对她也刻画得不错。这个诨号冷美人的青年科技人员，是颇有特色的。她不止排除了风流医生林渝飞的纠缠，也不愿在兄嫂策划下继任什么厂长夫人。但是她并不"冷"，她对周文的感情就很热烈，同时又很克制，处处当心不损害对方。

　　张薇的事业心也很强。照理说，第一次出国被卡掉，她很有条件进行抗争。但是她想，在国内一样可以学到本事，紧接着就一心扑在轴加工自动线设计上。而从她整个性格说，张薇的精神生活可也并不偏枯。元旦那天，她同徐彬彬一道在周文家里的思想感情，就跌宕多姿，细腻丰满。

　　作者笔下的人物性格，一般说都是多层次的。周文、张薇不用说了，对于老教授徐鸿宾，他也没有简单从事。当周文被李慧从科研组卡掉，在同这位总支书记直接抗争失败之后，他又立刻气势汹汹去找他的女婿、校党委副书记齐琨，提出让周文离开本校，到另外的单位去用其所学。

　　在这场会见中，老教授义愤填膺，雄辩滔滔，对十年动乱，乃至这以前在"左"的影响下，学校浪费人才的错误进行了尖锐的指责。而且警告对方，对于周文的调动问题不能拖延。可是，到了除夕之夜，在自己为两位北京来客借周文家安排的那场会见中，他却又多么善于交际，从容不迫，谈笑风生。他还尽力让周文能无拘无束，畅所欲言。

　　正是由于老教授的精心安排，周文这匹千里马终于得到了高教部的支持，可以随同那位美籍华人学者出国，为射流这门应用科学开拓一个完备的理论体系。曾一峰之流，这下再不能利用那个政治性的尾巴来卡他了。而由于周文这个老大难问题得以解决，校内的反应十分强烈。

由于是名牌大学，恰好那段时间已经有几批人陆续出国，可就没有这次这样轰动。启程那天，不管识与不识的人，议论纷纷。还有人燃放春节时留下的鞭炮。唐彼德更把两条写有贺词的红幅高挂在楼门口，立刻迎来一片掌声。这一盛况的出现，曾一峰当然无法理解，只能目瞪口呆。

且听唐彼德怎样回答他的追问吧："人们是为周文高兴，为学校高兴，也是为自己高兴。"这个回答相当确切，因为小说主要就是反映落实知识分子政策过程中的尖锐复杂斗争。这也是每个知识分子最关心的问题。因而由于周文的问题终于圆满解决，人们也就从他看到了希望。

这个结尾我觉得很不错。它把小说的主题思想画龙点睛地突出来了。而由此可以看出，作者相当清醒地认识到文学创作的崇高使命，为振奋民族精神具有强烈的使命感和责任感，因而通过小说中的人物形象，可以看出他对生活的满怀激情。

而且，不管是对周文、张薇和徐鸿宾，抑或李慧和曾一峰之流，作者不是靠贴标签，而是用他们各自的言行来帮助读者对他们下判断。这是不容易的，缺乏生活，或者缺乏对生活的洞察力，都很难做到这一点。实验室那位黄老头，作者无疑十分欣赏，可贵的是，仅凭两三个行动，几句对话，人物的性格就突出来了。

这不是例行公事，赞扬一通之后，照例要谈点缺点或不足之处。因为我赞扬，来自我阅读时的直接感受；但是，读完之后，掩卷深思，也的确感到还有不足之处，主要是笔墨有些分散，故事发展不够集中，这多少削弱了小说应有的感人力量。

作者告诉我，出版单行本时，经过修改、加工，已经将原有的十四万余字，扩充到二十二三万字。由此可见，小说在《红岩》发表后，评论家的评价和读者的反应，曾经引起作者很大重视。

可惜我不曾读过小说的增改本，但是可以相信，增改本一定优于旧本。而且，就拿旧本来说，尽管结构上有分散、零碎的弱点，这本小说确也值得一读，读后绝不会大呼上当。

这理由很简单，因为它相当真实地反映了我国知识界某些生活侧面，赞扬了一些人物的道德风尚。而且让我们看到：人尽其才、才尽其用的用人之道，通过斗争必将逐步在四化建设中发挥巨大作用。

一九八五年四月九日于首医 310 病室

第三辑

一点意见

国防文学，这不是一种学派，也不是一种主义，而是以现阶段的现实为依据所提出的一种广大文学活动上的标帜。正因为这样，所以这口号并不显示出一种集体的立场和创作方法上的规定。它仅只提出了怎样的主题和题材是目前最中心的，而要求一般创作者来履行这一任务。

我自己是接受这口号的，因为一个创作者既然应该用他的笔为时代社会服役，我是没有权利来拒绝一种正当的任务的。并且说句扫兴的话，就是因为经验的限制，我只能接受而不能履行，这至少也可以给那些能够写作这种主题的朋友一点鼓励。何况依照国防文学的主张甚至解说，它的题材并不限于义勇军的抗战，也没说过，若是站在一种正确的立场所创作的别样主题的作品，便会毫无意思。

关于这问题的原则上的争论，已经充分了，并且已经得到普遍的响应。我想，倘是没有别的有力的反驳，我们今后应该从事于一种具体的批评和创作的建立。

（原载 1936 年 8 月 10 日《文学界》第 1 卷第 3 号）

在《小说家》座谈会上的发言①

我有点意见要说：最近文坛上，有过一点使大家迷惑的事。这是理论家们和批评家们的宗派观念所造成的。大家知道：在座谈会刚刚开始的时候，欧阳山曾经约我和荒煤、艾芜加入，我答应考虑。刚才所讲的，就是我加入《小说家》座谈会所以很迟疑的原因。现在我加入，正因为要打破这种本来没有的宗派观念，另外还想跟大家给新人一点帮助。这种宗派观念的造成，并不是在认识上有什么不同，不过是由于几个私人间的关系，看来似乎就形成了两大派或两个以上的派别。我当时因为别人那样的看法，也就不得不稍加考虑。现在看到《小说家》根本没有一点宗派意味，所以我才毅然决然地加入。

我加入座谈会有三个目的：一，我觉得我们不应该有成见，不要因为私人的关系，造成宗派，给读者以不好的影响。二，我觉得我们用自由谈话的方式来谈，一定比那些理论家批评家的长篇大著还要中肯，因为我们都是写小说的人，比那些理论家批评家更知道创作的甘苦。三，是帮助青年作家看稿子。

我读了《小说家》以后，我有两点意见：第一，关于补白，我以为在现阶段，对于刘西渭，苏雪林，不应该杂感式地攻击他们，杂感式

---

① 在《小说家》月刊 1936 年 10 月 30 日举行的第二次座谈会上，作者发言前后共十次。这里选收的是其中两次比较完整的发言记录，其余插话式发言从略。

的文章没有力量，我们应该用严正的态度批评他们。第二，我觉得胡风先生的文章可以不登，因为我听到一些不明了真相的人许多的话：他们疑心这是胡风的杂志。现在为消除这种误会起见，暂时不妨不登。上次欧阳山来征求我的意见的时候，我就对他说过；任叔给杨骚的信里也这样说过。现在，两个口号的论战这回事还未完全成为过去，这种有引起误会可能的文章，我想暂时可以不登。

我有三点声明：第一，我不否认理论斗争的重要。第二，我之所以要提出这个意见，完全是为了事实的确是这样子的缘故。因此第三，不但胡风，凡是足以引起外界误会的人的文章，暂时一概不登。现在，只要创作家们先联合起来，打定一个基础再说。

（原载 1936 年 12 月 1 日《小说家》第 1 卷第 2 期）

民族形式问题

关于民族形式这个用语我个人的理解是这样：在一方面它是指作家应该站在人民大众的立场，民族的立场，用民间活的语言来描写他们的实际生活，他们的苦乐和希望，这是第一；其次，在另一方面，它是指对于长久地、广泛地存在于民间的，曾反映了民族生活的某一方面的旧作品形式的利用。

在第一方面我不想说什么，这是不会有什么论争的。值得解说一下的倒是旧形式利用的问题。

其实我的意思也很简单：在动员广大的民众起来参加抗战的前提下，把旧形式利用作为目前文艺活动的主力，这是极应该的。从文艺本身上说，它的活动也能给新文艺以若干新的刺激和营养，并且把大众的鉴赏能力提高，使其逐渐接近新文艺，加速文艺与大众结合的过程。

但我却不同意把旧形式利用在文艺上的价值抬得过高。因为我们不能不承认决定一篇作品的价值和意义的主要因素到底是内容，是作者的观点和精神，而不能是附属于内容而存在的形式。实际的例子我们可以拿鲁迅先生的作品来说。

我想，谁也没理由能够反对鲁迅的作品是中国文学上最民族的这个事实的吧。但在形式上，除却若干语类，句法，以及他那朴素的式样，他的成功却主要的来自一个现实主义者所必不可少的写实手腕；

然而这大半是从世界文学来的，鲁迅先生自己就曾经感谢地提到过果戈理和显克微支等人。

若是我们把他的《怀旧》拿来看看，问题也许会更明白一些。因为这篇作品外形上的主要特色，是文言，而且是十分古朴的文言，但在这篇作品里活着的傻瓜财主，冬烘老师，以及那个含着烟管闲谈长毛造反的老者，他们能够以一个活生生的中国人露面的最大原因，依旧不是他那古朴文章，而是他那极端现实主义的技巧。

因为这点差异，我们还不妨顺便大胆地在这里下个判断：和鲁迅先生在古文上有着同样造就的人也许是有的吧，但若没有对于世界文学的滋养，他是断不会写出《怀旧》那样光辉的作品来的。

我以上的意见只在说明这一点：在抗战宣传上，在当作大众和新文艺结合的桥梁上，旧形式利用虽是一桩主要工作，但我们不能奢望利用旧形式可以立刻收到丰富新文艺的效果，这好比是一桩沙里淘金的工作，因为接收遗产主要是学取它的创作方法和描写技巧，而现实主义在中国的文艺传统上却非常薄弱，写实的技巧更是很简陋的。

因为在关于小说的旧形式利用方面，我们还没有新的发现，一般只能举"五四"时期早经提出来的东西，而小说本身又是资本主义社会的产物，在这方面旧形式的利用，自不免有很大限制。至于文艺的其他各部门，因为各部门的不同特性，以及它们各自在传统上的强弱，在具体提出问题来的时候是会有差异的。但我却亲身经历过这种事实：话剧这个道地的新形式是相当受群众欢迎的，特别是在文化水准较高的冀中。

并且就拿诗歌来说，虽然我也同样外行，但我却有着一点和热衷民歌民谣的朋友相同的成见：在行数较少的诗篇上，歌谣的利用是会成功的，然而我们却不能把这一时代诗的任务搁在短诗身上。并且他们忘记考虑一件事实：民间好的歌谣虽然极为可贵，但这些东西多半是好多年以前的产品，在经过了三十年来社会种种巨变以后的今日，他们的感情和思虑，是不会像从前那样简单朴质的。这只需看那些在民众当中流行的仅仅是新式救亡歌曲这个事实就可明白。

我这样说也许会引起人反问，你是在谈旧形式利用，而你又滑到它的内容问题上去了。不错，是这样，然而我的用意却在说明一个简单的原则：形式利用之差度的标准是依赖于内容的差度等等的。这里最为人知的证据是："五四"以来新文艺为什么一直承受着各弱小民族和俄国文学的影响。所以我不赞成在文艺价值上把旧形式估价得过高，因为目前民众的现实生活已经和旧形式当中所表现的有着相当的距离了。

但是另一方面，我们也不能说新文艺毫无缺点，可以闭着眼睛发展下去。首先，在民族形式的大原则下，我们应该以"把中国人描写成一个中国人"当成我们的日常课题，因为毫无疑义的，在一小部分创作上，我们所描写的人物还不大中国化，即使好一点的也没有表现出民族的一般特点。对于这一点我是相当乐观的，因为抗战已经把作家重新输入民间，而在抗战的这个激剧的变动下，民族的特点也必容易显现，因之也就容易把握。

说到形式，我们应该力求写实技巧的把握，而以人物环境在客观上之真实性作为我们的标准。并且为了把读者扩张到广大的群众中去，为了避免空等老百姓文化水准的提高，一切随着生长病和由于生活空虚而来的字句上的花饰都该在我们摒弃之列，使得作品尽量简洁明快。这是目前新文艺大众化的道路，也是创造民族新文艺的正轨。

（原载 1939 年 11 月 16 日《文艺战线》第 1 卷第 5 号）

在民族形式座谈会上的发言①

同意艾青的意见，中国的民族形式是不能离开现实主义的，一切的误会同论争都是从看法的错误而引起的，一般的讲法，把形式看成章法，和旧形式大众化发生混淆。我觉得应该把它看成现实主义的口号。一般人反对欧化，其实同"五四"前后的二十年比较起来，就有一个很大的差别，前十年用旧形式的很多，后十年在狭义的形式上讲才欧化一点，在反映中国现实的问题上，后十年比前十年进步。对于旧东西，应该是从过去的历史，或好的语汇上去采取利用，语言重要，但最主要是创作方法。创作方法对于一个作者是非常重要的，譬如：鲁迅先生用文言文写的《怀旧》，所以那么深刻，就是因为他还是利用了欧洲文艺的创作方法。我们理想的民族形式的目标，总要做到为一般大众所接受所享受。这理想是与民主政治有整个关系，要使一般大众能有机会受教育，才能理解文艺作品。要想达到这目的，我有两点意见：一、在内容上只要是站在大众的利益上，能有艺术的成分，虽然不为大众所理解，也不能否认他的价值，在不损害艺术价值外，努力使之为大众所接受。二、发动大多数喜好文艺者及知识分子，从事通俗化运动，将来这两条道路的汇合是可能的。

---

① 民族形式问题座谈会，由重庆《新华日报》副刊《文艺之页》召集，1940 年 6 月 9 日在重庆一心花园举行。

音乐最能表现民族的特殊性，一个民族的歌乐，是最能传达出它自己的特殊的生活情感的。

战地里是迫切需要知识分子，做文化工作的；大概越是到战地里闯过的，越是感到文艺通俗化的重要。巴金的小说对中学生的影响是很大的，对黑暗面的憎恨，影响了青年，走上了革命道路，这是说明着新文艺的力量。战地里，有的地方喜欢旧剧，有的地方就不然，喜欢话剧，各地发展的情形是不平衡的。从前鲁迅先生说过，翻译东西，通俗本也需要的，但主要的是真正的翻译。

（原载 1940 年 7 月 4 日《新华日报·文艺之页》第 13 期）

从三年来的文艺作品看抗战胜利的前途①

就我看过的作品概括来说，越是和抗战接近的作品，看到光明面越多；反之，离开抗战遥远的作品，大都是暴露的、讽刺的。如《支那傻子》，无论故事与人物都似乎很落后，然而，作者处理这种落后的故事与人物却对抗战起了积极的作用。又如《文艺阵地》上发表的《村长》，写的是昏庸无知的，一向吃惯了人，到抗战中还要吃人的人。

暴露和讽刺对于抗战不但无害，反而有利，鲁迅先生的文章除了讽刺、暴露之外，最多的也不过反对愚民专制而已。"抗战建国"的口号为什么连在一起？因为在抗战中某些方面要求改革，要改革才能建国。离战争较近的地方，要求改革迫切，是积极的；离抗战较远的地方，这种要求减少了，所以只看到一些暗影，然而，对这些暗影加以暴露，加以讽刺，还是在要求改革，并不是消极的，仍旧一样地是积极的。

我的意见跟田先生的没有冲突。因为从抗战的全局看，乐观是当然的，而作家所憎恶，所讽刺的，是全局中间的片段。而且，事实上表现在作品中间的光明面比黑暗面多，描写光明的作品也比描写黑暗的多。这是因为抗战本身是在进步着，一天比一天更接近光明。至于

---

① 这是作者在四川《新蜀报》副刊《蜀道》于 1940 年 10 月 8 日举行的一次座谈会上的发言。

日苏是否将来会成立一个互不侵犯协定，这个可能我以为是有的，但是，若说苏联因此会帮助敌人，这绝不可能，因为这是违背苏联的立国精神和基本国策的。

（原载 1940 年 10 月 10 日《新蜀报·蜀道》第 252 期）

怎样改良乡村教育①

……而中国古朴之人民，二十余年来，唯有长期困顿于炮火中，人命比蚂蚁还要贱似的大量死亡，农村凋敝，都市萧条，野寒饿殍，道载流亡，这样我们还希望在此期中，教育的进展，亦有收成吗？

（b）天灭疾疫威迫下的国民教育

再就天灭疾疫而言，中国的教育也是屡挫屡战，今日世界文明各国，大抵都能以科学之力量预防灾祸之侵袭，所为"天灾"一名词，他们是不把它放在眼里，本不屑道，然而，我国对于天灾疾疫，在先没有预防抵抗的实力，在后亦缺善后办法，人民只能逆来顺受束手待毙，政府亦置之满不在乎，都委诸"天命"，委诸"定数"，任其蔓延；人民死亡枕藉，中国人民生活便是这样长期困顿于灾荒疾疫侵袭迫害之中了，现阶段的国民教育，亦能希望有进展的吗！总之，中国的教育，过去一切都是落后，一切都是黑暗，如鬼穴，浊污如死水，现在亦正承继过去的流毒，纷如乱丝。这种顽丧现象，在在是有识之士，感觉到切肤之痛。若不速筹一策，长此而下，大好国家，仅有在世界新潮流中，遭受覆灭的危机！

---

① 此文为残文，开头部分缺失。

B 怎样改良乡村教育

（一）改良乡村教育中的几个先决问题

中国乡村教育的落后，的萎靡，的内在矛盾状态，由上面概略的检讨，知道都是吾人所目睹身受之事实，今后的挽救，乃系急不容缓。然而，要挽回中国乡村教育的僵局，实非如以往一般纸上的嘉言谠论，毫不实质适合现阶段中国乡村情势的清调言谈，所能凑效。原来依过去的经验，所谓中国现代化运动中的中坚份子，许多足不履乡村的人，而大言特言怎样复兴农村；身不入工厂，大论特论劳工运动，此种纸上谈兵，何能裨益于事实，甚至有许多自命为聪明智慧的人，眼看着国内此种矛盾纷乱的状态，异常悲观，于是徘徊犹豫，或学学隐士的臭派头，勉强设法要与世拒绝，脱屣世事种种无利于己有害于国家社会之思想，无所不有，故欲促进中国今日之乡村教育，以下列举诸中心问题，略述于下：

（a）解放农民生活为中心问题

我国农民现在所处的境遇，是困顿于生活没有把握的歧途中，在这种境遇之下，唯有借资政治力量，切实弥补农村经济的缺憾，努力固定农民的生活经济基础，至于要如何弥补，如何救济，其方法，自有许多农事学家可以指示出康庄大路来，这里暂且不要提及。假若这一步工作不能做到，则势必致到乡村中虽设有学校，亦无学生。因为农村家庭生活自身没有把握，焉能送子侄去上学？纵是施行一种强制手段，硬要学生捱着饥饿去受教育，就是这一点能办得到，结果我敢断定，亦是徒然！所以我们以后的复兴农村教育运动，应当打破一切玄虚空洞、破粹支离的理论，实践努力谋解决破产农民经济的复兴，一切的教育施行，都应以这个鹄的为骨干。

（b）发展消灭文盲具体任务

我国文盲之多，特别是内地乡村，真是令人思之悚然！我们际此复兴乡村教育声中，既解决了中国民族所遭受的一件最惨痛的事情——国民经济破产——后，我们为什么要推行消灭文盲，那是很简单的；我们是要踏入国民教育普及的轨道了，因为农村的民生问题，既然得以解决，当然我们是要自由发展我们的识字运动，至于推行种种识字运动，以及强迫乡村教育的方法，固然另外有许多教育学家可以指摘出更适当的门径来，这里也暂且不赘述。

（c）平均发展城市教育与乡村教育

中国近年来之教育，完全是一种畸形的发展，城市上的教育实施，在各种努力之下，一天渐有抬头一天，乡村间的教育，则一天比一天衰落；城市上的大学，设了许多，而乡村间的小学，至今还丝毫爬不上一条正轨；市上的人们，大谈什么学术主义，什么科学的摩登时代，乡村人听了这些话，像是门外汉，完全不懂，且文盲在十分之九强。这样以来，教育无形中都成了城市的专利品，无形中禁止了乡村人来染指，这未免过分的不公平吧？应该极力谋个救策，设法疏散城市中失业的知识分子，下乡村去从事开拓乡村的教育大道，务祈城市与乡村的平均发展。

（二）乡村教育经费宜设法独立

教育经费不独立，教育前途的命运，便缺少保障，这是吾国历年来教育界上所呈现出来的劣现象，一般教育界同人，因为经济之威胁，生活无把握，为着挣扎计，不得不与教育事业绝缘，改造谋生办法，且学校因经费的不足，办得不三不四，设备完全不周，像这种环境之下，教育前途还有曙光吗？

除此而外在消极方面，我们应当来反对一切不合适中国现状环境的外文化侵略，国内尽力扫除封建意识的封锁，摈斥一切空想浪漫颓废的教育精神，如此，然后可以使中国乡村的教育蒸蒸向上了！

（原载《新江》半月刊 1940 年第 2 卷第 6 期）

向生活学习

最近被一位朋友拉夫，我有机会看了一批青年朋友的习作。在这批习作当中，可用的虽然极少，但就所有作品的取材和题旨来说，一般的倾向，却是极可喜的。我没有从中发现目前创作上使人焦灼的两种危机，那就是色情描写和旁观主义的趋势。

这批稿子在题材方面多是取自大后方的农村社会，题旨则在揭露土劣的剥削，所有新的措施引来的使人哭笑不是的后果，以及雇农佃农的不幸遭遇。而他们之所以如此开始他们的写作，却又并非由于一种空洞的观念驱使，显然是从实生活出发的。这从他们的用语和乡土气氛中便可得到明证。

就事论事，我的所谓可喜，也许并不算轻浮吧。因为单就做人来说，思想、态度也该是第一等大问题，而一个蒙昧昏妄的人，是断不会接触到生活的真理的。即或偶尔碰上了，他也会有意无意地给它以歪曲，粉饰，或者抹杀了它的严重的意义。一个荒淫无耻之徒，他会把民族的苦难当回事吗？

然而，我所读过的习作的一般作者，虽然在思想态度上有着可喜的倾向，却并不很成熟。而且，也正因为这样，他们的作品还存在着不少的缺点，描写的不亲切，和人物的概念化。这可以说由于观察不深。但更为切实的说法，则是由于并没有有意识地进入生活，向它毫无止境地掘取创作的源泉，仅仅在一种义愤的鼓舞下，动手写出自己并不深知的东西。

这种创作态度，可以叫作即兴式的。这也会产生一篇两篇成功的东西，但如果企图把创作当成终身事业，全力以赴，这却显然不够。因为创作是和别种文化工作稍异其趣的，我们的歉收丰收，几乎大部分仰赖于生活知识的获得。幻想，以及聪明智慧的帮助是极有限的，我们不能过分仰仗它们。

但自然，对于名著的研究，于我们也是不可少的条件，而我所读过的几篇稿子之所以失败，部分的原因，也可以说来自修养的不足。因为所有的名家的灿烂的成果，不仅可以启发我们的智力，使我们能于得到一种适当的表现的方法，而更为重要的，是我们可以借它来训练我们自己一切应付生活的机能。一礼拜前，几个朋友聚在一起闲谈。其中一位，忽然提出一个问题要大家发言：在同样的生活环境当中，采取了同样的题材来写，为什么有的表现得亲切，有的格格不入？最后，大家归结到"感性"的强弱不同，而感性的差异，则一半缘于天禀，一半由于修养；不过我却尽力强调后者，因为我就不相信天禀的不可变易。

其实，关于上面提出的两点，即有意识地进入生活，向生活学习，与同增进自己的思想、修养来加强"感性"，不仅对于初学写作者有其必要，对于既成作家，也是很重要的。然而，由于种种特殊情形，既成作家却每每忽视了这个。这一方面是由于作家的活动受着种种的限制，一方面则由于作者自身的惰性使然。因为只要你成功为一个作家，你就不必愁稿子没有出路了，似乎随随便便都可应付过去。

我上面所说的既成作家，是连我自己也包括在内的，同时也有好多人不在数：比如说吧，那些常常使我羡慕，有权利跨进任何生活部门的若干作家兄弟就不在内，因为他们就不会遭受到客观情况的限制，可以随心所欲地深入农村，或者到前线去。我所说的，是一部分置身大后方的作家，特别在自己的创作上感到苦闷。

过去三年，我是在农村里度过的。我最初的希望总以为自己可能更加接近我想知道的农村社会，而由于种种出乎意外的挫折，我失败了。然而，这些客观条件造成的失败，是否可以为我自己在创作上的不进步作辩护呢？我在起初是曾经把它们用来作盾牌的，但是经过长久的反省，我可认为问题的一面在我自己。

首先，在这三年里面，我的生活范围自然是很狭小，但是在这个狭小的范围当中，我又何尝认真地生活过？何尝正确而深入地理解了在我周围的人物事件？其次，我所能接触的并不局限于农村小市民以上的人物，但我所写出来的一些东西，却全然以他们为对象；而这就恰恰证明了我的疏忽的可怕！

这是一个思想态度的问题，我希望在这个问题上能够展开一番热烈的讨论。而且以从事创作者自我检讨为主，少谈一些空空洞洞的理论。

（原载 1944 年 12 月 20 日《青年文艺》月刊新 1 卷第 5 期）

从批评说到改造

在成都文联第一次筹备会议上，李有行先生曾经感慨于目前专业作家之少，和专业作家之不容易培植，因而主张对于一般工作积极的专业作家和青年作家的作品，不必急切地进行批评。

李先生语重心长，他的情趣，我自信是颇能理会的，但我却不同意他的主张。因为毫无疑义，现在团结在成都文艺界各协会的工作同志，一直都在不同的程度上向着毛主席所指示的文艺方向前进，试图通过自己的业务为人民服务，为新中国建设服务的。这也就保证了他们不会经不起批评。因为他们一定会感觉得自己一份工作的庄严意义，而不是什么个人的自我表现，听见批评就感觉不好受。

诚然，解放前成都曾经出现过不少"左得可爱"的批评家，他们专打坐地冲锋，他们经常骂倒一切。李先生也许记忆犹新，专指这样的批评家和批评说的。但是"左得可爱"不一定就正确，而且一定不正确。更重要的，在目前坚强的政治领导下，一切没有原则，没有分寸的批评必无立足之地。而一种正确的批评对于作家是只有帮助的，因为它的目的在于使作家工作得更完善、更顺利，而不是打击、抹杀，或者要你搁下笔让他一个人称孤道寡。

抗战初期流行的所谓套子主义，大家想起来自然也可能生疑虑。但是我们不要忘记，现在是一九五〇年，中间曾经经过整风运动，经过延安文艺界座谈会，而且成都已经得到了解放。因此一切变相的公式主义，至少不会再像从前那样猖獗。而我们在成都看见听见的将是另外一种情况的新的批评。这种批评的主要特征之一，比如说，当其批评沙汀某一作品的时候，它会首先估计到沙汀现在已经达到的政治艺术水平；其次，它会肯定这个作品可能有的优点；最后，就是上面说的，它的目的是在帮助沙汀从已有的水平上提高一步。

像这样的新的批评，我以为是用不着忌讳的。因为我们谁也不能说我们作品已经达到了至善至美的境界。其实至善至美和俗话说的"走抵住了"相近似，依我看并不是好现象。当然，李先生的主张不必对业余作家、青年作家进行批评，只是以为他们纵令有缺点，也该予以原谅，而出发点则是爱护。但是爱护是多种多样的。中国早就有句成语：君子爱人以德，因为放任似的爱护每每得到相反的结果。特别对于青年作家，放任有时很可能就是一种毒害。

但是我之所以这么主张，本意倒还在这一点上：大家是光荣地解放了！望眼欲穿的预期已经变成了可以感触的现实。那么我们将怎样来迎接这个史无前例的伟大的新时代呢？作为知识分子来说，首先得提到我们工作日程中的，应该是无所推诿的自我改造。因为如果不搁下旧包袱，但等热情消失，我们将会感觉得同时代格格不入，这是消极方面。积极方面，到了一定时间以后，我们将会感觉得空有大志，一事无成，结果只落得一个丧气！

这一点也不夸张，时代往往就如此不通商量。它不会迁就任何个人，也不会因为任何人的唉声叹气回头一顾。唯一的办法只有你紧紧跟上它走。最近《新民晚报》副刊上陆续发表了好几篇费孝通、罗常培、冯友兰诸先生总结学习的文章，这就更证明知识分子的改造并不是什么人的私见，事实上已经在全国成了一种热潮，而从这里面我们看到了改造的苦闷，乃至痛苦，但也看到了因为思想感情转变而来的心安理得，同时它们是那样感动！我们仿佛直接接触到了所谓知识分子的良心。

因此，不提改造算了，要谈改造，不仅外来的批评有其必要，还得加上自我批评。而且，不仅要以作品和创作过程为对象，还该以我们应付日常生活的看法做法，和自然流露出来的感情为对象。当我们想起鲁迅先生的时候，我想谁也会承认他的伟大，承认他是中国近代文化知识界的表率。因为正如毛主席说的：他是骨头最硬的共产主义者，从未站在时代后面。但是鲁迅并不是一直就如此的，当他从早期的个性主义转入集团主义，从进化论转入阶级论的时候，其间就经历过一个严肃的改造过程。比如，关于他介绍马列主义的文学理论这一工作，他就喻为向外国窃火来煮自己的肉。

如上所说，自我改造的问题，对于每一个不甘落后的知识分子，确是头等重大事件。我们的文艺工作者几乎全都出身知识阶层，自然更有这个必要。我说更有这个必要，因为首先，我们一直生活在蒋匪帮的黑暗统治下面，从未有过政治上思想上的坚强领导；其次，我们的工作特性，一般说来是以感性为基础的。在创作之前，我们得依靠它吸取生活的营养，而当创作开始之时，我们又需通过它才能给作品以血和肉。但是经由理性接受一种思想比较容易，如果企图做到感性生活也同思想完全一致，这就必得花更多气力。而我们又必须如此才能顺利进行工作。

成都解放后两个多月以来，在文艺界各种座谈会上，在多少次私人谈话当中，我们可以看出一个共同愿望：学习毛主席的文艺方向。这是好的，但是学习毛主席文艺方向的第一课，也就正是怎样来进行我们的自我改造，达到"自己的思想情绪与工农兵大众的思想情绪打成一片"这个目的。否则，尽管你在口头上理性上承认了他所指示的原则原理，当你在工作上开步走的时候，你会立刻感觉到步步难移，没有一件事顺畅。至少你不会创作出真正为大众喜闻乐见的作品，有的只是辞藻主义和公式主义的作品。

诚然，自我改造不是一件容易的事，我们不能性急，我们得把完满的结果期之于三年五载以后，并且准备经历一份痛苦的磨炼。但是作为一个知识分子，我们当中什么人又没有经历过思想上的苦闷和痛苦呢？但是我们现在却比以前幸福，因为方向是确立了的，路是铺好了的，而我们每个人又都或多或少有过精神上的准备。问题只在立刻放下决心，付之实践；否则我们势将辜负这个伟大时代。

一九五〇年四月七号

（原载 1950 年 4 月 10 日《川西日报》）

对于开展西南文艺工作的几点意见

——在西南文联筹委会成立会上的发言

西南文联筹备委员会今天正式宣布成立，我以为是最适时的，有他特别重大的意义。因为蓬蓬勃勃的抗美爱国运动，正在全国范围内展开，而西南又解放较迟，帝国主义反动思想还有深厚的影响，我们必须通过各种文艺形式，加强爱国主义的思想教育。同时，在这个伟大爱国运动的影响之下，刘伯承主席去年九月曾经在第一次西南军政委员会全体会议上提出，而为会议通过，早已付诸实施的十二项关于西南工作的任务，也因获得了新的力量，正由各方面的工作同志怀抱着无比的热情和革命英雄气概，加速促其实现。因此，西南文艺界必须进一步团结起来，组织起来，才能发挥文艺的最大作用，达到它联系实际，配合政策的任务，这是一方面。

另一方面，自从人民解放军向西南进军以来，直到西南胜利解放，随着军事上的胜利，西南各地的新的文艺运动，在部队文艺工作同志与当地文艺工作者的积极努力之下，迅速发展起来。到了目前，各省、区、各大城市的文学艺术组织也已相继成立，并且做出了一定的成绩。但是，这些成绩，若果同解放以来，军事、政治、经济、社会改革各方面的伟大成绩一比，就会显得我们的文艺工作还远落在现实发展后面。这里面原因很多，但是西南文艺运动至今没有一个总的指导机构来负责交流经验，总结经验。若把这些总结出来的经验制成方案，提供各地采择，以使大家步调更为一致，力量更为集中，却是一个基本关键。

现在，在各首长的领导督促之下，在同各地文联普遍交换意见之后，西南文联的筹备委员会，今天正式成立了。作为筹备人之一，我想趁这个机会谈谈今后文艺运动当中几项主要工作：看我们的工作哪些方面还存在着问题，如何寻觅解决途径？哪些方面还应该加强？哪些方面的工作还未动手，应该如何动手？以备各首长各同志指示，并作为今后研究工作计划的基础。

一、团结组织工作

团结组织工作，是我们文艺运动中的骨干工作，也是一件繁难工作。但是我们有两项绝对有利的条件：伟大的毛泽东文艺方向，和大家一致的全心全意为人民服务的决心。因此在团结方面，我们大体做得是不错的。而且就在这个初步的团结基础上，西南地区各主要城市的文联筹备委员会得以先后成立。但是在团结组织方面，我们是不是没有缺点了呢？在短短一年间，如果要完全没有缺点，已显然是不可能的。比如成都的团结组织工作，大家都一致认定在基本上是成功的存在，但是经过川西文艺工作会议的检讨，我们发现在这方面还多少存在有关门主义的缺点。而由于这个缺点的发生，致使个别朋友还被遗留在组织外面，有的虽然同我们站在一条阵线上了，实际上并未发挥一定的作用。另外一个缺点又恰恰相反：在已经团结起来的文艺工作者之间，存在着迁就主义的倾向，而如果我们在团结的前提下，充分发挥了批评和自我批评精神，大家在思想上政治上的进步、成绩将会更大，团结的基础将更为巩固。别处的情形，我还没有全面的了解，但是不管如何，为了把团结组织工作做得更好，我们得在共同纲领的基础上，更为广泛地团结起所有拥护共同纲领、赞成反帝反封建的朋友，并积极发挥其可能发挥的作用。

二、配合当前政治任务的文艺宣传工作

文艺活动应该密切联系实际为政治服务，作为宣传教育人民的有力武器，这已经成了一切进步文艺工作者所肯定、所拥护的铁的事实。这种宣传教育的作用是很大的，它与当前的实际斗争联系得愈是密切，它的政治性愈强，它的作用也就更大，它本身也是群众斗争的非常重要的一翼，我们应该认为这是我们的文艺运动的主要活动部分，也是我们文艺工作者参与日常政治斗争的主要武器之一。西南解放以来，特别是抗美援朝保家卫国运动开展以来，西南各地的文艺工作者已经在这方面做了不少工作，尤其是美术、音乐、曲艺方面如此，但是它的效果还没有达到最高水准，而且往往事过境迁，没有抓紧机会坚持下去，发挥更大的政治教育作用。两个月前，川西文艺工作会议上曾经作过检讨，一致认为缺点是从这样几方面来的：一、把"赶任务"误认为临时应急，以致多少损害了为政治服务的严肃立场。二、对当前政治任务缺乏深刻的讨论、钻研。三、没有足够的同群众联系的生活基础。四、发动和组织工作做得不够机动周到。这种情况，别的地区或许也存在的，因此，为了使我们今后对于每一当前政治任务配合得更好，特别是对于抗美援朝运动的进一步开展与深入要起到应起的作用，西南文联应该根据各地的实际情况，接受全国的经验，在我们现有的工作基础上，加强此工作。

三、积极组织创作活动

一般创作活动，和配合当前政治任务的创作活动，在基本精神上它们是一致的，而不是互相对立。因为任何一种创作，如果它离开实际，如果它与政治无关，虽然这种创作不是反人民的，至少必不为人

民所接受、所欢迎。从而全心全意为人民服务的话也就成了空谈！它们的区别在于：前者的创作主要以短小精干、灵活轻便的形式为主，比如鲁迅先生投枪式的杂文；一般创作，则主要是指规模较大，在时间上无须急于完成的作品而言。而我们现在同样需要这一类作品，也应该积极组织这一类作品的产生。因为西南解放一年以来，我们在军事、政治、经济、社会改革各方面的突飞猛进，需要我们去作正确生动的反映，以提高广大人民对于国家的热爱，和对于祖国发展前途的无限信心。同时，在抗美援朝的伟大的爱国主义运动中，我们还该通过各种文艺形式，在思想战线上付出最大的努力。在主观上，我们在完成这一任务上是具备了一定的条件的，因为解放已经一年，通过理论学习、政治学习和种种文艺活动，我们一般文艺工作者在思想上已经有了初步的改造。因此，目前的问题在于我们如何有计划地发动他们，把他们组织起来，并在创作的过程中给予必要而又适当的照顾。自然，主要的关键还在这里：我们从事创作的朋友应该继续在实际生活和实际斗争中加强自己的思想改造。因为事情明显得很，我们是否能有好的作品产生，这是跟我们的思想改造成绩如何有密切的关联。

四、有计划地进行批评工作

批评同创作是互相牵连的。从批评的活跃与不活跃，可以测知我们对创作关不关心，和关心到一种什么程度。同时批评工作的有无偏差，也就是说，在具体进行批评时是否恰如其分，是否完成了指导创作的功能，又密切关系着创作活动的发展。因此，批评家应该站在对人民负责的严肃立场上，以极大热情关心创作，而目的在于使创作更趋活跃，更加进步，而不是其他。说到批评尺度，最重要的是思想政治的尺度，同时也要有艺术尺度。一般说来，思想政治的尺度，应该是严的，在现在说来，艺术尺度应是宽的。而在具体批评某一作品时，在肯定其成绩与优点的同时，应尽量分析其缺点的根源，提出改正方法。但目前比较严重的不在批评的标准、态度，而是批评太少和漫无计划。因此，我们应该把有组织地进行批评的问题，提到我们的工作日程上来。这里我得说明一句，有些地区的影剧评是做得不错的。

五、群众性的文艺活动

新的人民文艺运动，单靠少数专业作家和专业文工团，是搞不好的。它必须同群众性的文艺活动密切配合，而且这个配合应该有高度的计划性和组织性，不能听其自然发生，自然存在。这不仅因为从整个运动的发展和深入看，群众性的文艺活动有它重大的作用，就从两者各自的发展看，它们也有着极为密切的互相依存关系。因为一个专业作家的作品，必须要有业余文艺工作者这座桥梁才能深入到广大群众中去，这是一方面。另一方面，群众的文艺创作可以使专业作家在创作上获得新的启示和新的活力，以弥补生活体验之不足。而且，群众性的业余文艺工作者常是专业作家的后备军的主要来源。在工人群众中这种可能性更大，因此为了有计划地发展新的人民文艺，我们更应该拿出力量来帮助他们。解放以来，北方的腰鼓舞、秧歌舞不仅引导出西南的民间歌舞的更生，同时秧歌舞、腰鼓舞本身也起了变化，开始有了西南的特色。然而这是来自群众的创造，而非专家设计。即此一例，专业作家和业余文艺活动应该密切配合的问题，专业作家应当如何帮助业余文艺活动在现有基础上提高一步的问题，将是我们今后文艺活动中主要问题之一。

六、发展少数民族的文艺工作

西南边疆各兄弟民族，因为长期生活在反动统治的大汉族主义者的压迫之下，他们的文艺活动一直没有得到正常的发展。但是就在这种情况下，他们仍然保存了他们丰富独特的文艺传统。比如苗民弟兄，尽管历来反动统治迫使其接受汉民族的语言文字，但是他们的音乐舞蹈，并没有被摧毁。这证明了它们在苗族人民中具有根深蒂固的活力与重大存在价值。今天，各兄弟民族已经回到祖国的大家庭里来了，尽管时间并不算长，但是他们已经开始使用自己独特的音乐形式歌颂着毛主席，和他们获得解放后的快乐。而这个正说明着他们自己的文艺的发展前途和可能性。但是我们不能听其自流，应该拿出力量帮助他们发展。而我们首先需得做的工作是资料的采取研究，并向他们的群众艺人学习。而且尽量使用容易为他们接受的文艺形式，进一步提高他们对于祖国的认识，这在目前主要应以美术为主。

七、积极参加地方戏剧改革

每一地方戏剧都有它自己长期的历史。而且，因为它是从当地人民的日常生活斗争中滋芽、发展和成长起来的，它就不仅为人民喜闻乐见，它的内容、故事，也在人民日常生活中经常起着一定的作用。但是，地方戏虽有其人民性的一面，由于人民在思想上同样遭受过长期反动统治，影响所及，一部分旧剧也掺杂有封建思想的毒素。因而加强改造旧的剧本，酌量创造新的剧本，也就成为目前整个旧剧改革运动中一个中心问题。而这一项工作的推进、完成，则有赖于新的文艺工作者的积极参加，积极与旧剧艺人团结合作。解放以来，单就川剧来说，重庆、成都两处，就陆续上演了四十个以上的新剧。就工作条件说，成绩不能算不好，但是如果拿这个数目同旧的三百种以上的川剧数目一比，显然还需要加紧努力。所以我们必须更重视此工作，一方面同艺人合作改造旧的剧目，一方面创作发扬爱国主义的新的短剧。

上面几项意见，虽然是和一部分负责文联筹备工作同志互相斟酌后的结果，因为大家了解的情况都不全面，都不深入，显然极不完备，极不成熟，它只能算作一个将来工作设计的初步意见。因此，我希望各位首长，今后不断地给我们指示；希望各地文联，希望全西南一切进步的文艺工作同志，把西南文联筹备委员会担当起来的工作，看成自己的分内工作，经常同我们交换情况，提供意见，大家团结一致，进一步把我们的文艺工作搞得更好，更有起色。

（原载 1951 年 12 月 10 日《大众文艺》第 2 卷第 4 期）

为开展爱国主义的文艺创作而奋斗

重庆市第一届文学艺术工作者代表大会的召开，是重庆文艺界的一件大事，同时也是全西南文艺界的一件大事。因为重庆是西南的政治经济文化中心，文艺工作者最为集中，这次会议的成就，一定会给全西南文艺运动一种推动作用，带头作用。

这次的会议能够顺利召开，首先证明了一件事实：在伟大毛泽东文艺方向的指示下，通过一年来的实际工作和理论政策学习，重庆文艺界已经有了一定的团结基础。这是值得我们珍视的，因为团结就是力量，有了力量，我们就可能克服工作中的任何困难。而且，我们相信，经过这次会议，我们的团结将更进一步加强，各位代表想来也一定具有这同一坚强的信心。

在这次会议当中，我们将有不少有关开展今后重庆文艺运动的问题要讨论的，因为把文艺运动搞好，正是我们团结起来的主要目的。但是一切问题的讨论，我们认为应该围绕着这样一个主题进行：以抗美援朝为中心环节，如何为普及和深入开展爱国主义的思想教育而奋斗。在这方面，我们过去已经做了不少工作。特别是部队方面的文艺工作同志，和音乐美术曲艺界的朋友们做了不少工作。

我自己是搞文学创作的，说到这一方面，我们的成绩就比较差了。虽然和实际的需要一比起来，其他方面，同样做得不够，同样远落在现实发展的后面。我曾经考虑过这个问题：为什么我们，主要是和我一样，解放以前，一直住在蒋管区的文艺工作者，创作不出来具有深湛爱国主义思想的作品？我的回答是简单的，而且想来想去都只有这一个回答：我们的思想感情还没有和我们的时代融洽无间！或者说，我们还没达到时代要求的思想水平。

这不是说我们根本没有爱祖国爱人民的思想。如果说是没有，大家就不会在种种不同的程度上，通过文艺，一直向反动统治开火的。然而问题的关键也就正在这里，我们看惯了阴暗面，写惯了阴暗面，现在一接触到充满阳光、充满朝气的世界，反而感觉到生疏了，这是一方面。另一方面，当我们从前把枪口对着旧社会旧制度的时候，我们很少严格考虑过立场观点，但效果总不会太错的。现在可不同了，立场观点一偏，你就立刻歪曲了现实，甚至得到和创作意图相反的效果。

解放以来，我曾经读到朋友们一些创作原稿，这些作品使我感觉到思想感情的顽固性之可怕。因为他们还是依照老一套办法，喜欢选用反面人物，或者无关痛痒的人物来做作品的主人公，但却企图表现正在我们国家内进行的巨大变化。这显然是不行的！那么怎么办呢？个多月前，我们曾经举行过一次创作座谈会。在这次座谈会上，讨论问题之一是：写什么？大家最后的结论是：切切实实遵照毛主席的指示，放下决心写工农兵群众，如果不熟不懂，就该投身到群众火热的斗争和群众日常的生产、政治活动中去，尽力做到又熟又懂。

这个结论，对我们是头等重要的。因为一方面，只有从由奴隶地位上升到我们国家主人翁的工农群众，和曾经创造过无数英雄事迹的武装同志当中选择我们作品的主角，我们才有表现高度爱国主义思想的前提条件；另一方面，在熟悉工农兵和描写工农兵的过程当中，我们才有可能养成一种同我们伟大时代完全合拍的思想感情。同时，也只有这样，我们一直从书本上学习的理论，才会同我们发生血肉关系。

以上的话，是我专指一部分本地文艺工作者说的。现在我们还得进一步考虑一下：在一般情况上，为什么我们具有高度爱国主义思想的作品也不多呢？据我自己的体会，我们可能是把爱国主义思想了解得有些狭隘，有些刻板，没有把它当成一种时代思潮来看。因此，当参加志愿军运动热烈进行时，我们是分明看到了它，但是我们却没有感觉到它已逐渐普遍存在于我们劳动人民的日常社会生活和日常政治斗争当中，正在通过各项具体工作，推动我们国家飞跃前进。

我曾经这么样设想过，我们将怎样表现翻了身的农民群众，由四犁四耙提高到五犁五耙这一类事实呢？我想，单单描写出他们的劳动、他们的生产热忱是不够的，推动他们这么做的还有更加高贵的东西！这就是正在生长的爱国主义思想。同样，人民群众的热烈参加镇压反革命分子的运动，我们也不能片面理解成为为了保护自家的安全，和对于坏蛋们的憎恨。而如果我们感觉不到推动他们的是那样正在生长的爱国主义思想，这恰恰证明了我们还没认清楚现实发展的伟大前途。

当然，我们不能把创作思想问题看成单纯创作界的问题，或者个别搞创作的人自己的问题，即将正式成立的重庆文学艺术工作者联合会同西南区文学艺术界联合会筹备委员会，都该负起最大责任，通过各种座谈会和研究机构，让一切文艺创作者经常有机会参加这个问题的讨论，并且在生活实践和创作实践上给他们以适当而又必要的帮助。

同时，加强文艺批评也是很必要的，这方面的成绩我们做得比创作还要差些。因为创作尽管是不够多，可是单以宣传抗美援朝的剧本来说，我们可也前后写了一百三十多个，但是很少看到批评；而又只有通过对具体作品的批评，创作者才会更加明白他的思想教育任务何在，并如何去贯彻它。

摆在我们面前的任务自然还有相当多的困难，但是生活在伟大毛泽东时代的我们是没有不可能克服的困难的，我希望我们能更好地一同前进！

（原载 1951 年 5 月 10 日重庆《大众文艺》第 2 卷第 10、11 期）

学习《实践论》引起的一点反省

为了把我们创作思想水平提高一步，重庆文艺界普遍展开《实践论》的学习运动，是极其重要的。因为我们的文艺工作者，绝大部分还是小资产阶级知识分子出身，在思想上，先天地存在着违反《实践论》精神的主观主义倾向。

在学习《实践论》当中，我曾经不断联系到自己的创作经历、创作思想进行检讨，而一再证明毛主席指示我们的是科学的真理。正如标题所指示我们的一样，实践是认识的基础，"一个闭目塞聪，和客观世界绝缘的人，是无所谓认识的"。而文艺则是我们对于现实认识形象性的反映，因此，毫无例外，实践是文艺创作的基础。我们不能想象，一个生活空虚的人能够写出有价值有意义的作品。同时，也没有一个认真负责的作家不把生活空虚看成创作上的重大危机。

一九三五年左右我就碰见过这种危机。亭子间便是我的整个世界，而这个世界却又那么贫弱、空虚，我感觉到写不出东西了！一九三四年，因为一个偶然机会，我回故乡安县和川北的农村跑了两三个月，而在回转上海后，我却一连串写了好几个在当时颇认为满意的短篇。这里让我再举一个例子：《还乡记》是写农民群众自发斗争的，这是我写农村小说的一点进步。但是，仔细想来，如果没有一九四〇年以后好几年的农村生活，比较深地向农民群众作过一些了解，我是写不出来的。勉强写出来也会干瘪瘪的，会比它现有的情况更坏。

上面的话我只想说明一个主题："一个闭目塞聪，和客观世界绝缘的人，是无所谓认识的"，当然也无所谓创作。是的，我想说明的只是这点，而不是肯定：凡是以实际生活为基础的创作都是好的创作，尽了它教育人民、激励人民改造客观世界和主观世界的功能。我的绝大部分作品都不是架空的，它们可就显然同时代的要求有着距离。因为我的作品只是表现了部分的真实，不深不广，没有抓到现实的最主要的方面；而更重要的，我没有在作品中指示出前途，而且鼓舞人努力奔赴。

　　这是为什么呢？就生活经验、社会实践说，我还偏于一隅，生活既然不够宽广，更没有投身在战斗的最前线。也就是没有遵照毛主席在延安文艺界座谈会讲话中号召我们的："到火热的斗争中去！"同时，作为一个认识问题来看，是我尽管并未"闭目塞聪"，有着一定生活经验，却并没有认真对我所接触过的"一切人，一切阶级，一切群众，一切生动的生活形式和斗争形式"，加以分析综合，做一番由此及彼、由表及里的研究工夫，而单凭直觉、感性从事创作。

　　所谓感性，和"灵感"是一类东西，高尔基曾经就"灵感"向青年人作过劝告。叫我们不要过分地期待它，"必须长时期观察人生的现象，蓄积事实，和研究语言"。而在《关于创作技术》和《我的文学修养》两篇文章里面，他更一再强调观察比较和研究方法在创作上的重要性。这是同《实践论》和《在延安文艺座谈会上的讲话》指示给我们的精神一致的，而我偏偏缺乏这种精神；但是却又只有通过科学的研究过程，我们才能察知事物的本质和主要发展方向，作出正确的艺术概括。

　　一目了然，这显然是主观主义在那里作怪。所以我的某些作品，解放前在国民党统治区发表的时候一般读者大体都认为它们反映了一些真实，起了一定的作用，然而，如果仔细想想，当时整个现实的发展情况和时代交给我们的任务，这些作品可又显得多么无力！因为我只写到了现实的消极的一面，很少触及现实的积极的主导的一面，而这正是我没有"通过客观现实发展的全部过程"来看问题的自然结果，是我沾沾自喜于"一得之功与一孔之见"的自然结果。

我也曾经因为自己的作品写不出富有教育意义的积极人物，感到苦恼，并且也模糊意识到这是思想方法创作方法的问题，但直到学习了《实践论》后我才得到解答。这个解答也就包含在上面我所作的一些检讨当中，生活经验不够广泛丰富，对于一个特定题材的处理又未经过充分的研究、分析和综合过程。最后还有一点，就是对于整个现实没有明确的认识。而这些都是使我的作品发生若干不可避免的弱点的主要原因。

关于最后一点，即对于整个现实的发展缺乏明确认识，我想再在这里举出一篇小说来作说明。因为这个比对某一事件，或一个小说题材，或一个小的认识过程还更重要。我要举的就是我两个月前写的一篇小说《控诉》。在构思当中，我想定了应该把主人翁的仇恨变成爱国主义思想的动力，而以积极支援抗美援朝运动来作结束。但我没有办到！正如大家看到的那样，我的主人翁对于美帝国主义的仇恨仅仅停止在个人仇恨的阶段。虽然我暗示出了它的发展前途，但是一点暗示绝对不能解决问题。

正确地反映现实，是建筑在正确认识现实的基础上的，而这一篇小说正证明我对现实还缺乏正确的认识。因为尽管我知道爱国主义的思想已经成为推动我们国家前进的动力，还写过这样的文章，但只限于教条式的了解，并没有通过广泛的直接经验和间接经验来认识这个新的力量，使之变成自己的真知灼见，因而在处理具体问题时事与愿违，达不到目的。而这个也可以说正是理论与实践脱节的最显著的例子。

在初步学习了《实践论》后，我才深深地感觉到，一个搞创作的，如果被一个故事，一个人物所打动，就只考虑如何表现的问题而不计其他，是多么可怕！同样可怕的，是在参加实际生活当中，我们又只一味追求那些可以立刻供我们使用的生活现象。因为这种好捡便宜，没有远大眼光，把自己局限在狭小的业务圈子里的结果，往往使自己的认识停留在感性认识的阶段，变成一个经验主义者而不自觉。顶凶他也翻不过旧现实主义这条门槛。

对于一个文艺工作者，在学习《实践论》时最好再学习一遍《在延安文艺座谈会上的讲话》。在重读《讲话》的时候，最使我感动的是毛主席向我们谆谆解释根据地和非根据地那一段文章。因为我当时也错误地以为反动区域还有那么大一片，反映和暴露它是有其重要性的，不明白它同革命根据地"不但是两个地区，而且是两个历史时代"。而我们革命，正是要以革命根据地作模型来改造整个中国。因为"中国是向前进的，不是向后退的，领导中国前进的是革命根据地"。

眼前的事实证明，毛主席指示我们的是科学的真理，而我自己的确有些糊涂。同时也可见这是个老毛病：我不会全面的，从现实的发展中看问题，这是第一；其次，我没有积极地投身在革命的最前列，和广泛的政治、社会活动当中，因而对于现实发展中积极的主导的一面缺乏足够的深刻认识，所以一直到了现在，我还不能圆满地处置一个有积极意义的主题。这是最重要的一点，因为"'不入虎穴，焉得虎子'这句话对于人们的实践是真理，对于认识论也是真理"。

由此可见，对于一个搞文艺创作的，实践诚然是重要，因为实践是认识的基础，同时也是创作的基础。但是更重要的，是我们一定得在毛主席的《讲话》指示给我们的精神下去实践，去广泛而深入地生活。而在进行创作之前，又一定得从整个现实的发展着眼，把我们的材料做一番深刻的全面的科学研究。因为只有这样，我们才能发现在现实发展中起着决定作用的新的成分，而用无比的自信表现这些新的成分，写出有高度思想性的作品。

以上的话，是我学习《实践论》时引起的一点初步反省。我希望我能在继续学习中真能有些心得。因此这些话虽然不够成熟，但希望能够起到一种抛砖引玉的作用，很快看到同志们更多更好的有关学习《实践论》的文章。

一九五一年六月二十九日

（原载 1951 年 7 月 8 日重庆《新华日报·新华文艺》创刊号）

十月革命献礼

在全世界范围内，所有进步人类，曾经在封建主义和资本主义社会制度所造成的痛苦下，为自己设想过美丽幸福生活的远景。这些远景是各式各样的，但却有一个共同点，人们可以自由地呼吸、劳动、创造兄弟般的和平生活。

这些发自人类衷心愿望的理想，已经存在过不少年代了；但是，直到一九一七年十月革命成功以后，这些理想，才普遍被认为能够通过斗争变成活的现实。而十月革命的伟大意义还在这里：它那么强有力地给人类指出了一条斗争的道路，也就是说，它向一切被压迫的阶级和被侵略的民族提供了一系列的取得革命胜利所必须的新的斗争形式和组织形式。

我们的新民主主义革命之所以能够在三十年的艰苦奋斗中取得全国性的胜利，就正是这么来的。因为我们的革命才一开始，中国的工人阶级和中国人民就接受了马克思列宁主义这一思想武器，并按照列宁、斯大林党的方式组成了自己的党——中国共产党。所以我们不妨这么样说，十月革命首先是在我们国家内发生了深刻而最具现实性的影响，而且获得了辉煌的成就。

作为人民革命事业的一个构成部分，我们的文学艺术事业同样是在十月革命的影响下发生和成长的，而最为直接的影响就是伟大苏维埃的文学艺术。因为从我们的导师鲁迅先生起，我们一切进步的文学艺术工作者，都是遵循着这一条原则而写作的：文艺为革命服务！而这正是伟大苏维埃文学艺术工作者所走过，并且还在不断前进的正确道路。

但是，在走向这条正确的道路上，我们还需要百倍的努力。因为除开少数具有长期革命锻炼的同志，我们的文艺工作，一般都还远落在现实发展的后面。单拿农村来说，西南解放以来，经过一系列的反封建斗争，农民的觉悟业已普遍提高，而从各种实际斗争当中，更不断涌现出大批新的人物，但在文学艺术的反映上我们几乎还是一张白纸。不可否认，作着这种努力的人是不少的，这从许多投稿中可以看得出来，但是十之七八又都遭到了失败。

这种情况是怎么产生的呢？我想，正确的答案只有一个：作为一个人民文艺工作者的条件锻炼不够成熟，就是说，作家的生活实践和自我改造都还存在问题，有待深入和提高。这是实在的情形。

解放以来，一般地说，我们都经过了政治学习，和毛泽东文艺思想的学习，在生活实践上，有不少人参加了农村的减租退押、土地改革等运动，也有不少人到过工厂，并参加过其他各种人民群众的运动。但所有这些学习和实际锻炼，一般地说都还是初步的，不深刻的，没有在根本上解决问题。不少的同志往往只是在口头上接受马列主义和毛泽东思想，而实际上是违反着它；往往只是在口头上承认无产阶级思想的领导，而实际上仍旧或多或少地保存着小资产阶级的甚至资产阶级的立场观点。在各种各样的人民群众的斗争中，我们虽然参加了进去，但是并没有"站在人民斗争的前列"（廖井丹副部长语），我们的政治热情不怎样高，与献身于繁重的劳动和英勇的战斗中的全国广大的工农兵群众比较起来，我们必须看到自己还远远地落在后面。所有这一系列的问题，都是放在我们面前迫切需要解决的问题。

因此，纪念十月革命，在文艺战线上，如同整个革命战线一样，如何加强马克思列宁主义和毛泽东思想的学习，如何学习苏联建国的经验，学习苏联作家的生活实践和创作实践，提高我们的政治热情，严肃我们的工作作风，百倍奋发地为建设我们伟大的祖国而斗争，为保卫世界和平而斗争，是我们当前的重大任务！

（原载 1951 年 11 月 4 日重庆《新华日报》）

我对文联工作的初步检讨

——纪念毛主席《在延安文艺座谈会上的讲话》发表十周年

在伟大的反贪污、反浪费、反官僚主义运动中，从西南及重庆市各文艺机关、团体所暴露出来的贪污、浪费、官僚主义的种种事实，深入检查我们西南及重庆市的文艺工作，是有许多严重的缺点和错误的。作为西南文学艺术界联合会筹备委员会和重庆市文学艺术界联合会这两个单位的负责党员干部，我准备通过一些比较重要的具体工作，从我本身的检讨来认识这些错误，以达到提高思想、改正错误、推进工作的目的。这样做我想是适宜的，因为从这两个单位的工作是否健全，即是否正确贯彻执行了毛主席的文艺方针，可能测知我们西南一般文艺工作者的动态。

我们工作有些什么样的缺点和错误呢？总起来说，整个文艺界是思想混乱，创作不振，批评未能展开，对思想改造不重视，群众文艺活动陷于放任自流状态。而在文学艺术界联合会（以下简称文联）机关内部，则一直缺乏完善可行的工作制度工作计划，或是有了制度计划也不坚决执行，缺乏精密的布置和严格的检查。忽视干部思想教育，对错误思想采取了庸俗的自由主义态度或不够严肃的态度，听任小资产阶级乃至资产阶级思想自由滋长；如果不是上级党委在若干严重问题上予以及时纠正，如果没有开展轰轰烈烈的"三反"运动，这些错误将会发展到更为严重的地步。

在现有条件下，以《西南文艺》为中心，加强对各省市文联和编辑站的联系，通过刊物，结合西南地区各个革命战线上的实际斗争情况，针对各省市文艺工作者的思想动态和文艺活动，有计划地组织创作，发动批评，进行学习，借以贯彻为工农兵服务的文艺方针，这种做法应该是正确的。但是，半年多来，这个方案究竟完成了多少？它的实效如何？创作依旧不振，批评依旧无法开展，而在个别地区，"三反"以前思想混乱的情况并无多少改变。这主要由于我们没有主动地与各地文联和编辑站经常交换意见，求得思想认识上的一致。甚至连各地文艺工作的一般情况，我们也未认真进行研究，这样自然无法对各地文艺工作发挥其推动作用了。

从《西南文艺》编辑部本身的工作来说，缺点错误也不少。《丈夫和妻子》就不是以工人阶级思想而是以小资产阶级思想来表现爱国主义这个伟大主题的小说，因而把这个伟大主题庸俗化了。小说《大巴山的骄子》和剧本《在资产阶级面前》，虽然写了有积极意义的主题，有它一定的作用，但也存在着严重缺点。前者孤立地描写了一支人民游击队的斗争，忽视了它同群众的联系；后者则反映了若干右倾观点，因此未能正确而又充分地表现出"三反"运动的阶级斗争本质。但是，我们主要的缺点还在于：至今没有积极争取正式成立编委会并发挥其实际作用，编辑思想尚不够明确一致，编辑部同志因渴求提高政策思想水平，情绪不安，而这些问题都未能及早得到正确解决，以致工作受到极大影响。联系群众是办好刊物的重要关键，因此我们一开始就很重视发展文艺通讯员的工作。因为通讯员是刊物联系群众的骨干，而认真做好对通讯员的思想业务教育，更是直接培养工农兵文艺工作者，使人民文艺在广大人民群众中生根的可靠保证，也是我们整个文艺战线可靠的生力军主要来源之一。因为他们本身就是各个革命战线上的实践者，而他们急需的一般是文艺思想和技术的修养。我们的计划是谨慎的，只规定了发展一百名通讯员的任务，这实质上已经表现出我们还缺乏信心，还没有足够的认识。但到目前为止，只发展了四十余名，这也说明刊物在联系群众上还不很够。而所有以上的一些缺点、错误，都是同我缺乏工人阶级思想和工作作风分不开的。

在市文联的领导工作上，我的缺点错误同样严重。创作与运动的问题，即是：文联的工作，究竟应该以组织创作为主还是以领导运动为主的问题，曾经经常在领导同志和一般干部间引起不断争论，直到重庆市文学艺术工作者代表大会以后，这才有了明确决定，应该以组织创作为主。因为没有创作运动不能深入，并将逐渐脱离群众，脱离实际。但在这里却发生了一个原则性的错误。我们对各协会所直接领导的群众文艺活动采取了不够负责的放任态度。当然嘴上是说得蛮好的，也有一套分工负责、集中领导的完整计划。但从思想上检查，从效果上检查，实质上说是采取了放任态度绝不过火。因为基本原因是想腾出手来组织"专家"创作，从而就夸张了前一时期因为满足于群众文艺运动的表面轰轰烈烈而缺乏思想领导的缺点，以致造成了严重错误。既然脱离了群众，同时也挫折了干部的工作情绪。

去年十月市文联常务委员会后，我的认识是比较明确了：不应该是腾出手来，必须前进一步，通过群众文艺创作活动，使用征文评奖、加工合作、开座谈会等具体办法，有目的地培养从群众中涌现出来的工农兵业余文艺工作者，真正使文艺在群众中扎下根子。但认识是比较明确了，那个可恶的腾出手来的想法并未根绝，因此我就极少主动布置和检查这一部门的工作。这个错误招来的损失是无法计算的，重庆戏剧工作者协会去年十二月一次独幕剧征文的结果就是铁证。时间不足三月，这次征文就一共收稿三百四十八件，其中以《老当家》《光荣花》等剧较好，而且这两个剧本全都出自工人同志的手笔。上演以后，这些剧本可能会发现较多缺点的，但是谁估低了它们的发展前途和它们在整个文艺事业发展中的巨大意义，谁就会犯错误。

对于群众文艺创作活动的态度既然如此，腾出手来组织"专家"创作的情况又如何呢？可以说是一事无成！虽然我们也组织过一定人数参加土地改革等实际工作，这中间原因很多，但从领导上检查起来，对于知识分子的思想改造问题缺乏深刻认识，因而放松了思想领导和严格组织工作，可以说是一个最为基本的原因。这里我可以举出一个例子：去年夏天，我们曾经只派一个干部去西昌深入了解丁佑君烈士的死难事迹，希望通过艺术创造能够再现这一英雄人物，以教育广大群众。这个同志是有一定写作能力的，解放前曾经发表过一些具有进步意义的作品。但是至今无人知道他对这个富有教育意义的题材认识深度如何，也不知道他的工作是怎样进行的。因为对于我的再三提到的写作上的帮助，他总婉言拒绝，最后我就听之任之！

同忽视群众文艺创作相关联的是我对待《说古唱今》不够负责的官僚主义态度。这个刊物是在重庆市文联直接领导下，同时也是我们的主要业务。但是一、三两期出版之后，因为编辑工作已上正轨，同志们又还积极，我就很少主动检查刊物的思想内容。校阅清样我总是粗枝大叶的，能够推脱多少就算多少，因而刊物上不时出现表现小资产阶级思想、资产阶级思想的作品。比如最近一期发表的《劳动生产当模范》，就在那里公开宣传个人名誉地位思想。但是不够负责还只是问题的一方面，更为恰当的说法，是只是问题的表面，因为这个不够负责的深处，无疑隐藏着我在文艺思想上对于普及的一定程度的轻视。而我创刊前的一切努力，无非出自单纯任务观点，并未足够认识它对广大工农群众的严重政治意义。

上面谈到组织创作时我所举的例子，也不仅表现了我对待工作的官僚主义的严重性，同时也表现了我在干部问题上的极端自由主义，缺乏工人阶级的思想领导。即：结合干部的文艺思想以及一般思想情况，展开反对反毛泽东文艺思想和工人阶级思想的严肃斗争。而且把它当成一种经常任务，作为帮助干部进行思想改造的主要内容之一。但是上面的例子显然证明我并没有这样做，当然也证明我的脑子里还有不少非工人阶级思想。因而一般干部经常发生一定程度的思想混乱，个别干部更周期性地、不断要求调换工作岗位。而文联机关内部的政治空气稀薄，也是和我自己脱离实际、脱离群众的领导作风、工作作风分不开的，同时也是一般干部工作情绪不够饱满的又一直接原因。

我出身于地主阶级家庭，解放前二十年绝大部分时间又在蒋管区过着自由职业者生活，这就使我在思想感情上保留了不少小资产阶级成分。因此，对于一切非工人阶级思想，特别是小资产阶级思想，我的警惕性是不高的，往往缺乏坚强的原则性斗争，以致在贯彻执行毛主席文艺方针的一些具体问题上，有时发生动摇。而上面我所检讨到的一系列文联工作中的缺点错误，就是这么来的。这同时也说明了：只有在党的教育下不断批判并肃清自己的非工人阶级思想，才是正确贯彻执行毛主席文艺方针最可靠最有力的保证。

（原载 1952 年 5 月 23 日重庆《新华日报》）

热烈响应毛主席的伟大号召，站在思想改造的最前列

——在重庆市文艺界整风学习动员大会上的发言

关于我们文艺界的思想混乱情况，我们文艺工作中存在的许多严重缺点错误，刚才任白戈同志已经作了扼要分析和深刻检讨。总起来说，这些混乱、缺点同错误之所以发生，主要是由于我们没有在文艺工作的领导部门确立工人阶级思想的领导，以致在贯彻执行毛主席工农兵文艺方针的一些具体问题上，迁就了小资产阶级思想，对资产阶级思想则缺少警惕，没有开展严肃的思想斗争和对文艺工作者的思想改造问题付予足够重视。我作为文艺工作负责干部之一，同样要负重大责任。现在我准备就文联工作中一些具体事例来进行检讨，以便进一步认识问题的严重性，和改进工作的道路。

《西南文艺》和《说古唱今》是西南文学艺术界联合会筹备委员会（下简称西南文联筹委会）和重庆市文学艺术界联合会（下简称重庆市文联）的主要工作。特别是《西南文艺》，我们是把西南文联筹委会的绝大部分人力投进这一工作的，因为它是根据中央调整刊物的精神，与西南各省市出版的刊物确定分工之后出版的，大家一致希望通过这个刊物进行西南区文艺工作的正确思想领导。为此，我们在各省区文联的直接领导下，分别成立了编辑站，希望结合各个革命战线上的实际斗争情况，针对各省区文艺工作者的思想动态，开展批评、组织创

作，以加强刊物的思想领导。这就既使得较为分散的力量驱于集中，同时也补救了各省区人力分布不平衡的状态，还有，就是可以经常交换意见，求得思想认识上的一致。

这样做应该是正确的，但是任何正确做法都不会自然而然实现，必须经过努力，经过斗争。而事实证明我们在对这样一个重大问题上采取了自由主义的放任态度，因为正如《西南文艺》编辑部的初步检讨中说到的，我们对各省区文联和编辑站的联系，是很不够的，"有时紧，有时松"，"对联系较好的文联和编辑站，我们还缺乏更高度的责任心"，"对联系不好的文联和编辑站，我们很少研究其中的问题，缺少以批评和自我批评的精神去改善联系"。这就使《西南文艺》不仅在稿源上失掉了它的主要依据，更重要的是对各省区的文艺工作放弃了思想领导。这是我首先要负责的，因为我是西南文联党委会负责实际工作的主要干部，但是从创刊到现在，既没有认真检查过编辑工作，更未积极争取成立编辑委员会。

如所周知，已经出版的几期《西南文艺》是发表过好几篇有严重缺点错误的稿件的。在创作上，《丈夫与妻子》则早已成为广大读者群众指斥的对象。而这篇稿子的处理过程，正足以说明我们对于小资产阶级思想的迁就程度。因为这篇稿子，编辑部绝大多数同志都看过的，也都同意刊载。我在最后一次看稿，也糊糊涂涂地同意了，只是提出几点修正意见，以为这几处太庸俗，但却没有发觉整篇稿子都是被小资产阶级庸俗性浸透了的，并不止于若干细节。又如最近一期上的杂文《靠天吃饭》，更荒唐到将一般农民群众的"靠天吃饭"思想和资产阶级不劳而获的剥削思想看成同一本质的东西。而这不仅表现了作者思想上阶级界限的模糊，同时也足以看出我们对工作还缺乏严肃的责任心。但是问题的严重性还在这里：对于所有缺点错误，我们有的检讨批评得不够，有的又不及时，有的更一直没有进行检讨批评，而这种现象正是我缺乏工人阶级思想领导和工作作风所造成的。

在《说古唱今》的领导工作上，同样表现出了我缺乏思想领导、对刊物的关心不够，没有配备充足的干部。也就是说：我对普及还缺乏足够认识，在思想上存在一定程度的轻视态度。因而刊物在思想内容上，时常发生错误：例如创刊号发表的《石头开花》、二期发表的《抬盐号子》都在宣传"生产发家"的资产阶级思想。三期发表的《公开管制反革命》，则又政策模糊。而最近一期，今年四月出版的第二号还发表了《做好庄稼当模范》这样一篇小资产阶级的作品，公开宣扬个人名誉地位思想。而所有这些缺点错误，大多数是由群众揭发的，这就足见虽然我们每一次都作了检讨，但却没有抓紧这些问题进行讨论，使编辑部的同志受到应有的教育。因此存在于编辑部内的技巧观点、形式主义依旧相当严重。甚至在此次思想检查中暴露出来，编辑部六七个同志中就有四个有着不同程度的轻视普及倾向。拿他们的话来说是："身在通俗，心在提高。"

重庆市第一届文艺界代表大会期中及其以后，领导上曾经一再指出：我们文艺工作的主要缺点是思想领导不强，没有认真组织创作，进行批评，严肃对待思想斗争。但因为我自己是搞创作的，囿于己见，只是单纯地强调文联工作应该以组织创作为主。以为没有创作运动不能深入，并将逐渐脱离群众、脱离实际。这好像是正确的，但是这里首先就发生了一个原则性的错误，我们对各协会所直接领导的群众文艺活动采取了不够负责的放任态度。当然嘴上是说得蛮好的，也有一套分工负责、集中领导的完整计划。但从思想上检查，从效果上检查，实质上说是采取了放任态度绝不过火。因为基本原因是想腾出手来组织"专家"创作，从而就夸张了前一时期因为满足于群众文艺运动的表面轰轰烈烈而缺乏思想领导的缺点，以致造成了严重错误。而这也正是同我一定程度的忽视普及思想分不开的。

对于群众文艺创作活动的态度既然如此，腾出手来组织"专家"创作又如何呢？可以说是一事无成！虽然我们好像也组织过一定人数参加土地改革等实际工作。这中间原因很多，但从领导上检查起来，对于知识分子的思想改造问题缺乏深刻认识，因而放松了思想领导和严格组织工作，可以说是一个最为基本的原因。这里我可以举出一个例子：去年夏天，我们曾经指派一个干部去西昌深入了解丁佑君烈士的死难事迹，希望通过艺术创造再现这一英雄人物，以教育广大群众。这位同志是有一定写作能力的，但是由于对于我再三提到的写作上的帮助，他都婉言拒绝，而我也就一直听之任之。拖到最近，这位同志才作了检讨，并提出了一个完成任务的初步保证。

实际上，这个例子并不止于表现了我对待工作的官僚主义的严重性，同时更表现了我对待同志思想问题的极端自由主义，即对于非工人阶级思想，特别是小资产阶级思想采取了迁就放任的庸俗态度，没有及时展开思想斗争；我没有把展开思想斗争当成一种经常任务，作为帮助同志、帮助干部提高思想、改进工作的主要内容之一。上面的例子显然证明我并没有这样做，以致一般干部工作情绪不够饱满，经常发生一定程度的思想混乱，个别干部更周期性地不断要求调换工作岗位。而所有各部门工作中发生的若干缺点错误，主要也是这种没有严格对待批评和自我批评放松了思想斗争所必然产生的恶果。比如说吧，《西南文艺》和《说古唱今》在处理稿件上发生了错误之后，就很少在编辑部展开过深入讨论，而这就使得避免错误、改正错误失掉了有力可靠的依据。

文联是文艺工作中的领导机关，是文艺战线上的指挥部，但从上面我所检讨到的各方面的主要缺点错误来看，我们文艺工作中，文艺战线上存在的缺点错误，存在的思想上的混乱，也就不是偶然的了。最近我们刚才结束了"三反"运动中的思想检查工作，这次检查所暴露出来的思想情况，主要是浓厚的个人主义、个人英雄主义和自由主义思想，个别干部还有剥削阶级的思想意识。而这铁一般的事实，一方面更说明了我们的干部还得经过彻底的思想改造。至于其他一般的文艺工作者，根据刚才任白戈同志的分析，当然也不能够例外。因此，我们目前正将进行的文艺界整风学习运动，就是我们每一个文艺工作者，包括我自己在内，借以检查和改正工作中存在的缺点错误，推动我们工作前进的关键。而在整风学习当中，所有要明确解决的问题的重点，一般说又是一个立场、观点问题。

解放以后，从我们文艺界开始团结的第一天起，我们每个人都热诚表示过拥护毛主席的工农兵文艺方针的。也对毛主席《在延安文艺座谈会上的讲话》进行过学习，但事实告诉我们，好多人的拥护一直还停留在口头上，又一些人虽然努力做了一些工作，也遵照毛主席的指示参加过实际斗争，得到一些锻炼，但是他们自己原有的立场、观点，并未得到根本改变。而这也就是我们的工作不仅还落在现实发展的后面，造成不少缺点错误的主要根源。因为文学艺术事业，是整个工人阶级领导的人民革命事业一个重要部分，我们只有在确立了工人阶级的立场、观点及其人生观之后，才能担负起教育人民的伟大任务。

难道我们能够说资产阶级思想可以担负教育人民的任务吗？这是人民大众绝对不容许的！绝对不容许任何人把我们的国家往后拖向腐朽的资本主义社会。关于美术供应社的问题，任白戈同志刚才早谈过了，这里我还要补充一点。大家恐怕多少都知道美术供应社负责人吴昌文的贪污事迹，但是这个资产阶级分子实际上是丑恶到了如此地步：一个美术工作者有一次请他吃饭，他吃了，别人把钱付了，但他又把发票摸回来报了公账！数目自然要比整座房子的价钱微末，但是，这一可能有些极端的例子，却是资产阶级丑恶思想最为突出的表现。而由此我们就不难想象，为什么解放以来，吴昌文就没有、也根本不可能好好进行创作，只是替一部分美术工作者作了一些可耻的掮客勾当。

那么小资产阶级思想呢？正面主张可以站在小资产阶级的立场来执行毛主席文艺方针的人是没有的，但却曾经有人振振有词，认为文艺可以为小资产阶级服务，而实际就是主张降低无产阶级的思想水平去迁就小资产阶级。就我们文联干部的思想情况说，鉴定学习阶段，也还有人安于自己的小资产阶级思想，以为比上不足，比下有余，完全忘记了小资产阶级个人主义是属于资产阶级思想体系的。而在这种有害思想指导下来进行文学艺术工作，其结果必然是脱离群众。在文学创作上《界限》《幸福》《觉醒》和《丈夫与妻子》就是众所周知的例证。特别是《丈夫与妻子》这篇充满小资产阶级思想感情的作品，曾经受到广大读者的严肃批评，因为它把以工人阶级为首、正在各方面推动我们国家前进的新的爱国主义高潮，作了极为庸俗的歪曲。

由上所述，我们可以明白：用小资产阶级资产阶级立场观点，是不可能负担教育人民的伟大任务的，也是人民大众所不能容许的；只有用工人阶级的立场观点才能领导人民前进。其实，这是毛主席早已再三向我们明确指出过的，《在延安文艺座谈会上的讲话》引言中毛主席首先指出来的就是"立场问题"。要我们"站在无产阶级的和人民大众的立场，共产党员还要站在党的立场，站在党性和党的政策的立场"。而对于小资产阶级思想，毛主席《在延安文艺座谈会上的讲话》中，则特别予以尖锐批评，认为如果依了小资产阶级，由他们按照自己的面貌来改造党，改造世界，实际上就是依了大地主大资产阶级！毛主席更明白指示我们："真正人民大众的东西，现在一定是无产阶级领导的，资产阶级领导的东西，不可能属于人民大众。新文化中的新文学新艺术自然也这样。"

再说一遍，在整风学习当中，我认为我们首先要明确解决的就是一个立场观点问题。因为只有立场观点弄明确了，其他普及第一问题、文艺与政治、内容与形式、接受遗产、团结问题等等，才能顺利解决；也才能在思想上认真说得上接受毛泽东文艺思想，在行动上认真贯彻工农兵文艺方针，否则必将格格不入。因为我们不可想象一个站在小资产阶级、资产阶级的立场，使用小资产阶级、资产阶级观点与方法分析现实、对待生活的人能够在文艺工作中，实现毛泽东文艺思想的，就是理论上的接受也不可能；否则不是口是心非，就是有意在那里胡乱曲解，以伪乱真。实际上我们文艺界也真有这种人的，分明是十足小资产阶级思想，却自以为很马列主义。

为了使参加整风学习的每一位同志，都能在思想上解决问题，各单位的负责同志，应该在本单位的动员报告中，根据毛主席所指示的思想改造的精神，结合本单位"三反"运动以来所暴露出来的思想情况，严肃批评资产阶级思想的丑恶腐朽，以及小资产阶级、资产阶级思想对革命的严重危害性。同时我们每个参加运动的同志，又必须敢于正视和暴露我们思想中的非无产阶级的成分，决不可以心存顾虑。这些顾虑容易碰见的可能首先是面子问题，但是面子问题本身就是小资产阶级思想，早就应该否定、扔开。因为面子后面还有底子，而如果底面不符，这是一种什么样性质的行为呢？这是伪善！但我这可能是一种太主观、太直率的推测，因为中国有句古话，"人之好善，谁不如我"。

当然，这里有一种较为严重的顾虑，就是否定了自己的非无产阶级思想，以及一切文学艺术上的反毛泽东文艺思想的观点，自己不就一无所有啦？在我们文艺界，解放前从未受过工人阶级思想锻炼，所学的东西又完全或大部来自资产阶级，特别是外国资产阶级的文艺工作者是不少的，这样推测绝非毫无根据。但是我要在这里严重声明：肃清小资产阶级、资产阶级思想，不是否定一切，只要我们认真进行了思想改造，通过整风学习获得了正确的立场观点，在接受遗产的意义上，对我们过去所学得的东西加以批判，其中有一些东西还是有用的；反之，当着我们还未获得这种批判能力的时候，它们倒会认真成为无用，勉强用起来，也只能造成错误，损害人民大众的利益。

整风学习运动，是我们文艺界的自我教育和自我改造运动。因此，在运动发展过程中，自觉自愿的原则是必须坚持的。但是为了对每个同志负责，为了使每个同志通过整风学习，将来能够更好地为祖国人民贡献出自己的力量，不致为时代所遗弃；为了求得这个运动的深入展开，胜利完成任务，同时我们又必须充分发扬民主，善用批评和自我批评的方法，来启发和帮助每一个同志认识自己的缺点和错误，真正在思想上得到改造。这里毛主席所曾再三昭示我们的"治病救人""与人为善"的精神，是值得我们深切体会的。但在思想检查中，还有两点也应特别指出：第一，我们应该尽力避免背上成绩这个包袱，因为任何包袱都只能阻碍我们彻底深入地认识缺点错误。其次，我们也一般不主张追究责任，因为我们主要的目的是在认识缺点错误，并从思想上找出缺点错误的根源，以求缺点错误得到彻底改正。

同志们！思想改造的方法，整风的方法，是毛主席对党内党外进行教育的伟大创造。解放两年以来，在全国文化界和各种知识分子中已经广泛展开了这种在建设我们伟大祖国历程中具有深刻政治意义的自我教育和自我改造运动。一九五一年十月全国政协第一届第三次会议，毛主席在开幕词中又一次庄严地向我们发出进行思想改造的伟大号召。我们重庆市的文艺工作者，必须坚信我们每一个人都有改造的必要和可能；坚信通过思想改造我们的才能、才会更为有用，在这次整风学习中不断鞭策自己，鼓舞他人，热烈响应毛主席的伟大号召，努力争取站在运动的最前列！我预祝我们大家都在思想改造战线上取得胜利！

（原载 1952 年 6 月 23 日重庆（《新华日报》）

加强创作，为抵制反动、淫秽、
荒诞图书而斗争

目前政府正在着手处理反动、淫秽、荒诞图书。《人民日报》社论指出，这是当前阶级斗争中必须完成的一项重要政治任务。因为这些图书，是外国帝国主义和国内已被消灭与将被消灭的阶级中的坚决反动分子，向工人阶级进行思想进攻的重要工具之一，他们就用这种杀人不见血的"武器"，来毒害人民的身心健康，麻痹人民的阶级意识和革命斗争意志，把人推向腐化、堕落的深渊，甚至推上犯罪的道路。如果对这些有害图书，不作坚决处理，那就无异听任敌人阻挠和破坏我们伟大的社会主义事业。

四川解放较晚，特别是成都、重庆两地，过去在国民党反动派盘踞下，就曾经大量出版和贩运进来这类图书；解放后政府虽作过一些处理，收到一定效果，但至今仍有不少坏书在继续流传。据不完全的统计，目前仅仅租书铺摊所有的将近二十万册所谓"小说""连环画"中，就有五万五千册左右是这类有害图书，它们每天在数以万计的读者中公开或秘密地租赁和流传。我们绝不容许这些东西到今天仍然继续散布毒素、毒害人民。我们拥护政府处理有害图书的这一英明措施。最近以来，不少的人特别是青少年，已纷纷在报上公开控诉、揭露这类有害图书的毒害，抵制这类图书的流传，这种热情，我们应该给予鼓励和支持。

为了完成这一项政治任务，对于我们文艺工作者来说，最重要的是加强创作实践，提供更多新的作品，特别是适合少年儿童和文化水平较低的读者的作品，向他们进行共产主义道德品质的教育。这已不是什么新问题了，广大群众早已不断地向我们提出来了这样的要求。最近，为了抵制坏书，有位青年工人说："作家同志们！希望多给我们写些通俗作品吧。"有一位母亲也说："希望文学作家们向苏联的儿童文学作家盖达尔学习，为孩子们多多创作些通俗易懂、有教育意义、思想性强、艺术性强的文艺作品"，"使孩子不再受坏书的毒害"。这种类似的呼声还很多，我们认为所有这些要求，同时也是对我们文艺工作者的责难和批评，我们应该虚心接受它们，把满足他们这种如饥如渴的要求，视同我们的神圣职责。

应当说，在党的文艺方针政策的鼓舞下，随同全国文艺工作者一道，四川的文艺工作者解放以来是注意到了文化水平较低的读者的需要的。我们早就刊行了全省性的通俗文艺刊物《四川群众》和重庆市的《群众文艺》，而且在这方面曾经做过不少的工作。面对广大劳动人民，配合各个时期的政治运动，这两个刊物发表过两千件以上的各种文艺形式的通俗文艺作品，其中一部分在群众中广泛流传；有的小说、唱词、连环画，还在外地和全国性刊物上转载。两个刊物，还培养着团结着许多的通俗写作者，在为工农兵创作着新的作品；还吸引着两万多名的长期订户，数万读者把它们作为经常的精神食粮。但这两个刊物上所发表的和我们创作、出版的通俗文艺作品，无论在质量上和数量上，都还远远落后于人民群众的要求。特别是质量不高，很多作品往往经不住时间的考验，很多去年的作品，今年就丧失了它感染、吸引读者的魅力。大多数作品，尽管也接触到了千百万群众关心的重大题材，描写也生动有趣，也有一定生活实感，但人物形象模糊，不能给人以强有力的精神力量，因而我们的有些通俗作品就没能够把读坏书的人，更多地争取过来。

好的通俗文艺作品，是可以附带解决一部分少年儿童对文艺作品的需要的。但是，关心少年儿童就是关心祖国的未来，特别因为少年儿童有他们自己的生活特点和心理特点，我们不能马虎从事，用"附带"办法解决他们的需要。而事实上我们在这方面的工作做得更差；因为除了每年"六一"儿童节前后，写几篇文章点缀点缀，我们很少关心过我们的下一代！解放快六年了，我们就很少单独创作、出版一本少年儿童文艺作品。以《四川群众》为例，本年一至十月发表了三百五十多篇作品，其中写给少年儿童的只有十六篇，才占总数的百分之四点五。四川文联今冬的十几份创作计划中，就只有一份上写着：在完成了电影剧本等创作后，如有时间，写一点儿童作品。根据现有材料，《西南文艺》和《群众文艺》这方面的工作也好不了多少。这就无怪乎青少年和儿童经常找不到适合他们阅读的作品了。

由于通俗刊物质量不高，不能广泛、深刻地吸引广大人民，因而在发行数量上也非常不够（当然还有其他原因，如出版、发行工作上有些缺点等，这里就不谈了）。《四川群众》平均每期没有超过一万五千册，即使刊物配合了当前的政治任务（如这次肃反斗争），发行数字也还在继续下降（这当然也有其他原因）。《群众文艺》最近一期也下降到四千九百多册了。这就是说，两个刊物的发行数字加起来，在全省人民中，平均要三千人才有一本刊物，这是个严重的现象，我们不能熟视无睹！

这种严重的现象之所以产生，我们认为是和文艺团体、文艺刊物的编辑部门分不开的，和不重视通俗文艺、不关心少年儿童作品创作的错误思想分不开的。据我们了解，《四川群众》和《群众文艺》的编辑部都很少有计划地组织写作适合少年儿童阅读的作品；对于写作这类作品的作者，没有给以大力的帮助，使他们写出更多更好的作品来。甚至当收到较好的通俗的少年儿童作品时，还叹息着，可惜只能给儿童们看。（其实，好的儿童文艺作品，难道成年人就不喜爱看了吗？）由此可见在编辑思想上就没有把这个任务重视起来。有些专门搞创作的文学、美术工作者也还存在有轻视儿童文艺创作、看不起通俗作品和连环画的倾向，不指出这点，问题不会全面。这些同志错误地以为搞这些东西是降低水平，很难搞出"成绩"，不如写"巨著""画油画"可以"一鸣惊人"。当然，几年以来，我们也有不少同志坚持着普及工作的岗位，他们创作了一些适合文化水平较低，同时也适合少年儿童阅读的好的通俗作品，值得大家重视。但是，如果认真检查一下，我们是不是也还多少存在一种这样的错误思想：把写作通俗作品的任务当成"负担"，想几下写完好写"高级"东西？即所谓"身在普及，心在提高"。文艺整风时，我们曾经批判过这种把普及和提高截然分开的错误思想，但是我们必须继续清除这种错误思想。

我们应该深刻认识创作通俗作品、创作少年儿童文艺作品，是一个非常迫切、重大的任务。它之所以迫切、重大，就由于它是社会主义事业的一部分，它和社会主义建设与社会主义改造事业息息相关，这个事情做好了，不仅有害图书不能继续腐蚀我们的劳动人民特别是青少年，阻碍和破坏我们的社会主义建设，同时我们将有更多的具有社会主义思想的有益图书，培养、教育我们的接班人——我们第三、第四个五年计划的建设者——青少年和儿童。这是主要的一方面，也是我们文艺工作者在社会主义伟大事业中的神圣职责。

全省的专业和业余文艺写作者们！我们必须批判一切错误思想，肃清一切违反人民利益的个人打算，大量地创作更多更好的通俗文艺作品，特别要为少年儿童写出作品，一定要把通俗刊物办好，这是党性原则在文艺事业中的具体表现，是毛主席的文艺方针——文艺为政治服务的具体实践。

（原载《四川群众》1955 年 11 月第 21 本）

文艺工作一定要认真为
农业合作化运动服务

四川省第一届人民代表大会第三次会议是一次激动人心的会议。当想起大会全体一致通过关于保证完成四川省发展国民经济的第一个五年计划的报告和关于四川省十个月来的主要工作情况及一九五六年工作报告的任务时，我总立刻联想到那些兴奋愉快的面容和高高举起的有力的手臂。四川是我国主要粮食产区之一。通过会议，我们可以更加清楚地看出，国家总任务实施以来，我们在农村工作方面已经取得的巨大成就。但是，最令人鼓舞的还是它越来越加以肯定的新的发展前途。因为会议上所有的发言一致证明：四川广大农民群众极有可能超额完成国家交付的农业增产任务。

这种可能超额完成任务的主要根据是在这里：在中共七届六中全会决议和毛主席《关于农业合作化问题》报告的鼓舞下，四川省农业合作化的高潮已经到来。在这个伟大的历史变革面前，从一个文艺工作者看来，人的关系和人的精神面貌也正经历着远比以往深刻复杂的变化，而新的人物、新的性格也将更为普遍、更为迅速地成长和涌现出来。这就为我们文艺工作提供了广阔的发展前途，使文艺工作能够更好地为祖国服务，为伟大的社会主义事业服务。

但是这里有个前提：我们全体文艺工作者，必须首先用中共中央的决议和毛主席的指示把自己武装起来，立刻投身到生活的激流中去，不要让沸腾的日子从我们身旁飞奔过去。今年春天我曾经去农村住过几个星期，但当我上个月再去的时候，在汹涌澎湃的合作化高潮面前，我几乎感觉自己和生活脱节了。而一个文艺工作者在创作上的最大危机，正莫过于和生活脱节，因为不能设想，一个脱离生活、脱离实际斗争的人可能真实地反映生活。

应该承认，过去我们在为农业合作化运动服务上，并没有做好。我们知道，四川的合作化运动是一九五二年开始的，到今年已经四年了。在这四年中，农村的面貌发生了多大的变化，广大的农民特别是贫农和新老中农中间的下中农，他们为了发展农业互助合作运动，付出了多少辛勤的劳动，经过了多少个不眠之夜，进行了多少动人心弦的激烈的斗争，可是我们文艺作品却没有正确有力地表现他们，当然更谈不上推动合作化运动的向前发展。

《西南文艺》是一个大型文艺刊物。但是在这个刊物上，一九五四年中发表的反映合作化运动的作品，只有十篇左右，占刊出作品总数还不到九分之一！而今年，在毛主席《关于农业合作化问题》的报告公布以前，刊出的二十七篇创作中，只有四篇是反映农业合作化的。在这同一时期，还发表速写、随笔六十篇左右，但也只有两篇是反映农业合作化的。单从数量来说，我们也不难看出我们的工作多么落后于现实的发展。至于四川的通俗刊物《四川群众》，由于过去明确制订了为农村服务的方针，对农村现实斗争有一定反映，取得了一定成绩。可是从发表的作品看来，公式化概念化还未得到认真克服，质量还是较低。

毛主席《关于农业合作化问题》的报告，像灯塔一样照亮了农业合作化运动发展的道路，也照亮了文艺创作的道路。毛主席教导我们应该以马克思列宁主义的阶级分析方法看问题，要看农村斗争的主流和本质，才不致在纷繁复杂的生活海洋里迷失方向，要我们相信群众、相信党，才不致在运动面前"不知所措""左右摇摆"，成为前进道路上的绊脚石，要我们和农民群众"同命运、共呼吸"，要珍惜他们任何一点微小的社会主义积极性，才不致落后于现实，落后于生活。我们要好好学习毛主席的报告，努力克服过去生活实践和创作实践中曾经有过的缺点和错误。

在中国共产党七届六中全会的决议和毛主席的报告公布以后，中国作家协会重庆分会和四川省文联，对这两个具有伟大历史意义的文件，立刻进行了初步学习，并已分别组织了一批文艺工作者下乡，参加这一伟大的历史变革，反映这一具有历史意义和世界意义的斗争，这都标志着我们的工作开始有了改进。另外《西南文艺》最近发起了"为农业合作化征文"，《四川群众》也发起了春节征文，这就有可能动员起更大的写作力量。从最近征文的来稿中看出，已经出现了可喜的现象，在《西南文艺》的《在农业合作化的道路上》专栏里，有两三篇速写是清新可喜的作品，而《四川群众》的《剧本专号》与《曲艺专号》上，也有好几篇演唱作品，描绘出了农村合作化高潮到来的欢乐气氛和群众的社会主义觉悟。

《人民日报》社论指出："我们希望有更多的作家、艺术家，趁着运动的高潮，到农村中去，到那里去增长才干，锻炼思想，取得创作的灵感。"而这次大会李大章省长也鼓励我们文艺工作者要深入农村，加强艺术实践，积极为农业合作化运动服务。这就是对我们文艺工作者指出的一条大道，提出的政治任务，这就是党对我们无限的关怀与热情的鼓励，我们应该充分认识自己对国家社会主义建设的重大责任，为积极地反映与推动农业合作化的高潮而努力。

（原载 1955 年 12 月 14 日《四川日报》）

一点希望

全国青年文学创作者会议正在北京召开。这是有关我国文学事业发展前途的一件大事，值得我们热烈欢迎。

参加这次会议的青年文学创作者有四百五十名左右，他们都是最近两三年全国各地涌现出来的发展前途较大、成就上较为优秀的青年作者。他们当中有一百八十八位的作品已被选入《青年文学作品选集》。可以想见，遗漏是难免的；但是，单从上面的事实，已经可以看出这支文学新军的成长壮大。

十分显然，我们文学事业上的新生力量之所以能如此迅速地大量涌现，是同我们社会的优越性分不开的。这在我们老一辈的作家可能特别感觉深刻。就拿我这样一个半老不少的作家说吧，只需想想十年、二十年前我们自己从初学写作到进入创作界的经历，也就特别使人感觉这新的一代远比我们幸福。因为他们得到的社会各方面的扶持，都是我们当年所梦想不到的。

四川也有十七名青年创作者到北京参加这次会议。通过这次会议，他们必然会受到更好的教育，获得更多的创作知识。这对他们的成长，无疑地将发生决定性的影响。但是，根据青年人的某些特点，他们也可能因此对自己作出错误的估计，产生自满情绪。应当知道，创作是极艰苦的事业，为了达到教育人民，推动生活前进的目的，它需要我们持久不懈的努力。

这里还需进一步指出：创作上的任何成就，都应该首先归功于党和人民。因为在整个创作事业中，个人才能所占的地位是有限的，没有党所领导的人民的生活斗争，就是一个"天才"也会一筹莫展。而且才能本身就是社会历史的产物，我们每一个人都是人民的乳汁哺育大的。真的，在我们的事业中，再没有比错误估计自己的才能更为危险的事了。

在这时候来说这样的话，也许并不怎么恰当，但这是我们每个文学创作者，都应注意的问题。有一点是明明白白的：这次会议以后，我们的文学艺术团体，文艺报刊，应该根据中国作家协会第二次理事（扩大）会议的指示精神，继续加强培养和帮助青年创作者的工作。特别是文学刊物的编辑部，应该进一步明确培养青年的任务和目标，吸收《长江文艺》的先进经验，克服过去工作中的缺点错误。

一切有经验的作家，在培养青年创作者这一重大工作当中，更应积极发挥自己应有的作用。而最为迫切的任务，是首先分别同这次参加在北京召开的青年创作者会议的青年文学创作者经常联系，变成他们的亲密朋友，从创作上和思想上给他们以有益影响。

我在这方面过去做得很少，我愿意今后尽可能多做一点。

我希望每一个较有经验的作家，都把培养青年的任务当成自己神圣的职责。

（原载 1956 年 3 月 24 日《四川日报》）

努力提高，共同前进

《工农兵》文艺周刊创刊一周年了，我在这里表示热烈祝贺。

这个周刊是在去年群众创作蓬勃高涨时期内诞生的，刊物的组稿对象，也是工农兵业余作者，而它之所以能够坚持下来，不断获得成就，恰好说明了广大群众的创作潜力，是无穷无尽的，是我们繁荣创作，扩大创作队伍的重要基础。

一年以来，《工农兵》文艺周刊已经取得的成就是不小的；它先后发表了四百多件文艺作品，联系了工农兵业余作者二百多人，经常投稿者在一百人以上。当然，我们不能说所有作品都是佳作，但是它们都有一个共通特点：试图反映大跃进的面貌，刻画具有共产主义风格的新型人物。而且，单就散文而言，就有不少作品获得了广大读者的热烈欢迎。比如：《相亲》《628 号解说员》《爸爸》《双枪将》和《茶园话家常》就都写得不错，值得推荐。

据我了解，不少工农兵业余作者，从前很少搞过创作，有的人甚至没有想到过会搞创作。但是，由于党的鼓舞，由于毛主席"解放思想，破除迷信"这一伟大号召，由于他们自己在大跃进中不断增长的共产主义激情，于是他们勇敢地拿起笔来，写出了他们在各自工作岗位上的所见所闻和深刻感受。这不是出于职业上的考虑，而是来自强烈的内在要求，因此，有的作品，尽管构思简单、刻画粗略，但却无不或多或少地闪耀着生活的光芒。

从一年来刊物上发表的作品可以看出，我们不少业余作者的进步是不小的，他们当中的好多人试图突破真人真事的限制，进行了大胆的艺术构思，而且获得了成就。我上面举例提到的几篇作品，我以为就是这样写出来的。这是一般初学写作者提高创作水平的关键之一。这里需要讲清楚的，真人真事的作品，永远是需要的，要把真人真事的作品写好，也不是容易的，但是，在一个人的创作道路上，这却是自然而然会要出现的问题。

　　事情非常明显，尽管我们的现实生活无比丰富多彩，而且存在着比较完整的写作素材，但是，文学作品的内容，却应该比生活本身更为集中，更富有概括性和普遍性。这是人们要求于文学作品的，也是每一个写作者在创作实践中应该力求解决的问题。听编辑同志说，不少同志已经为此感到苦恼。感到苦恼这是必然要发生的现象，因为创作本身远不是轻松愉快的，即或一个人在写作上近于成熟，或者已经成熟，也会经常碰到苦恼。

　　而且，这种苦恼，毋宁说是一件好事。因为这恰好说明作者对自己现有水平感觉到了不满，有努力突破的必要，否则无法前进。可是，听说有的同志，却因苦恼而搁下笔不写了，这是最简便的办法，但也是最没出息的办法。而最为有效的办法，应该是积极提高政治思想认识，加强对生活和语言技巧的钻研，而且应该不怕失败。我以为，只要曾经投入巨大劳动，而不是草率从事，就是失败，对于我们也绝不会毫没一点好处。

　　过去，为了帮助工农兵业余作者提高水平，编辑部曾经做了不少工作，请人写评介文章，组织座谈会，对较有影响的作品进行具体的思想、艺术分析。我认为这是个好办法，应该坚持下去，同时建议编辑部尽力邀请专业作者，以具体作品作例，报告自己的创作经验：从摄取题材一直到修改加工的整个创作过程。而作为专业作者，也有这个责任。

当然在创作活动上，外力的帮助虽然是必要的，究竟有它一定的限制，而最为可靠的办法，还在自己的刻苦努力。但我相信，我们广大的业余作者，是能够不断克服一切困难的，因为他们有个最优越的条件，就是始终置身于沸腾的现实生活当中。

最后，我祝望我们大家一起，努力提高，共同前进！

（原载 1959 年 7 月 8 日《成都日报》）

提高思想，继续前进

——在工人作者座谈会上的总结发言

大家谈得很好。谈到一些文艺思想上和创作上的问题，也谈到一些具体作品，许多同志的看法都对：要用阶级观点看问题。

比如，"人情味"问题，如果不站在无产阶级立场上来看，就要上当。"人情味"与"人性论"是相通的。其实，这不是什么超阶级的东西，而是资产阶级的老调。站在资产阶级立场，"人不为己，天诛地灭"，这就有"人情味"；我们的先进人物为集体、为社会主义、共产主义事业忘我劳动，这就叫"不真实"，没有"人情味"。他们是一点也不含糊的。相反，我们也有我们的看法。比方《红玉》的结尾，我就觉得并不勉强。红玉从乡下回厂，目的是看她丈夫的病，但是病早已好了，因此作者没有让他们俩先见面，却安排了小刘和宋二伯娘与她会见，使她知道丈夫一时离不开高炉，使她由工厂里的大跃进气氛联想到自己公社的水库工地……这些伏线，都使红玉终于等不及会见春生，又匆匆离厂回乡的行动显得很自然。因而它是合情合理的，合无产阶级的情，合无产阶级的理。

的确，写作和评价一篇作品，首先都不能不涉及立场观点的问题，也就是世界观的问题。是不是有同志认为：现在已经是社会主义社会了，对这问题似乎应该另有看法？不错，在政治思想战线上，经过整风、反右派斗争，我们打了大胜仗，因而广大群众建设社会主义的热情不断高涨；但是，在我们社会生活里，资产阶级的政治思想影响，是不是都全部肃清了？我看不能得出这样的结论。在国内，这种影响还存在着，在国外，也还有帝国主义存在。作为意识形态，资产阶级思想和无产阶级思想，有本质的不同，但是它们之间并没有隔着一道万里长城；资产阶级思想总会直接间接影响我们。因此，思想战线上兴无灭资的斗争，不但在现在，就是在将来，也是相当长时期的事。而我们的文学，即是阶级斗争的武器，我们的文艺事业，即是党的整个革命事业的一个组成部分，我们就有责任把歌颂建设社会主义的新人新事作为我们创作的主要内容；一切资产阶级的思想感情和生活方式，都要坚决反对。而且，正因为我们已经进入社会主义，从不断革命论看问题，从思想是先行看问题，更应当把宣传共产主义作为创作的重要内容。在我们社会主义的现实生活里，共产主义的因素和萌芽，正在日益增长，这是我们生活发展的方向。只有沿着这个方向，大力宣传共产主义思想，我们的作品，才能更好地达到教育人民、帮助人民不断推动历史前进的伟大目的。

大跃进以来，我们的很多作品，从思想上说，不少都带有共产主义的因素，这是特别值得肯定的。大家之所以肯定《红玉》，也正因为它所宣扬的、歌颂的，都是我们的事业所需要的东西。当然，每个读者可以有自己不同的看法。比如，人物是否可以再丰满一些，是否可以把结尾写成另外一个样子，让红玉多留一会儿，写得更深刻些……这些意见作者都可以考虑。但绝不能说，现在这样的结尾不合情理。这是一篇好作品。如果拿它去与作者去年的《故乡》比，说它提高了一步，从人物思想觉悟看，我觉得可以这样说。《故乡》的结构比较分散，情节是用回乡的"我"穿连起来的。因此说《红玉》在这方面进了一步，我也同意。当然《故乡》也另有优点。主要因为写的是自己的家乡，是自己一再为之激动的人和事，因此，尽管人物不及《红玉》集中，情绪却较《红玉》饱满。这恐怕和作者对生活的熟悉程度有关。附带谈谈，是否这样，请大家考虑。

大家还谈到写重大题材的问题。有同志说，《红玉》并没有写重大题材、重大事件，但也很动人。我觉得这个说法值得考虑。重大题材或者重大斗争，不论其性质如何（不论是人民内部矛盾或敌我矛盾），都是与重大事件联系的。《红玉》反映大跃进中的沸腾生活，反映新的夫妇关系，反映无产阶级的思想感情，你能说这不是重大事件？我看只不过是角度不同而已。但如果由此得出结论：不反映重大事件也能表现时代精神，这却是没有好处的，也是很危险的。因为，它会诱惑你脱离工农兵群众的火热斗争，用身边琐事去代替生活的主流。当然，每个作者可以根据主题的需要、自己熟悉生活的程度和艺术手法的特点，选择不同的角度来反映。像《班长》，通过朝鲜战场上志愿军的故事，从正面反映了重大题材；《628号解说员》也反映了重大事件，尽管它是从侧面来反映的。我们的文学艺术，正是要反映千百万人所关心的事情。这也是我们的文学艺术作品之所以受到大家重视的主要原因。在目前说来，就应该像《红玉》那样，满腔热情地歌颂总路线、歌颂大跃进、歌颂人民公社。必须反映这些重大事件，这一点必须肯定下来，丝毫不能动摇。

爱情问题，也要用阶级观点来看。在作品里描写爱情，当然是可以的，没有谁会反对；但是爱情离不了社会内容。离开了阶级，离开了社会生活，把爱情孤立起来，单纯看成生理的需要，好像一个男人和一个女人在一起，就一定要搞恋爱，那是非无产阶级的观点。因此，我们写爱情，不仅要正确的观点立场，不仅应该具有社会内容，而且应该具备鲜明的政治目的，否则就会歪曲我们的现实。是不是每个作品都非写点爱情不可，不写就会叫人打呵欠？我看不是这样。目前不少优秀作品，以至某些古典名著，就没有写恋爱，可是它们却都受到了广大读者的热爱。以为非恋爱不可的说法，是没有根据的。

如何提高？这也是大家关心的问题。其实，毛主席《在延安文艺座谈会上的讲话》中，早就讲得很清楚：提高，只能在普及的基础上提高，只能沿着工农兵的方向去提高。但在具体实践中，过去我们容易出毛病，一提高，有时就"提"到资产阶级方向去了。这是因为要接触到一个麻烦的问题，即接受遗产的问题。我们必须弄清楚，接受遗产只是提高的一个方面，更重要的是作者的世界观、政治思想修养和生活积累。要有先进的世界观、正确的立场、丰富的生活斗争经验，才会有提高技巧的基础。因此只有提高了政治觉悟、思想水平和认识能力，你才会站得高，看得远，写得好。遗产要不要接受？要。但是必须批判地接受。必须看出它们的不足之处，切不可迷信古人，甚至抬出古人来压服人。从所处的时代说，我们比古人优越得多；从世界观说，不少优秀作品的作者，他们的世界观是落后的、甚至是反动的，同共产主义的世界观存在着本质的区别。我早年读许多十九世纪的东西，常常只看到它们对旧社会有所批判的一面；而未注意到它们在世界观上的个人主义、唯心主义的一面，以至影响自己在创作上走了很多弯路。可见要提高，首先必须解决世界观的问题。

许多同志都谈到了大跃进以来我们在经济战线上、政治战线上和文化战线上的巨大成就，和群众创作的重大发展，但不能说已经到顶了。的确，比起生产建设或者其他方面的发展来，我们的作家队伍还是太小了。因此还要继续坚持群众路线，大搞群众创作，不断扩大和巩固我们的创作队伍。这是坚定不移的。解放十年来，就四川地区来说，在党的领导下，我们培养出的新作者已经很不少了，但也发生过一些问题：一是培养作家有时忘记了阶级路线，或者阶级路线不明确；一是对业余作者在政治思想教育上要求不够。培养新作者，找什么对象呢？当然首先应是工农兵群众中的业余作者。但前些时候，我们是不够明确的。领导上曾不止一次地指出我们"重才轻德"，这说明我们在如何进行培养方面的工作是搞得不够好的，没有认识到首先应该从政治思想方面对青年作者进行帮助。大跃进以来，这两方面的问题大家都比较明确了。

现在，形势很好，大家一直感到兴奋，这是好事情；但同时也应该想到，如何在党的领导和教育下不断提高、逐渐成长起来。这是老生常谈了，但它是真理；今天履冰同志和戈壁舟同志已经谈过，我还要谈一点，也许以后还要谈。我想，同志们首先应该从政治思想上严格要求自己。过去，有个别作者发表了一两篇作品，就脱离群众，不安心生产，整天想当作家。其实，不积极地搞好生产，不深入群众，要想在创作上取得一点成就，那是不可能的。不能设想，一个不能全心全意、满腔热忱地把党交给的工作做好的人，却能写出好作品来。所以对我们工人作者来说，无论如何首先要把工作搞好，要在生产战线上把党的事业搞好。是党团员的，首先要做好一个党团员；是工人的，首先要做一个先进生产者。如果因为想当作家而忘记了自己是一个工人或党团员，或者因为写作而影响了生产，都是很不好的。在座的同志，尽管已经写出了一些好作品，有一些成绩，但一般来说还只是个开头。比起你们，我开始写作的时间要长些，但写得并不好，一方面固然是生活不足，主要也还是世界观问题。我们大家都应该从这两方面多下功夫。

其次，对大家，我们是无例外地希望多写。但是要像写头篇作品那样，一定要到非写不可的地步才写，所谓箭在弦上，不得不发，不写就毛焦火辣的，不把自己的激动告诉每一个人，不向全世界宣布党的总路线硬是正确、我们的大跃进和人民公社硬是好，就不能平静。这个条件，看来跟"多写"有矛盾。不错，有点矛盾。但是，大家不要忘记了你们是生产战线上的战士，因而只要你们全心全意搞好工作，自始至终保持革命朝气，你们就会很好解决这个矛盾，经常有强烈的创作要求，经常有东西可写。当然，在创作上，谁也不敢说每篇作品都会是成功的。因此多写东西是应该的，但发表的时候必须慎重，必须有一个严肃认真的负责态度。一篇、两篇作品写失败了，也用不着灰心，因为，对于我们说来，这里还有个学习和锻炼的过程。我希望我们大家能经常写作创作笔记，积累生活素材，为创作进行充分准备。

对待创作的态度上，有两个问题。上午有同志谈到，平常吹牛、摆龙门阵，谈得头头是道，有声有色，一提起笔来，却被中外古今一些大作家的套子套住了。这是说，有些人有迷信观念。但是另一方面，有些人又马虎从事，把创作看得太容易了。所以我们既要大胆破除迷信，提倡敢想敢干，要有工人阶级的气魄，同时也要认识创作的艰巨性。大家所熟悉的国内一些优秀作家，没有一个不是经过党的长期教育，长期生活在革命斗争当中，他们所以能够在创作上取得很大成就，正是积累了丰富的生活经验，有了坚实的思想基础，经过长期艰苦努力的结果。一句话，我们对待创作，既要打破迷信，又要严肃认真，不能片面理解。主要是继续打破迷信。

目前，最重要的问题，是多读毛主席的著作，深入学习毛泽东文艺思想。今天这样的座谈会，今后可以常开。但是大家对我们的谈话，也不要迷信，要自己下判断。用什么标准来判断？我们有一个共同的标准，这就是毛主席《在延安文艺座谈会上的讲话》。这部著作，是一套完整的马克思列宁主义文艺理论，对文艺上一系列的根本问题，早已作了经典性的指示。我们不论读作品、看文章、听意见，在感到难于判断的时候，复习一下《讲话》，许多问题都会迎刃而解。切不要听到一些貌似新奇的说法，就把毛主席的《讲话》忘记了，甚至歪曲了。大家喜欢读革命文艺理论书，这是好事。不过最好的是要多读毛主席的著作，而且要联系实际，反复钻研，深刻理解，化为自己的血肉，才能照明前进的方向，才能提高认识生活的能力，才能抵抗资产阶级思想的侵袭，帮助自己真正建立无产阶级的世界观。

（原载《峨眉》1960 年 2 月号）

作家的责任

——在全国第三次文代会上的发言

中国革命作家的责任是什么呢？党为我们指示得十分明确。这就是：通过创作，大力提高全国人民的共产主义思想觉悟和共产主义道德品质。这是党和群众对我们提出来的任务，因为党领导全国人民为之艰苦奋斗的社会主义社会，已经成为今天的现实了。而鼓舞人们勇往直前的正是伟大的共产主义理想。

这个任务是艰巨的，但也是光荣的。只要我们在创作实践中正确体现了革命的现实主义和革命的浪漫主义相结合的创作方法，这个任务是能够完成的。根据我个人的体会，这个创作方法，首先应该体现在英雄人物的塑造上。因为一般地说，一个作家的作品，最能引起读者关心，对读者影响也最大的，首先总是人物。作家也每每在人物塑造上付出他们绝大部分的精力。因此，作家就应该为我们这个伟大时代创造具有共产主义风格的人物而进行辛勤的劳动，用具有共产主义风格的鲜明形象来鼓舞千千万万人民奋勇前进。

现在作品中创造具有共产主义风格的人物，是有充分的现实根据的。因为在我们伟大沸腾的现实生活当中，已经涌现了许许多多具有共产主义风格的新人，具有共产主义萌芽的新事物已经普遍存在。最近，我在四川武胜农村住了一个时期。武胜是四川的红旗县，它的变化是惊人的。县里有一个礼安公社，土质瘠薄不堪；特别是一二两个管区，地下到处是鹅卵石，正跟河坝一样。但是我们的英雄人民，却叫它铺山盖野地长出了绿油油的庄稼。他们之所以能够创造出这种奇迹，绝不仅仅为了增产粮食，而是和一个伟大的理想紧密联系着的，我在和群众的接触当中充分地感到了这一点。而这些为了迅速改变我国"一穷二白"的落后状况，为了使我国及早向共产主义社会过渡的英雄人民使我受到了极大的启发。

想起这个县的广大群众的冲天干劲，我是有很多的话想说的。当然，时间不许可我这样做；可是我还是忍不住要谈一谈我在烈面区参与过的一次评比竞赛。这个区有一个桥亭公社，因为短点苕藤，短点肥料，生产落后了一步，评比垮了。而那个高大健壮的烈面公社的党委书记，偏要向它挑战，而且鼓励其他几个公社扭住桥亭不放。可是末了，他又带头向桥亭提出保证：肥料没有，我们借给你们两千斤苕藤吧！明天早上来担。而且立刻走出人声沸腾的会场，打电话回社安排苕藤去了。正跟全国各地一样，这种富有共产主义协作精神的故事，在人民公社化后的四川农村当中，可以说是屡见不鲜的。

文艺作品是党向人民群众进行社会主义、共产主义思想教育的有力武器，为了使它在广大群众中起到更大的教育和鼓舞作用，我们在创作中必须对我们所塑造的人物充分地理想化。当然，我们所说的理想化，是以现实生活为依据的，它同脱离现实的杜撰毫无共同之处。因为这些具有共产主义风格的新的人物，是在现实生活中存在的，他们的思想和风格，也是在社会主义革命和社会主义建设的复杂斗争中形成的。所谓人物更加理想化，不过是概括现实生活中许多活人的共产主义品质，特别是强调活人性格中一些在未来将更为普遍存在的新的萌芽，即在概括现实生活的基础上加以提高。在《在延安文艺座谈会上的讲话》中，毛主席谈到自然形态和观念形态的文艺"应该比普通的实际生活更高，更强烈，更有集中性，更典型，更理想"。这个英明指示，毛主席是阐发得很透彻的，它应该成为我们大家对人物进行理想化共同遵循的原则，因为它是总结全部创作经验得出来的科学结论。

我以为要做到毛主席对我们提出来的要求，首先必须具备丰富的生活经验，必须用党的观点和政策对这些生活经验进行深入的分析研究，为创作上的集中概括提供一个深厚可靠的基础。而更为重要的，还在于我们要能够高瞻远瞩，站在共产主义思想的高峰来感受、表现我们伟大沸腾的现实生活，使作品渗透着鼓舞人心的革命的浪漫主义精神。最近一年以来，对于革命的现实主义和革命的浪漫主义相结合这一创作方法，我是做过些考虑的，越来越感觉到革命的浪漫主义应该是主导的一面。因为每当我想起革命的浪漫主义的时候，我总同时想起马克思列宁主义的不断革命论，而不断革命论却是指导阶级斗争的战略思想。所以我想，如果从这一角度去考虑革命的浪漫主义问题，我们就更能自觉地深刻反映"一天等于二十年"的伟大沸腾的现实生活和广大群众的精神面貌，更能满腔热情地歌颂那些不断战胜困难、战胜形形色色的思想障碍、为新生活开辟道路的英雄人物，让广大读者跟作品中的人物一起奋勇前进。

我们不少受到读者欢迎的作品，正是在反映现实斗争生活的深度和人物塑造上有了更大的鼓舞人的力量。譬如，《红旗谱》（梁斌）和《创业史》（柳青）和《红日》（吴强）这三部长篇，就都在不同的方面，不同的程度上体现了革命的浪漫主义精神，作者满怀热情地歌颂那些为了集体利益和革命利益而奋不顾身的英雄人物。在短篇创作中，当大家读了《一个温暖的雪夜》（刘白羽）的时候，难道不会感到振奋，从而联想起全国劳动人民为一个伟大的理想而战斗的英雄气概？而当我想起那个平时疲沓不堪，在工作紧张时却又拄着棍子"健步如飞"的《我的第一个上级》（马烽），想起那个在《严重的时刻》（王汝石）把那些悲观失望的人们重新鼓动起来，一起投入新的战斗的公社党委书记的时候，我总不能不联想起那些我所认识的为了一个伟大理想而艰苦奋斗的农村干部，渴望把他们写出来。

我以上提到的是部分专业作家的部分作品。就是工农兵业余作家的作品，在体现党和群众的要求上也有很大的成就。特别是大跃进以来出现的一批工农兵青年作者的作品。单拿四川来说，就有好几位工农兵业余作者写得不错。当然，对于他们说来，这还仅仅是个开始。但是，当我想到那个在《春夜》（采风）里偷偷向一个寡妇学习针线、偷偷敲打榔头的半退休的老年工人的时候，我总非常激动。因为这个老年工人之所以决心要使自己在旧社会被鞭打残废了的手臂灵活起来，不是为了别的，而是为了争取回到他心爱的工作岗位上去，以便我们的国家能够在较短的时间内赶上外国。我也想起那种弥漫在《烧焊》（杜夫）场上的新的共产主义的风习。而那个在朝鲜战场上因为救护伤员而瞎了眼睛，后来又千辛万苦学会了按摩，耐心治疗病人的女医生，无论如何称得上我们这个社会的一枝《永不凋谢的花朵》（黄谋远）……

　　有时，当一些青年朋友同我谈到怎样才能在创作上体现革命的现实主义和革命的浪漫主义相结合的创作方法，特别是体现革命的浪漫主义精神的时候，我总是想起那些教育了广大群众的革命斗争回忆录（可能因为这些作品比较容易说明问题）。而且从它们得到启示：作者自己必须首先是一个与群众同呼吸、共命运，为实现伟大革命理想不断进行斗争的无产阶级战士，才能真正解决问题。因为这些作品之所以不仅正确地描写了过去的革命斗争历史，同时还渗透着革命的乐观主义和革命的英雄主义精神的根本原因，正在这里。血管流出来的是血，水管流出来的只能是水。一九三一年左右，我曾经写过一个短篇，叫作《恐怖》，旨在揭露反动派的血腥罪行，而结果却流露了自己存在的消极情绪。我相信，我现在绝对不会写出这样的东西来的，而这篇二十八九年前的旧作品却充分说明了：在创作问题上，总直接牵涉到作者本人的思想感情、精神状态和整个世界观的，一点也假不了。

　　"文如其人"，这是一句大家都知道的成语。我觉得现在应该对这句成语赋予新的内容，新的解释。这就是：要想在创作上完满体现革命的现实主义和革命的浪漫主义相结合的精神，作者自己必须是一个充分具备共产主义风格的人。而一九四二年毛主席《在延安文艺座谈会上的讲话》发表以来的丰富经验证明，只要我们老老实实继续遵循毛主席的教导，认真学习马克思列宁主义，长期深入生活斗争，从行动到思想感情和群众打成一片，坚决地沿着为工农兵服务的方向前进，我们就能完全做到。

（原载 1960 年 8 月 3 日（《人民日报》）

祝同志们写出更多更好的作品

　　我面前摊开着一大叠今年出版的《工农兵》文艺周刊。这只是两年多来，已经出版的一百二十六期《工农兵》文艺周刊的一小部分。

　　我刚才重读了一遍它们当中几篇曾经得到好评、我自己也喜欢的作品。这些作品是：《快》《双喜号》《婚礼上》《样板人》《为了早日发电》《银杏和拖拉机手》等等。它们的作者的名字，有的我比较熟识，而且还同他们本人有过接触；有的可能是第一次看到。

　　当然，不管熟识或者陌生，也不管个人之间有无往还，通过这些作品，我却强烈地感觉到一种极为重要的共同的东西：他们一致地力求在作品中反映出我们这个伟大时代的精神面貌，而且一般都做到了。这也正是它们在读者中间获得好评的根本原因。

　　我们的时代是历史上最伟大的时代。我们的广大工人、农民和革命知识分子，正在共产主义理想的鼓舞下，高举三面红旗，积极地从事社会主义建设。而那种大公无私、先公后私、为革命事业奋不顾身的共产主义的道德品质，已经在他们中间大量成长起来，成为体现时代精神的主要人物。

　　可以说，通过先进人物、英雄模范来反映时代精神，正是近几年来我国文学艺术创作最突出的特点。对《工农兵》文艺周刊说来，从它创刊开始，这个特点就一直表现得很鲜明。从朝鲜战场上的无敌勇士到展览馆的解说员，从公社的中年农民到机器车间的青年小伙子，都可以看出时代精神的反映。这是完全可以理解的，因为这个刊物本身就是大跃进的产物，它的所有作者又正是积极参加伟大建设事业的革命战士。

作为一个本刊的读者，创刊以来，在我所能读到过的作品中，我还没有发现过这样的作品：由于试图反映人物的共产主义风格而歪曲党在现阶段的政策，或者把物质生活的改善作为共产主义的主要特征而加以夸大。而所有我曾经读过的作品，一般都能从人物对党、对国家、对劳动和对同志的态度上来刻画他们的精神面貌。上面提到的《样板人》和《婚礼上》，就是很好的例子。

我们的作者们之所以能做到这一点，说起来也简单，正像我上面讲过的，主要由于他们自己就是社会主义事业的积极参加者，因而在沸腾的生活巨流当中，他们也就有可能对生活获得深刻感受和正确认识。这是我们进行创作的基础。有没有这个基础，这个基础或强或弱，都会在创作实践上见到分晓。

两年多来，《工农兵》文艺周刊的经常投稿者已经发展到一百三十余位。而最值得重视的是，他们中间不少人是生产战线上的革新能手、巧姑娘和优秀学工。这一点使我们有理由提醒那些抱怨在沸腾的生活中无法发现先进事物的人们注意：必须反求诸己，从自己对待生活的立场、观点、思想感情去找原因，立即采取措施，坚决加以改变。

可以肯定，自始至终保持同革命群众的紧密联系，自始至终把出色地完成生产任务放在第一位，应当成为所有工农兵业余作者的准则。同时还要在这个前提下妥善安排政治理论学习和业务学习，不断提高自己的思想水平和艺术水平，而不满足于现有成就。

最近，在同一部分业余作者的交谈中，我感觉他们在创作上要求提高的愿望是强烈的。同时，大家在这个问题上都有正确认识：提高必须经过一个锻炼和学习的过程，这里主要包括积累写作经验，积累生活知识，不能急躁。而且，要提高，必须首先从政治思想上提高。

否则就会迷失方向，丧失前进的勇气。

　　注意提高，这是个叫人高兴的好现象。我相信，所有一切在生产战线上能够与时代的步伐合拍，不断持续跃进的工农兵业余作者，他们一定都会用同样的革命的气概来对待业余创作，在有利于生产的前提下，在一九六一年写出更多更好的作品。

（原载 1961 年 1 月 1 日《成都日报》）

努力学习，不断提高！①

　　首先谈谈政治与文艺的关系问题。这个问题，毛主席早在《在延安文艺座谈会上的讲话》中，已讲得非常清楚，非常透彻了。文艺是从属于政治的，并反过来给予政治以伟大的影响。从来文艺都是为一定的政治服务的。我们的文艺是为革命的政治服务，资产阶级的文艺则是为反动的政治服务。新中国的文艺，具有强烈的革命性战斗性的特色，这是必须继承和发扬的光荣传统。我们从来反对文艺忽视政治、脱离政治的倾向。这些根本的道理，同志们可能都是明白的。但文艺究竟怎样更好地为政治服务？有些青年作者却存在一些简单、片面的理解，对文艺为政治服务的广阔性理解不够。有的把为政治服务仅仅理解成是为当前的中心工作服务。比如当前的中心工作是扫盲，就只写扫盲；是搞小春播种，就只写小春播种。为当前政治服务是肯定的，配合某些中心工作也是应该的，但把它绝对化就不好了，会妨碍文艺广阔地多样性地发展。也有少数同志把文艺为政治服务理解为图解政策，这也是不对的。有的同志只重视政治性，不重视艺术性，只谈作品的政治内容，而怕谈艺术技巧，这同样也是片面的观点。政治和艺术不能等同起来，艺术为政治服务，是通过它自己的特点，用鲜明的

---

① 作者于 1961 年 9 月 9 日和 16 日在成都市工农兵业余作者座谈会上，就到会同志提出的问题，先后做了两次发言。本文系由《四川文学》编辑部根据这两次发言的记录整理而成。

形象，生动的情节等来达到的，忽视艺术的特点，也就不可能很好地为政治服务了。写一篇作品，首先应考虑它的政治思想意义，但如果只考虑政治上正确与否，不管感人力量如何，这是不全面的。这个问题也关系到对红与专的理解问题。光讲政治，不联系实际，不钻研业务，就成了空头政治家了。你们工人作者，如果在劳动态度和生产技能上，不注意多快好省地努力工作，不注意提高质量，提高工效，多为国家创造财富，那么即使整天光讲政治，又有什么实际意义呢？政治挂帅要体现在政治思想和具体业务上，红与专必须结合起来。每个行业都有自己的特点，文艺也有自己的特点，离开了这个特点，也就谈不上为政治服务，政治挂帅也就成了一句空话了。

文艺为政治服务，正确的全面的理解，就是为无产阶级和劳动人民的利益服务，为社会主义、共产主义事业服务。人民要求文学艺术表现我们伟大时代的精神面貌和建设事业，帮助培养具有社会主义、共产主义思想的新人，培养人民的爱国主义、国际主义精神，培养人们高尚的思想感情和丰富的生活趣味，增长人们的知识，丰富大家的文化生活。凡是能满足以上任何一个方面的要求的作品，都算是为群众服务、为政治服务了。以上说明，文艺为政治服务，道路是极其宽广的。如果把它理解狭隘了，就不能很好调动一切创作的积极因素，在百花齐放的方针下更好地发展我们的文艺创作。

人们对文艺的要求是多种多样的。为了满足群众各种各样的需要，在为工农兵服务的前提下，各种题材、体裁、风格、形式的作品都是需要的。在民主革命时期，我们作战就用了各式各样的武器。除了步枪、机枪、手榴弹外，还有大刀、红缨枪，它们都不同地发挥了打击敌人的作用。今天我们在文艺上，也应当把各种武器使用起来，更好地为社会主义建设事业服务。我觉得，工人作者也不一定只写本厂、本车间的事情，生活面和写作题材可以广阔一些。就以工人读者来说，他们何尝不想知道农村生活、知识分子生活呢？你们除了写自己最熟悉、最理解、最感到有意义的事物外，其他方面的生活也是可以写的。创作态度当然应当非常严肃，对一篇作品，要考虑它的政治效果。但有些东西，虽然没有什么强烈的政治内容，却能给人以生活智慧和美感享受，写出来群众还是需要的，对多方面地培养自己的写作技能也是有好处的。

为政治服务，同志们要想得宽一点。当然，这并不是说，大家可以不重视写出具有强烈政治内容的作品了，可以放松提高作品政治思想质量的努力。我自己，就仍然要求自己努力写出一些有强烈政治内容的作品，以鼓舞人民前进。你们当然也应该要求自己严格一点。但每个人必须从实际出发，你有什么生活体验，擅长写什么，就写什么，只要不违背毛主席提出的六条政治标准，各种内容和形式的作品都可以写，只要能满足群众任何一方面的正当要求，都是好的。

总之，文艺为政治服务，应当是一条非常广阔的道路。有些同志长期生活在现实斗争中，能及时写出配合当前政治任务的作品，这是很好的，也是群众迫切需要的。但我们并不要求所有的人都这样做，否则就会助长生硬配合任务和图解政策的概念化倾向。每个作者反映什么，要看他的生活体验，还要看他对生活的兴趣，不能作一般化的要求。比如反映农村生活，如果你们有这方面实际的生活体验和认识，在生活中有了冲动，非写不可，就可能写出好作品来。如果对工业支援农业这个问题有实际感受和理解，有了冲动，同样可能写出好作品来。但是，如果没有体会，没有认识，只是为了配合某项中心工作，便图解政策，硬要去"憋"，这就达不到为中心工作服务的目的。我们提倡文艺工作者到火热的斗争中去，锻炼提高自己，在写作上反映重大题材，歌颂三面红旗，但并不勉强人人皆为之。应根据各人具体情况具体条件分别对待，不能作一般化的要求。听说有人对冯还求的小说《红玉》有这种看法：非难作者为啥不写工厂、写工人的生产斗争，而写从农村来的工人家属；为啥不从正面写而从侧面写。这意见是片面的。为什么不能写工人家属？作者这样处理题材，从生活侧面来反映大跃进的现实，歌颂社会主义新人，有什么可非难的地方？正面写还是侧面写，这是作者的艺术手法，表现习惯的问题，选择什么手法，从哪种角度来反映生活，作者完全有他的自由，不能说哪种好哪种坏，更不应勉强所有作者都用同一手法。正面描写劳动和斗争场景，当然很好；但其他如侧面描写，从小处着眼而由小见大等手法也不能排斥。我们要提倡艺术手法、表现技巧的多样化，使每个作者都能凭自己的生活经验、艺术兴趣和爱好，自由选择运用，绝不要一律化。

我觉得，创作有一条根本的原则，那就是无论如何要从生活出发，生活中有什么事物打动了你，引起了你的创作冲动和联想，然后才开始进入艺术构思。这样从生活出发进行创作，对所写的事物感情一定充沛，对素材、情节、人物非常熟悉又经过细心琢磨，写出来的作品才可能有打动人心的力量，至少不会公式化概念化。如果没有生活实感，而是从概念出发进行创作，必然导致公式化概念化。生活不足，不能由一件事物引起许多联想，或对生活理解不深，创作时遇到困难，就用概念来补充，这是无济于事的，别人一眼便能看出来。在生活这个问题上，弄虚作假是行不通的。因此，重要的问题，是老老实实地深入生活，积累丰富的生活知识，然后你的创作才有坚实的基础。

关于世界观的问题。正确的政治立场和革命的世界观，对任何作家艺术家，都是极其重要的，尤其是你们初学写作者，更应该努力在这方面不断提高自己。因为只有具备了正确的政治立场和革命的世界观，才能正确认识现实，而这，正是正确反映现实的前提；对事物认识不清，不准确，反映就不可能深刻正确。所以，立场问题、世界观问题，是根本的问题，决不能轻视它对创作的指导作用。但对这个问题也不能片面理解，不能把世界观和创作方法等同起来，不能把艺术创作中的一切问题都归结为世界观问题。一个有志于写作的人，只注意政治思想问题，而不刻苦地磨炼写作技巧，提高自己的才能，积累创作经验，是不对的。道理非常明显，你们在生产上要做一个标兵，除了必须政治思想先进，劳动态度好以外，还要有所创造革新，在业务上做出突出成绩才行。哪里见过整天背诵政治条文，生产上老出事故的标兵呢？其实，政治进步的人，一定积极地自觉地钻研业务。政治挂帅，世界观正确，是要对业务发生指导作用，使业务有正确的方向，但在这个前提下还必须努力钻研业务，精益求精。文艺是用语言文字，用生动具体的形象来反映生活，以艺术的力量来打动和感染读者，帮助读者正确认识世界，从而唤起改造世界的行动；它不是直接用逻辑的语言告诉读者一些正确的道理就完事的。不注意形象和语言，不钻研技巧，就不能很好发挥文艺的作用。我们的要求是正确的革命的政治内容和完美的艺术形式的统一。因此，同志们要努力树立正确的世界观，也要努力钻研业务，钻研技巧。认真深入生活，不断学习、实践、锻炼提高自己，才能逐步写出好作品来。

最近，你们很多同志学习了茅盾同志的《一九六〇年短篇小说漫评》这篇文章，这很好。茅盾同志经验丰富，通过他对去年优秀短篇的分析评论，再联系自己的作品想一想，会得到不少益处。但别人的经验，只能是借鉴，而不是药方。创作上是没有万灵药方的。毛主席的《讲话》可说是药方，但那只是大的方针原则，创作中的具体问题还得靠各人在实践中不断摸索、创造，总结经验来解决。

听说你们在学习中，感到自己写的作品提高不快，很苦恼。初学写作者渴望提高，产生苦恼、着急的情绪是自然的，可以理解的。但大家也不要有急于求成的想法。创作是一种艰苦复杂的劳动，要经过长期的实践锻炼才行。当然，创作并不神秘，也并不是高不可攀，但大家对搞好创作的长期性复杂性一定要有足够的认识，在这上面是没有轻易的捷径可寻的。有的同志看到某些作家在几年中写出了一些好作品，有新的发展创造，有新的特色，便以为人家有天才，很快获得了成功。其实，"冰冻三尺非一日之寒"，这些作者现在的成就，决不是轻易获得的，而是长久的锻炼和艰苦劳动的结果。作家茹志鹃就是一个明显的例子。不了解情况的人以为她是在一九五八年写了《百合花》，就一下冒出头了，哪知她早在抗战时期就在我们部队的文工团里工作，她是在革命队伍里培养成长的，搞写作也有十多年之久了。这些经历为她打下了生活和创作的基础。可见，任何事情都是事出有因的，一个新作家的成长，没有不经过长期的生活积累和勤奋不懈的创作劳动的过程。成功是从不成功开始的，闻名是从默默无名中得来的。不要只是羡慕别人已经取得的成就，而要学习人家踏踏实实埋头苦干的精神。有志者事竟成，大家只要勤勤恳恳，努力提高政治思想水平，不断丰富生活经验，不断积累和钻研艺术技巧，有了这三条，就一定能健康地成长起来。人的才能是有差别的，但都是在生活实践中培养起来的。社会科学工作者善于冷静地对事物进行思索判断，发现问题；搞文艺的人，除了应当培养这方面的能力以外，还应该有对生活现象有强烈敏锐的感受和联想的能力。同志们都可以说是有对生活的感受和反映生活的才能的，但这才能只是萌芽，还需要加强培养和提高，需要长期艰苦的努力。现在大家感到写的东西进步不大，提高不容易，这其实是好事情。对自己不满足，就会不断进步。写作中，想的东西多一些、宽一些，要求严一些，是有好处的。如一味满不在乎，什么事都好像轻而易举，倒正是创作停滞的表现。感到困难，就能发现问题，找到提高的方法。大家不要着急，不要泄气，要善于总结经验，吸取教训，找出提不高的原因，就能逐步提高，写出好作品。

大家还提出，为什么自己的作品中人物刻画一般化？我看，这首先恐怕还是生活不足的问题。俗话说，巧妇难为无米之炊。生活是创作的源泉，正如工厂没有原料就造不出产品一样，从事精神生产而生活贫乏，原料不足，也是难以写出好作品的。当然，写好作品，也还有个正确认识生活和表现生活的问题。同志们感到写人物困难，容易一般化，我看主要的怕是对生活中的人物了解不多，不够熟悉，没有看到或抓不住人物的鲜明特点。在生活里，有的人善于抓住别人的特点，有的人却抓不住。据说有的人活了半辈子，连自己老婆的性格都还弄不清楚，你叫他来写人物，怎么能写得好呢？可见，对人物见闻不多，了解得一般化，当然写起来就难免一般化了。这是一方面的原因。另一方面，也有的是在生活中看到了人物的个性，抓住了特点，但却找不到恰当的表现方法。据我看，人物描写一般化，主要的恐怕不外乎这两种原因。怎么改变这种情况？这要付出长期的艰苦的劳动，深入生活，加强实践，积累经验，努力学习。我觉得，初学写作者由于生活经验、艺术修养不足，写人物的时候，最好是有一个实有人物作模特儿，与作品的主题、谋篇布局联系起来进行加工补充。这样做是有好处的。等生活经验和艺术经验积累得多了，然后从更广阔的生活角度，用更概括的方法来创造人物也就比较容易了。

为了避免人物刻画的一般化、学习优秀作品刻画人物的技巧和经验，是很有益处的。茅盾同志的那篇文章，对一些作品的人物刻画问题就有很好的具体分析，值得仔细思考钻研。茅盾同志通过对一些作品的热情肯定和具体分析告诉我们，刻画人物要善于抓住特征，人物切忌重复雷同，就是刻画同一类型的人物，也要每个人物有鲜明的个性，有不同的创造和新的发现。大家看，契诃夫笔下的知识分子，差不多都是灰溜溜的，有共性，但在这同一类型的人物中，每个人物的精神面貌、性格、心理却各有不同，有鲜明的个性特征。刻画人物，达到了这个程度，自然就不一般化了。当然这不仅仅是艺术技巧的问题，主要的还是对生活的深刻理解和细致观察的结果。

茅盾同志还通过对《飞跃》《李双双小传》《民兵营长》这几篇作品的分析比较，对所描写的人物的成长、发展，谈了许多很好的意见，给人以具体的启发。关于人物的成长、发展，确实是人物刻画上一个重要的问题。我觉得《民兵营长》《耕云记》，还有《第一课》，在这方面都各有优点和特色，可供我们学习。《民兵营长》我最近才找来读了，这个四千来字的短篇的确不错。好在哪里呢？首先是谋篇布局好，其次是情节场面安排巧妙，再就是景物描写好。关于人物发展的描写，在作品中不外有这样两种手法：一种是在作品所限制的一个特定的时间、范围内，通过多方面艺术描写使人物的性格越来越鲜明丰满；另一种是写出人物成长的历史过程。通常我们说的所谓人物的发展，往往是指的这后一种情况。《民兵营长》和《耕云记》都写了人物的成长过程，但两篇写法是不同的。《耕云记》是正面写公社气象员肖淑英的成长过程，给人物设些关卡，使人物通过矛盾斗争，一步步成长起来。这篇作品写人物的成长过程是写得很好的。《民兵营长》写人物成长就不是正面写，而是侧面落笔，用回忆来补充。作品正面描写的只是那一晚上"我"和民兵营长张民生的会面的情景。就现场的行动来看，人物并没有发展。几段关于张民生在土改、合作社时期的回忆补充，是和人物现在的情况对比来展开的，鲜明地衬托和映照了张民生现在的性格特点，让人们看到他学了文化，工作能力提高了，工作方法也细致了，对同志更体贴关心了。从这个对比衬托里，使人隐隐看到这个民兵营长性格成长的轮廓。《耕云记》通过肖淑英的回叙，正面展开了人物性格成长的具体过程，这种写法花的力量较大；《民兵营长》则避开了人物成长过程的正面描写，把比较复杂的斗争场面（如当晚暴风雨中鱼塘抢险的场面）都推到幕后处理。而交代补充人物过去的经历，并不像有些人习惯采用的那种方法，一开始就哇啦哇啦交代叙述一通，而是安排在故事发展中间来插叙：由现场某种事物而联想起了人物过去的情况，来一段回叙，过一会儿，又由某种事物而联想到过去，再回叙一段。这很有点像电影里面的蒙太奇手法。由于这种插叙安排得极其自然巧妙，它和人物现在的情况一对照，给人的印象就很鲜明。这两种写法，各有特点。为什么《民兵营长》的作者采用侧面描写的手法？我在猜想，或许因为作者是部队同志，对农村生活不很熟悉，于是就避开了对不大熟悉的东西作正面的描写。我觉得这是比较巧妙聪明的办法。这猜想当然不一定符合实际情况。不过，这也告诉我们，一个作者的谋篇布局，刻画人物，采用什么手法，要顾及自己的本钱和所长，才可能写得来得心应手，不要勉强地吃力不讨好地去写自己不熟悉的东西。《第一课》这篇小说也写了人物的发展，人物也塑造得很有特色。这篇作品的构思也很巧妙，作者也避开了正面的描写（如开会、群众场面等）。比较复杂的或不很重要的东西，作者都做了恰当的省略。回忆人物的经历有的是从作者的角度来叙述，有的又通过对话，由旁人加以转述，这就有了变化，生动多了。从以上三篇作品看出，要把人物刻画得深刻、丰满，能站得起来，当然要正面描写人物当时的行动、思想情感、心理、语言，但也要描写人物的经历、发展，人物如果没有历史阔度，性格中看不清来龙去脉，是不容易为读者所理解的，人物形象也不容易鲜明突出。而写人物的发展、成长，方法又不是一成不变的，而是多种多样的。不管哪种写法，只要有生活基础，和作品整个艺术构思、谋篇布局结合起来描写，都会有好的效果。

为了避免人物刻画的一般化，细节描写也要注意。比如写人物的细小动作、对话、说话的语调神态等等，都必须仔细斟酌，使它对突出人物性格发生作用，并且要与人物在特定环境里的精神状态、内心活动相吻合，才会有助于突出或深化人物的性格。最近，我读了一个长篇的原稿，这个长篇是写得很好的，但其中在人物描写上的某些细节地方还有不足。例如有一段，写解放前一个女同志被党派往某山区参加武装斗争，她的丈夫原来也在那里做负责工作。当她经过一座县城时，突然发现丈夫已被反动派杀害了，头挂在城门上。这个女同志克制住自己的悲痛，到了游击队驻地的一位负责同志那里，这个负责同志是个老太婆，她以为这个女同志还不知道丈夫已被害，为了不使她太悲伤，她热情地为她张罗吃喝，拐弯抹角说了很多的话，尽量想把这件事情暂时掩饰过去。作品里这些描写都是很动人的。但我觉得作品对这个老太婆在当时的心理特征，还未很好"点醒"。我在和作者交换意见时谈到，老太婆这时的热情多话，关怀同志，应该和她平时一贯的热情健谈，关心同志有所不同。她这时内心正经历着巨大的悲痛，但又要竭力掩饰这种精神上的痛苦，因而她不可能与平时一样谈笑自若，而应该流露一种掩饰不了的强颜为欢、不自然，甚至于不自觉中露出了慌乱的举动，如打翻酒杯等。总之要把这时人物的复杂心情写出来，使人看出老太婆这时的热情多话不同于平时。只有这样，才不是一般化的描写而是深刻的描写，才能突出老太婆当时的复杂心情，表现出她对同志的爱、关怀是多么深切感人。

这个长篇里还有一个地方，写上面说的那个女同志在反动派的监狱里仍然注意衣着的整洁，每天梳理头发。作品里好几次描写了她梳头这个细节，用以表现人物对生活的爱和革命意志的坚定、沉着以及对敌人蔑视的性格。有一天，敌人突然来提她出去，她从种种迹象意识到是自己牺牲的时候到了，但仍然一如往常地梳好头，换好衣服，并把自己身上的毛衣脱下来交给难友。作品在描写这些动作时，存在的缺点是没有鲜明地写出此时此地她的这些动作与平时的不同之处。我在想，她这时在梳头换衣中，应该有一些特征显示出与平常不同的心理感情，表现出一个共产党员临危不惧、视死如归的大无畏的英雄气概和对革命必胜的坚定信心。

我举这两个例子，是想说明人物在特定环境中的细小动作、神情、语言等等，对表现人物性格都是有不容忽视的作用的。同一动作，同一语言，在不同情况、不同场合下有不同的内容和不同的特征，都应该写得来符合人物所处的特定环境和人物当时的特殊思想感情、心理状态。我觉得，所谓对人物要挖掘得深，也包括着这一方面。如果能做到这样，那每一笔都能为丰富和加深人物性格服务。

关于反映矛盾的问题。如何反映和处理矛盾冲突，这问题在话剧创作中，讨论了很久，你们现在也提出来，可见这是一个普遍的问题。在生活中，矛盾是普遍存在的，没有矛盾便没有运动，没有事物的发展，也没有世界。文学作品作为生活的反映，必然是要反映矛盾的。但这里存在着怎样认识矛盾和怎样具体处理矛盾的问题。

你们提出如何在作品中突出矛盾和解决矛盾。我觉得，从提出的这个问题来看，你们似乎是把矛盾理解得片面了，好像一提矛盾，就一定是什么激烈的斗争等等，所以总想使其越尖锐越好；同时，似乎也把作品反映矛盾理解得简单了。大家知道，生活中的矛盾是复杂多样的，有各种不同性质的矛盾，矛盾的表现形式也是多种多样的。敌我之间的正面冲突，两条道路的斗争，是矛盾；一个人思想的发展、转变，认识的由浅入深，觉悟的由低到高，人与人之间对问题看法的差异，也可以说是矛盾。矛盾是有大小和主次之分的，在一定历史时期，我们应当根据政治的需要，抓住主要的矛盾来写，帮助矛盾的解决，推动历史的发展。但也应该看到，各种艺术样式对矛盾的反映，既有相同的地方，也各有特点。短篇小说反映矛盾，也是各种各样的，同时它与戏剧、长篇等反映矛盾是有不同的处理方法的，并不一定都要像戏剧作品那样，将矛盾双方的正面冲突都摆到读者面前。从古今中外许多优秀短篇来看，作家们都是根据生活中不同性质的矛盾，根据题材内容的特点和艺术构思，而采用多种多样的处理方法，或正面描写，或侧面烘托，或对比、暗示等等，没有固定的格式。例如鲁迅的《故乡》《孔乙己》，从表面上看，并没有写尖锐突出的矛盾。《故乡》是写鲁迅回到离别多年的故乡，见到了童年的朋友闰土，把闰土现在的孤苦、苍老、愚钝和他少年时的情况加以对比，由此抒发了作者的内心感慨。通过这描写让人们看到在反动统治和生活重压下，一个生气勃勃的少年怎样变成一个思想麻木的人。在故事情节发展中，表面上似乎并没有写什么地主阶级的压迫和农民的反抗，但实际上却反映了旧社会残酷压迫下农民的悲惨生活，揭露了当时社会上的阶级矛盾。

《孔乙己》写一个旧知识分子的穷愁潦倒以至悲惨死亡，但也不是从正面写什么尖锐的矛盾斗争。当然写了酒客对孔乙己的奚落、嘲笑，和孔乙己本人的迂腐善良、喜爱小孩，这两方面的对比也可说是矛盾。这篇作品的深刻意义在于它揭露了封建制度的吃人的本质，揭露了旧社会小市民阶层对别人痛苦的冷漠无情，把别人的痛苦当作谈笑资料，因而我们说它实际上是反映了深刻的社会矛盾的。这矛盾，不是通过正面描写，而是侧面表现出来的，从事件中深刻地暗示出来的。契诃夫有一篇小说《齿痛》，也是这种情况。小说描写一个曾经红极一时的舞女，后来冷落狼狈了。有一次她去找牙医拔牙，她过去曾与这著名牙医很要好，因而她想，牙医见到她时会怎样热情地欢迎她，同她亲热地说笑。但她走进门，从镜子里见到自己苍老无颜的相貌，心就有些冷了。果然，牙医不但没有迎接她，反而对她很冷淡，什么也不问，把她的牙拔了就是，好像她是一个素不相识的患者一样。就是这样，现场没有什么矛盾，但通过这件事深刻地揭露了上流社会的冷酷无情，侧面反映了当时社会不合理的现象，反映了那个社会冷酷无情的世态。是不是要让这个舞女与牙医斗一下，或者牙医怎样把她整一下，矛盾才算突出了，作品才有意义呢？并不一定要这样。当然，写他们的正面冲突，只要处理得合情合理，那也是可以的。在处理矛盾冲突这个问题上，只要理解得正确，如何处理，是有广阔天地的。

从茅盾同志文章中所提到的一些作品来看，对矛盾的处理也是多种多样的。我们看《民兵营长》，现场也是找不到有些人想象中的尖锐的矛盾冲突的，只是写了民兵营长学文化和为"我"去找医生，后来紧张的抢险也是暗场处理的。当然作品也写了民兵营长过去与地主富农的斗争，但那是为说明人物经历、性格成长的必要补充和插叙，而不是现场展开的故事情节。再看《套不住的手》，故事情节中也找不到什么尖锐的矛盾；还有《红玉》，也是这样。广义地来看，前者写老农陈秉正一双手闲不住，家里的人给他买双手套，想使他闲下来，休息一下，但是不行；后者写红玉原以为回家看丈夫的病，但回来后，丈夫病已好，事实与设想不符，于是改变行动，立即赶回乡去修水库。这也可以说是一种矛盾吧。两篇作品虽然没有什么尖锐的矛盾冲突，但也刻画了劳动人民的美好品质，歌颂了社会主义大跃进的现实，是很感染人的。总之，对什么事情都要量体裁衣。矛盾是什么性质？从哪一个角度来反映？直接写还是侧面写？突出哪一方面等等，都要看具体的题材、内容而定，不要预先有一个框框把自己的思路和手脚套住了，那是没有好处的。从生活和矛盾的性质出发，来决定对题材的艺术处理方法，不把矛盾固定化、绝对化，这样，可写的东西就多了，创造的天地就更广阔了，艺术构思的方法也就多样化了。

为什么前两年容易抓住写的东西，而现在不容易抓住呢？这确实是很值得研究的问题，我觉得这与当前创作题材上的不够多样化也不无关联。茅盾同志的文章中曾指出，一九六〇年短篇创作中的一种现象是取材于日常生活和斗争的作品多了。他说在大运动大斗争中把人物写得有声有色似乎不太困难，但在日常生活中提炼具有典型意义的事件，把人物写好却比较难些。一九六〇年短篇创作在这方面有突出的进步和成就。我觉得这意见是有道理的。我个人在创作中也有这样的体会。在大运动大斗争中写人，比较而言是要容易些，如我写《风浪》，是在一九五七年农村开展社会主义教育时下去过几次，有了一些生动的印象，明确了大的斗争方向，加上有点艺术经验，比较容易地就写出来了，当然说不上好，总算没有公式化概念化。而我写的几篇以日常生活为题材的作品，就是比较困难的。这是为什么呢？我的体会是：要从日常生活中发现可写的东西，并且把材料糅拢来就是不容易的，这需要作者锐敏的眼光和丰富的生活经验。一九六〇年有些作家在这方面显示了他们的成就和才能。赵树理所以写出《套不住的手》，是依赖他长期对农村生活的深厚积累和丰富知识，他对农民的日常生活简直熟悉透了。而草明，也因为一直生活在鞍钢，对工人生活各方面很熟悉，所以才能够写出《姑娘的心事》。为什么你们现在感到在生活中不容易抓住东西呢？我想，是不是因为你们还不善于从各个角度、不同侧面来反映生活，不善于从日常生活中选取题材和刻画人物有关呢？你们已经习惯于写生产斗争，不是写苦战竞赛就是革新创造。而这些，过去都一再写过，现在写来，在构思和表现方法上难免陷于老一套、一般化，你们自己也不满意，感到苦恼。所以，了解生活的面不广，生活知识和经验不足，观察生活的视野狭窄，艺术创造的天地也就不可避免地狭窄了。

从事写作较久的人，大多有这样一个经验：乍到一个新的环境，开始好像到处都是新东西，可写的很多；后来逐渐见惯不惊、习以为常，感到可写的东西反而少了。这时，如能进一步从平凡中发掘出不平凡的意义来，写出的东西就会深厚一些，概括力强一些，因为你对所写的东西，已经不是一点印象，而是有着更广泛深刻的理解了。对大跃进，前两年你们能抓住新东西，这是好的。但现在还有人老写先进人物不吃不睡不结婚等等，如果在生活中就只看到这些，而看不见其他的新东西，那当然就写不出新东西来了。作家的本领也表现在善于在日常生活斗争和平凡的事物中写出新东西来，写出令人感动、富于诗意又具有典型社会意义的东西来。鲁迅的《故乡》，表面上写的农村衰败景象，但通过这些平凡的日常生活现象，却表现了深刻的社会意义，看了作品，使人痛切感受到旧社会的罪恶，必须对旧社会来一个彻底的改革！契诃夫的《齿痛》通过一件拔牙的平凡故事，却深刻地揭露了上流社会的冷酷无情！如果我们看到这些人和事，也许会写不出什么深刻的东西来。从平凡中发现不平凡，需要对生活进行深刻的分析研究和艺术提炼，从朴素、孤立的日常生活现象中发现隐藏在现象后面的本质和规律，从一点而联想到与此有关的广泛的事物。这就要求作家有很高的思想水平和丰富的生活经验，既能透过现象认识本质，又能用生活经验去丰富、补充、加深某一生活现象的意义。因此，你们要努力学会掌握这种本领，要学会从日常生活斗争中去积累生活经验和知识，去观察分析研究各种人和事，学会从日常生活中写出生动的人物，表现出重大的社会意义。这样，创作的题材就宽广了，也许就不会像现在这样感到在生活中抓不住东西了。

就以写运动来说吧，每个政治运动的规律，大的方面，总有些相同的地方，因此如果不学会以运动作背景，从各个角度、侧面去发掘、表现，而老是正面写，那就可能会千篇一律，而创作是最忌千篇一律的。老是重复别人的写法，或是重复自己已写过的东西和已用过的方法，都是不好的。当然，初学写作者有些模仿是难免的，但要避免，更不能以此为满足，在此阶段就停步不前。要努力从生活中提炼，大胆地进行艺术上的探索，要有真知灼见，写出别人看不出或表现不出的东西。

我们强调反映重大斗争，写重大题材，但也提倡题材多样化，提倡从广阔的生活面，从丰富的日常生活和斗争中找材料来写。作品可以写突出的矛盾，也可以不直接写什么矛盾，只要是有意义的完整的材料，都可以写。认识到这些，创作的路子就广了，完全可以纵横驰骋。

为了能够做到从多方面来反映生活，从日常生活和斗争中也汲取创作源泉，必须要扩大生活的视野，积累丰富的生活经验和知识。你们现在还年轻，生活实践不够，是自然的，不要着急。但扩大生活领域，从各方面观察生活这问题，也应引起应有的注意。你们的眼光不要仅仅局限于自己的工厂，也要注意其他的工厂，还要注意农村，社会上的各阶层。毛主席教导我们：要在生活和斗争中"观察、体验、研究、分析一切人，一切阶级，一切群众，一切生动的生活形式和斗争形式，一切文学和艺术的原始材料，然后才有可能进入创作过程"。所以，接触的生活越广泛，观察积累的生活材料越丰富，对你的创作就越有帮助，越能发现新的有意义的东西。生活里当然很少有完整的创作材料，多是零零星星，点点滴滴，但是见多了，听多了，体会深刻了，便往往能由一点材料所触发，唤起想象，把许多材料都自然地串联起来了，艺术构思、作品的结构布局也就跟着逐渐形成了。搞创作的人，就怕生活的贫乏、狭窄和单打一，那样，你就成了一个手下无兵将可调遣的光杆司令了，即使你有很好的热情和愿望，也好比推空的磨子一样，总是搞不出东西来的。你们看，古今中外许多优秀作家，他们的社会知识多渊博，生活根基多深厚，他们的有些成功的作品，简直可以成为反映某一时代、社会、阶级的"百科全书"。我们"五四"以来的新文学，也有许多这样的巨著。鲁迅的作品自不必说，比如茅盾的《子夜》，接触和反映的社会面多广，从城市到乡村，从工人到农民，以及当时各种类型的资本家，上海形形色色的社会人物等，给我们表现了那个时代的广阔的社会面貌。总之，你们的生活面要宽广些，不仅了解工厂，也可了解农村，你虽不写农村，但了解那方面的生活对你写工厂是有帮助的。当然，扩大生活面，从多方面观察熟悉人物（不仅注意人物的生产、工作，也注意人物的学习、娱乐、家庭生活、朋友关系等等），并不是说可以忽视深入火热的斗争，可以忽视在火热的斗争中来观察和表现人物。这方面仍然是必须充分注意的。你们应把生活的"点"和"面"很好地结合起来。

有人问，在生活中看到了很动人的东西，自己也受了感动，但有的时候觉得这样写也可以，那样写也可以，拿不稳该从何入手。我觉得这还是由于对材料认识不够的缘故，所以下笔时才感到这也是路子那也是路子。当然，一个材料，可以有几种处理方法，但其中总有一种是最好的，这得你去探索、追求、发现。而这，往往决定于你对材料的认识是否正确深刻，是否将生活素材进行了很好的分析研究，提炼为题材并形成鲜明而独创的艺术构思。构思明确了，才能对材料进行集中概括，引起联想，加以选择，确定谁主谁次，怎样剪裁、补充等等，这样，写起来就不会犹豫不决了。当然，一个作品的艺术构思和创作过程是极其复杂的，在写作中改变原来的艺术构思的情况也是常有的，有的人构思和写作来得快，"倚马千言"，有的人又"慢工出细活"，等等，尽管各人有不同的具体情况，但对材料的正确认识和明确的艺术构思都是极重要的。我有的东西写得较快，有的又写得慢。写得较快的，往往是对所感动的事物较熟悉，印象较鲜明，一形成构思，材料就自然地集中拢来。写得较慢的，是在长期的酝酿和构思过程中，熟悉材料，设计人物，深化主题，到构思成熟后，正式写作的时间也是较短的。我个人的体会是，酝酿构思的时间长些要好些，这样写起来才不会犹豫，比较快；而写成后，斟酌修改的时间又应该长些，才能把作品打磨得比较完整。多看看，多想想，多改改，是重要的，切不可见到就写，信笔挥洒，草率从事。

最后，简单谈谈学习问题。作品要能写好，除了思想、生活外，还要有艺术技巧。这里提出了一个学习的问题。除了向生活学习，向群众学习，也应该向文学传统学习我国悠久的文学传统，中外优秀的文艺遗产，我们都要学习和借鉴。我们不能在一片荒地上来写作。毛主席教导我们说，有无对传统的学习借鉴，是会显出文野之分，精粗之别的。对传统学习得好，我们就能写得高明些，精细些。所以，学习传统，也是创作中的重要问题。我们知道，鲁迅先生、郭沫若、茅盾等，他们接受传统多么深厚，是我们学习的榜样。赵树理同志的作品，所以写得那么富有民族特色，也是由于很好继承了我们民族文学的传统的缘故。你们青年作者，对传统了解得还不够，必须努力学习，多读书。除了读建国十二年来优秀作品外，也要读读古典作品。当然，学习不是照搬和模仿，而是为了借鉴，是为了从中汲取有益的养料，丰富自己，从而创造新的东西。多读书可以增加生活知识，吸收优秀的创作经验和艺术技巧，还可以提高我们的艺术鉴赏能力。优秀的古典作品在表现生活和刻画人物方面的经验和技巧，会给你以启示的。阅读时，最好联系自己的生活和写作经验去设身处地地想一想，与自己的作品相比较一下，就会起到借鉴的作用，可以启发我们如何处理题材、刻画人物、安排情节、使用语言等等。总之，多读书是有很多好处的，希望大家有目的、有意识、有计划地认真地去学习。学文学，还要学政治、经济、历史、自然科学等等，知识多一些，理解生活就会宽一些、深一些。当然，学习古人、外国人，必须要有正确的态度，要区分精华和糟粕，批判地汲取精华和养料。

以上谈的这些问题，供同志们参考。希望同志们在创作中，对作品反映的生活内容，取材的角度，表现的手法，采用的形式，都可以灵活运用，多方面尝试和探索。思想开阔一点，路子宽广一点，不要"作茧自缚"，"画地为域"。对于风格，不要预先划定一个追求的框框，风格是不能勉强的，也不是一成不变的，而是在长期艺术实践过程中自然而然形成的。所以重要的还是勤于实践和学习，在此基础上勇于创造。在党的"百花齐放""百家争鸣"方针的指导下，你们年青人的艺术创造天地和前途是极其广阔远大的，希望你们加强思想锻炼，认真深入生活，勤学苦练，写出好作品。

（原载《四川文学》1961 年 11 月号）

生活·学习·创作

——在一次座谈会上的谈话

刚才和李广田同志谈起散文问题。今天是"一二·一"，我对广田说，你是否抽时间写点这方面的散文。我们感到有这么一个问题，觉得一般人对散文不怎么重视，似乎认为散文要比小说低一点。我认为，创作不应该在艺术形式上分高低，不管诗歌、散文、小说，只要思想性艺术性高，内容感人就是好作品，不应该认为散文比小说逊一筹而看低它，这样会阻碍散文的发展。其实，散文反映的生活和读者面都比小说要宽广，反映生活也比较灵活、及时。

另外，从写作上看，好像散文容易着手些，广田说，他如果有机会下去，写散文是不困难的，但写小说就不如此容易了。我有一个朋友，他有些生活斗争经验，向我讲了很多生动情节，可以写不少散文，但他硬要用那些材料写长篇小说，结果失败了。我曾劝他把那些材料写成一篇篇散文，他也认为这意见对。

当然，现在各个刊物对散文还是重视的，但比起小说来，总似乎还有那么一点不大重视。这风气不太好。好，我就先谈这点，三言两语，算是抛砖引玉。

提高的问题，恐怕老老少少、专业和业余的都存在，正确的政治思想、丰富的生活经验和熟练的艺术技巧，这三个条件都很重要。作家要反映生活，就得正确地认识生活，有了一些生活经验，但没有一定的业务知识和表现能力，装了一茶壶汤圆也不见得倒得出来。三个条件是互有联系的，但还需要分别对待，有的是政治思想水平高，有的生活经验丰富。像我们这类人，主要是斗争生活不够，所以写得少。我们搞创作的人都有这个体会，生活不足时有两个办法，一个是绕个圈子、避开问题，这办法虽然聪明，但不老实，也没有说服力，有本事的人就不会避开暗礁；另一个办法老实些，就是用概念的演绎来代替，这不是好办法，不能打动人心。我体会到，如果不把一个作品写成骷髅，是不简单的。现在是现身说法。有时，我在书中夹了许多纸片片，但生活不足，写不成，都是些"未完成的杰作"。

现在提倡题材多样化，可以写过去，我准备写点过去的东西。肖长华说得好，"切不可伤害观众的感情"，用概念去填充生活的不足，把读者当作小孩，对他们说教等，都是伤害读者感情的。我们主要是生活不深入，没有全身心地投入火热的斗争生活。有的青年写得不好，一方面是对社会生活的复杂性认识不足。另一方面就是表现能力问题。青年生活在火热的斗争中，他们有生活，有东西可写，主要是缺乏艺术表现能力。这问题在重庆、贵阳都谈过。成都准备举办一些读书报告会，让各方面的人都来听，学习些古典文学的基本知识，帮助大家提高艺术欣赏能力。对生活认识的深度，反映在作品的思想深度上。

不能放弃传统，只有在继承传统的基础上，才能创造。我觉得读古典作品，特别是读有定论的古典作品很必要，关键问题是学习传统。精读很重要，要想从古代作家的作品中学到知识，就一定要精读。只有精读才能体会到它的精华。艾芜读书很认真，许多优秀的古典作品他都读过十遍以上。鲁迅说他写小说时只读过百把篇小说，那是自谦。作家在创作时，热情来了，真是形象鲜明，目光四射，不能自已，前后自然呼应，贯通一气，人物之间的相互关系，作品的主题思想、情节脉络等都非常清楚，是自然而来的。创作时哪里想到用什么伏笔等手法，要那样就变成写八股文去了，但后来一分析伏笔就出来了。

要创造性地学习，要善于创造新的形式、风格，不创造就形成模仿。学十九世纪的东西，一怕受其思想影响，二怕形成框子套住自己，当然，初学时，模仿是难免的，不要害怕，这是一个必然的过程。四川和全国一样，文艺界的新生力量很有些水平，他们写的作品的确像个样子，是我们过去所难以达到的。但他们也感到提高问题难解决。去年全国第三次文代会上，上海代表讲到他们把青年作家短期调出，和老作家一起生活、学习、读书、座谈，我看这也是一个办法。

我们有两种责任，一方面是自己要写东西，另一方面还要分点力量来帮助别的青年同志，在帮助中自己也会得到裨益。青年作者学习很努力，需要巩固成绩。但也有部分作者有急躁情绪，这是不符合实际的，提高嘛，得有个基础，有个过程，不能要求今年提高，明年提高，步步高升，像爬梯子一样，这就难免产生急躁情绪，一急躁就要退坡。提高要一步步来，一步登天的事是没有的，一方面不能脱离实际，一方面自己也要不断努力。

精练和作者生活丰富与否有关，毛主席说文艺创作要概括集中，不集中概括就不精练，这也需要有本钱（指生活），没有本钱就无从集中，那就只得酒里掺水了。

水拍同志的意见很对，说唱可以发展成舞台戏曲，四川清唱也可以彩排。但原来的形式还是受群众欢迎，有存在的必要。如四川竹琴有个黄清云弹得很好，他那一班子人马很有观众。又有一个叫贾瞎子的，他就一个人表演，也拥有不少观众，他唱《虎牢关》，真是杀气腾腾，观众人山人海，他受欢迎竟到这步田地，要是挂个牌子出来说贾瞎子嗓子疼了，听众就说："我们凑几个钱买点银耳给贾瞎子送去。"

我再谈一点，不见得对。昨晚我看了一个同志的电影剧本，联想到一些问题。就是反映兄弟民族生活的问题，我总觉得这方面的题材容易上手，但难于深入。边疆兄弟民族的生活丰富多彩，容易吸引作家，但如何深刻地表现兄弟民族的社会、心理素质、精神面貌和风俗习惯，却不那么容易，这需要很好地深入生活。我在瑞丽遇到一个云大毕业的女同志，她能表演，也能翻译兄弟民族的作品，但她就是不写，我说这不对，你们在这里生活容易深入，为什么不写？单打一不好，即使现在不能写大作品，也可以写一、两千字的东西，记在本子上也好，以后慢慢就可以发表嘛。只要不妨碍本岗位的工作，都应该鼓励他们写，这方面的创作潜力很大。

关于写知识分子的问题，现在是明确多了。四川有个同志准备到重钢去深入生活三年，但他过去并不熟悉钢铁工人的生活，而对勘探队员的生活较熟悉，对勘探队的生活也有兴趣，但就不愿意去，他认为那里尽是些知识分子，不好写。我问他你和我是不是知识分子？知识分子有两种，一是资产阶级知识分子，一是无产阶级知识分子，关键在于作者的立场观点正确，我说，你去哪里我都不管，但你的这种观点我不同意，最后他考虑了一下，还是到勘探队去了。题材多样化为我们开辟了广阔的道路，广田长期生活在学校里，是否也写写知识分子，为什么不肯动笔呢？写知识分子往往容易有偏差，不是抬高，就是贬低。其实，你还他本来面目，他有多高，你就写他多高嘛！说来说去，要写得恰如其分，还在于作者有正确的观点。

（原载《边疆文艺》1962 年 1 月号）

一个重大开端

前几天，我陪全国美协几位同志到大邑参观地主庄园陈列馆。我到那里不是第一次了，这次主要是去看《收租院》的泥塑群像。在那宽敞的阶沿上，有一百一十四尊塑像。这些栩栩如生、真人一般大小的塑像曾经感动了许多群众，引起了他们感情的波动。它们也引起了我痛苦的回忆和愤怒的感情。旧社会农民受苦受难的悲惨生活，仿佛一幕一幕地在我眼前闪现；贫苦农民反抗压迫的呼声，也好像在我耳边缭绕。这不是幻觉，这是塑像的艺术魅力，刹那间把我的思想感情带入了旧时代、旧社会。这些泥塑群像给我上了一课生动的阶级教育。

《收租院》是恶霸地主刘文彩解放前剥削、压迫农民的场所，每年收纳租谷的地方。由于中共温江地委、大邑县委的领导，四川美术学院雕塑系的同志、地主庄园陈列馆美术工作人员、当地教师等在贫农下中农的热情帮助和民间艺人的协助下，在这里用泥塑群像生动地再现了地主阶级的剥削压榨和农民的起而反抗。塑像分四部分：交租、验租、算账逼租、反抗。它运用连续的场景形象地表现了地主对农民的阶级压迫和农民的斗争。这些群像比之原有的、已经搬到新馆陈列的《百罪图》来，更加要引人入胜。新馆的十六台塑像，只有头和四肢是泥塑的，一台一事，各不相涉。而《收租院》的塑像，全部是连续的，有统一的情节一以贯之。人们站在这些有头有尾，浑然一体的艺术群像面前，不能不思绪如潮，不能不满腔愤怒；不能不更加热爱我们今天社会主义新社会，而为它的巩固和发展贡献出自己的一分力量。

陈列馆的同志曾经告诉我们两个故事。一位林业工人同志看了《收租院》的塑像以后，在留言簿上写下这样意思的话：这些泥像使我想起了我一家人受的苦难。因为借了地主的一升高粱过年，利滚利，越滚越大，家里的五口人便被这一升高粱害死！他写了意见以后，又回转去看塑像，在那里他流连忘返，盘桓再三。最后，叹口气，走掉了，一边恼怒地回答馆员说："实在看不下去了！"而崇庆县羊马公社八大队的六位贫农老太婆则愤怒得几乎捣毁了一尊塑像。她们是步行了八十华里特意到这里参观的，其中有四位当过刘文彩的佃户。而当她们回忆起了无限辛酸的往事时，一个个禁不住怒火腾腾！看了狗腿子验租的凶恶嘴脸，六十六岁的蔡大娘举起拄路的拐棍就要敲打，幸而给陈列馆的同志阻挡住了，而她随即主动地向在场观众揭露地主阶级过去的罪恶，当义务解说员。这两个故事充分说明了《收租院》塑像阶级教育作用之大。

一九五八年以来，在文艺战线上两条道路的斗争中，我省雕塑界坚决贯彻执行了党的文艺方针，取得了显著的成绩。创作了像《矿工》《女社员》《非洲母亲》《紧握手中枪》《前哨》等反映当前阶级斗争，塑造工农兵英雄形象，战斗性较强，生活气息浓厚，为群众喜闻乐见的好作品。这次泥塑创作获得的成绩又一次证明了我省雕塑界继续高举毛泽东文艺思想红旗，在雕塑艺术革命化、群众化、民族化的道路上大大向前迈进了一步。因为它在面向农村、为五亿农民服务这个根本问题上，做出了一个值得赞扬的重大开端。同时，在艺术创作上初步解决了洋为中用、古为今用的问题。而这些问题只有在具备坚定的革命立场和鲜明的革命目的的前提下，才能够逐步解决的。封建统治阶级宣传封建的、迷信的东西，是千方百计、无孔不入的。解放前，每个城镇中城隍庙里的十殿塑像，十分普遍。这方面民间艺人的潜力可能是不小的。我想，有了这次泥塑群像的创作，这些力量将被逐步动员起来为革命、为社会主义服务。

　　我对雕塑知道得很少，懂得很少，访问参观的时间又很短暂，但我仍然感觉有不少东西值得自己学习。而首先值得学习的就是我们青年雕塑家们在文化革命的道路上那种勇往直前的革命精神。我希望他们继续向贫农下中农学习，继续和民间艺人合作，完成陈列馆的全部塑像任务。还希望他们在党的领导下，有计划、有步骤地把现代的革命内容的东西，用这种造价低廉、合乎广大农民欣赏习惯的泥塑表现出来。让十六年来祖国社会主义建设的伟大成就，让工农兵先进人物、英雄人物的光辉形象，在雕塑艺术中大放光彩！

（原载《四川文学》1965 年 12 月号）

推倒"黑线专政"论 繁荣文艺创作

　　"四人帮"挥舞"文艺黑线专政"论这个凶器东砍西杀，整整在我们社会主义文艺园地上撒豪了十年！几乎弄得百花凋零，几乎只有他们御用写作班子在那里任意炮制毒草。

　　"文艺黑线专政"论的反动性、破坏性还不止此。为了实现他们篡党夺权的阴谋，"四人帮"更推而广之，在一切上层建筑领域，任意使用"黑线专政"论这个凶器，妄图否定建国十七年来毛主席革命路线在各个领域的路线斗争中所占的主导地位，及其所取得的辉煌胜利和成就。但是，乌鸦的翅膀遮不住太阳，这批叛徒、特务、阶级异己分子结成的阴谋集团，终于被粉碎了！

　　在"文艺黑线专政"论这个反动透顶、荒谬绝伦的凶器的砍杀下，十七年来从事创作、批评的干部，老的、中的几乎尽皆"黑线人物"，在红旗下成长起来、由毛泽东思想哺育起来的新的一代，则几乎尽成了"黑苗苗"！至于这些"黑线人物""黑苗苗"的作品，不用说都是黑货！好像谁一挨到这些人、这些人的作品，谁就立刻也变黑了！

　　这一来，"四人帮"就独霸文艺园地，为所欲为了。为了利用文艺作为他们篡党夺权的工具，他们在"扫荡"了十七年来一切热爱党、热爱社会主义，愿意忠诚地沿着毛主席的革命路线前进的老中青作者及其作品的同时，还把几个为群众所创作，并在毛主席、周总理关怀下几经修改成功的现代革命京戏据为己有，假借总结经验之名，提出一套所谓创作原则的条条框框。

这就是大家早已熟悉的所谓"三字经弦":"三突出""三陪衬""三对照"等等,把一切愿意为无产阶级政治服务的作家的手足束缚起来,要他们动弹不得,若果有谁不按他们的帮规,而遵循毛主席的教导办事,那么,好!立刻乱棒齐下,给你帽子一顶一顶地重起戴。不特此也,他们还进一步把打杀这个作品作为突破口,借以打倒一些中央和地方的久经考验的负责同志,实现他们篡党夺权的野心。这批坏蛋对付电影《创业》和湘剧《园丁之歌》的手段就是明证。

这还只是事情的一个方面。他们禁锢一切歌颂党、歌颂社会主义、歌颂伟大领袖毛主席的声音,并不单是为了图个耳目清静。不是!绝对不是!这只需看看他们怎样挖空心思,驱遣他们的御用写作班子炮制毒草的勾当就清楚了。特别是在他们面临全军覆灭的厄运时节叫嚷得更厉害:"要写走资派","最好写部长级的走资派!"而《欢腾的小凉河》《反击》,就是他们的黑样板。

"四人帮"横行霸道了十年之久,这样捶,那样打,我们的革命的文艺队伍是不是被他们打垮了呢?他们的反动理论,是不是已经代替了毛主席的革命文艺理论了呢?不!绝对没有!我们革命文艺队伍,是毛泽东思想哺育起来的,他们被"四人帮"打散了,可没有垮!多数人也没有被解除思想武装。而在"四人帮"被粉碎后,有些同志尽管年龄大了,精神上也受到了不同程度的损害,笔墨也生疏了,但在党中央的鼓舞和亲切关怀下,大都生气勃勃,开始写作,开始发表作品了。就是我们知道的两位半瘫痪了的同志,也都希望能有一天重新执笔,为无产阶级政治服务。

当然,我们也不能认为已经万事大吉!我们不能低估、浅估、小估"四人帮"的流毒。这批害人精的流毒是深广的,我们只需认真研究一下"四人帮"垮台后有些文章就会完全确信这点。如有的批判"四人帮"的文章用的还是"四人帮"的观点。创作方面也有这种情况:按照

"四人帮"所定的条条框框写反对"四人帮"的作品。至于在"主题先行"论的影响下，从概念出发，编造人物故事的现象，可能更是较为普遍的现象。

因此，打好揭批"四人帮"的第三个战役，彻底摧毁"四人帮"的"文艺黑线专政"论及其一系列反动理论，借以肃清它们的流毒，是非常重要的。为了打好这一仗，我觉得在党中央的正确领导下，中央有关出版单位目前业已开始的一些工作是重要的。这就是它们不仅已经出版了《暴风骤雨》《创业史》《红岩》《林海雪原》等这些建国十七年来群众欢迎的作品，而且还将陆续出版三十年代在当时起过进步作用、在当前具有借鉴作用的作品。

我认为这件工作重要，是揭批"四人帮"反动文艺理论的内容之一，因为在"四人帮""文艺黑线专政"论的砍杀下，上述作品久久被打入冷宫了！今天让他们与读者重新见面，正是砸烂"文艺黑线专政"论的一个有力的具体措施，正是体现了毛主席在《在延安文艺座谈会上的讲话》中肯定五四运动以来文艺成就的科学论断的精神，大有助于澄清被"四人帮"搅乱了的创作思想。

对于搞创作的人来说，除了积极参加揭批"四人帮"的第三个战役，更应该通过创作实践，用作品来肃清"四人帮"的流毒。这就是在文艺为无产阶级政治服务的方向下，从实际出发，用马列主义、毛泽东思想的立场、观点来分析、研究自己熟悉和积累的现实生活斗争，用革命现实主义和革命浪漫主义的方法反映现实生活斗争，鼓舞人民在无产阶级专政下继续革命。

（原载 1977 年 12 月 7 日《四川日报》）

短篇小说我见

我最近两天赶着看了《人民文学》上的三个短篇小说：《希望》（肖育轩）、《标准》（王愿坚）和《丹梅》（叶文玲），我觉得都写得好。首先，好就好在它们的作者都打破了"四人帮"的框框，都从生活实际出发，从对大量实际生活的观察、体验、研究和分析中发现主题、人物、故事和情节，而不是关起门来，从概念出发，拼拼凑凑写出来的。

说起小说，一般都会一来就问："写的什么故事？"但是，什么叫作故事呢？抗战时期，一位育才学校的同学回答得好：故事就是人物的行动。因此，我们可以说塑造人物是创作的首要任务。我们都知道，人是社会动物，社会是分为阶级的，每个人又必然属于一定的阶级，具有一定的政治倾向。这样，每一个人或一群人，在各自的社会生活中必然会和另一个或另一群阶级立场不同、经历修养不同的人发生这样那样的矛盾冲突，乃至斗争。我觉得这些矛盾冲突的起伏、曲折、发展，也就是我们塑造人物，安排故事、情节的基础。这不是可以任意编造的，任意编造出来的东西说服不了人！

我们这次是谈短篇小说创作。我以为小说之分为长篇、中篇和短篇，主要的差异并不在于字数，而在于表现方法。那么，作为短篇小说创作的特点是什么呢？我觉得有的同志已经作了回答：从小见大，以部分暗示全体；从一个或一些生活侧面来反映当代的主要矛盾斗争，反映我们国家的整个形势。因为归根到底，我觉得写小说也就是写社会。当然，要做到这一点不容易，首先必须学习马列主义、毛泽东思想，明了我们国家整个的形势；只是熟悉你那一部分生活是不够的。

我说创造人物是创作的首要问题，写小说也就是写社会，这同我对恩格斯提出的典型人物和典型环境的理解有关。人物和环境总是分不开的。这就是为什么恩格斯向《城市姑娘》的作者指出："您的人物，就他们本身而言，是够典型的；但是环绕着这些人物并促使他们行动的环境，也许就不是那样典型了。在《城市姑娘》里，工人阶级是以消极群众的形象出现的，他们不能自助，甚至没有表现出（做出）任何企图自助的努力。……如果这是对一八〇〇年或一八一〇年，即圣西门和罗伯特·欧文的时代的正确描写，那么，在一八八七年，在一个有幸参加了战斗无产阶级的大部分斗争差不多五十年之久的人看来，这就不可能是正确的了。"

"五四"以来，我们的短篇小说有不少值得学习、借鉴的作品。比如鲁迅的《药》就是一个很好的范例。《药》并没有正面写牺牲在古泉亭的革命者夏瑜，但从茶客们的闲谈，却给我们勾勒了一个革命者的形象：在囚禁中她还煽动狱卒起来造清朝皇帝的反。

但是这篇作品的深刻意义还不止此，主要在于作者刻画了一般老百姓对于革命者的嘲笑，而十分赞赏那个狱卒对夏瑜那顿"好打"。特别是华老栓为了救活自己的儿子，用馒头蘸了革命者的鲜血治病。这不止是迷信，更重要的是表明了一般老百姓在政治上的落后。而从当时的历史条件说，这是真实的，同时也说明了革命工作的艰巨和辛亥革命的弱点。若果以为这是对群众的蔑视，那就大错而特错了！

不错，革命必须信任群众，依靠群众，但是正因为这样，我们还必须向群众宣传革命的道理，让他们觉醒起来，摆脱统治阶级对他们的蒙蔽。因此，对于毛主席经常教导我们有关群众路线的理论，必须完整地进行深入学习，领会它的精神实质。

这里我还想起了鲁迅的另一个短篇：《孔乙己》。要说以小见大，从侧面着手反映重大主题，这篇三四千字的短篇在表现手法上有更多值得我们学习的地方。当然，他的表现手法之所以值得我们学习，还在于他对现实生活观察、了解得深透，对封建主义怀有极大的憎恨和他彻底的民主革命精神。而若果看不到这些，即使辛辛苦苦去学，也只能学得一些皮毛。还有我们不能忘记这些小说的创作年代和历史背景，否则将会发生错觉。

我为什么对这篇东西如此津津乐道呢？因为它尽管只写了一个人物和一群酒客以及咸亨酒店的老板，故事也很寻常、简单，但却深刻揭露了清王朝文化专制主义的弊害：科举制度！"幸运"的就变成丁举人那样的豪绅，可以随意为一部书被偷而敲断别人的腿，使之终身残疾。

若果这个读书人"倒霉""久考不第"呢？则不止当不成豪绅，还会变成"好喝懒做"的废料，以抄书谋生，以偷书而被另一个"走运"的读书人敲断腿，变成残废。但他毕竟是"读书人"，很爱"面子"，所以酒客们一起这件事，他就感到痛苦，申辩说他的腿是跌断的。

这里，我还想谈一谈鲁迅的《离婚》。小说开始的时候，尽管有些船客未免为我们的主人公担心，那父亲也有点胆怯，但是爱姑却全不把什么七大人、慰老爷之流放在眼里，申言非同老畜生、小畜生闹到底，搞它个家破人亡不可！但是结果怎么样呢？慰老爷利诱威吓的作用不大，倒是七大人的派头、装腔作势，不多几句话就把爱姑父母给压垮了！

这篇小说，是否也算长了阶级敌人的威风，短了劳动人民的志气，把他们写得太落后了呢？前面我已经谈了点自己对党的群众路线的理解，这里我又想起了列宁说过的这样意思的话：剥削阶级的统治，不只是靠国家机器，即军队、警察、法庭和监狱，还要依靠群众的不觉悟和落后。（张光年插话：还有宗教。）如果都像舞剧《白毛女》里的杨白劳那样，一不对头就一扁担打过去，（张光年插话：过去不是一扁担，

"四人帮"却一定要他拿一根扁担。）对，歌剧《白毛女》里的杨白劳不是一扁担打过去，倒是喝了卤水！究竟哪一种处理合乎历史实际，最能激发群众的阶级仇恨呢？这一点同志们比我清楚，我就不啰唆了。

一篇作品是否能使读者激动，的确是个问题。因为阅读当中或阅读之后竟然激动起来，这说明作品或多或少起到了帮助群众推动历史前进的作用。但是，要使群众激动，却不一定要堆砌豪言壮语，而在于作品的主题是与亿万群众关心的重大问题有关，与整个阶级斗争形势有关；也在于故事、情节的安排，亦即构思是否恰当。当然，还有叙述、描写是否合乎实际，也值得注意，因为只有合乎实际的叙述、描写，才能令人信服。

三十年代，有人评价鲁迅的小说，仿佛说过这样的话：第一是冷静，第二是冷静，第三还是冷静。据说，鲁迅就不同意这种说法，我们也不能皮毛地单从文风来判断一个作家是否有热情，他的作品是否能激动读者。读了他的《药》和《离婚》，我总不免想起他在早年写的文章中这两句话："哀其不幸，怒其不争。"鲁迅对人民总是充满了热情，对人民的敌人则总是满腔怒火。

我这样喋喋不休地谈我对鲁迅小说的一些体会，并不是要求大家把他的作品当作框框，如法炮制。在深入生活，深入实际斗争中，我们每个人都应该有所创造，有所发明，也一定能有所创造，有所发明。而且我们所处的时代，所接触到的人物和矛盾斗争，同鲁迅所处的时代有着根本的区别。我之一再谈到他的作品，只因为他的作品最值得我们借鉴、学习。

而且，若果单拿内容来说，自从毛主席的《在延安文艺座谈会上的讲话》发表以来，建国以来，我们有不少作者的作品，在内容上远远不同于鲁迅在二十年代所写的小说的内容。我相信，鲁迅如果健在，他一定会对这些作品的内容感到高兴。

要对这些在毛泽东思想哺育下，在新的时代成长起来的作家的作品，进行一些具体评价，那会占用大家更多时间，但我还是想简单谈一谈《标准》这篇短篇小说，供同志们参证。这个短篇写的是毛主席领导的伟大长征，它简洁地叙述了红军通过草地时缺吃少穿的艰苦传统和红军克服这些困难的英雄气概。而更为重要的是它刻画了朱总司令的光辉形象：他是那样深入细致地关心群众生活，但却很少管顾自己。关心群众生活，这是毛主席缔造我党我军长期培养起来的优良传统之一。因此，作者既然歌颂了被"四人帮"破坏了的党的优良传统，歌颂了朱总司令的崇高共产主义风格，因而也就从根本上大大突破了"四人帮"的框框。文学评论工作者应当写些评论文章，澄清被"四人帮"搅乱了的理论问题。我们搞创作的人，只要能够坚定地沿着毛主席指引的革命文艺道路，创作出足以鼓舞群众的作品，就是对"四人帮"的批判。

　　最后，我还想谈谈语言问题。这个问题，鲁迅在《答北斗杂志社问》中，已经谈得很清楚了。简单说来，就是要有话就长，无话则短，言之有物，言简意赅。这几句话显然不能概括鲁迅的全部意思，只能说基本上差不多。这里我想举鲁迅的《孔乙己》作例子。单就把小说主人公的腿被敲断一点来说，已经可以看出"举人老爷"的威风了。但是，引起我特别注意的，却是酒客们对举人老爷那句评语："他家的东西，偷得的么？"而只这一句话，就可以看出了举人的一贯豪强霸道。还有，后来咸亨酒店再不见孔乙己的踪影了，大家也很快把他忘记掉了。只有老板偶尔一次记起了这个读书人，因为他忽然发现粉牌上的账目，于是说道："孔乙己还欠十九个钱呢！"这一句话更是非同小可，他把人们对孔乙己的态度突出得多么鲜明！当他活着时拿他玩笑，取乐，等到他在这世界上消灭了，很快也就忘记了他。生活在我们社会主义社会的青年人，对此可能会感到不可理解，但旧社会人与人之间的关系正是这样。利用它来作一回新旧对比，倒是很有意思的事情。

（原载《人民文学》1977 年 12 月号）

发挥文学创作"轻骑兵"的作用

在党中央的领导下，在这新的历史时期，我们的社会主义文学尽管遭受了"四人帮"的长期摧残，但它一定会重新繁荣起来！而且一定会出现一批突破过去水平，为广大工农兵群众所欢迎的作品。

近年来的事实证明：我们文学战线上一些初露头角的新生力量，是令人高兴的，他们在创作上正在开拓一个新的领域，已经显示出极为可喜的预兆。这在将近两年来一些文学报刊关于短篇小说创作的讨论中，已经有过较为详尽的评述，这是大家都知道的。不错，完全令人满意的作品还不多，多数是总的说好，但还存在这样那样的缺点和不足之处。我认为这是成长过程中不可避免的，用不着惊怪，我们应该做的是鼓励，是不断帮助他们总结经验。

我自己过去是写短篇小说的，十分赞同提倡多写短篇小说。但我认为，与此同时也应该提倡一下散文、报告文学。因为它在及时反映现实生活斗争，提出千百万人关心的问题，宣扬值得千百万人学习的英雄人物这些方面，都比短篇小说较易着手。而且有利于肃清"四人帮"的流毒，避免概念化的毛病。远在战争年代，党所领导的文学战线，就大力提倡过写散文、报告，建国以后，也同样重视这一创作形式。在新时期的长征开始，通过抓纲治国，各条战线都以新的跃进步伐勇往直前的今天，可以肯定地说，散文、报告文学这一创作形式更是值得提倡。事实上，我们已经出现了受到广大群众欢迎的优秀散文、报告。徐迟同志的《哥德巴赫猜想》，难道是小说吗？我们不少同志希望有人塑造不怕杀头、不怕坐牢，敢于公开同"四人帮"进行斗争的英雄人物形象，最近《人民日报》发表的报告文学《暴风雨中的海燕》，难道不正是这样的作品吗？

这里，我不禁回忆起我对当前创作问题曾经有过的一些希望和设想。当我去年冬天读了童怀周编辑的《天安门革命诗文选》的时候，激动、感奋之余，就曾经想过：这令人敬佩的编者，要是能够搞一本记录当日这一引起全国人民巨大关心的革命群众运动的散文、报告文学集子，该有多么好呵！而且我认为并不难，只要那些勇敢、光荣地参加过这一悼念周总理、旨在声讨"四人帮"的伟大斗争的群众运动的人们，从不同的角度朴素地记录下自己当日的亲身经历，所见所闻，然后汇集起来，加以选择、编排，以及少许必要的加工，就可以成为一部史诗般的光辉巨著！

这在去年有点不切实际，所以我从未向什么人提说过。今年五六月间，我又意外得到一本《天安门革命诗文选续编》。除开诗歌悼词而外，还有几幅当日参加纪念活动的群众的摄影作品。但最叫我喜出望外的，是最后部分：《丙辰清明见闻录》！我一口气就把它们读了，更加感觉自己已经置身于轰轰烈烈的火热斗争当中。要描写我当时感情上的震荡，那得讲很多话，还是来个长话短叙吧：我认为它们的确很好！只可惜太少了。

这真可叫作人心不足！美中不足！但是，对于革命的、鼓舞人勇于为真理而斗争的东西，这点不足之感，倒是正常情况。因为我当时曾经这样作想：既然收集到这样一些有关当日运动的实录，进一步广为征求，是极有可能的。为什么只收集这一点就印出来呢？而且，既然名之曰"节选"，可见还保留了一些记录，未予发表。那么，既然材料并不算多，为什么还要保留？如此等等，想了很多。

这些想法无疑反映了一个强烈愿望：能够有一册相当全面、详尽记录丙辰年清明时节所见所闻的集体创作多么好！我相信，这不是我一个人的愿望，它具有极大的代表性，因为在全党全军和全国各族人民中，谁不缅怀伟大领袖毛主席的亲密战友周恩来同志?！谁不对作恶多端的"四人帮"怀有刻骨仇恨?！

特别是在当日"四人帮"的淫威下，广大群众竟然敢于不畏强暴，在具有重大历史意义的天安门广场掀起一个上百万人的革命群众运动，这就突出地说明，我们的青年、我们的人民是伟大的，不可侮的，我们一定能够在党中央的率领下，高举毛泽东思想伟大旗帜，在新的长征中取得一个又一个的胜利！

最后，还是让我回到本题上来吧：我希望在大力提倡创作短篇小说的同时，也积极提倡一下散文、报告文学，让这一文学形式发挥更大的"轻骑兵"的战斗作用！

（原载《人民文学》1978 年第 11 期）

祝贺与希望①

　　这次评选出的作品，极大部分是青年作家写的。其中不少作品，刚一在报刊上发表就受到广大读者的欢迎和文学界的重视。《班主任》和《伤痕》就是比较突出的例子，而且同类题材的作品相继出现，同时还被称之为"伤痕"文学。

　　这是完全可以理解的。林彪、江青一伙给我国人民带来的灾难，真是创痛巨深，不会一下忘记掉的，而且一定会反映在文学创作上。但是，我们不是为反映而反映，实际上任何作品都会发生一定社会作用，这是不以人们的意志为转移的。那么我要说，在处理这类题材的时候，我们就不能只看到"伤痕"，看到灾难，还得看到无数勇于"抗灾""救灾"的人们。而只有这样全面考虑问题，作品才能反映历史的真实，使广大读者受到鼓舞，在新的长征中奋勇前进。

　　从这个见地说，我认为《班主任》比《伤痕》好。因为《班主任》的作者不仅揭露了"四人帮"封建法西斯专制主义对青年一代宋宝琦的毒害，他还为我们塑造了一位勇于治疗创伤的中学教师张俊石的形象。当然，在被评选出来的这类题材的作品中，不止《班主任》一篇是这样，其他如《顶凌下种》和《神圣的使命》都写得好。前者为我们塑

---

① 1978 年度全国优秀短篇小说评选授奖大会后，《人民文学》编辑部邀请获奖作者和评选委员举行座谈会。本篇是作者在会上的发言。

造了一位敢于藐视逆流、抓住生产不放的大队支部书记，后者为我们塑造了一位在饱受迫害之后，还能为一桩冤案进行深入调查的老公安干部。

《"不称心"的姐夫》我认为也值得赞赏。作品写老知青小欣不顾被诬为"走资派"的父亲的反对、阻挠，坚决同另一个老知青在农村同甘共苦的故事。这个男知青叫四平，父亲去世了，母亲被诬为"叛徒"，自己为此在农村经常受到一些人的歧视。而且土头土脑，貌不惊人。但是小欣就是爱他！因为尽管不断遭受嘲笑、打击，生活那么艰苦，他总念念不忘周总理提出来的四个现代化的宏伟理想，一心扑在培育良种、消灭稗草的科研上。

为了塑造四平这个人物，作者为我们提供了不少动人情节。比如说，因为公开反对"四人帮"为推行其愚民政策捏弄出来的张铁生，他被关进了"学习班"接受批判，不准外出。可是为了不失时机地查看稗草生长情况，他会深更半夜偷跑出来，不顾春寒的侵袭，虫子的叮咬，在小欣支持下，赤着脚在水田里不住翻弄。还说他这么做是为了明天挂大牌子挨批判时，心里踏实一些……

从这些作品的艺术成就说，也都语言生动，各有特色。但是，如果用一九六六年前全国短篇小说已经达到的水平衡量，存在的缺点和不足之处，也很明显。这主要是还不大善于从人物整个经历中择取较为重要的一段，通过两三个场景，比较集中地来塑造人物，叙述故事，借以突出主题思想。看来这一点也重要，就是用较为精练的语言，在故事发展的短暂过程中，根据需要，把人物一些关键性的经历告诉读者。

当然，我提到的缺点和不足之处，不一定对头，而且我相信，这些在成长过程中不可免的缺点和不足之处，经过不断总结经验，我们的青年作者们一定会写出更多更好的作品，把我国的短篇小说创作提高到"五四"以来的最高水平！

（原载《人民文学》1979 年第 4 期）

一个"左联"盟员的回忆琐记

我是一九三二年冬参加"左联"的。当时我已经出版了短篇集《法律外的航线》。这以前，一九三一年学习写作时曾和艾芜同志一起写信向鲁迅先生请教，并很快得到了回信，这就是那封《关于小说题材的通信》。那时我们住在荣桂路德恩里，挨景云里相当近。

艾芜在"一·二八"我们从德恩里迁往法租界不久，就参加左联了，比我早些。在我一九三二年出版《法律外的航线》时，封面上的木刻，就是他帮我找的。那时他和耶林同志有工作关系，耶林对美术又是内行。这幅木刻，很可能得自耶林。同时，他还曾从这本集子中选出《码头上》和《野火》转给《北斗》。事后他告诉我，《北斗》准备发表。编委会讨论这两篇作品时，丁玲同志还对有的土语作过解释，因为湖南也有类似的土语。随后因为《北斗》遭到反动派查封，这两篇习作，是在一九三二年底在继《北斗》停刊后出版的《文学月报》（周扬同志主编时）上发表的。

在《文学月报》发表我两篇习作时，同期还发表了茅盾同志的书评《法律外的航线》。现在回忆起来，当时以鲁迅先生为首，"左联"的负责同志十分重视培养新生力量，鼓励创作。特别叫人感动的是，解放后经过艾芜向周建人同志查证，《关于小说题材的通信》这封至今还有重大指导意义的信，是鲁迅亲自送到我们住处的！可惜我们那天都不在家，不曾当面请教。

茅盾的评介文章对我的帮助、给我的教益也很大：他的评介使我有勇气把创作坚持下去，同时还指出了我的缺点和努力方向。因为他在那篇评介文章中指出：《码头上》有公式化的毛病，而我当时却恰好认为这种作品革命性比较强。其实这正好说明我受了"左联"成立前某些非现实主义的影响。这在目前，也还有教育意义。

另外一件事我印象也很深。一九三三年，当应修人同志在老把子路一栋房子的三楼上因与特务搏斗坠楼牺牲，潘梓年、丁玲等文艺、文化界负责同志被捕后，我做了"左联"常委会秘书。这是周扬同志提出来的，那时他代替丁玲做了党团书记。

我和周扬同志一九二九年就认识了。那时我们都住在德恩里，他同立波住在一起，我呢，和肖崇素同志住在另一幢楼房里。因为创办《摩登月刊》，周扬和肖崇素互有往来，不久我们就认识了。只是我并未参加过"摩登社"。他参加"左联"后，我们很少见面。直到艾芜参加"左联"以后很久，因为他知道我早同周扬相识，这才领我去周扬家里。地点是北四川路"上海大戏院"对面一个弄堂，他住的楼下。我同穆木天认识，就是在他家里。那时我的《法律外的航线》已经出版，并早就抽出两篇给了《北斗》了。

在这段时期的交往中，周扬曾经要我写一篇有关"第三种人"文学的文章，我写了，是用杂文形式写的，他看后曾讲过一点鼓励的话；但此后并无下文。另外，艾芜在培养工人通讯员活动中被捕了，是周扬通知我的，并交给我五十元钱，说是鲁迅捐助的，要我延请律师营救。接着任白戈同志和我就请史良同志为艾芜辩护。当时史良同著名法学家吴经熊一起开业，为政治犯辩护特别热心。结案时也是史良去苏州出的庭。艾芜之能够出狱，当然主要在于他未暴露身份。

我做"左联"常委会秘书的时候，在北四川路底斯高达路口一个弄堂里住家，常委在我家开过一次会。这次会议的参加人有鲁迅、茅盾、周扬和组织部的彭慧。会议讨论的内容我记得有编辑内部刊物问题，也曾讨论过欢迎巴比塞调查团的问题。印象比较明确深刻的是，那天茅盾同志到得最早，这是我们第一次见面。他是健谈的，讲了些大革命时期他在武汉的见闻后，他着重同我谈了些创作上的问题。在我讲了讲自己的经历后，他鼓励我写个中篇。并且，他不是一般地鼓励我写中篇，还对作品的结构和具体艺术处理作了不少指教。从谈话中他知道我有些胆怯，怕写不好。他认为若果写一组人物相同，故事互相衔接的短篇，较为省力。而这样的中篇，在国外也较常见。接着，他还举了一个已经介绍到国内来的中篇作例，可惜书名已经遗忘。

这次会后，过了一段时间，因为"左翼"文艺、文化界积极筹备欢迎巴比塞调查团来我国参加在上海召开的一次国际反战同盟的会议，反动派大肆逮捕；一位参加筹备工作的社联同志和我同住一个里弄的张耀华被捕。周扬知道这一情况之后，立即赶来要我转移。而当我爱人正把一些文件——主要是编辑《前哨》的稿子扎在贴身的衣服上时，他又来了！说是弄堂里里外外巡捕很多，要我赶快动身。我们都有些紧张，催促他赶快离开。

我们在靠近北站一家小旅馆住了一夜，然后去法租界姚神父路新天祥里租好房子，一天夜里由我爱人去把家搬了。那时搬家真也简单，两辆黄包车就解决问题。搬到法租界以后，第一个同我联系的是杨刚同志。我们一起只开过两三次会，记得有一次讨论过《现代》上一篇小说《西乃山》。不久，在西藏路大西洋餐厅，上海文艺界曾经举行过一次欢迎巴比塞调查团的茶会，好多熟人都参加了。

我记得，挨我坐得较近的，就有《现代》的施蛰存、戴望舒和杜衡。所谓巴比塞调查团，实际巴比塞本人并没有来，是伐扬·古久烈领队；但古久烈那天由周扬等同志陪他参观"晓庄师范"去了。是一位在法国做过市长的团员，也可能是副团长出席的茶会，翻译是杨刚同志。田汉同志那天也在茶会上露过面，但因楼上楼下都有巡捕、暗探，被同志们劝说走了。至于主持茶会的是谁，印象已经模糊。

在这次茶会以后，杨刚就没有再同我联系了。周扬把叶紫同志介绍给我。此后，我们每一次碰头总要谈谈创作。叶紫同我有了联系不久，又添了个欧阳山同志。这样，我们三个每星期大体都要聚会一次，而且几乎都是在叶紫家里。叶紫当时生活很苦，住的弄堂破烂不堪，房间窄小，三代同房：他母亲、妻子、小孩。叶紫本人、他爱人和孩子都很瘦弱，他母亲倒健旺。

每次聚会，主要都是谈创作问题。谈报刊上的作品，旁人的和自己的作品，也谈自己的写作计划。我记得，有一次叶紫谈到他一个作品的构思，要我们提意见。于是我就哇啦哇啦，认为可以这样、可以那样剪裁。最后欧阳山笑道："啊呵！分明一件长衫，这一剪下来，就变成汗衫了。"我回嘴说："依我还得去掉两只袖子，改成背心！……"

这多少有点穷开心的味道，因为当时都有不同程度的困难。不止生活方面，安全也常受威胁。碰到认识的同志出了问题，一般得搬家；平日到哪位熟人家和回到自己家里，总得注意特务盯梢。但，不管怎样，大家的情绪还是好的，而且都想通过作品为革命和人民尽一份力量。值得一提的是，谈论中虽有分歧，却从未伤过和气。有时不止谈笑风生，偶尔还要喝点高粱酒。叶紫的母亲则往往拿些泡菜供我们下酒。

因为任白戈通过常住苏州的南充人李季高找到铺保，于史良出庭辩护后，艾芜很快就从苏州监狱回上海了。在他回来之前，我和任白戈同志就为他在迈尔西爱路一个弄堂里租了个亭子间，因此，不久我也就搬往同一条路附近的恒平里。这以后，我同叶紫就没有联系了，只同欧阳山每星期见一次面，而且人数也逐渐增加了：先后有草明同志、杨骚同志和杨潮同志。很长一段时间，开会的地点大多是在善锺路底欧阳山家里。杨骚原本是写诗歌和搞翻译的，杨潮搞点理论批评，也搞翻译，但都爱好小说散文，彼此又谈得来。

这个时期的会议相当热闹。而且，由于杨潮在外国通讯社工作，收入较多，彼此又都喜欢喝上两杯，有时他还会捎瓶泸州老窖来请大家喝。直到两个口号问题发生以后，我们定期的小组会才停下来。因为欧阳山、草明是赞成民族革命战争的大众文学这个口号的，我和二杨，则赞成国防文学这一口号；同时也多少跟"左联"宣告解散有关、跟当时论争中造成的气氛有关。不过，尽管这样，我同欧阳山和草明仍然时有来往，而且我们的关系至今还是好的。

我之所以特别提出这一点来，是因为"四人帮"嚣张时期不必说了，前两年不是还有并未卷入过那场论争的人，竟然也违反鲁迅认为两个口号可以并存不悖的论断，而把主张、赞同国防文学的同志视同寇仇么?! 当然，由于"左联"的盟员全都生活在白色恐怖下，彼此经常接触的机会有限，再加上其他一些原因，在一九三四年以后，这一批常见的人和另一批常见的人，就都程度不一地存在宗派情绪，不怎么融洽了，这也不必隐讳。

但有一点还得指出，等到党所倡导的抗日统一战线实现，全民抗战形势形成以后，由于口号问题引起的隔阂，都逐渐消除了。因为绝大多数同志都是拥护党的领导，为革命而参加"左联"的。就拿口号问题来说，虽有分歧，但在抗日这个根本性问题上，毕竟是一致的。而这也正是大家能够在新的形势和具体环境下团结起来的基础。

在三十年代中期，口号论争问题，无疑暴露了"左联"内部长期积累下来的宗派情绪。我不准备在这里进行理论性的分析，同时我也没有多少理论，我只想谈两三件具体事实。因为这些事是我亲身参加过的。在鲁迅《答徐懋庸并关于抗日统一战线问题》的公开信发表后，凡是和我比较接近的领导同志和一般同志，都对徐懋庸同志那封写给鲁迅的信感到极大不满! 接着，周扬同志还要我约茅盾同志在环龙路我家里作过解释，并请托茅盾同志就近转告鲁迅先生，希望求得鲁迅先生谅解。只是因为问题比较复杂，没有结果。

至于茅盾同志为什么感到爱莫能助，这里我就不必说了。除开这件事外，其次一件事是：徐懋庸在他给鲁迅写信之后，就回浙江老家去了。而在读了鲁迅先生那封回答他的公开信后，他又立刻回转上海。不久，他去环龙路看我，说他读了那封公开信后痛哭了两三场。当他叙述这一切时，我记得，他的眼睑红润，泪光闪烁。这也说明，尽管做了糊涂事情，他还是热爱鲁迅、尊敬鲁迅的。

但是，叫我吃惊的是，他不只是向我诉苦、解释，还带来一封回答鲁迅公开信的《公开信》！那时《文学界》已经停刊，他希望能在《光明》发表。我立即加以劝阻，也不看他的信；但他力言他很痛苦，他的《公开信》非发表不可！《光明》不行，他可以另找刊物发表。最后，我提出要他找周扬同志谈一次话，再作决定。他同意了，谈话的地点也是在环龙路我家里。

我这么做，因为我知道周扬必不会同意他的做法，而且周扬的意见、劝阻，会比我的有效得多。当我向周扬反映徐懋庸同我谈话的经过时，他很吃惊，也有些生气，因此如约到我家里去了。徐懋庸更是按时到达，但他显然没有料到周扬同志的劝阻比我坚决。其间的细节已经模糊，而结果却记忆犹新：彼此不欢而散。徐懋庸揣好他的《公开信》先走了。

应该承认，徐懋庸是有些才气的，又勤于写作，他的杂文也曾得到过鲁迅的赞赏，因此也就不免有些自负。这里我觉得还该说明一点，徐懋庸当时并未入党，名气可是不小。恰好女子书店搞了个《今代文学》，主编人刚从日本回国，正在四处拉稿。于是徐懋庸那封回答鲁迅的公开信就在这个刊物的创刊号发表了，引起文学界很大震动、不满。

我是通过任白戈同志认识徐懋庸的。虽有来往，只是在《文学界》编辑工作中共过事。对于《文学界》，曾经有人认为它的主编周渊就是周扬。其实周渊是个假名，直接领导《文学界》编辑工作的，是"左联"党团成员、负责组织部门工作的戴平万同志。这个刊物，也是他鉴于抗日救亡运动的形势日益发展，根据部分盟员要求和组织上的同意，通过前创造社成员邱韵铎找光华书店搞起来的；稿费很低，只有一小笔编辑费供他开销，因为一切日常编辑工作都得由他承担。如果说还有个编辑部，这个编辑部也就在邱韵铎家里。我记得我前后在他家里参加过两次编委会。编委有戴平万、杨骚、徐懋庸、邱韵铎和我。徐懋庸曾自告奋勇为创刊号写了一篇以抗日运动为题材的小说，这可能是他写作生活中唯一的一篇小说。我写了一篇《在祠堂里》。同时我还为《光明》创刊号写了篇《兽道》，原名《人道》，夏衍同志看了，感觉含意隐讳，才改为《兽道》的。

我参加《文学界》编委会工作的时间不久，很快就被调到《光明》编委会去了。《光明》是半月刊，由生活书店发行，洪深同志负责主编；实际上是挂名，目的则为了抵制反动派的压迫干扰。负责管理编辑部日常工作的，是沈起予同志和李兰同志。整个编辑工作由夏衍同志直接领导，他对工作的深入细致，给我印象很深。我曾跟他跑过两三次印刷厂，亲眼见识过他调整版面和挥毫填写补白。还有值得提一笔的是，在他的倡议下，通过集体创作方法，《光明》编辑部曾经组织人写过两三个剧本，及时揭露敌寇在华北的侵略罪行。一般都是在西藏路东方饭店开个房间，约集几位同志就某些事件讨论几次，就推选人写初稿。于伶同志从未缺席，那时候他叫尤兢。

在先后参加《文学界》《光明》编委工作以后这段时间内，我的工作比较单纯，这之前，却相当杂，联系过的人也多。胡风刚从日本回国不久，通过周扬同志，就和我有联系。他那时叫谷非，还没有结婚，经常来我家闲谈。我照旧在恒平里住家，艾芜和白戈却已搬往西爱威斯路了。我记得，我认识雪峰同志就是他介绍的，而且看来他相当重视我同雪峰同志的这次会见。因为会见之前，他不肯告诉我他要我到他住所去会见的是什么人，言谈之间有一点神秘味。雪峰同志那晚谈话的内容我还记得一点，他向我极力赞扬高尔基的《马尔戈》，还热情洋溢地朗诵了小说开端的一句："海笑着！"时间是他去苏区前夕，事后我曾向周扬谈过这次会见。

不错，在一段时间里，胡风同我的往还是频繁的，后来却逐渐不大对劲了。而且，不止我们之间，好多同志之间的关系也逐渐不够正常起来。最后，因为怀疑他是内奸，来往也断绝了，只是有时在欧阳山家里见见面。我同魏金枝同志的联系较晚一些，是组织上指定要我去找他的。他当时在麦伦中学教书，虽然见面不怎么多，但他给我的印象很好：朴实、诚恳，平易近人。我同白薇这位老大姐也相当熟。林淡秋、魏猛克、森堡、冯馀生、杜谈和关露都同我有过联系。组织上还派我联系过刚从日本回国的欧阳凡海。

当然，这些联系大多是临时性的，也并不都全是工作关系。我同荒煤、丽尼、舒群、罗峰和白朗的接触比较晚，发生于两个口号论争期间。我同荒煤则是党的关系。在党的关系上我还同林淡秋同志联系过。在我调离《文学界》后，荒煤就代替我在《文学界》做编委。立波同志发表第一篇译作《北极光》时，我们都在荣桂路德恩里住；但是直到一九三四年他从苏州监狱出来，我们才逐渐熟识。虽然见面时也谈工作，谈文艺问题，但是我们之间的来往多属私人性质。

直到鲁迅先生答徐懋庸那封公开信在孟十还主编的《作家》上发表后，我所接近的一些同志的情绪都有了显著变化。主要是焦急，因为谁也没有料到"民族革命战争的大众文学"这个口号是鲁迅提出来的！同时也责怪徐懋庸的颟顸。这我已经在前面谈到过了。但还有更叫人焦急乃至愤懑的，听说中央已从陕北派人到上海了，一些负责同志可老接不上头！这时，一直都在找中央、盼中央，希望进一步了解党中央意图的同志的心情，我想大家都能够理解吧。

而且，我所了解，并能明确记忆的情况还不止此，同时更传播着不少流言蜚语。事情已经过去，真相已经大体清楚，这里我就不多说了。只想顺笔提上一点，在文委其他同志同中央的代表接上关系不久，周扬同志便没有管工作了。而他给我的印象是：有些苦恼、消沉。当时身体也不大好，我记得他双脚有些浮肿。他显然被撤了职，因为当我先他离开上海回转四川，动身前要他为我转党的关系的时候，他却要我找夏衍同志。

我回转四川后，一九三八年，他和苏灵扬同志到延安去了。更后一些时候，又才听说，是中央的代表给他们发的路费。这是件好事，我以为值得在这里提一提。

1979 年 11 月

（原载《中国现代文学研究丛刊》1980 年第 2 辑）

有关创作的通信

同志：

　　编辑部转来的信，已经收到好久了。你要我回答的问题，也一直未曾忘却。只是近年一连住了两次医院，病情虽已减轻，身体却日益衰弱。没办法，年龄不饶人。有时就是写封简单的信，竟也时常感觉力不从心！

　　你在来信中提到，要我谈谈怎样在小说创作中写对话的问题。也就是说怎样使小说中的对话既有人物的性格特征，又合乎故事情节的需要，即合乎当时人物所面临的谈话对手和具体环境。而且还得让读者进一步认识这个人物以及与故事中其他人物的关系。从我的经验说，这也的确值得探讨。

　　这里，我想摘引一篇文章中的一段话，供你参考：

　　　　有一次我同许世友同志坐在一起，张春桥、王洪文来了。许世友一把抓住我的手腕，高喊了一声："来，同我较量较量！"张春桥阴阳怪气地说："是呀，你们两个较量较量吧。"我只对许世友说："谁敢和你较量，他不是找死么！"张春桥很不高兴地走了。……

上面的一段话，我是从去年《文艺报》第十一、十二两期合刊上《听王震同志谈戏》（以下简称《听》）这篇文章中摘引的，这段谈话，也正是王震同志讲的。三句话，三个形容词："阴阳怪气""只对"和"很不高兴"，如果把它们全部孤立起来看，可以说相当平凡！但是，我相信，只需你回想一下"四人帮"覆灭前那一场牵涉到党和国家前途的革命和反革命的尖锐复杂斗争，它们就一点不平凡了！你将无限钦佩两位革命前辈的胆略、勇气！同时也可看出反革命分子张春桥一伙又多么外强中干！

自然，王震同志列举这个现实生活斗争中的断片，是谈戏，是指话剧中的台词不能使用标语口号式的豪言壮语，但我以为如果你肯认真玩味玩味这一段谈话，而且联系实际来进行玩味，这段话对于小说创作同样富有教益。这里我还得补充一句，在我摘引那段谈话之前，王震同志还对许世友同志作过一点有关介绍：他是北路少林拳的高手。而正因为事前有这点介绍，较量云云，也就更加显得生动自然。

其实，在《听》这篇文章中，值得我们学习的，又何止于对话问题。作者记录的王震同志有关文艺工作的所有谈话，全都值得我们学习。因为这些谈话的精神实质，同毛主席、周总理对文艺工作者提出的要求是一致的；在当前的历史条件下，同邓小平同志在第四次全国文代会上的祝词，以及《继往开来，繁荣社会主义新时期的文艺》这篇大会报告对文艺工作者提出的任务是一致的。

现在，我想照样摘引《听》中一段记述，供你参考：

"当他（王震同志）健步走上舞台，看到扮演陈毅同志的演员时，他激动了，慢慢地向后退了一步，恭敬地说：'我向陈老总敬礼了。'一边说着便垂下头去，行了九十度的鞠躬礼。"然后他热泪横流，紧紧拥抱住"陈老总"，连声说："我又见到陈老总了。"这充分表现了老一辈无产阶级革命家之间深厚的战斗友情，而我认为更重要的，是王震同志多么缅怀体现在陈老总生前言行上的党的革命传统，同时更希望这种革命传统在横遭"四人帮"破坏后能够迅速恢复、发扬……

王震同志这种希望是革命的需要，也是有现实根据的。远者不说，我们只需想想党的三中全会以后在全国逐步出现的安定团结、社会主义事业日趋繁荣的局面，就会相信我的论断绝非虚语。而在近三年出现的小说创作中也有不少反映。这里，我想起了我最近刚好读完的长篇小说《许茂和他的女儿们》。即或在"四人帮"肆虐那些时日里，在小小的葫芦坝，广大农民群众在阵阵妖风的横扫下，不也仍然无限怀念互助合作化运动那些昌旺年代么！

更为重要的是，作者周克芹同志为我们塑造了一位一再遭受邪恶势力陷害，以致被轰下台而照旧一心为社会主义事业劳心操思的支部书记金东水；塑造了一位以共产党人应该具备的革命风格给葫芦坝的农民群众带来一线希望，使他们重又感觉到温暖的颜少春。一般说来，便是那个暗中依靠金东水出主意抵制歪风邪气的代理支书龙庆，爱打瞌睡的老陈和朴实的金顺玉，他们在那些上蹿下跳的郑百如之流为非作歹的年月里，也都无愧于一个共产党员的称号……

这部小说当然不止这几个人物，但我也不准备再谈其他几个主要、次要人物，如许茂、四姑娘和三辣子等等了，不久将会有人对它做出合乎实际的全面评价。我只想借此机会说明一点，党的革命影响和革命传统，在广大干部和群众中扎根是很深的，希望你在体验、观察、研究现实生活时注意这一方面，反映矛盾斗争时着力宣扬这一方面！

同志！请原谅我这封信写得粗略，而且回复得太迟了。实则今年一月我就基本上写好了这封信，因为精力差，杂务多，未及收尾，就被积压下来，忘记掉了。前天清理来信、残稿，这才发现出来。于是又加了一些谈《许茂和他的女儿们》的零星感想。

最后，我希望你认真读读我前面提到的去年最后两期《文艺报》合刊上那篇文章。这本合刊载有文代大会上邓小平同志的祝词，大会的报告，开幕词和闭幕词，很可能你已经有了，那就更好！

敬礼

沙　汀

一九八〇年一月至二月写

（原载《四川文学》1980 年第 4 期）

祝贺与希望

——在四川省第二次文代会上的讲话

同志们：

在省委的直接领导和深切关怀下，四川省第二次文代会就要闭幕了。这个会议开得很成功。杜心源同志代表省委和省人委对大会的祝词，谭启龙同志在大会上的讲话，都坚定不移地贯彻了中央 11 号文件、邓小平同志的祝词和全国第四次文代会精神。省委对文艺工作的重视和关怀，增强了我们的信心，鼓舞了士气，推动我们在实现四化的宏伟事业中贡献自己的聪明才智，因而使这次会议开成了一个团结的大会，胜利的大会。我过去长期在四川工作，离开四川的工作岗位两年多了，这次回来养病，躬逢其盛，深感振奋！我向同志们表示衷心的祝贺！

大会通过民主选举，省文联和各协会分会产生了老中青结合的新的领导班子，毫无疑问，今后的工作是繁重的。如何肩负起这繁重的任务，为一切献身于社会主义四个现代化建设的人们提供丰富多彩的精神食粮，为培养社会主义新人做出贡献，以不辜负党对我们的殷切期望，这就是摆在我们面前的一个重要问题。根据这次学习心得，我认为，我们首先必须加强团结。在团结问题上，林彪、"四人帮"分裂人民，分裂文艺界，造成的严重破坏，这是大家有切身体会的。即使在文化大革命前十七年中，由于各种干扰，特别是"左"的干扰，混淆了两类不同性质的矛盾，伤害了不少同志，也损害了我们文艺队伍的团结，有很多经验教训应当吸取。解放后，我先后在川西文联和四川省文联担负主要领导职务，在做团结工作上也有许多失误的地方。现在，我要趁这个机会向一切在反右扩大化及四清运动中受到不公正的批判和处理不当的同志赔礼道歉！近三年来，文联和各协筹备小组在省委领导下，已经做了大量落实政策的工作，对此，我表示感谢。

讲团结，首先是加强党内的团结，领导班子的团结。党中央为我们制定了《党内政治生活的若干准则》，党的十二大即将修改通过新的党章，这都是增强我们党内团结的根本保证。只要我们文艺界的党员同志用《准则》来严格要求自己，身体力行，一切按照《准则》办事，我相信，党内团结就一定能够加强。学习了谭启龙同志的讲话，在这个问题上我是很乐观的，他强调我省文艺工作此后将在省委议事日程上占有一定地位。现在省文联和各协会分会的领导班子，又都有比较广泛的代表性，领导成员名额又有适当增加，这就从组织上消除了出现"一言堂"和"一边倒"现象的可能，为实行集体领导提供了有利条件，以便于文联和各协领导班子在省委和群众的督促下发扬民主，同心协力地解决实际工作发展中出现的新问题。

讲团结，还必须加强党员文艺工作者和党外文艺工作者之间的团结，要搞五湖四海，要调动一切积极因素，为繁荣我省社会主义文艺事业这个目标共同奋斗。谭启龙同志要求我们：要把落实政策的"收尾工作抓紧抓好，一抓到底。"我觉得，这是新的领导班子建立起来以后第一件要做的大事。党外有许多长期从事文艺工作的同志，他们大都具有某一方面的经验或才能，我们要看到他们的长处，尽可能使之各得其所，每个人都能得到适当的安排，做到人尽其才，才尽其用。同时，尚未得到妥善安排的同志也得充分理解造成未能及时恰当解决问题的各种因素，不必耿耿于怀。

总之，讲团结，我们所有文艺工作者都要顾全大局，党员同志，特别是党员负责同志应该起模范作用，对人对己都要坚持二分法。在对文艺形势这个大局上，更应分清主流和支流，不要对在前进道路中出现的一点差误，就认为"大事不好"了！在坚持四项原则和执行"双百方针"上，更应根据中央和省委的指示精神，有一个正确认识。根据我的体会，"双百方针"是文艺理论上各种流派、文艺创作上各种题材、形式和风格，要通过自由讨论，自由竞赛，互相促进，以期更好地繁荣社会主义文学艺术。它不是一时权宜之计，因而也就不存在"收"的问题。如果在创作和理论批评方面出现倾向性问题时，党和群众要求我们注意作品的客观效果，社会影响，就认为要"收"了，那就无异忘记了四项原则是我们立党建国的根本大法，忘记了我们的文艺应该为一切献身于党所领导的四个现代化建设的人们服务和培养社会主义新人服务，忘记了我们每个人都应该做安定团结和四个现代化建设的促进派。

谈到这里，我不由得想到另一个问题，这就是学习的问题。我们当然应该学习业务，但我认为我们首先应该学习马列主义、毛泽东思想。因为马列主义、毛泽东思想是我们团结的思想基础，同时也是我们一切文艺工作者的必修课目！在参加去年的全国短篇小说评选工作中，我对一位新人新作写作技巧的圆熟、细节描写的逼真，实在佩服。但从总的思想倾向看，就不那么佩服了：调子低沉，读后使人对现实生活感到悲观失望。因而根据群众意见，几经讨论，未被录取。同时却由一位同志邀请他来进行同志式的讨论，主要建议他加强思想理论学习，注意全国政治形势和作品的社会效果。

一般说来，一篇作品对社会的作用比不上一项政治经济措施，但作家却不能因此小视一篇作品的社会效果。我们在文艺工作中也要坚持革命的功利主义！而且，在一定时期，我们更应充分估计到作为思想战线的一个方面军的文艺队伍应该起的作用。我们党所从事的革命事业不正是从宣传马列主义思想开始的吗？粉碎"四人帮"后，全国三年来工农业之所以得到迅猛的恢复发展，不也正是因为党中央批判了"两个凡是"的谬论，对《实践是检验真理的唯一标准》开展了全国性的讨论，从而建立了一条真正马克思主义的思想路线开始的吗？当然，我这样讲未见恰当，而我无非想说明我们大家都要重视文艺创作的思想性，以利于进一步肃清"四人帮"的流毒，完成文艺工作在社会主义建设新时期的光荣任务。

我相信，只要我们现有队伍的团结真正在一个共同思想基础上加强了，就会成为壮大和发展我们队伍的骨干力量。我们文联和各协会新的领导班子才会有充分精力和时间协同文化行政部门注意发现人才、培养人才。我省文学、戏剧、音乐、美术各方面都大有潜力可挖。就拿作协分会来说，现在仅只三百多会员，这同我们这样一个近一亿人口的大省是很不相称的，需要我们做大量深入细致的工作，去发现和培养新人。这是一个长期的任务，也是一个很迫切的任务，而只要我们高度重视，我们的队伍很快就会得到发展。过去两年出现的新人新作不必提了，最近《人民日报》发表的短篇《加薪以后》和对于长篇《梨园谱》的评介，就充分说明，正同其他兄弟省区一样，四川也是人才辈出的地方！关键在于解放思想，眼睛向下，充分注意工矿、农村的群众业余创作活动。

当然，讲团结，讲建设和壮大我们的队伍，就是为了繁荣社会主义文艺，发展创作，开展批评。说到创作，今天，我们创作的题材是极为丰富的，沸腾的现实生活正在召唤我们，我国人民长期的斗争史迹同时也很值得我们缅怀。便是旧社会统治阶级的腐败专横、荼毒生灵的罪行，又何尝不值得我们老一辈同志加以揭发，以增强青少年对于新社会的热爱。全国文联给我们大会的贺电中说："四川有近一亿人口，我们文艺工作者有广阔的天地。"我觉得，这是为繁荣创作而寄予我们四川作家、艺术家的莫大希望。谭启龙同志在讲话中，一开头就给我们谈到四川工农业生产发展的大好形势，要求我们去反映当代英雄在新长征中的精神面貌和动人业绩。我希望在大会闭幕以后，文联、各协会主要组织目前尚无成熟写作计划的青壮年作家迅速到激动人心的生活第一线去！美协分会长期以来不断组织创作人员深入生活，既出了作品，又锻炼了作者，同时发现和培养了新人，他们的经验值得借鉴。

文学、戏剧、音乐、美术刊物，既是宣传马克思列宁主义、毛泽东思想的阵地，又是繁荣创作、培养人才的园地。据说，当前我省已办的各级文艺刊物约百余种。其中少数在省内外公开发行，在广大读者中有一定影响。我认为，省市级大型刊物最好由搞文艺理论批评的同志来负责编辑。这有两个好处：一是搞文艺理论批评的同志可以多接触一些作品，研究一些问题，对发现和培养人才都有好处；二是可以酌情把陷于编辑工作和行政组织工作中的创作人员解脱出来，让他们深入生活，发挥所长，以利于充实创作队伍。这个意见，请文联和各协会领导班子根据不同情况，加以考虑。至于大量的县办的文艺刊物，对我们这样一个大省来说，也是需要的，但是，各级党组织和文化行政组织，要像谭启龙同志讲话中指出的，必须改善领导，加强领导，把刊物办得精一些。作协和文化行政部门，要充分注意这些刊物，《四川文学》《红岩》要评介这些刊物发表的好作品，借以发现人才。通过全省评选，最好每年来一本新人新作的选集。根据经验，新的创作人才，大部分都是从长期在基层搞实际工作的同志中间涌现出来的，除开必要的短期学习，千万不能让他们脱离生活基地！或者随意调上来搞"打胎"那样的笨事。对于作品已经孕育成熟了的同志，则应为他们争取进行写作的条件。

关于文艺工作的方针、政策问题，谭启龙同志已经讲得很透辟了；任白戈同志则侧重讲了国际国内的形势，沈一之同志更对全体代表的讨论作了总结。今后的工作问题，马识途同志的报告中也谈到了，我上面讲到的无非是出席这次大会的一点学习心得。至于文学创作问题，过去两年，我虽身在北京，但对四川的创作发展情况还是注意的。即或今后身体再坏下去，退休了，我还是力求每年回来一次，尽可能争取参加你们的创作座谈会、作品讨论会，同大家一起交流思想、交换意见，这里就不打算多说了。最后，请同志们对我的发言多加批评指正。

（原载《四川文学》1980 年第 9 期）

写自己的感受　用自己的语言

写作文怎样才不落套？这就要写自己具体的直接感受了的东西，要用自己的语言，像你说话一样。

小时候我读《四书》读了很久。那时候出的作文题是《论留侯》《论汉武帝》。写这些东西，就是把原先读过的滥调子用上，不是用自己独到的见地，也不是用自己的语言，这就容易落套，容易公式化。

上中学的时候，老师就不一样了，他带我们去旅行，游山玩景，然后叫你写一篇游记。我有个朋友，他是这样训练他的孩子写作文的，先叫孩子看电影，不要看说明书，然后把电影里的故事重复叙述一遍。或者看了电影以后，除了叙述故事以外，还说说有些什么人物，有些什么想法。有时候他领孩子到公园里转一转，过后叫孩子叙述，怎样去的，都看到些什么，要求按实际情况来写。这是一个好办法。

老师出作文题也很重要，题目空空洞洞，文章不好做，比如写农村的形势呀。写东西，要写实有其事的，实有其人的。比如，我的父亲，我的妈妈，我今天做了些什么事情，这就实在。比方说，我的爸爸是泥水匠；你的爸爸是个知识分子，教书的；他的爸爸是个作家。他们各人有各人的特点，各人有各人的脾味、习惯。这样写起来就不会相同了。搞美术的为什么要先学写生呢，就是要画一个具体的东西。山西有个大作家赵树理，他写的《小二黑结婚》很有名。老赵写农村，因为他一直在农村。他写了"三仙姑""二诸葛"，这些都是他见过的人。尽管有艺术上的加工，但他一定有模特儿。我小时候也常遇到些空空洞洞的题。开头，"人生于天地之间"，或者"人生于两大之间"。这样，滥套子就来了，八股就来了。这种文章谁也写不好。

因此，做作文要从实际出发，考虑到儿童的智力、知识面，还要考虑到作文的目的是什么。作文的目的不是要他有多么高的思想性，要反映什么"时代精神"，而是要儿童把文字弄通顺，有层次，用字准确，进行文字训练，把文章写得清清楚楚。要不是这样，那就是乱弹琴，就不是从儿童的实际出发。

（原载山西《小学生》1981 年第 3 期）

建议·希望·祝贺

四十年前，毛泽东同志于《在延安文艺座谈会上的讲话》中指出，上海亭子间和延安不只是两个不同的地区，而且是两个不同的时代。

这个指示，不仅对于当时的文艺工作者具有重大意义，在今天，也同样具有重要指导作用。这里我想就四川社会科学院文学研究所准备创刊的《抗战文艺研究》提供一点不成熟的建议。

非常明显，毛泽东同志说的上海亭子间，是指国民党统治地区而言；延安，则包括党所直接领导的一切抗日根据地。而由于领导者们的政治集团不同，社会经济制度不同，也就形成了两个不同的时代，这就要求一切革命文艺工作者在反映这两类地区的现实生活斗争时应该采取截然不同的态度。因此《讲话》特别强调学习马克思主义和改造思想的重大意义。

学习马克思主义、改造思想，其目的是在逐步建立一个正确的世界观。因为只有在正确的世界观指导下，一个革命的文艺工作者才能真实地反映出不同时代、不同现实生活的面貌和精神特征。否则只能浮光掠影地描摹一些表面的社会现象，乃至歪曲现实，发生阻碍历史前进的作用。对于文学研究工作者来说，当然也不可能对一个作家的创作活动作出恰当的评价。

近两年来，感谢三四位青年文学研究工作者不怕麻烦，多方为我搜寻，并复制、抄写了数份抗战时期的旧作。其中有报道冀中敌后八路军抗日根据地的散文，也有反映国统区的短篇小说。这些短篇小说，我大都连题目也遗忘了。写于四十年代后期的《李虾扒》和《苏大个子》，如果不读原文，几乎不会相信是我自己的手笔！这两篇小说，都是写的人民对于"役政"的怨愤。

回想起来，打从一九四〇年起，对于国统区的"役政"，也就是老百姓说的"抓壮丁"，从《在其香居茶馆里》开始，此后我还写了《替身》《烦恼》《访问》和《呼嚎》，至少有五六篇之多！是不是由于这类题材写起来顺手，且有炒冷饭的嫌疑呢？我的回答是否定的。主要因为当日四川的统治阶层，在所谓"役政"上互相蒙混，花样百出，我当日又身处川西北农村，真也耳闻目睹了不少此中真相。

抗日战争时期国统区的窳政，当然不止"役政"一端，单是我的笔锋所及，也不止于是"抓壮丁"。在防治所谓"异党活动"的反动措施下，特务嚣张跋扈，不少知识分子身受其灾，乃至许多青少年都未能幸免。一再推行的"新政"，竟也成了统治阶层争权夺利，鱼肉人民的题目。感觉歉然的，我对"粮政"问题，反映得太不够了。其实这方面大有文章可写，只是农民所受灾害并不怎么直接。

这里我是仅就自己的一部分创作情况而言，远不能概括以重庆为中心的整个文学界的创作活动，更缺乏代表性。而我只想借此提供一点建议，研究国统区、大后方抗战时期的文学创作，首先必须研究统治集团的政治、经济措施及其后果，与乎社会风尚和人心背向。

从文学艺术本身说，还得注意研究它们的流派和组织情况。潘公展、张道藩之流的文学艺术观点，以及他们用以扼杀一切进步文学艺术的图书审查制度，当然不可忽视。但是，根据我个人的经验、体会，占统治地位的却并不是他们及其官僚机构！而是党领导、影响下的抗战文学艺术组织。首先就是全国文艺界抗敌协会。

南方局负责同志发动、组织进步文艺工作者学习《在延安文艺座谈会上的讲话》这部马克思主义经典著作的情况，早已有人讲述过了。

这里我只想谈一件似尚无人提及的往事。一九四四年，桂林"文抗"分会的同志，几乎全部集中到重庆来了，进步文艺界的声势因而也就更盛。于是反动派乘机策划了一个阴谋，企图进行欺骗。

这个阴谋，就是由一批文化官僚和少数不知底细的文人学者发起，邀请重庆的文化界进步人士，成立一个全国性的著作人协会，借以削弱乃至代替全国文艺界抗敌协会，以及其他进步文学艺术组织的作用，为其反动政治服务。其实质也就是篡夺党对国统区文学艺术的领导。但是南方局的负责同志很快就识破了敌人的阴谋！

遵循党组织的指示，经过周密安排，开会那天，就由夏衍同志率领。所有党员和一向团结在党的周围的进步文学艺术工作者，几乎全部都参加了。我记得会场就在上清寺求精中学对面。宣布开会后，坐在主席台上的潘公展、张道藩之流，都面有得色。因为到会人数之多，显然大出他们意外，自以为他们能够百事顺遂。

其初，空气相当平静，一到洪深先生发言，会场内的来宾立刻活跃起来。因为洪深先生发言的内容是对图书审查制度进行批评，而且要求立即通过决议，取消这一钳民之口的反动措施！这一来，原来神气活现的潘、张一下出现了狼狈相，因为这也显然出乎他们的意料！而他们的鹰犬则都开始向洪深先生进行狡辩……

这场纷扰是怎么结束的，我一时记不清了。但有一点非常明确，当主席台上宣布开始选举理事，以便正式成立著作人协会的时候，夏衍同志领先退出会场。这是一个事先约定的暗号，他一走，于是我们和一切党的朋友，也纷纷退席了，全不张理招待人员的殷勤劝诱。而所谓著作人协会也就这样胎死腹中，彻底破产。

我提出这件往事来是想证明一点，抗战时期以重庆为中心的国统区的进步文艺之所以取得不可忽视的成就，是和我们党的领导分不开的。这一点，不仅值得研究抗战时期国统区文艺工作的专家注意，作为历史经验，现在的文艺工作者也该足够重视，借以防止各种腐朽社会思潮的侵蚀，乃至陷入资产阶级自由化的泥沼。

当然，正同其他历史时期党领导下的革命文艺战线一样，在抗日战争中国统区这个特定历史条件下，不仅存在尖锐的敌我矛盾，在进步文艺界内部，除开政治上基本一致，文艺理论批评方面也出现过一些重大分歧。最突出的就是围绕客观主义和主观战斗精神的论争。这些论争同三十年代宗派主义的残余也不无关系。

然而，尽管是有分歧，有过去的宗派主义残余作祟，但在对反动派的文学艺术活动，对一切消磨抗日救亡斗志的文艺创作的抨击、批判基本上却一致。因为南方局的负责同志，总是谆谆告诫党员群众，要带头顾大局，识大体；可以开展讨论，但是不能互相抵消力量。

有关研究抗战时期国统区文艺所应注意的问题，作为建议，远不是在这篇短文中能说完的，我也不可能说得完备准确。因而尽管整个四十年代，精力也较旺盛，但我主要住在川西北农村从事创作。在重庆工作的时间虽有三次，总起来不到两年，所知有限，又未认真作过研究。

我希望我的建议多少起到一些抛砖引玉的作用，促使其他曾经在所谓陪都重庆参加过文学艺术工作的同志，乐于提出更多更好的建议，并预祝本刊在党的六中全会精神的鼓舞和指引下，不断取得成就，胜利完成自己的科研规划。

1981 年 10 月 9 日夜

（原载《抗战文艺研究》1981 年第 1 期）

漫谈评论工作①

谈点对当前文艺评论的感想，供大家研究、参考。

文学批评，主要是指对具体作品的评价而言，比如，作品的内容怎样，思想倾向怎样，都难免要涉及作者。因此，我首先感到，我们的批评要宽厚一点，不要说挖苦人的话，不要说伤感情的话，不要措辞尖锐，动辄上纲上线。这是我对"不抓辫子"的理解。

我赞成"错误难免论"。要工作，就难免犯错误；特别是社会主义文学事业，是崭新的事业，又是精神领域内的事情。在这大转折的年代，搞创作，就有个探索过程，探索中，对于新情况、新问题不能一下就抓得很准确，难免有错误。对待一篇作品的错误，不要避讳，这是对党和对人民负责，但也不要一棍子打死；根据错误的性质、程度，写出具有说服力的文章，指出这样下去会招来什么恶果，同时提出积极性的建议，我看也就行了。我总感到，在创作上，要帮助一个同志从迷误中清醒过来，不容易，要有很大的耐心！

我搞过讽刺文学，我体会到，说点挖苦人的话，还不容易？但如果是对同志，对人民内部的问题，就得同对敌人有所区别，否则会既伤感情，又不解决问题。伤感情就会损害团结。

反过来说，也不要把批评当成捧场，拉关系。那是庸俗的做法。

---

① 此文系作者在四川省文艺评论座谈会（一九八一年十一月十一日）上的发言。

评论作品，说好也不要太花哨，不要过火；太花哨，一过火，遇到头脑清醒一点的同志还好，头脑不清醒的，就容易昏昏然，骄傲自满，故步自封。

总之，要实事求是，是就是，非就非，同志式的批评、谈心。谈好处，注意分寸，不要过火；谈错误，要留余地，不要伤感情。这是我想到的第一点。

第二点，我们说一篇作品有错误、有严重错误，歪曲了我们的现实生活，有的批评往往不从作品总的倾向着眼，不对作品进行具体深入分析，一来就说他世界观如何如何，立场观点如何如何。世界观问题、立场观点问题，当然很重要，我们要不断钻研马克思主义，领会党中央的意图，深入现实生活斗争，争取比较完善地解决这个问题。不过恐怕不光是作家有这个任务，批评家也要比较完善地解决这个问题。甚至可以说，这个问题对批评家更重要，要求更要严一点，要高一些。譬如，现在搞社会主义四个现代化，需要鼓舞士气，振奋人心，批评家如果发现作品中有这种因素，哪怕还不充分，也不妨借题发挥，把它放在首要地位来加以阐发；当然要从作品的实际出发，不是泛泛而谈，而是举出实例来谈，说明这个方面的重要，也指出作品这方面的不足。这也是鼓舞士气，帮助作家改变精神面貌，同时显示出批评家自己的精神面貌，主要是帮助作家进一步写出鼓舞人心的作品，克服自己精神不够饱满的弱点。

其次，也不要简单地把什么都扯到世界观、立场观点上去。有些时候，作品表现了的东西作家并没有意识到，有时候，作家想表现的东西写出来又不是那回事。批评家就要给作家指出来。我说批评家要"高于作家"，意思就在这里。当然这是不容易的。这里我就想起一位法国作家对批评说过的一句话：批评是灵魂的探险。我想如果不把"灵魂"两个字看得那么神秘，把它解释成人的思想感情、心灵的活动，那确乎是这样。批评家就是要通过对作品的具体分析去探索作家的思想感情，揣测作家的创作意图，他为什么要这样写，不要笼而统之，简而单之地说世界观如何如何，立场观点又如何如何。同时，批评家评价一篇作品，也得把自己的思想感情放进去，表现自己的精神面貌，宣传党的主张和人民的要求。

说到这里，我想起一个例子。我对这篇文章的某些方面相当欣赏的，但不同意他的思想。我说的是托尔斯泰批评契诃夫《宝贝儿》那篇文章。契诃夫的《宝贝儿》写了一个妇女，一切以丈夫的思想为思想，以丈夫的意志为意志，甚至连语言也是丈夫的。她先嫁给一个剧场经理，说的便是剧场经理的一套，演戏如何重要，下雨天票卖不出去又多么着急，等等。后来剧场经理死了，她又嫁给一个木柴商，这一下又逢人便说木柴如何重要，看戏不过是无聊的消遣。木材商又死了，她爱上了一个兽医，就说兽医如何如何。等到兽医和他先前的妻子和好以后，她无所依托了，连话也找不到说的了，后来便把心思用到兽医的儿子身上。兽医的儿子在念中学，她又逢人便说现在中学的功课多重。照我们看来，契诃夫显然是在批评那种自己不能独立思考、没有坚定信念的女性，但托尔斯泰恰好相反，说那是赞美。他说契诃夫"本来要追究，结果是赞美了"。他还举出实例，说十二月党人被流放到西伯利亚的时候，许多娇滴滴的小姐、夫人都跟着到冰天雪地去，可见女性是少不了的，女性能够做的工作不是男的可以代替的，女性的天职就应该是这样。

年岁大点的人喜欢回忆，我又想起一件往事来了。记得三十年代，上海《新女性》杂志曾经讨论过所谓"到厨房里去"或是"到社会里来活动"的问题。我是不同意托尔斯泰有关妇女问题的观点的，但我欣赏他评论这篇作品的方法，勇敢探索，借题发挥，通过评论他人的作品宣传自己的主张，表现自己的精神面貌、思想感情。像前面我讲的抓住作品中某些能够鼓舞人心的东西，加以发挥，提出建议，就是这个办法。当然，我提出"灵魂的探险"这一说法，又表示欣赏托尔斯泰批评《宝贝儿》的方法，但我要求我们的评论家要有正确的思想，要求批评家对作品进行深入的具体分析，搞清楚作家的主观动机和客观效果，不是说评论家可以随随便便，以己之心度人之心。

还有一点，批评文章也应该有自己的风格，它本身就是一篇好的散文，吸引人，使人喜欢看。如果一篇文章写得干瘪瘪的，只有几条板筋，就是原则、原则、原则！结果尽是空话，或者是八股腔，谁愿意看？为什么会搞成"八股"，就是有的批评家本身的世界观的问题还没有解决好，而且生活不足，知识不足，又不肯下功夫对作品进行深入细致的具体分析。既然世界观还存在问题，对人家作品所反映的那一方面的生活，批评家又不够了解，怎么能深入作具体分析？就是分析也会牛头不对马嘴。自然，既是"探险"，做起来就不容易，而且批评家的提高和成熟也有个过程，他也在探索，应该允许他有错误，并帮助他改正错误。我的意思是，批评家应当要求自己严格一点。至少应该在态度上做到与人为善、平等待人。我记得三十年代，上海《现代》杂志上转载过国外一幅漫画，标题叫作《批评家》。画的什么呢？画了一个小孩子在那里撕书，抓到一本书就撕。它是讽刺"骂杀"，可能是影射当时我们左联某些粗暴批评现象。照我们现在的说法，就是打棍子，就是把你搞垮。不管如何，我们今天不能再搞这种批评。党中央三令五申，并且做出很多好的榜样，譬如剧本创作座谈会就是一个很好的榜样。在党中央三十号文件精神指引下，这一次我们省委对《幽灵》这首诗的批评，也做出了好榜样。评论工作就应该这样做才好。

我们党领导文艺，主要是通过文艺批评来领导。文艺批评应当作为党领导文艺的主要助手，应当把自己的责任放到这样的地位上来。发现有什么好的苗头，或者有什么不好的倾向，及时使党、党委了解。党委领导不可能事事都管，我们做这个行当的人，职责所在，就得专注一些，就要给党做耳目，通消息。这就首先要求自己在政治上跟中央保持一致，对情况要了解得比较全面，比较准确，千万不要惊风扯火，看到一点不大对劲，就叫喊大势不好，资产阶级自由化又来了！这当然不是说不该警惕资产阶级自由化，但要沉得住气，不必自相惊扰。

现在我们的评论，谈既成作家的多，研究比较有定论的作家的多，这自然是应该做的，但对当前的创作情况，特别是中青年作家注意得是否够呢？我感觉注意得还不够。我认为我们应该把更多的精力放在中青年、特别是青年作家的创作活动上。究竟这些年来我们创作上有些什么好的苗头，有哪些青年同志有发展前途，值得重视、帮助？究竟他们还有哪些不足，需要怎样去帮助他们提高？发现和培养作者，只能是靠党，靠党的路线，方针政策和群众的鉴别能力，不是靠我们个人，但我们既然处在搞理论批评的岗位上，就有责任通过具体工作体现党对中青年作家的重视和培养。功劳只能归于党和人民，不能写在自己名下。

希望大家做好党的"耳目"，做好作家的"诤友"，我今天就想到这些，随便谈谈，算是和大家交心。

（原载《文艺报》1982 年第 2 期）

学习《讲话》，加强团结

关于学习毛泽东同志《在延安文艺座谈会上的讲话》，我最近给《青年作家》写过一篇稿子，谈了三点：一是谈学习马列主义的重要性；二是谈学习社会，解决创作的生活源泉问题；三是谈如何批判地吸收遗产问题。这三个问题都是结合自己的创作实践来谈的。今天我就不再重复了。

我想着重讲一讲团结问题。这也是《讲话》中讲到了的，至今仍有现实意义。团结，特别是中年作家的团结，至关紧要。因为中年作家是承前启后的，中年作家是否团结，直接影响一代青年作家是否能够健康成长。当然，中年作家队伍中有不正之风，也应追究到我们身上。据说全国作协一位同志讲过：老一代作家如没传、帮、带好下一代作家，是对人民和党的犯罪。如果我们真正把党的优良传统，把好的作风、思想，像火炬一样传下去，那就尽到了我们的职责。但如果我们传下去的不是火炬而是棍棒，他们用这个棍棒去打人，搞"一言堂"，这个责任应由我们负，至少负一部分，完全负责也不符合事实。

要维护团结，就必须开展正常的批评与自我批评，反对自由主义。毛主席举了自由主义的十一种表现，其中一条就是不敢积极展开批评与自我批评。这种自由主义助长了许多不正之风。文学工作是党的事业，人民的事业，我们应对党和人民负责，对自己对同志负责。要加强中年作家的团结，首先是要求处在负责岗位上的同志，主动团结其他同志。其他同志也应该采取积极的态度，有什么意见、想法就提出来，见到有不利于团结、不利于发展文学事业的现象，敢于把问题摊开，直言不讳。搞好团结，不能只靠一两个人，要靠大家同心协力。要维护团结，还必须在文联、作协及所属各单位实行民主集中制，发扬民主，要人家说话，不要怕人家说话，重大问题要由大家一起商定。

还有个问题，我记得毛主席曾经谈过，但没有讲明白，或者说讲得不完善：为什么有的人一有成就就要翘尾巴？他提出泼泼冷水就好了。他是告诫我们要戒骄戒躁。现在是不是有人因为自己有才能，写了一些东西，受到大家赞扬，就骄傲自满了？千万不能把成就当包袱。现在是新的长征，背上包袱总不好去长征。我们应该谦虚谨慎，骄傲只会导致失败。一个人更不能有机心，只想到名誉、地位和待遇，想到如何享受，想这些东西没有好处。有机心，利害一致就结合，一有矛盾就互不相让。这种完全以个人利益为依归的思想还有其他表现。

五十年代我在北京工作时，听到一位同志讲过，有的党员作家，在党内以专家自居，因为他能够写作，所以比一般人高一等；在党外，他以党员自傲，也以为了不起，里里外外他都与众不同。千万不能这样！一位中央负责同志说过，谈到成就，不要记错账，首先应归功于人民，归功于党，然后才说自己也有一份。我听说，当年延安整风后，一位中央负责同志对要下去的同志们提出，党员作家，首先要像一个党员；非党作家，首先要是个革命工作者。我认为现在仍然需要强调这个问题。我曾想写一篇《作文与作人》的文章，谈谈一个革命的作家，首先要是一个真正的革命者，然后才是作家。《讲话》对这个问题讲得很透彻，我们随时都不能忘记。

我们今天重新学习《讲话》，应该结合当年延安整风的其他重要文献（如毛泽东同志的《改造我们的学习》、《整顿党的作风》、《反对党八股》等）一起来学。没有马列主义的基本知识，没有正确的学风，是学不懂《讲话》、学不好《讲话》的。

重新学习《讲话》，还应该密切联系当前文艺运动的实际。我们应当肯定这几年成绩是主要的，形势是好的，要坚定信心。当然不是说什么问题都没有了。我们正是要运用《讲话》的根本精神，研究新情况，解决新问题，否则，我们重新学习《讲话》还有什么意义呢？我的发言不一定恰当和符合实际，希望大家指正。

我是个川剧爱好者

——杂谈川剧

小时候我就喜爱川剧

我的家乡安县，当年是个只有二十万人口的小县，管辖十三个半场；还有半个场，归邻县管。小虽小，戏班子却有四个之多。最有名的两个，一个叫"全泰班"，一个叫"十合班"，名角不少。像周海泉、叶树青、马素秋和张三官这些优秀艺人，在川西北，乃至全川，恐怕也很难找到了。

由于本县人喜爱川剧，成都的"三庆会""永遇乐"，也到县城里演出过，一时名角云集。唱小生的康芷林，唱须生的肖楷成，还有黑头丁少武、小丑九根毛、旦角浣花仙，都是当时的名角。他们过去是开戏园，买票入座。我是常去的观众之一。

也许是受了这种环境的熏染吧，有一位受过近代教育的青年知识分子，住在安昌镇我家对面。他家境清寒，是从一个场镇上流寓到县城的，在学校里任一点课，后来在军队里做书记官。他对川剧兴致很高，可算本镇打"围鼓"的台柱。在川剧方面，我更直接受到他很大的影响。

这种对川剧的爱好，以后一直保持了下来。在成都省一师读书的时候，"三庆会"的演员不必说了，我还曾欣赏过"玉清科社"的玉曲（姜尚峰）和"鹏程科社"的鹏举、鹏翅的演出。胡漱芳也是我青年时代欣赏的一位演员，现在她有五十多年的舞台经历了。记得最早看她的戏，是在一九二九、三〇年我第二次去上海，经过重庆的时候。当时她的艺名叫蝴蝶女士，是个小姑娘，演《仙鹤岭》中那个女寨主。她扮咐传道姑时的动作、表情，我现在都回想得起来。解放后，她到民主德国去演出《焚香记》修改本，临走前，我有机会在北京看了预演。真演得好，至今还记得后来很多外国记者的剧评。尤其是路透社的，认为她功夫很到家。

需要改革，但是川剧一定要姓"川"

川剧本身，就是不断改革的产物，高、灯、胡、弹、昆，一应俱全。川剧的弹戏就是从秦腔来的。阎红彦同志是陕西人，他认为川剧弹戏比秦腔好听。他从四川调去云南工作的时候，还特别带去一个川戏班子。

我小时候看过反映辛亥革命的戏，当时叫作"时装戏"；用今天的眼光看，那就是经过某种改革的现代戏了。据说后来川陕苏区的川剧班子也演过现代戏，可见，川剧反映现实生活是很自然的事。

川剧比较有名的现代戏《许云峰》，我是极力支持的，在改编上也尽过一点力量。许云峰跟陈岗受特务酷刑的一场戏，在表演上我还出过主意。这出戏陈岗的唱词最多，而实际上的主角是许云峰。我便提醒演许云峰的司徒，应该像他同杨淑英合演《穆桂英挂帅》那样，在陈岗演唱当中不时插一句、两句话，那就把这个戏"抢"到自己身上来了，变成了真正的主角。这个剧本的改编，我看过两三道稿子。

一些旧戏的改新，如《拉郎配》《乔老爷上轿》，我都出过一点主意。三年困难时期，还是李宗林同志当市长。为了改编《卧薪尝胆》这出戏，他在统战部邀请李劼人、林如稷等同志和我一道，同川剧院的编导人员商议过改编方案。

一句话，川剧的改革，我一直是赞成、支持、并以实际行动参与过的。我只是强调这一点：川剧一定要姓"川"。事实证明，只要尊重传统，经过努力，完全可以办到。

现在有些川剧的改革、改编，不注意从传统的艺术成果中汲取营养，不注意川剧这一艺术形式向前发展的连续性，结果，改革变成了割断历史，变成了脱离群众的、川剧唱腔加川剧锣鼓的"文明戏"，或者新型歌剧。这样的川剧，听了只会败人胃口。这并不是我个人的偏见！

前些天，读到胡漱芳同志的文章，以《四姑娘》这个现代川剧为中心，表明了她对川剧改革的看法。她讲得很好。我认为凭她五十年的表演生活，她的意见非常值得重视。看来《四姑娘》成功的原因有三条：一是编导人员具有现代文学知识；二是他们对川剧传统的东西熟悉，演员的功力深厚；三是同省委宣传部负责分管戏剧、舞蹈的领导同志不仅尊重川剧传统，而且直接参与改编工作密切相关。这一条亦重要。《许云峰》的改编，没有李宗林同志亲自抓也不成。

老一辈的川剧演员，已经越来越少了

"三庆会"的康芷林，不仅艺术水平高，戏德也好，一般艺人都尊之为"康圣人"。他演的《评雪辨踪》《扫华堂》《八阵图》，唱念做打俱臻上乘。这样出色的名小生，如今已经看不见了。就是魏香庭那样的小生，也已不可多得。

还有健在的名丑周裕祥，他的《西川图》《晏婴说楚》，功夫也很到家，演得很好。小丑能够演到这一步的实在不多。他和胡漱芳都是名丑傅三乾的高足弟子。刘成基的《赠绨袍》则可能已成绝唱。

还有唱旦角的竞华，唱小丑的陈全波，唱小生的彭海清、袁玉坤、曾云华，都是老一辈著名的川剧表演艺术家。有的也已年近古稀，像阳友鹤、杨云凤，则早已退而教授生徒。

老一辈的优秀川剧演员，按照不可抗拒的自然规律，如今是越来越少了，而川剧优秀艺术传统的精华，大都保留在他们身上。

五十年代，成都的川剧名演员廖静秋得了不治之症。李劼人、巴金和我三个人，你一句我一句，合写了一封信，给当时文化部的夏衍同志，建议把廖静秋演的《李甲归舟》拍一部片子。当巴金同志说出"现代科学还无法挽救她的生命，现代科学却可以把她的艺术保留下来"这句话时，执笔的李劼人同志曾大为赞赏。后来就拍了影片《杜十娘》。她是忍受了疾病造成的很大痛苦，来完成这个角色的艺术创造的，演完这个戏回来，不久就去世了。

如今，老一辈的川剧名演员，的确已屈指可数。前年在北京，我看了一次川剧，那位主角原本唱得很好，是个难得的老艺人，但她演《打神告庙》，就没有足够的腰腿功夫。由此，我产生了一个想法：像胡漱芳这样功力到家的前辈演员，以及其他前辈演员，他（她）们的演技、修养、造诣，犹如一川即将逝去的流水；再不想办法留住，就会一去不复返了。

我想在这里郑重建议：像胡漱芳演的《焚香记》中《打神告庙》这样的艺术精品，能否作为文化遗产或艺术资料，加以录像、录音保存，供后来作者学习借鉴之用呢！

当然，录像、录音不是唯一办法，延聘名家向青年演员讲学传艺，也很重要。李亚群同志过去在培养青年演员的工作中，就借重名家，保留了不少值得继承的川剧传统。

一点祝愿

借此机会，祝愿四川《群众文艺》越办越好，办成整个祖国的百花园中以"川味"为特色的一枝奇葩。

（原载四川《群众文艺》1982 年第 12 期）

两个学术讨论会引起的一点想法

近年来，因为年龄和身体关系，精力不济，读书不多，对于大部头长篇小说更少问津。最近因为参加茅盾研究学术讨论会，翻阅过一些有关材料；得到李劼人研究学术讨论会在成都召开的通知书，虽然不能前往参加，我也想起一些他在创作道路上的经历。而他们两位都以写作长篇为人称道。

我们知道，茅公在从事创作前，就是中国共产党成立前的马克思研究小组的成员了，而且参加过第一次国内革命战争。这两点我认为很重要。而且他的《蚀》和《子夜》，尽管如他自己指出过的，还存在这样那样的不足之处和缺点，但是他的创作意图却很鲜明：让他所写小说的社会效果对党领导的中国革命事业有利！

茅公对中国革命文学事业的贡献，远不止于他的长篇创作。但我认为，现在强调学习马克思主义，参加党所领导的革命斗争，认真考虑作品发表后的社会效果的重大意义是必要的。当然，这些问题在《在延安文艺座谈会上的讲话》中，毛主席已经为我们阐述得最透彻了，而且是作为一切文学艺术的创作准则所提出来的。我想，单就马克思主义理论来说，起码，《反杜林论》《国家与革命》《实践论》《矛盾论》《论一元论历史观之发展》这样的书应该经常学习、反复钻研，力求能够用辩证唯物论和历史唯物论的观点去认识生活、反映生活，使自己的创作在应该起到的作用上，帮助人民群众推动历史前进。李劼人虽然不是马克思主义者、共产党人，但他是革命的民主主义者，少年中国学会的骨干，勤工俭学期间，同留法的中国马克思主义者有交往，当过工人，而且一直同情党所领导的革命斗争，曾经为四川"四·一二惨案"烈士的牺牲义愤填膺！但我这里只想谈谈他在《死水微澜》《暴风雨前》和《大波》那样的历史画卷中表现出来的生活基础的雄厚、文学素养和严肃认真的创作态度。

李劼人既是个老成都，又是辛亥革命前夕保路同志会的直接参加者，他对他所写的生活可以说熟透了。但他并不满足，为了完成他半个多世纪的历史画卷，他搜集不少资料。大的政治社会动态不必说了，个别的历史事实，比如端方被杀的具体时间、地点，他也力求符合事实；有关风习人情他更不轻易放过。我看过他收藏的一篇祭文，其中两三句我至今还记得："哭一声来叫一声，儿的声音娘惯听，为何娘不应?!"他还让我看过他收藏的几大本家用流水账簿，对于亲故的婚丧嫁娶，一般来往应酬，购买什物的名色价钱，都有记载。由此可以看出他的作品之所以富有地方色彩和生活气息的因由。

李劼人五四运动前夕就靠用文言写小说谋生了。留法勤工俭学期间，他又开始翻译法国写实主义名著。因此，他中国文学根底和外国文学修养都很好，有助于他的表现才能。我记得，五十年代，邵荃麟同志在成都曾对李劼人当面说过，从《死水微澜》到《大波》，李劼人都显示了一种特点，即在艺术上他对中国旧小说同法国写实主义文学作品都有继承，而且使二者融合得很好。

我同意荃麟同志的看法。这里我想补充一点：我们读李劼人一系列长篇小说之所以觉得它们艺术感染力强，是跟他创作态度严肃和精益求精的精神分不开的。他那些作品，解放前出版时，曾得到郭老的称赞；但他并不满足！解放后，他又逐一加工，力求在历史真实性和艺术性上更加完美。他对我说过，为重写《大波》，作为借鉴，他曾经读过好几部伟大十月革命后苏联老一辈作家的文学名著，如 A. 托尔斯泰的《苦难的历程》和《彼得大帝》，还有费定的《初欢》和《城与年》。他从多方面汲取营养，消化、理解、融合，铸成自己的艺术风格。前年，我读过蒋和森的《风萧萧》的部分章节，突出的一个感觉，就是他在文学艺术方面的造诣都相当深。艺术修养靠长期努力，多读名著，翻来覆去地咀嚼、琢磨，善于吸收。

根据老一辈作家的经验，我深感写作一部足以传世的长篇不那么容易。它需要有较高的马克思主义思想水平，雄厚的生活基础，多方面的社会历史知识和艺术技巧的素养，而且要使这些方面达到有机的结合。

谨以上面几句老生常谈，祝贺《十月》长篇小说专刊的创刊。

一九八三年四月十三日

（原载《十月》长篇小说专刊 1983 年第 1 期）

给四川青年文学创作会议的信

四川召开青年文学创作会议，我很高兴。因为身体不好，不能到会跟青年同志见面、交谈，向青年同志学习，这又使我十分遗憾。现在我简单地向青年同志说几句话。

会议的宗旨确定得好，当前就是要把学习《邓小平文选》、陈云同志的文章和赵总理的《政府工作报告》放在重要地位。最近，作协党委根据中央指示要我们首先着重学习《邓小平文选》。《文选》我才读了十多篇，还没有读完。现在仅就这读过的十多篇谈谈自己的学习体会。

把我的学习体会概括为一句话，就是小平同志保卫、恢复和发展了毛泽东思想。毛泽东思想是马克思列宁主义同中国革命具体实践相结合的产物。马列主义不是教条，不能凝固，毛泽东思想就是对马列主义的创造性发展，是在与西方资本主义社会迥然不同的东方封建大国的实际运用。小平同志总结我们党我们国家几十年，尤其是近十年的经验教训，在这历史大转折时期，针对新情况，新特点，新任务，在一系列根本问题上，既坚持又发展了毛泽东思想。我认为，我们要从总的方面这样来领会学习《邓小平文选》的意义。

按照小平同志的论述，毛泽东同志《在延安文艺座谈会上的讲话》的基本思想仍然要坚持。《讲话》提的文艺从属于政治，文艺的工农兵方向，为工农兵服务，因为时代变了，情况、任务都不同了，所以具体提法也要跟着变，要总结新的经验，适应新的形势。小平同志的《文选》中有关文艺的指示，是在坚持《讲话》根本精神基础上的发展，新的概括。中央提出文艺为人民服务、为社会主义服务，就是这种坚持和发展的具体表述。《讲话》要求文艺工作者要跟群众结合，不脱离群众，这一条是必须坚持的。为人民服务也是《讲话》的思想，它的结尾不是引用鲁迅的话，号召文学艺术家当人民大众的牛吗？我们从事写作，要处处代表人民。

现在不提文艺为政治服务，那是因为过去对这个话理解和执行都有过差错，按我的理解，凡是牵涉到人民群众眼前和长远的根本利益的，都是政治。政治就是人民的利益，而在四个坚持的前提下，就能尽到为人民服务的责任。此外，《讲话》关于文艺与生活，关于继承和借鉴的问题，都是正确的，都要坚持。就我所知道的部分省、区的情况说，现在的青年同志有生活，已经写出一些生活气息浓厚的作品，这是事实，是当前文艺的主流；但也应当看到，同志们的生活还不够丰富，不够扎实。即或各有其生活根据地，对其环境、人物也还理解得不够深透，以致有些作品思想浅露。四川恐怕不会例外。当然，也可能我的估计全都错了！那就希望同志们原谅。

而我的要求倒也并不过分，无非希望大家积极响应小平同志的号召，更好地做到"通过有血有肉、生动感人的艺术形象，真实地反映社会生活，反映人民在各种社会联系中的本质，表现时代前进的要求和历史发展的趋势"，这就必须自觉地在人民的生活中汲取题材、主题、情节、语言、诗情和画意，用人民创造历史的奋发精神来哺育自己。小平同志说，这才是"我们社会主义文艺事业兴旺发达的根本道路"。生活是创作的源泉，人民是文艺工作者的母亲。我欣赏克非同志的作品，我想，这次要他谈创作经验，他的第一条一定会是深入生活，长期跟自己的描写对象打成一片。这是艺术的必由之路，长时期以来他也是这么做的。

因此，我希望同志们第一步就要走端正，走踏实，永远不要离开人民，离开文学艺术的泉源。至于艺术技巧的修养和提高，不待说，也至关重要。批判地继承传统，借鉴外国，是要坚持的。同志们要多读书，读好书。古今中外的文学名著，艺术大师们的创作经验，那是经过时间的考验，证明的确是有用的，是人类的精神财富。现在，随着对外开放政策的实行，文化交流的频繁广泛，当今世界上五花八门的主义，形形色色的艺术流派，都趁机传进来了，同志们的眼界因而也宽阔了，这是好事。但也更加需要用毛泽东思想来武装我们自己的头脑，才不至于误入歧途。因为就拿经过时间考验，具有人民性的古典名著说，我们也要有批判的眼光，选择的标准。一方面要用人类全部文化遗产的精华来丰富自己，一方面又绝对不可忽略中国的国情和民族的特点。既要敢于拿来，又要善于消化和运用。一句话，要像毛泽东同志所说的那样，创造具有中国作风和中国气派的文艺，也就是小平同志说的，要走出一条有中国特色的社会主义文学艺术事业的路子来。

我因为身体不好，前两天还发高烧，打青霉素针，精神和精力都不济，小平同志的《文选》又还没有读完，也学习得不好，上面的一些话，算是我这个人对青年同志们的一点祝愿。如有错误，请同志们批评指正，让我获得应有的教益。我相信，在省委的领导下，在各方面负责同志的具体关怀下，这次会议一定能开好，一定能推动我省文学事业在一个新的起点上乘胜前行。

谨祝会议圆满成功。

一九八三年八月十四日

（原载 1983 年 8 月 23 日《四川日报》）

给武胜小说笔会的信①

同志们：

当我接到笔会筹备小组的请柬时，不禁想到十年动乱前我在武胜农村的许多往事，和县委到烈面区各级党组织对我的关怀；想到三中全会以来，我国社会主义文学事业的繁荣景象。我在三十年代初学习创作时，党所领导的革命创作队伍，比之今天要小多了！不久前，单是作协四川分会召开的学习会，全省参加的专业和业余作者就有三、四百人之多，这在建国之前，是难以设想的。

我一九七九年在《收获》上发表过一篇自述创作经验的文章，题为《生活是创作的源泉》。这个观点，不能说是错了。然而，最近学习《邓小平文选》中有关文艺事业的论述，深感他的提法深刻得多："人民是文艺工作者的母亲！"就我的粗浅体会，人民是生活的开拓者，是生活的主体，而每一个取得优秀或比较优秀成就的文艺工作者，都是在人民的抚育下成长起来的。因而他们才能做人民的代言人，随同人民一道前进。

这是不可磨灭的真理：儿女总是不能离开母亲而成长起来的。成年以后，也不会同自己的母亲切断联系。因而我们就得遵循毛主席的遗训，要长期地、无条件地、全心全意地在人民群众中扎根，向人民学习，吮吸她们的乳汁，以充实和丰富自己的创作源泉。当然，此外

---

① 武胜县，属四川省南充市。

我们还得认真学习中外古今那些，在他们各自的社会、历史条件下由人民哺育出来，并做过人民代言人的作家们的著作，取其精华，去其糟粕，借以提高自己的表现才能，"创造出具有民族风格和时代特色的完美的艺术形式"。力求做到真实地反映丰富的社会生活和历史发展的趋势，更好地为人民服务。

参加这次笔会的同志，绝大多数可能都是各条战线上为四个现代化而奋斗不懈的业余作者，因而我想提出一项建议供大家讨论、县委参考：大家不要随意以创作为借口脱离自己的工作岗位，文学艺术团体更不能轻易地把他们从现有工作岗位上拖走，让他们当专业作家。而县文联如果已经配有专业作家，则应该下到工矿农村去工作，建立自己的生活根据地。这也是说不能同母亲脱离联系，而是更加要加强这种联系，这才合情合理。

当然，进行写作需要一定条件，例如必要的时间和安静的环境，短小的散文、诗歌，这在日常工作中能够挤时间搞出来，如果是写小说，字数又较多，那就得有较为充裕的时间，相当安静的环境。因而我以为，只要思想内容好，经过酝酿，所拟提纲也相当完善，过去发表的作品并证明作者能够实现其创作意图，经县文联推荐，县委宣传部审核后，可以由原单位给以一定假期，并由文联提供其他必要条件。但于任务完成后，必须返回原来的工作岗位，不能拖延。

据我所知，十年内乱前，武胜县文联是四川成立较早的县一级文联之一。但我还不清楚，有的县虽然不定期地出版刊物，而是否尚有专业作者？如果是有，应该安置在本人一向熟悉的工农业基层参加实际工作，保持其同人民的紧密联系，绝不能用文联代替生活根据地的创建和巩固。当然，如果其职责是搞文联的组织、编辑工作，只是有时写点东西，则应根据实际情况，享有一般业余作者的同等待遇。

你们这次笔会，看来是学习业务。既有省内外部分专业作家和编辑同志应邀参加，必然能满足会议这一要求。但我认为，业务固然重要，用马列主义、毛泽东思想武装业余作者却更重要。因为只有马列主义、毛泽东思想能够帮助我们正确认识生活，正确分析复杂的社会现象，从而达到正确反映生活，塑造新的长征中英雄人物形象。作协四川分会不久前召开的全省青年文学创作会议，他们为会议确定的内容，主要是联系实际学习《邓小平文选》，我希望你们的笔会也这样做！

邓小平同志的《在中国文学艺术工作者第四次代表大会上的祝词》，对于在这伟大历史时期我国文艺工作方向、性质，与文艺工作者所应肩负的任务，乃至应该怎样进行学习、创作，全说到了。我因病不能参加作协四川分会召开的学习会，但曾写信表示祝贺。其内容也是谈邓小平同志对文艺工作所指示的一些粗浅体会，且已发表于本年八月二十三日《四川日报》。这里我就不多谈了，因为我目前尚无进一步的深入体会。

可是，我要向大会建议，不应限于学习《邓小平文选》中有关文艺方面的论述，三中全会以来，所有论及有关全党全国当前和未来一个时期内的形势估计和发展途径及其方针政策的文章，都值得我们认真钻研。因为只有真正理解了当前形势和发展方向这个大局，我们才能把自己对于局部社会生活的认识，摆在一个恰当的位置上。《文选》中一九七八年十二月、一九七九年三月和一九八〇年三至六月的三篇文章，同样值得精读！

我想向同志们讲的话太多了！遗憾的是我已年近八旬，本年七月又病一场，健康情况至今犹未恢复，不可能参加你们这次笔会，借以交流思想，互相学习。我相信，在党中央社会主义文艺思想指引下，和武胜县委的直接领导下，同时又有省内外专业文学工作者的大力支持，你们这次笔会一定会使武胜文学工作获得一个新的前进起点！

谨祝大会完满成功！

沙　汀　一九八三年十月一日

（原载 1983 年 10 月 27 日《南充报》）

回忆·感谢·希望

一提到报纸、新闻、通讯，就不免想起三十年代初我学习写作时的往事。当时非常想反映"时代冲击圈"内的大变革，可是自己并不曾投身到土地革命的洪流中去，没有这方面的革命实践。

怎么办呢？结果只好求救于当日少数思想进步的名记者所写的新闻报道。陈赓雅、范长江两位有关苏区、红军的记述，我都不仅认真阅读，反复推敲，以之与我直接得来的社会生活知识相比较，加深自己的理解，而且我居然大胆写起反映土地革命的小说来了。

当然，由于自己思想水平，艺术修养的限制，我对那些间接得来的素材，消化处理得都不够好，因而对于曾经引起创作界注意的两三个短篇，早就感到太单薄了。我指的是《法律外的航线》《老人》和《平平常常的故事》。这三篇算是比较好的，前两篇还被选入英文本《活的中国》和《草鞋脚》。而这点成就，若非借助当日少数进步新闻记者的劳作，我会写得更差，乃至纵然胆大包天，也根本无法写作。

因此，一想起新闻界，我的感谢之情便油然而生。这不是客套话，是从千真万确的事实来的。而且，还不止于上述事实，更有进者。我一直都注意新闻报道不必说了，建国以后，主要在农业合作化运动中，每逢挤时间下到农村生活，我总经常得到四川日报社记者同志的帮助，概述一个地区的情况，介绍一两个先进人物。

这同长期地、全身心地同群众打成一片，认真解决创作泉源问题相去甚远，可以说是个偷懒的办法；但也是无可奈何的办法。因为五十年代中期从北京回到四川，尽管作协总会决定让我做专业创作人员，可一在成都住定，就又陷入四川文联和作协四川分会的行政组织工作当中。而我又不甘于和创作绝缘，结果只有打懒主意救急了。

一九五五年回转四川之前，我在北京就学习了毛泽东同志有关农业合作化运动的讲话。他批评了"小脚女人"，明确指出运动的高潮已经到来。到达成都，又碰见省委召开学习这个讲话的扩干会。通过李宗林同志，我得到绵阳地区一些同志的发言材料，紧接着就到绵阳去了。而且在《四川日报》驻绵阳记者站的同志帮助下，参照我从成都带去的材料，分别投身到绵阳和三台的农业合作化运动高潮中去。

这顶多是下马观花，对于一个创作人员说来，是不足取的。但在经过一两个月的调查访问后，我却获得不少切身感受，对于消化我已经掌握的素材起了不少作用。所以回到成都以后，就在这年写出短篇小说《堰沟边》和《过渡》、散文报道《卢家秀》和《幺木匠》。其中，《卢家秀》在《人民日报》发表后，还取得一些较好的社会效果。

我不是借机会传播我的偷懒办法，或者说只可偶一为之的办法。只想说明，阅读好的新闻报道，同新闻工作者交朋友，虽然不是搞创作的根本途径，却是对我们的专业大有裨益的办法。当前，"信息"问题，不是已经成为全国各行各业付予巨大关注的问题了吗？我们文学界也不例外，已经有同志开始议论信息的重要性。

因为经常生病，我只看过一两篇谈论文学和信息关系的文章，自己也不曾认真思考过这个问题，这里只能谈一点粗浅想法。我以为既然我们应该面向世界、面向未来进行工作，反映四化建设的伟大宏图，一个作家单刀匹马埋头干是不够的，应该经常眼观四面，耳听八方，不断扩大自己的眼界，开拓自己的思路。因此，对于国内国外的信息都得注意，不能自满自足，闭关自守。

但是，文学本身的发展情况虽然重要，它们可以供我们借鉴、比较，而值得我们加倍重视的，却是国内国际、主要是国内社会结构和生活发展变化的信息。因为我们在深入生活、深入实际中，所见所闻所感，总有一定的局限性，这就得靠一般报刊向我们提供信息。去年以来，我这个几乎没有什么社会活动的老头，就从它们获益不少。

举个近例吧：去年十二月二十七日《人民日报》那篇报道《妇女与我国当代社会生活方式问题和全国婚姻家庭学术讨论会》的文章，《北京晚报》上《生活就应该丰富多彩》的论述，以及今年《瞭望》杂志上《小城镇，新开拓》和《亿元乡"九大能人"》就使我开始了解到全国人民在四个现代化进军中出现的新情况、新问题和新的生活方式，从而改变了在妇女、家庭等问题上的旧观念。

我们当然不能凭这些信息就轻率地搞创作，但它们却提供了一些新情况、新动向，让我们在妇女、婚姻问题和小场镇的看法上受到启发。即或有的同志在深入生活中早已了解到同类现象，读过这些报道，现在的理解和判断也必然更明确，而且相信自己看到的不是个别现象，是现实生活新的发展趋势。这就有利于对作品进行较为深入的概括。

对于这个问题本来还有一些话想说，近几天肠胃不适，精神欠缺，且到此为止吧。另外一些对《新闻界》的具体要求，也只能简略地谈一点。刊物给自己定的两项任务，办好新闻业务交流和传授新闻采访写作知识，我感觉很好。所辟栏目，也都切合实际。不过，刊物的对象既然以广大新闻爱好者为主，意在培养他们，似乎还有不足之处。

我感觉在讲座方面，是否可以突破新闻工作这个框框，增加一点历史唯物主义、建国前后的社会史料和一般文学知识。学习历史唯物主义的重要意义尽人皆知，我就不多说了。而要成为一个优秀新闻记者，若果不知道解放前的社会，不知道建国以来我国人民走过的道路，我们不可能深刻认识当前生机勃勃的局面。

刊物虽然把培养新闻人才作为一项主要任务，我感觉单是传授新闻写作基础知识不够，还得让有志于新闻事业的青年读者学习点文学。

不拘一格，熟悉多种文体，既能写长篇报道，同时也善于写《凡人新事》一类短文；既能写出精练的叙述文，也能写《今日谈》那样短小精干的评论文章。一句话，做一个多面手。

有关这一方面，想谈的还很多，实例也不少，《人民日报》《光明日报》《北京晚报》《瞭望》和《新观察》，都有很多引人入胜，可供参证的好文章。而且，我大多已经当面向刊物一位前来约稿的编辑同志谈过，所以也就到此为止。

我的要求可能过奢，不切实际，乃至多有不当之处。但是，为了欢迎刊物的诞生，作为个人的一点希望，也就姑妄言之了。

一九八五年元月十六日　北京木樨地

在《青年作家》组织的座谈会上的发言

　　培养青年作家，确系当务之急！应该说，我们这些三十年代的作家，都是由人民哺育、党培养起来的，但也有赖于老一辈作家的具体帮助，同时也离不开同辈作家之间的互相琢磨、交流经验。

　　我这里所说的作家，是包括从事创作、理论批评、翻译和编辑工作这几方面的同志；当然，作用最直接的是评论和编辑。一般言之，搞创作的人也都搞过或兼搞评论和编辑工作，特别在成为专业作家、并有一定成就以后。

　　通过评论和编辑工作帮助青年作者健康成长并不断发现新生力量，借以壮大我们的创作队伍。这个工作靠谁来做呢？主要是靠中年作家，特别是靠处在负责岗位上和已经取得了显著成就的中年作家，我们这些人当然也要做这个工作，但我们对待青年做的事情，从物力、时间上都有限，光靠老的写点文章，不解决问题啊！主要靠中年作家。当然，也不是靠一两位英雄好汉，那也不解决问题，还得靠大家。

　　因此，我认为，首先要加强中年作家之间的团结，而且处在负责岗位上和已经获得显著成就的作家更应该主动地团结所有的中年作家。前几天我和马识途同志谈过：青年作家当然重要，但中年作家的团结，中年文艺工作者的团结，特别是在负责岗位上的同志的团结，在青年作家中有一定威望的中年作家的团结，这是关键。团结搞不好，其他工作都难办。就拿培养青年作家来说吧，如果大家意见不一致，对某个青年作家看法不一致，这当中又没有协商，没有通过必要的批评和自我批评取得大体一致，怎么帮助这个作家？他说什么，从哪个地方入手，争取什么态度、方式？却没有一定的意见。或者满堂蛤蟆叫，这个这样说，那个那样说；或者干脆不管，埋头写东西，不开腔到省事些，一开腔反而麻烦结果是抵销了力量。说涣散软弱，恐怕在培养青年作家这方面也存在这个问题。

讲到团结，首先是处在负责岗位上的和有成就的作家要主动地团结其他同志，形成骨干力量、中坚力量。自然地，我们是在党的思想基础上的团结，只有在政治上和党中央保持一致，才有可能实现这种团结；我们也是团结在党的周围，不是团结在自己周围。如果团结到自己的周围，那就成了拉帮结派。这是个大问题，这个问题不解决也会抵销力量，因为有些同志就要消极了：看你搞些什么名堂！会不会发生这问题啊？我不觉得这是个问题。这个问题一定要解决，不解决就会妨碍对青年作家的培养，就会影响整个文艺事业的发展。只要没有任何私心杂念，没有任何宗派情绪，没有老子说了算事，大家都从发展社会主义文艺事业出发，我看这个问题就解决了。

我们这些人是走下坡路了，已经在办移交了，这只能是向你们交心，表示我对你们的一点希望。

那么现在青年作家究竟存些在什么问题呢？我们应当从哪些方面去帮他们、培养他们呢？

我想，首先还是学习马列主义毛泽东思想的问题。

这个问题不要抽象地谈，要讲具体，落实到具体工作、具体作品来谈。如果抽象地说，只知道背诵一些词句，或者像艾芜同志在评论座谈会上说的：教条，用马列主义来剪裁作品，就像恩格斯谈到的关于恩斯特对易卜生的批评那样，自然是不解决问题的。如果具体地联系到创作思想、具体作品来谈，那青年作家在这方面存在的问题，就看得清楚了。

比如，一个搞创作的，辩证唯物论和历史唯物论的基本知识应该有吧。如果这方面的基本知识都没有，你怎么认识生活、对待生活？为什么许多人认识生活总爱搞形而上学、片面性，总要求百分之百，就是马列主义、毛泽东思想太少，这也是十年动乱的后遗症，许多青年同志没有认真学过马列主义、毛泽东思想，缺乏这方面的基本常识。生活是复杂的，充满矛盾、斗争，任何时候都不要一刀切，千篇一律，看成一样。就拿对十年动乱的认识来讲，是不是就只有打砸抢抄呢？还是要两刀切、三刀切，这个想法比一分为二更通俗了。中国幅员之大，人口之多，解放以后，还有老解放区、晚解放区之分，各地的干部水平也不一致，过去的历史也不一致，你能说情况完全一致啊？如果都完全一样，中央来个指示，就像部队下操一样，向右转，都向右转，向左转，都向左转，那样子我看要不了几年，社会主义革命就成了。因此，必须学会用辩证唯物主义和历史唯物主义的观点和方法去分析生活，才会了解生活的复杂性、多样性，才能分清生活中的是非，什么是消极的，什么是积极的，什么该批评，什么该歌颂。

对党中央方针政策的学习，也是具体地学习马列主义、毛泽东思想。一个作家，当然要深入生活、在群众中扎根，要有一个比较长期的生活根据地，这是基本的东西，但你不懂党的方针政策，不了解一个时期党中央和人民有些什么要求，你在生活中就可能抓不到东西，甚至可能发生迷乱。在这个阶段应该提倡什么、反对什么？应当宣扬什么，批评什么？应该怎样去鼓舞人民、朝着什么方向走？就弄不清楚。所以深入生活和学习党的方针政策是互相关联的。还有，写东西总离不开语言、文字，创作是语言艺术，但光懂得群众语言，不懂得如何去表现，也没有用，这不仅有个业务学习问题，也有个政治思想感情的问题。

学习文艺方面的业务，也是个重要问题。最近作协分会在新繁举办创作学习班，两个月时间不算短，在这方面应该给他们指个路子，至少使他们晓得，应该用什么东西武装自己，才能把作品写好。我想，对"五四"以来的文学史，它的经验、教训应该让他们知道。鲁迅、郭老、茅盾……中国新文学是怎样发展起来的，经过毛主席的《在延安文艺座谈会上的讲话》又发生了些什么变化？如果这些知识都没有，"五四"以来每个时期的代表作都没有读过，要得到表现技巧、表现方法，恐怕是不可能的。国外的，我们这一批作家，可能就比现在一些青年读得多。以我来说，对十九世纪俄罗斯的文学作品就读得很多，很熟，许多细节都可以说得出来。有了这个基础，生活中什么东西是最生动的、最打动人心的，要用什么艺术手段才能把你想表现的东西恰当地表现出来，才有这个本领。对外国的优秀作品，要解读，当然是批判地传承。

毛泽东同志的《讲话》，也是我们业务学习的一个重要内容。在一些根本问题上，《讲话》在今天还是有效的，只是个别观念，因为历史时期不同了，条件不同了，应当有所发展，比如为政治服务的问题，现在提为人民服务、为社会主义服务，就广泛多了，避免过去那样把政策当成政治；视野就广阔了。还有个别的提法不确定，发生流弊；或不符合历史事实，这是另一回事。根本的东西是好的，是马列主义文艺理论的重大发展。还是要学。

最后，还应该学习点历史知识，特别是结合学习六中全会《关于若干历史问题的决议》，学习近代革命史、学习党史。现在有的青年不了解历史，只看到十年动乱，以为共产党就是这样的，不了解共产党是怎么斗争过来的，新中国是怎么来的，动辄说资本主义国家如何如何不得了。他们不知道资本主义国家从思想革命文艺复兴到现在已经多少年了啊！我们建国才多少年，三十年，你想在三十年就把社会主义搞成功，谈何容易！最近我看到一个材料，谈到我们的工农业的发展速度，在国际上比一比，不要说第三世界，就是第二世界，甚至超级大国，我们都是快的。不知道中国过去是个烂摊子，烂到什么样子，不了解这个历史，不知道我们起点低，硬拿现在跟人家比，就连社会主义制度的优越性也怀疑了。为什么这几年加入共产党的有不少老人，科学院严济慈、华罗庚，文艺界刘开渠等，都是去年入党的，七、八十岁了。还受过冲击的，他就是极爱党，因为他了解历史，经过几个朝代，从清朝、北洋军阀、蒋介石统治，一直到抗战胜利、全国解放，他一比较，还是共产党好。他相信党，相信社会主义，相信党的领导。有的青年就没有这个知识。如果说我们过去写的那些东西还值得看一看的话，那就是让大家看看过去是个什么样子，和现在比较比较。

总之，学习班不要搞成挤牛奶，拉稿子，弄些人来，好像就是要他们写东西，一道来挤牛奶。要固本，要给他们添本钱，不要把写作品放在第一位。要写，可以靠后一点，写出作品来，搞点辅导，指出好在哪里，无非是前面我说的那三点，错也不外是那三点，或其中某一点。学习班不应该把重点放在写作上，放长线，钓大鱼啊！中医看病，首先要你固本，开胃，只要胃口好，吃得，其他是枝节问题，这是有道理的。就说到这里，错了的请大家指教。

Made in the USA
Columbia, SC
09 February 2018